DE OESTERS VAN NAM KEE

D1240038

Ander werk van dezelfde auteur:

Kees van Beijnum
De oesters van Nam Kee

NIJGH & VAN DITMAR
AMSTERDAM 2000

voor Tatjana & Allard

I

Mijn vorige leven eindigde in Bretteville-sur-Laize, in het paradijs van mijn ouders. Hun voormalig paradijs, moet ik zeggen. De gendarmes kwamen met een sukkelgangetje over het pad aanrijden. In hun Renault Mégane. Natuurlijk was mijn eerste impuls vluchten, maar daarvoor was het te laat, ze hadden me gezien. En daarbij, ik was al te ver, veel te ver uit mijn koers geraakt. Het was afgelopen.

Ze stapten vrijwel gelijktijdig uit de auto; de jongste van die twee fuckers plaatste zijn glimmende dienstschoen midden in een plas. Ik hoorde hem zachtjes vloeken. Als het een *comedy* was geweest, dan zou Louis de Funès op dat moment het achterportier opengezwaaid hebben. Maar het was geen *comedy*.

Ze kwamen voor mij. Afgelopen. Ik wist het. Ik zag het aan hun blikken, vooral die van de oudste.

'Bent u familie van de eigenaar?'

Hij had een zwartgrijze snor en het zachte vlees rond zijn ogen was kriskras doorsneden van dunne lijntjes.

'Bent u familie van de eigenaar?'

Ik wist het.

'Nee,' zei ik, 'van de vorige eigenaars. Het huis was van ons.'

'Was?'

'Ja, vroeger.'

De jongste was inmiddels rond het huis gelopen.

'Het raam is geforceerd,' zei hij.

Hij plaatste zijn vieze schoen schuin in het gras en probeerde de modder langs de zijkant af te vegen.

'Komt u maar even mee,' zei de oudste.

Jaren geleden was er ook een wagen van de gendarmerie het pad opgereden, een Renault 19, het model waar ze toen in reden.

Mijn ouders schrokken ervan – er kwam nooit een auto ons pad op, laat staan een politiewagen. New Shatterhand was uit zijn wei ontsnapt, dat kwamen ze ons vertellen. Mijn vader en Rein zijn toen bij de gendarmes ingestapt en hebben hem opgehaald. Ik had de pest in dat ik niet mee mocht, maar Rein was de oudste. Later vertelden ze dat hij langs de kant van de weg naar het dorp stond. Op een strook gras met boterbloemen. Hij staarde heel rustig naar het dal. Alsof hij in gedachten was, zei mijn vader.

Dat was het bijzondere van het huis, dat er nooit iemand langskwam, dat je nooit een auto op het pad zag. De doorgaande weg lag driehonderd meter van het huis, tussen ons en de weg was niets dan boomgaard. Nooit iemand op het pad, behalve wij.

Wij 's avonds laat in de oude afgeladen Mazda.

Ik op New Shatterhand, in galop als een indiaan.

Mijn vader en moeder hand in hand.

Ik had iets uit de koelkast gepakt, aan het begin van de avond. Ik stond op mijn blote voeten in de keuken en keek naar buiten. Je moest je bukken om uit het keukenraam te kunnen kijken, zo laag was het daar door het schuine dak. Ik zag ze in de schemering staan. Hand in hand, op het pad. Mijn vader droeg een oude joggingbroek en een T-shirt, mijn moeder had een rokje van spijkerstof aan. Ik was twaalf. Onze laatste zomervakantie in Bretteville-sur-Laize.

Ik wist dat ze voor mij kwamen. Die blikken. Toch had ik het slechter kunnen treffen. Het leken me geen onaardige fuckers, wat later op het bureau ook zou blijken.

Onderweg in de auto hadden ze de radio aanstaan, een of andere quiz. Zo klonk het. Alle Franse radiostations klinken als een of andere kutquiz. Die jongste reed, hij moest af en toe grinniken om wat er gezegd werd.

Ik herinner me dat er vlak voor het dorp een wegversperring was waarachter een asfalteermachine zich traag als een zelfbewust monster voortbewoog. Een man in een overall had in zijn ene hand een rode vlag en in zijn andere een groene. We moesten lang wachten. Er flitste van alles door mijn hoofd, zelfs de mogelijkheid dat Thera me verraden had. Dat ze via haar mij op het spoor waren gekomen. Ik had haar ooit gezegd dat als er iets mis zou gaan ik naar Bretteville zou uitwijken. Ik weet niet waarom ik dat gezegd heb, waarschijnlijk om indruk te maken. Ik zei in die tijd wel meer vreemde dingen.

'Ik heb een brief van mijn zuster uit Guyana ontvangen,' hoorde ik de oudste gendarme vertellen. 'Ze komen met de kerst over.'

Ik luisterde naar het alledaagse gebabbel van die twee, hun stemmen gaven me plotseling een gevoel van geborgenheid. Ik was niet meer bang. Het leek alsof het ergste nu achter de rug was.

Eindelijk ging die groene vlag omhoog. Een zware damp steeg op van de weg. Die vent met zijn groene vlag in de lucht keek me recht in mijn ogen toen we hem passeerden.

Ik geloof dat ik knikte.

2

Ik kon me niet meer bewegen toen ik Thera voor het eerst zag. En daar is niets aan overdreven. Ik begon niet te zweten of te stotteren, nee, ik verstijfde. Dat was alles. Ik stond met twee rode, knipperende horentjes op mijn hoofd dicht bij de brug over de gracht en was nog niet in staat mijn pink te bewegen.

Thera Bouman.

Daar komt ze aan. Op haar zwarte suède laarsjes.

Haar wenkbrauwen en wimpers niet kinderachtig aangezet met mascara, haar lippen glanzend van de lippenstift. Met haar handen in de zakken van haar GAP-trainingsjack komt ze recht op me af.

Ze had een sierlijke loop, niet echt wat je noemt vrouwelijk, eigenzinnig eerder, stoer, ze wist hoe je op suède laarsjes over de gracht moest lopen. De mannen volgden haar met hun ogen, het leek haar niet op te vallen, ze was onaantastbaar. Niemand zou haar durven aanspreken of lastigvallen. Er was weleens iemand die zei dat ze er goed uitzag, er was weleens iemand die iets riep of floot. Maar altijd van een afstandje. Niemand viel haar lastig.

Het was een droge, maanloze avond, begin juni, en ik had al een uurtje of wat op de Achterburgwal heen en weer gelopen met die achterlijke, knipperende horentjes op mijn hoofd en een batterij in de binnenzak van mijn jack. Drie setjes had ik weten te slijten. Binnen tien minuten al. Aan een stelletje dronken Engelse toeristen, van die hompen dood vlees met tatoeages tot aan hun keel en een vierkante kop met Madame-Tussaud-blik. Daarna had ik geen moer meer verkocht. Dat is het nadeel van snel succes, dat je volledig anticipeert op grootse gebeurtenissen en vervolgens blijkt dat de beste tijd alweer achter je ligt.

Toen kwam Thera.

'Wat kosten ze?'

Ze keek naar de horentjes, ze keek niet naar mij.

'Vijfentwintig,' zei ik.

'Hoe werkt het?'

'Batterijtje, er zit een batterijtje bij.'

'Oké.'

Ze pakte een prop verfrommelde bankbiljetten uit haar zak en trok er een van vijfentwintig uit. Ik nam het geld aan en gaf haar een setje. Nog voor ze me daarom had kunnen vragen, deed ik de horentjes aan.

Over de brug reed een open auto, waaruit het geluid van James Brown gierde.

'Get up, get on up…'

Ze zette de horentjes op en stak de batterij in de zak van haar jack weg. Daarna haalde ze een pakje sigaretten tevoorschijn. Rothmans.

'Get up, get on up…' De muziek klonk aan de overkant van het water.

De sigaret hing al tussen haar lippen. Ik keek haar voor het eerst goed in haar ogen. Grijsblauw, metallic grijsblauw. Ze leek me stoned.

'Heb je een vuurtje?'

Ik had een aansteker in mijn broekzak.

'Nee.'

Al had ze een hele scheepslading van die shithorentjes in één keer van me afgenomen, dan nog zou ik niet in staat geweest zijn die aansteker te pakken. Ik was zo stijf en slagvaardig als een pak diepvriesspinazie.

'Ciao Diablo,' zei ze en liep met de knipperende horentjes op haar hoofd bij me weg.

Ze ging de brug op, ik hoorde haar hakken – tik-tikke-tak – toen ze hem overstak, en daarna zag ik haar aan de andere kant van de gracht. Een man gaf haar een vuurtje, ze boog zich voorover naar de vlam in zijn hand. Ze liep verder en verder. Verdween achter een grote groep toeristen, maar zo nu en dan kon ik de rode horentjes zien knipperen. Uiteindelijk daalde ze met drie regelmatig opeenvolgende schokken af, alsof de straat haar met een paar krachtige teugen had opgezogen. Dat was het laatste wat ik van haar zag.

Achter me werd geclaxonneerd. Ik wilde opzij stappen, maar ik was nog steeds stevig verankerd aan de straatklinkers.

'Get up, get on up…'

Ik draaide me om. Een zwarte, gloednieuwe Saab cabrio stond grommend voor me. Het probleem met die auto's is niet zozeer van technische als wel van sociologische aard. Doordat er zowel tandartsen als onderwereldfiguren in rijden, weet je nooit zeker of je een beuk moet uitdelen of ontwijken. Maar die twee gelokte kutkrabbers die ik achter de voorruit zag kleven leken me geen neosoulpooiers, eerder van die gasten uit Amstelveen die hun vaders wagen hadden geleend en er regelrecht mee van de golfbaan naar de hoeren waren gereden om daar een paar miljoen rondjes te rijden.

Zodra ik opzij stapte, spoot de auto weg en die etterbak achter het stuur wierp me een blik toe, zo'n blik die het een beschaafd mens niet eenvoudig maakt de nacht door te komen zonder al te veel soortgenoten op te ruimen.

Ik zette mijn horentjes uit, nam ze van mijn hoofd en stopte ze in de plastic tas. Daarna keek ik nog een keer naar het punt in de verte waar ik haar in de straat had zien verdwijnen.

3

Die horentjes. Ik had ze de avond voor ik Thera ontmoette gevonden. Een vreemde avond die begon in de snackbar van Fast Eddie, waar we meestal bij elkaar kwamen voor we de stad ingingen.

Ik herinner me dat Fast Eddie ziek was, nog zieker dan anders. Met een kromme rug hing hij de hele tijd over die gore frituurbakken van hem. Hij deed me denken aan een uitgeputte drenkeling die zwaar de pest in had dat ze hem uit het water hadden getild. Gestoord werd hij van die gastjes van de brommerbrigade die hun bestellingen door elkaar schreeuwden en voortdurend tegen zijn fruitautomaat aan schopten, maar nog gekker werd hij van het gebrul dat Gerrie Grolsch om de paar minuten liet horen. 'Aoooooohh!'

'Eddie is hartstikke beroerd,' zei ik.

'Zeker iets van zijn eigen spullen gevreten, weetjewel,' zei Otman met zijn hoofd in zijn nek om niets te missen van wat er op tv voorbijflitste. We keken naar zijn nieuwste video waarop twee halfnaakte negers blijmoedig en eensgezind vanuit de heupen zwaaiend met hun machetes een reuzenleguaan in repen hakten. Met een verrukte blik op al dat gehouw en gesplijt zoog hij aan zijn joint. Hij was een uitgesproken liefhebber van natuurfilms, Otman. Met zijn pet en zijn krullen en de ironische ondervoorbeet van een Engelse buldog. We hadden in een hoog tempo blikken Grolsch weggewerkt en nog wat olie gerookt en dan was iedereen eigenlijk wel in de stemming voor dit soort troep waar je anders niet naar kon kijken.

Fast Eddie kwam met de stijve benen van iemand die in zijn knie is geschoten naar ons tafeltje schuifelen. Om ruimte te maken voor mijn hamburger schoof ik de lege blikken opzij. Fast Eddies toupet stond scheef op zijn hoofd en zijn handen trilden toen hij het bordje neerzette. De rand van de hamburger stak onder het broodje vandaan, zwart, hard en vijandig.

'Misschien is het een goed idee als je er een ijzerzaag bij gaat leveren,' zei ik.

Hij reageerde niet, hij trok nog niet eens een wenkbrauw op. Eigenlijk is hij een heel gevoelige man, Fast Eddie. Gevoelig en kwetsbaar. Vroeger was hij SRV-man in Heemstede geweest, waar hij oorspronkelijk vandaan komt. Tijdens zijn werk had hij een whiplash opgelopen nadat zijn auto van achteren door een vuilniswagen was geramd. En hij had er niet eens in gezeten, kun je nagaan.

'Aoooooohh!'

Gerrie Grolsch richtte zich even op, knipperde met zijn ogen en legde zijn bolle kop weer op tafel.

'Hee Ber, hoe lang heeft je vader nou gekregen?' Dat was De Laatste Mode.

Ik nam een hap van mijn hamburger, het was alsof ik op een verschroeide cd kauwde.

'Achttien jaar, met aftrek van goed gedrag komt hij in 2011 vrij.'

Dat nieuwe suède Boss-jasje van hem was jaloersmakend mooi, moest minstens vijftienhonderd piek gekost hebben. In de winkel.

'Kanker man! 2011, nog niet eens een rond getal! Maar hee, je kunt beter in het bankje naar het vonnis van zo'n lul in toga moeten luisteren, dan in je kist naar het gesabbel van de wormen.'

'Het was een vrouw, de rechter was een vrouw.'

Ik weet niet waarom ik dat zei, het maakte voor het verhaal geen verschil of het een vrouw of een man was, maar om de een of andere reden kon ik het niet nalaten steeds meer details toe te voegen. Het was voor mij heel eenvoudig details te verzinnen, veel eenvoudiger dan ze te onthouden. En daarin school het gevaar. Ik had verteld dat mijn vader in Lyon was opgepakt in verband met een grote cokedeal en dat hij bij zijn arrestatie iemand van het arrestatieteam dwars door zijn wang had geschoten. Dat deed het goed, die doorboorde wang. Was weer het voordeel van details, je prikkelt er zo de verbeelding mee dat het wel echt moet zijn. Het was ook echt. Ik had het uit een dossier van mijn moeder. Mijn moeder werkt bij de reclassering. Mijn vader is bijna zes jaar dood.

Vlak voordat we de stad ingingen, stapte Jamal nog binnen. Jamal woont bij Otman in de straat. Hij kwam een colaatje drinken en zou niet met ons meegaan, hij had de volgende dag een toernooi. Hij speelde in Ajax 2, het voorportaal van de Arena. In *Het Parool* hadden ze hem 'een van de grootste talenten uit de eigen kweek' genoemd. In gedachten zaten wij al met vrijkaartjes op zak op de eretribune van de Arena te kijken naar hoe 'een van de grootste talenten uit de eigen kweek' ondanks dat teringknollenveld elegant drie, vier man uitspeelde en de bal het net in joeg. Jamal! Jamal! Jamal! We konden niet wachten.

'Dus ik rijd mee in haar auto,' hoorde ik De Laatste Mode tegen Jamal zeggen. 'Zegt ze tegen me: ik moet eerst nog even tanken. Ze stopt bij de Shell op de Haarlemmerweg, hee…'

Ik kende dit verhaal en volgens mij kende Jamal het ook al, ik zou tenminste niemand kunnen opnoemen die het verhaal over de Shell-zegeltjes op zijn pik nog niet kende, maar voor Jamal was er nu geen ontkomen meer aan. Ik richtte mijn blik snel op de televisie voordat De Laatste Mode me met zijn psychopathische oogopslag zou dwingen een verplicht halfuur aan zijn lippen te hangen voor een verhaal dat ik al duizend keer had gehoord. Dat was je voornaamste taak als je bevriend was met De Laatste Mode. Naar hem luisteren. Die gast had geen vrienden nodig, maar publiek.

'Aoooooh!'

Gerrie Grolsch zijn vader kwam binnen, groette ons vriendelijk en begon zijn zoon voorzichtig op te tillen.

'Kom jongen,' zei hij zacht, 'we gaan lekker naar huis.'

'Ze parkeert haar auto achter de oude Maggifabriek,' hoorde ik De Laatste Mode zeggen, 'ze trekt de handrem aan en gaat gelijk uit de kleren, dat wijf hee…'

Om die stem buiten te sluiten concentreerde ik me op de wrede choreografie van de tv-beelden. Uit mijn ooghoeken zag ik Gerrie Grolsch, ondersteund door zijn vader, naar de deur strompelen.

'Een betere vader bestaat niet,' zei Otman toen we even later buiten liepen.

'Wat dacht je van zijn moeder,' zei ik. 'Loopt verdomme iedere dag met kratten pils te sjouwen. Ze doet alles voor hem.'

De Laatste Mode hield zijn mond omdat hij daar niets tegenin kon brengen. De ouders van Gerrie Grolsch waren zo goed dat hun zoon de vetste junk van Amsterdam en omstreken was. Hij gebruikte al negen jaar heroïne en woog toch tegen de honderd kilo. En omdat hij de hele dag bij Eddie zat te schransen en te zuipen werd hij alleen maar zwaarder. Hij droeg schone, dure kleren, zijn haar was altijd gewassen, voor zijn laatste verjaardag had hij een Harley van zijn ouders gekregen.

Ze hadden een paar stomerijen, die twee, en iedere ochtend voor ze naar hun werk gingen, zetten ze een dienblad voor hem klaar met daarop een compleet ontbijt met croissants, jus d'orange, pistoletjes, de hele handel. En naast zijn bord lagen een paar briefjes om zijn smack te bekostigen. Negen jaar lang al. Hij wist niet eens hoe je een autoradio moest jatten, die cholesterolput. Hij had nog nooit een keer niet in zijn eigen bedje geslapen.

'Echt te gekke ouders, weetjewel,' zei Otman.

We liepen door het winkelcentrum naar de auto waarover Otman de hele avond geheimzinnig had gedaan. De rolluiken op de Grote Tochtvlakte waren omlaag. Hier en daar hadden die gastjes van de brommerbrigade toch nog kans gezien om door de mazen van het ijzerwerk heen etalageruiten in te slaan. Het maakte niet veel uit, de meeste winkels stonden leeg. En op vijf minuten afstand werd een spiksplinternieuw winkelcentrum gebouwd. De brommerbrigade had de op de stoep geparkeerde auto omsingeld. Otmans broertje stond met zijn neus vooraan.

'Nou?' begon Otman.

'Is dit hem?'

De Laatste Mode bekeek de auto met een mengeling van ongeloof en walging.

'Het is een Smart weetjewel, rijdt als een speer.'

De Laatste Mode keek van het autootje naar Otman. Stalen ogen.

'Je bent de allergrootste sucker die ik ooit in mijn leven heb ontmoet, Otlul.'

De auto stond voor het zwartgeblakerde rolluik van de winkel waar tot de brand eind verleden jaar een speelgoedzaak in gezeten had. Het eerste wat me opviel, eerder dan de auto zelf, was het tot surrealistische proporties vergrote blik op het dak. Een blik van Red Bull Energy. Het autootje was in paars en groen gespoten en op de deuren stond met grote letters *Red Bull*.

'Van alle auto's die je kunt jatten, kom jij met dít aan.'

'Ik wou hem niet houden, ik dacht alleen voor vanavond, Rachid, weetjewel.'

'Dat ding is gemaakt om op te vallen, een kankerpromo-autotje is het, en daar wil jij mee de stad in.'

We liepen naar de taxistandplaats en lieten ons naar het plein rijden, waar we wat dronken en De Laatste Mode een jongen met een paardenstaartje vanuit het niets een dreun op zijn gezicht gaf en, toen die jongen met een wazige, gehavende kop uit de terrasstoeltjes opklauterde, hem vreselijk begon uit te schelden omdat er een paar bloeddruppels op zijn nieuwe jasje waren gespat. Otman en ik bekeken het van een afstandje en wachtten het moment af waarop die zak weer wat gekalmeerd was.

We belandden uiteindelijk in de Escape. De Laatste Mode kende er een van die gevallen van anabole steroïden aan de deur, waardoor we zonder problemen naar binnen konden.

'Lekker nummer,' zei Otman, 'lekker loungy.'

'*Big beat*, lul!' zei De Laatste Mode.

'Te gek, hè,' zei Otman.

'Moet je dat zien,' zei ik.

De meid die voor ons langsliep droeg een Volvo-wielershirt.

'Krijg je ervan, te weinig buitenlucht en te veel gevinger…'

'Ze zou wat aan die neus moeten laten doen,' zei Otman.

'Als ze aan alle lelijke dingen wat zou laten doen, dan houdt ze geen kop meer over.'

'Zet die achterlijke pet eens af,' zei De Laatste Mode.

We stonden aan de bar te drinken. Hij trok de stopverfkleurige Nike-pet van Otmans hoofd en wierp hem over zijn schouder op de vloer. Hij kon het niet hebben dat we ons vermaakten. Hij had er een hekel aan als je het naar je zin had, die haatjunk wilde dat je je kut voelde, in ieder geval niet beter dan hij zich voelde. Zonder haat was hij niets, helemaal niets.

'Zo'n pet kan echt niet meer, man.'

Er werd op getrapt. Ik zag Otman naar zijn pet kijken, ik zag de twijfel, het gevecht, de afweging. Hij zou hem kunnen oppakken, maar dan zou De Laatste Mode zijn kop misschien net zo verbouwen als die van die jongen met het staartje. Het was ook heel goed mogelijk dat De Laatste Mode alleen maar als een haai zou grijnzen en zijn handen zou thuishouden. Dat was het probleem met De Laatste Mode. Dat je het niet wist. Niet zeker wist.

'We nemen nog een lekker cocktailtje, hee,' zei De Laatste Mode.

Ik weet niet hoe hij het klaarspeelde maar op de een of andere manier wist hij die woorden te laten klinken als de bedreiging met een roestig mes carpaccio van je te maken. Otman liet zijn pet op de grond liggen, maar wierp er zo nu en dan, als De Laatste Mode een sigaret opstak of nog drie cocktails bestelde, een blik op. De Laatste Mode had een gestolen Visacard waarvan de magische overtuigingskracht ieder moment in 'sorry meneer, een probleempje' kon veranderen. Het was een race tussen hem en die kaart, De Laatste Mode versus Afdeling Fraudebestrijding van Visa. En wij waren ingehuurd om tijdens de laatste uren van de kaart zijn multinationale tegenstander nog een gevoelige klap toe te brengen.

'Die fuckingnikker denkt dat-ie heel wat is.'

Hij wees naar een zwarte jongen met een kaalgeschoren kop en oorringen. Hij droeg een visnet-T-shirt en had de juiste hoeveelheid spieren en zweet en armen, die hij om een meisje had geslagen met benen zo lang en mooi dat je serieus aan zelfmoord begon te denken. De Laatste Mode hing een verhaal op over kankernegers en kanker-Turken en kanker-Amerikanen, die laatsten hadden sinds de rellen op het Museumplein ook een notering op *Rachids Haatparade* bereikt. Hij vertelde dat hij die kanker-Amerikanen het liefst allemaal, stuk voor stuk, met hun ballen in een jampotje, van Irak naar L.A. zou laten zwemmen. Daarna ontvouwde hij een strategie om in één keer van die kankernegers af te komen. Hij droeg indrukwekkend ambitieuze plannen aan, met voorbeeldige ernst. Je kon horen dat hij er lang over had nagedacht. De CP zou een goeie partijfilosoof aan hem hebben. Als hij geen Marokkaan was.

Mijn vader stierf aan een hartinfarct. Mijn broer en ik zaten 's nachts boven aan de trap en hoorden hem beneden in de woonkamer een raar geluid maken. Hij blafte als een hond. Het klonk niet als doodgaan. Mijn moeder was erbij. Zij heeft het allemaal gezien. Wij konden hem alleen maar horen. We dachten dat hij moest overgeven. 'Net goed,' zei mijn broer, 'moet-ie maar niet zoveel zuipen.'

Een ambulance met zwaailicht en sirene stoof ons huis voorbij, hij reed veel te ver, ze hadden het verkeerde nummer doorgekregen. Even later keerde hij terug en verlichtte het pulserende blauwe licht mijn kamer. Ze schoven hem op een brancard de ambulance in.

Mijn vader was geen zuiplap.

De Laatste Mode had wat speed in de aanbieding, Otman deed mee, ik niet. Ik heb het niet zo op speed. Als je te weinig gebruikt ben je chagrijnig, gebruik je te veel dan ben je hartstikke scheel.

Volgens Otman beschermt speed je tegen ziekten.

'Welke dan?' vroeg ik.

'Alle ziekten die ik niet krijg.'

Hij gebruikt alles: speed, coke, XTC, stuff, drank, pillen, alles behalve heroïne. Liefst door elkaar, en in onmogelijke elkaar bevechtende combinaties. Er zit geen beleid achter wat hij doet. Hij pakt wat hij pakken kan. Maar misschien zou je dat ook beleid kunnen noemen.

Ineens stond De Laatste Mode op de dansvloer. Otman raapte zijn pet op, klopte hem uit en stopte hem weg in zijn zak.

'De tijd van de krantenwijken is voorbij, Ber.'

Hij knikte razendsnel met zijn hoofd. De speed deed zijn heilzame werk. Hij had nooit een krantenwijk gehad, en ik ook niet. Het sloeg dus nergens op, maar het klonk goed, moet ik zeggen. Hij bracht het met schwung. Zijn toon deed een beetje denken aan die beroemde rede van dominee Martin Luther King. Het had iets profetisch.

'Drink jij die cocktail nog?' vroeg ik.

'Neem maar.'

Hij gaf hem me al aan.

We raakten in gesprek met twee meiden. Otman deed het woord, hij kraamde alleen maar pijnlijke onzin uit, maar het leek niet eens zo slecht te vallen. Toen vertelde een van de meisjes, de dikste en kleinste van de twee (ze droeg een doorzichtig zwart hemdje waaronder je haar zwarte beha – haar *unique selling point* – zag schemeren), dat haar grootmoeder die dag was gestorven.

'Godverdomme, shit hee!' zei Otman. Te snel, te gretig. Het werd even stil en toen begonnen Otman en ik als gekken te lachen. We konden niet meer stoppen, we huilden bijna van het lachen.

Even later kregen we nog een herkansing met twee andere meiden. Wat is dat toch? Waarom moet als een van de twee ermee door kan, de ander altijd het zusje van Frankenstein zijn, is dat wettelijk vastgelegd of zo? Het valt me steeds weer op: je loopt tegen twee meiden aan en die ene gaat wel maar die andere… bij deze was het haar huid, alsof ze gratis zwemles in Fast Eddies frituurbad had gehad. Die andere was in orde, ze had onmiskenbaar een veelbelovende mond. Otman had zich al op haar gestort nog voor ik haar goed had kunnen aankijken.

'Wat doe je eigenlijk?' vroeg hij.

'Ik studeer,' zei ze, 'theater- en televisiewetenschappen.'

'Hee, dat is toevallig... Mijn neef heeft verleden week een gast van *Netwerk* het ziekenhuis in geslagen.'

Daarna begon hij over die nieuwe kutvideo van hem te vertellen, over hoe die beesten elkaar op zo'n technicolor-eilandje in de Stille Oceaan opvraten en openscheurden – hij speelde de actie na, inclusief bijten, springen en het vermorzelen van botten tussen enorme kaken. Hij werd een bloeddorstige krokodil, een halfopgevreten gazelle... Goed zo, dacht ik, stomme etterlul, ga maar door zo met je ijle speedkop, lul jezelf maar de achterdeur uit, nog even en ík maak mijn entree en dan is die geile mond helemaal voor mij.

Maar waarschijnlijk kon ze hem niet verstaan, doordat hij zo snel sprak of misschien door de harde muziek. In ieder geval liep ze hand in hand met hem naar de dansvloer waar hij buitenproportioneel enthousiast begon te stuiteren.

Ik bleef met Miss Frituur achter. Het viel me nu pas op hoe fors ze was, dat hoefde niet altijd een nadeel te zijn. Ze droeg Timberland-gympen, een maatje of twee groter dan die van mij, en uit haar gehele fysiek sprak de zekerheid dat die voeten van haar het hierbij niet zouden laten. We stonden naast elkaar en keken naar die twee op de dansvloer.

'Studeer jij ook theater- en televisiewetenschappen?' vroeg ik.

Niet omdat het me interesseerde, maar gewoon omdat ik voelde dat ik iets moest zeggen.

'Ik ga even naar de wc,' zei ze met een digitaal stemmetje en liep weg.

Dirty Berry zegt: Neem je tijd, lieve schat. En trap niet op kleine kinderen.

Ik keek om me heen, de schappen lagen nog vol, maar de meeste meiden waren al besproken of zagen er zo geweldig uit dat ik er niet op af durfde te stappen. Op de dansvloer danste een heel mooi meisje, een en al jukbeen, in haar eentje. Ik overwoog even om bij haar te gaan staan en me langzaam in beeld te werken, maar dat zou nog een hele toer worden want ze had haar ogen vrijwel dicht en sprong in het rond alsof er Bengaals vuurwerk in haar slipje zat. Misschien had ik toch ook een stuitertablet moeten nemen, kon in een tent als deze, waar alles snel ging en iedereen alles aankon, geen kwaad. Verderop bij de catwalk, zag ik De Laatste Mode een meid met lang blond haar in het nauw drijven. Hij had een peuk in zijn mond en op zijn gezicht lag een wrede, waanzinnige uitdrukking, alsof hij maandenlang een bloedspoor had gevolgd en nu eindelijk zijn prooi met de rug tegen de muur had. Het kostte hem geen enkele moeite om op meiden af te stappen, je kon hem op dat punt niet beledigen, daarin voorziet een IQ van 48 niet. Het woord afwijzing was voor hem betekenisloos. Ze wilden neuken of ze wilden niet neuken, de meesten wilden niet neuken, daarom moest je er zoveel mogelijk aanspreken. De wereld volgens De Laatste Mode.

'Als je moet wachten tot Berry een chickie aanspreekt, kun je wachten tot je zo oud en seniel bent dat je hem niet meer omhoogkrijgt,' zei hij nog niet zo lang geleden over mij. Die lamlul kon zich gewoon niet voorstellen dat je niet op iedere meid afstapte met geen betere reden dan een beetje slap uit je nek kletsen.

Plotseling moe en gevaarlijk dicht het punt van halfstok genaderd liet ik m'n blik over de bewegende lichamen en fluorescerende bekken in het gekleurde licht dwalen. Het gebonk van de mathematisch in elkaar gesleutelde muziek trilde na in mijn borstbeen. Ke-beng! ke-beng! Iedere slag mokerde me nog een beetje downer. En de wetenschap dat ik geen geld had om wat poeder of een cocktail als antidepressivum in te zetten maakte het er niet beter op. Op een gegeven moment merkte ik zelfs dat ik me begon af te vragen waar Miss Frituur bleef. Ze was inmiddels een kwartier op de wc. Wat was nou een kwartier, in haar geval? Niks, helemaal niks. Een plastische chirurg zou algauw een uurtje of drie zijn handen aan haar vol hebben, maar toch… ik voelde gewoon dat ze niet meer terug zou komen. Jezus, ik was nu wel op een gevaarlijk min-min-minpunt beland, dieper zinken kon niet, als je al begon uit te kijken naar de terugkeer van Miss Frituur...

'Hee!'

Ik draaide me om en keek in de grote, troebele ogen van Mirjam. Ze droeg een kort zwart rokje en een lichtgroen T-shirt van een flinterdunne stof die schokkende dingen met haar borsten deed. De muziek veranderde juist, van house in hiphop, een nieuwe dj had het overgenomen en begon zijn set met Run DMC, dat weet ik nog precies. *I'm the king of the rock | there is no one higher...*' Ik hield van dat nummer en die *hood*-intonatie. Nog steeds trouwens.

'Tyfuslijer,' zei ze.

'You can call me Berry.'

'Wat? Nee niet jij, Rachid.' Mirjam was de vriendin van De Laatste Mode.

'Heb jij wat bij je?' vroeg ik. 'Tijd voor mijn medicijntje.'

Ze opende haar tas waarbij haar rozegeverfde pieken over haar gezicht vielen en gaf me een pilletje. Ze nam er zelf ook een, wat mij niet verstandig leek, want ze kon nog amper op haar plateauzolen staan.

'Hij zou me thuis bellen, die zak, en... en nu staat hij met een of andere hoer.' Ze draaide zich om naar waar De Laatste Mode nog niet zo lang geleden met dat blonde prooidier had gestaan, maar hij was weg. Waarschijnlijk had hij haar aan haar lange haren een hol ingesleept.

Mirjams rokje spande om haar billen, die een creatie leken van een beeldhouwer met een verontrustend scherp oog voor viezigheid. Ze had een, hoe moet ik haar lichaam beschrijven, ze had een onverdraaglijk lichaam. Zeker op die avond, op dat moment. Zoveel dronkenschap, zoveel mond, zoveel uitdaging, in zo'n godvergeten lekker lichaam... En zo dichtbij. O Mirjam. *Dirty Berry zegt: Volg me naar de wc en laat alles maar gewoon over je heen komen...*

We stonden een tijdje naast elkaar zonder te praten. Af en toe deinde ze met haar schouder tegen me aan.

'Ik stop ermee, ik maak het uit,' zei ze opeens.

'Ik dacht dat je dat verleden week al had gedaan en die week ervoor ook.'

'Nu maak ik het echt uit. Hij kan de tering krijgen.'

'Stelt niks meer voor tegenwoordig, tering. Echt, niks.'

Ik begon me al wat beter te voelen. Run DMC, Mirjam, het medicijntje.

'Weet je,' zei ze, 'ik geloof dat ik even wat frisse lucht nodig heb.'

We gingen naar buiten en liepen een stukje over de gracht. Ik moest haar ondersteunen. Onder mijn vingertoppen voelde ik het zachte vlees van haar borsten. We belandden bij een bloemenstal en ik installeerde haar met haar rug tegen de zijkant. Ze deed haar hakken uit.

'Hij is echt een klootzak, als je eens wist wat hij allemaal uithaalt.'

Ik kon me daar vrij behoorlijk een voorstelling van maken. De Laatste Mode had mij en Otman enige malen met superieure gedetailleerdheid uit de doeken gedaan wat hij met haar uithaalde en wat zij met hem uithaalde. Vooral dat laatste had ik goed onthouden.

Een dronken vent met rode knipperende horentjes op zijn hoofd en een plastic tas in zijn hand kwam voorbij, wierp een nijdige blik in onze richting, mompelde wat en verdween weer als een geestverschijning.

'Ik wil naar Majorca,' zei Mirjam. Ze was slecht te verstaan waardoor ik eerst iets anders meende op te vangen: ''k wil naajmajokka', wat ik niet kon thuisbrengen, maar niettemin een prikkelende uitwerking op me had. Wat dat *naajmajokka* ook mocht betekenen, de zondige klanken ervan bevielen me en ik wilde, misschien nog meer dan zij, ook *naajmajokka*.

'Ik ga morgen boeken, samen met Yvonne. Hij kan opfucken, Rachid, 'k ga mooi.'

Dat was het moment waarop ze mijn gezicht vastpakte en me begon te zoenen. Ik voelde haar tong zich langs mijn lippen en tanden wurmen. Hij was nat en warm en groot. Ondanks de fysieke staat van de eigenaresse verried hij een soepele en olympische vastberadenheid. Ik dacht aan De Laatste Mode en zag heel even voor me hoe hij de muren van Fast Eddies Slow Food Restaurant met me pleisterde.

Ze greep mijn handen en legde die op haar borsten. Zonder verder overleg met het hoofdkantoor begonnen die twee haar te masseren, ze grepen haar tepels vast en knepen erin tot ze zachtjes kreunde.

'O Berry,' zei ze.

Ze wist in ieder geval nog dat ik het was die in haar tepels kneep, goed voor het ego, slecht voor het lichaam, in termen van een mogelijke strafvervolging.

Ze likte mijn wang, mijn lippen. Het was een heerlijk gevoel. Ik dacht aan de dingen die De Laatste Mode over haar experimentele tong had verteld. Ik trok haar T-shirt omhoog en hield haar borsten in mijn handen. Ze begon mijn broek los te maken. Ik liet mijn ene hand zakken en voelde haar slipje door de stof van haar rokje heen. Ik sjorde haar rok omhoog. Zij stak haar hand in mijn gulp.

'Het zeewater is daar in augustus 24 graden,' hijgde ze in mijn oor.

'Mooi,' zei ik.

'Majorca,' zei ze.

'Ja,' zei ik, 'Majorca.'

Ik had met mijn vingers de rand van haar slipje bereikt. Ik trok de stof opzij.

Op het moment dat ze mijn lul uit mijn broek haalde, klonk achter me een indrukwekkende plons, alsof iemand een fiets in het water smeet. Gevolgd door een rauwe lach. De lach van een gek. De lach van een gek die fietsen in het water smeet. Of erger. Mijn vingers baanden zich door het dons een weg naar de tropische lagune waar de zee 37,2 graden was, zomer en winter. De Laatste Mode was mijlenver weg, diep, diep onder de grond, dood, precies wat hij verdiende, die klerelijer. *Dirty Berry zegt: We mogen de mensen in het land niet teleurstellen.*

En toen voelde ik iets wat ik niet wilde voelen, een koordje, een wurmpje van stof dat uit het dons omlaaghing, tussen het vlees van haar volle dijen. Mijn hand schoot terug. Die van haar ging nog steeds heen en weer. Omhoog en omlaag. Iets was er nog in orde.

'Kom,' zei ze. 'Kom maar.'

'Ik… je bent ongesteld,' zei ik.

Haar hand viel stil.

'Echt? Godver… was 'k vergete.'

Zij misschien, De Laatste Mode niet, daarom had die klootzak haar vanavond natuurlijk laten zitten. Omhoog en omlaag, daar ging haar hand weer, mijn laatste hoop. Als ik dan toch geëxecuteerd moest worden, dan liefst niet vanwege een jammer-net-niet-ervaring. Het komt er niet op aan hoe lang, maar hoe goed je hebt geleefd. Seneca. Ik wilde niet aan Seneca denken, want als ik aan Seneca dacht, dacht ik aan het Barlaeus en als ik aan het Barlaeus dacht… Ik concentreerde me op haar hand. Toen ging ze door haar knieën waarbij ze haar evenwicht verloor. Ik raapte haar op van de straat en stelde haar zo nauwkeurig mogelijk in positie. Zonder verdere aanmoedigingen daartoe nam ze mijn pik in haar mond. En zo, op haar knieën, deed ze boete voor al haar zonden.

Het was goed. Het was bijna goed genoeg om voor te sterven. Toen het voorbij was, veegde ze haar mond aan mijn broek af. Langzaam hief ze haar hoofd op, ze keek omhoog, het schijnsel van een lantaarn viel op haar gezicht. Ze zag er moe en triest uit. Of ze ieder moment kon breken. Traag sloot ze haar ogen.

Onderweg naar de taxistandplaats zag ik op de brug een plastic tas staan en een meter verderop lag een schoen, een herenschoen. Ik keek in de tas. Die zat vol met van die horentjes en batterijtjes. Ik keek nog eens naar die schoen en toen naar de brugleuning. Wat was er met die vent gebeurd? Ik kon het niet verklaren. Waarom weet ik niet, maar ik pakte die tas op.

'Wat zit erin?'

Ze had haar schoenen in haar hand.

'Een kunstnier,' zei ik.

'Hee Ber, ik heb honger,' zei ze. 'Heb jij ook zo'n honger?'

'Ik breng je naar de taxi.'

4

Het was een klein nietszeggend gebouwtje, de politiepost in Bret-teville-sur-Laize. De oudste van de twee ondervroeg me terwijl zijn collega achter zijn bureau met een stuk in aluminiumfolie gerold stokbrood, een homp kaas, plakken tomaat, een hardge-kookt ei en wat olijven uit blik zat te picknicken.

Ik moest mijn naam, mijn leeftijd en nog veel meer opgeven. Toen wilde hij van me weten wanneer en hoe ik binnen was geko-men. Ik vertelde hem dat ik twee dagen eerder 's avonds via het raam was binnengedrongen. Hij wilde heel precies van me horen hoe ik met die steen het glas had stukgeslagen en vervolgens het raam geopend.

'Waarom heeft u daar ingebroken?'

'Ik wist geen andere plek.'

'Een hotel?'

'Nee.'

'Heeft u spullen gestolen?'

'Ik heb alleen een paar blikken soep en sardines opengemaakt. En ik heb een keer getelefoneerd.'

Hij begon dat allemaal in te tikken, met twee vingers.

'U begrijpt dat we contact zullen opnemen met de eigenaar en alles wat u nu zegt gaan controleren.'

'Dat begrijp ik.'

'Was dat telefoongesprek… internationaal?'

Ik knikte.

'Dus uw familie was de vroegere eigenaar van het huis?'

'Tot april '94 was het van ons.'

Hij nam mijn gezicht onderzoekend op. Toen zette hij met een zucht zijn pet af.

'De huidige eigenaars zijn ook Hollanders, nietwaar?'

'Ja, het huis is aan Hollanders verkocht. Ze hebben het nog steeds. Ik zag het aan de foto's.'

'U kent ze?'

'Nee, maar ik heb ze gezien toen ze het huis kwamen bekijken.'

'Wilt u iets drinken, koffie of thee?'

'Koffie,' zei ik.

Hij keek even in de richting van zijn jongere collega, die stond met tegenzin op en verliet de kamer.

'We hadden een pony, een IJslandse pony, die is ooit een keer ontsnapt en toen zijn er twee gendarmes langs geweest om ons te waarschuwen, zegt u dat iets?'

Hij ging met zijn hand door het verwarde grijze haar rond zijn kale schedel. Hij had zware wenkbrauwen en zijn gezicht was bedekt met een netwerk van purperen adertjes.

'Een pony? Hoe lang geleden?'

'Een jaar of negen.'

De collega zette twee bekers met koffie voor ons neer.

'Nee, zegt me niets.'

Hij opende zijn bureaulade, haalde er een plastic trommeltje uit, wrikte het deksel los en bood me een koekje aan. Ik nam er een uit. Toen leunde hij achterover in zijn stoel.

'Charles, zegt jou dat iets, een ontsnapte IJslandse pony?'

5

'Zit je soms op mij te wachten?'

Ik weet het nog. Dat was het eerste dat ze tegen me zei, het eerste nadat ik haar een week eerder met die knipperende horentjes op haar hoofd had zien verdwijnen. Op elf setjes na had ik ze allemaal verkocht, die horentjes; de laatste had ik aan het broertje van Otman meegegeven, die zou ze op school verkopen en me de helft van de opbrengst geven. Niet dat ik ooit een cent heb gezien. Dat joch is twaalf, maar ze kunnen hier in de Bijlmerbajes alvast een plaatsje voor hem reserveren.

'Raymond?' vroeg ze.

Ik keek van mijn plaats aan het cafétafeltje naar haar op en zag aan haar ogen dat ze me niet herkende, dat ze geen idee had wie ik was. Ik aarzelde.

'Ja,' zei ik.

Ze kwam tegenover me zitten en bestelde een cappuccino met een Tia Maria.

'Sorry dat ik zo laat ben,' zei ze. 'Het valt me mee dat je er nog zit.'

'Ik heb geen haast,' zei ik.

Ze droeg hetzelfde GAP-trainingsjack als op die avond en net als toen was ze niet zuinig geweest met make-up. Ik had het idee dat ze, hoewel het al tegen drieën liep, nog maar net uit bed was.

Ik zei zo min mogelijk, wat me in het begin tamelijk eenvoudig afging, omdat zij kennelijk veronderstelde dat zij eerst het woord moest doen. Het was de kunst zo lang mogelijk, met minimaal verbale inbreng en maximaal auditieve aandacht – een houding waarin ik als vriend van De Laatste Mode was getraind –, de conversatie gaande te houden. De tijd die me op die manier gegund was moest ik zo economisch mogelijk benutten om de informatie te ordenen en in een context te plaatsen, hoe vaag die ook was.

Het eerste vraagstuk was natuurlijk: wie is die Raymond? In ieder geval een fucker die zijzelf ook niet kende, althans niet goed kende, want ze had hem nooit gezien.

Vraagstuk twee was: waarom zou zij Raymond hier treffen? Het bleek niet eenvoudig om uit het netwerk van namen, bedragen, plaatsen en anekdotes dat over haar bordeauxrode lippen rolde, het kaf van het koren te scheiden. Maar gaandeweg meende ik eruit op te maken dat Raymond een filmproducent was die haar een brief had gestuurd naar aanleiding van een fotoreportage die ene Ben van haar had gemaakt voor de *Penthouse*. In zijn brief had hij haar voorgesteld om te praten over een rol in een door hem te produceren film en om die reden had hij hier in het café met haar afgesproken. Door die foto's in *Penthouse* zou hij haar wel herkennen, had hij geschreven.

Ik begon mezelf net te complimenteren met het oplossen van het cryptogram toen een en ander een nadelige wending nam.

'Nou, ik zou zeggen: *shoot*, om wat voor film gaat het?'

Ze nam een slok Tia Maria, mengde de likeur in haar mond met een slok koffie, slikte en ging achteroverzitten.

Het was een dag met mooie wolken. Dat weet ik nog, want ik was er die ochtend en middag met het fototoestel van mijn vader op uitgetrokken. Ik had een stuk of twintig foto's van wolken gemaakt. En toen was ik dat café binnengestapt om iets te drinken. Mijn fototoestel had ik op de hoek van de tafel gelegd. Later zou ze zeggen dat het de camera was geweest die haar het idee gaf dat ik Raymond moest zijn. Dat heb ik nooit helemaal begrepen. Ofschoon ik niet onvermeld wil laten dat het een zeer professioneel ogende camera was, zo'n oude Nikon F2, met flink wat metaal en het onverwoestbare gestel van een commando.

Ik had die dag iets nieuws uitgeprobeerd. Voor het eerst had ik meer dan alleen maar lucht gefotografeerd. Lucht was mijn specialiteit. Lucht was het enige dat ik fotografeerde. Lucht. Wolken. Tot die dag. Ik had op mijn rug in de wat nauwere straten en stegen van het centrum gelegen en wolken gefotografeerd maar met aan de randen van het kader – en dat was het nieuwe, het experimentele – lijntjes daklijst en gevel. Ik was nieuwsgierig naar het effect daarvan, na anderhalf jaar van wolken en niets dan wolken.

In de Tuindwarsstraat was er een vrouw op me afgekomen. Ineens hing ze boven me. Ze had een foxterriër onder haar arm. Het was een vreemd perspectief zo vanaf mijn plek op het wegdek, en de verleiding was dan ook groot om snel een foto van haar te maken. Maar de purist in mij hield stand. Lucht. Wolken. Ze torende hoog boven me uit en keek op me neer.

'Bent u van Rentokil?' vroeg ze.

'Nee,' zei ik, 'ik maak een foto.'

'O,' zei ze.

Ik had verwacht dat ze nog iets zou zeggen of dat ze door zou lopen, maar dat gebeurde niet. Ze bleef me aanstaren, met een vreemd dwingende blik die me het gevoel gaf dat ze net zolang naar me zou blijven kijken tot ik in die vent van Rentokil was veranderd.

Ik herinner me al die dingen tegelijk. De Tuindwarsstraat, die vrouw met haar hond, 'zit je soms op mij te wachten?' – het gebeurde allemaal op diezelfde dag. Een dag met mooie wolken.

Vanaf het moment dat ze mij het initiatief opdrong duurde het nog geen twee minuten voordat ze me doorhad. Ze was woedend, ze noemde me een vuile smiecht en wilde opstaan. Ik hield haar tegen, ik vertelde haar dat ik degene was geweest die haar de horentjes had verkocht en dat ik door dat vreemde toeval even in verwarring was geraakt en me maar voor Raymond had uitgegeven. Ik zei dat ik al een keer over haar gedroomd had, wat waar was. En dat ik geen gevaarlijke gek was, wat ook waar was, ofschoon er heel wat mensen zullen zijn die dat nu met grote inzet zullen tegenspreken.

'Dat zeggen alleen gekken,' zei ze.

'Wat?' zei ik.

'Dat ze geen gevaarlijke gek zijn.'

'Wie zegt dat?'

Ze lachte en ik wist dat ik nog een kans maakte.

Ja, ik zát op haar te wachten, al wist ik dat toen nog niet. Ik heb altijd op haar gewacht. Ik wacht nog steeds op haar.

Er ontbrak een klein stukje aan een van haar snijtanden. Dat zag ik toen ze lachte. Ik vond het mooi, ik kon me niet voorstellen dat een gave tand haar beter had gestaan. Ik vergezelde haar naar Magna Plaza waar ze een spijkerbroek kocht en waar we bij Virgin naar cd's luisterden. Op de roltrap las ze me uit de *Beau Monde* mijn horoscoop voor.

'U komt voor de keuze tussen uiterlijk vertoon of innerlijke ontwikkeling te staan. Het kan ook beide!'

'Geloof je in die onzin?' vroeg ik.

Ik lachte, ja, ik lachte haar uit, niet wetende dat ik nog bereid zou zijn door het vuur te gaan om haar stem te mogen horen terwijl ze mijn horoscoop voorlas.

Ze nam me mee naar Nam Kee, een Chinees restaurant op de Zeedijk.

'Ik betaal. Lust je oesters?'

'Nooit geprobeerd,' zei ik.

Ze bestelde twee dozijn gestoomde oesters. We dronken er bier bij. Koud bier en oesters.

'En?' vroeg ze tijdens het eten.

'Goed,' zei ik.

'Goed? Lekkerder bestaat niet,' zei ze. 'Ik eet ze iedere dag. Welcome in paradise, stranger.'

Ik vond ze eerlijk gezegd smerig en normaal gesproken zou ik er nog niet eentje opgegeten hebben. Maar de manier waarop zij erover vertelde en ze in haar mond stak, wekte een onvoorziene moed in me op. Ik slikte ze door zonder te kauwen. Het moeilijkste vond ik om ondertussen te blijven kijken alsof er niets aan de hand was.

Toen we buiten kwamen, wilde ze dat ik een foto van haar maakte.

'Dat gaat niet.'

'Is het te donker?'

'Nee, dat is het niet. Ik fotografeer geen mensen.'

'Waarom heb je dan zo'n ding bij je?'

'Niet om mensen te fotograferen.'

'Zak.'

Ze was beledigd. Echt beledigd.

Ik wees omhoog naar de hemel.

'Dat fotografeer ik.'

'De lucht?'

Ik knikte. In het lawaai van de vroege avond, onder de schemerige hemel, wij tweeën in het midden van de straat, mijn opgestoken hand.

'Jezus, man, jij bent me wel wat schuldig na die rotstreek van vanmiddag. Maak godverdomme een foto van me.'

Ik aarzelde, nam mijn camera in beide handen, richtte de lens op de hemel, draaide de scherptering naar oneindig en drukte af.

Klik.

'Zak.'

'Hoe laat is het?'

Met tegenzin keek ze op haar horloge.

'Tien over half acht.'

'Veertien juni 1999, tien over half acht, de hemel boven de Zeedijk, ter hoogte van Nam Kee. Dat is mijn foto van jou.'

Ze deed haar handen in haar zij en nam me op. In haar ogen zag ik dat een ongetwijfeld snedig weerwoord vocht om zich te bevrijden uit haar gesloten mond. Maar ze hield zich in. In plaats daarvan stak ze een sigaret op. Dit keer gaf ik haar vuur. Ze blies de rook in de richting van mijn gezicht. Door de rook heen keken we elkaar aan. Ik wist niet hoe oud ze was, niet wat ze deed, niet hoe dat stukje van haar tand was afgebroken. Ik wist helemaal niets.

Behalve dat ik op haar had gewacht.

6

Het was stil op de weg, de meeste automobilisten zaten op dit uur ergens te lunchen. Ik stond aan de rand van Bretteville, iets voorbij het chateau op de heuvel waar we vroeger cider haalden. Tussen de bladeren van de hoge linden kon ik een stukje van de zachtgele muur zien. Het maakte me niet uit waar ik heen ging. Een lift richting Parijs zou mooi zijn, maar met een andere richting nam ik ook genoegen. Als ik maar uit Bretteville weg was. Eerst hier weg. In een kleine supermarkt had ik drie blikjes bier gekocht en een pak koeken. Wij deden altijd boodschappen bij de Intermarché, zo'n supermarkt ter grootte van een luchthaven. Dan gooiden we de Mazda helemaal vol met spullen en hoefden we alleen nog maar voor vers brood naar het dorp toe.

Ze hadden me laten gaan, die gendarmes. Ik kon het niet geloven, maar ze zeiden dat ik kon gaan. Die oudste had de eigenaars van het huis gebeld en verteld wat er gebeurd was. Ze hadden gezegd dat als ik de schade van het raam op me wilde nemen er wat hen betreft geen aanklacht ingediend zou worden. Daarna had die jongste de reservesleutel bij de tuinder van de boomgaard opgehaald en het huis geïnspecteerd. Toen hij terugkwam mocht ik gaan.

Ik had er helemaal op gerekend dat ze na dat eerste verhoor op de proppen zouden komen met Amsterdam, dat de inbraak slechts een opwarmertje zou zijn voor het echte werk. De echte zaak. Ik was nu al drie dagen onderweg, op de vlucht. Blijkbaar was het verhaal nog niet uit. Er restte me nog tijd.

Het leken me aardige mensen, die nieuwe eigenaars. Al die keer dat ze kwamen kijken. Ze hadden twee dochtertjes, van die helblonde, pluizige meisjes, zes en acht jaar, schat ik. Ze bleven een hele middag bij ons. Ze dronken koude cider met mijn moeder op het terras, terwijl Rein en ik die meisjes de boomgaard en de watermolen bij de beek lieten zien. Het was vreemd: hun toekomst was ons verleden aan het worden. De appels aan de bomen, de veldmuizen, de muffe lucht in de oude schuur met de verrotte balken zouden vanaf nu van hen zijn. Had New Shatterhand toen nog geleefd, dan zouden ze hem waarschijnlijk ook van ons overgenomen hebben.

Hij was het jaar ervoor gestorven. Hij was al een tijdje ziek, een hersentumor, maar op hemelvaartsdag lag hij op zijn zij in het gras en kon niet meer opstaan. Mijn vader en ik probeerden hem overeind te helpen, maar dat lukte niet. De dierenarts kwam in zijn zondagse pak en gaf hem een spuitje. Mijn vader en ik bleven erbij. Rein niet. Rein wilde er niets mee te maken hebben, die zak.

New Shatterhand hijgde een paar keer en toen was het voorbij. Mijn vader liep met de dierenarts mee naar de auto. Ik zat nog bij New Shatterhand in het gras. Ik aaide zijn hoofd. Ineens hoorde ik hem zuchten. De adem uit zijn neusgaten streek langs mijn hand. Ik schrok me kapot en schreeuwde naar mijn vader. 'Hij is niet dood, pa, hij is nog niet dood!'

Ze kwamen terug en ik vertelde dat ik hem had horen zuchten. De dierenarts drukte laconiek zijn duim tegen het oog van New Shatterhand waar een olieachtige glans over lag. Geen reactie. Daarna legde hij zijn oor op de ribbenkast.

'Het was de laatste adem,' zei de dierenarts. 'Le dernier souffle.'

Hij zou weggehaald worden door een destructiebedrijf, maar de dag na hemelvaartsdag kwamen ze niet opdagen en daarna volgde het weekeinde. Mijn vader en ik hadden een afdekzeil over hem gelegd, zo'n oranje zeil van plastic. Vanuit het huis kon je hem onder dat zeil zien liggen. Ik herinner me dat mijn vader steeds weer uit het raam naar die oranje vlek in het gras stond te kijken. Hij was er net zo kapot van als ik.

Op zaterdag begon New Shatterhand zo te stinken dat je hem overal in de tuin kon ruiken. Zwermen bromvliegen zweefden in het zonlicht boven het zeil, kraaien loerden vanuit de bomen omlaag en landden als er niemand in de buurt was met hees gekrijs vlak naast hem. Ze werkten hun snavels onder het zeil en pikten in het weke vlees van zijn lippen, in zijn hals, in zijn ogen. Op zondag was de lucht niet meer te harden. Zelfs niet in huis. Je rook hem in de bank, in je jas, in je handen, in je hoofdkussen. Het zeil zag zwart van de kraaien die de beste plekjes bevochten. Mijn vader besloot hem weg te slepen. En ik hielp hem. We probeerden eerst het zeil onder hem te schuiven, tussen zijn flank en het gras, maar we moesten stoppen door de stank. Toen hebben we maskertjes gepakt, van die dingen die je bij het schuren gebruikt om geen stof in te ademen. We besprenkelden ze met de Old Spice van mijn vader voor we ze opzetten. Het zeil maakten we met een sleepkabel aan de trekhaak van de Mazda vast. En zo sleepten we hem voorzichtig over het pad, helemaal tot aan het eind waar de weg naar het dorp begon.

Toen we klaar waren maakten mijn vader en ik een urenlange wandeling. We zeiden niets tegen elkaar, maar nooit heb ik me zo dicht bij hem gevoeld als op die dag. Aan het eind van de middag sprongen we samen met kleren en al in de beek bij de molen. We spatten elkaar nat, duwden elkaar onder, we rolden in het kille water. En daarna liepen we soppend en druipend terug door de velden. Toen we weer bijna thuis waren, pakte mijn vader me vast. Hij drukte me tegen zijn natte kleren aan en zei: 'O jongen.'

Heel even dacht ik dat hij huilde.

De volgende ochtend vroeg kwam de vrachtwagen van het destructiebedrijf. Met een grijper tilden ze New Shatterhand op en even hing hij in die ijzeren muil boven me, gebogen, met slappe benen, tong uit de mond, de ogen uitgepikt. Daarna verdween hij in de laadbak. Het was zo gebeurd.

Ik stond nu al anderhalf uur op een lift te wachten. Ik begon aan mijn tweede blikje. Het maakte me onrustig dat er maar zo weinig auto's langskwamen en dat als er dan eens een voorbijkwam mijn opgestoken duim volledig werd genegeerd. Kut-Fransen. Ik overwoog terug te lopen naar het pleintje waar een bushalte was, maar het pleintje betekende dichter bij het politiebureau en daar wilde ik juist zo ver mogelijk vandaan blijven.

Eindelijk zeilde er weer een auto de bocht door, en dit keer een die zou stoppen. Het voorportier zwaaide open en de oudste van de twee gendarmes stapte uit. Zonder een woord te zeggen opende hij het achterportier van de Mégane voor me. We keken elkaar even aan en toen stapte ik in.

En alles begon van voren af aan.

Nee, vanaf nu zou alles pas echt beginnen.

7

Ik had een twee jaar oudere broer, Rein, geen zusters, een vader, Peter, een moeder, Ellen, twee marmotten, een mountainbike en een pony die het grootste deel van het jaar bij een boer in Bretteville was ondergebracht. De Kooijmannetjes, Burgemeester Eliasstraat 3, Amsterdam Slotermeer. De werkster op vrijdagochtend.

Het was een straatje met vijf villa's, de enige villa's in de buurt. Het woord villa wekt misschien wat te hoge, Gooise verwachtingen voor de robuuste, rechttoe rechtaan huizen van twee verdiepingen met platte daken. Bij villa denk ik aan een rieten dak of een knerpende oprijlaan en niet aan een stenen doos met ramen. Maar het waren vrijstaande huizen. Met een aardige tuin voor en achter. Op nummer 1 woonde een tandarts, op nummer 5 een gast die een spelletje met gekleurde balletjes voor de televisie presenteerde. Op de hoek woonden een aannemer in ruste en zijn vrouw. Die lieten hun gevlekte Duitse doggen altijd voor de deur schijten omdat ze vanwege de hitbulls niet het park in durfden. Die doggen waren waarschijnlijk de belangrijkste oorzaak van de mysterieuze verzakkingen in de straat.

We waren er vier jaar voor mijn vaders dood komen wonen. Tot die tijd hadden we een huurflat op twaalfhoog gehad. Met een spectaculair uitzicht over de Sloterplas en slechts een paar minuten verwijderd van het straatje met de villa's. Uit die periode herinner ik me dat als we op zaterdag naar de markt op Plein '40-'45 gingen en door het straatje fietsten mijn ouders altijd een zwijmelende blik in hun ogen kregen. Ze waren verliefd op die huizen, ik zweer het je, tot over hun oren. En toen ze dat bord met 'te koop' in de tuin van nummer 3 ontdekten, kort nadat mijn grootvader was overleden met achterlating van een aardig erfenisje, hoefden ze dan ook niet lang na te denken.

Nu zegt mijn moeder dat het huis te groot is, te veel onkosten met zich meebrengt, te veel onderhoud, alleen die tuin al, ze zegt dat ze liever ergens op de gracht zou willen wonen. Zodra Rein en ik het huis uit zijn, verhuist ze. Wel, de helft van haar probleem heb ik opgelost. Het wachten is nu op Rein.

Tot mijn vader overleed hebben we hier met zijn allen samen in één wereld geleefd, onze wereld. Zo was het. Dat zal ik tot op de elektrische stoel vol blijven houden.

Rein vindt dat ik 'vroeger' idealiseer. Hij beweert dat mijn vader en moeder die laatste zomer nooit hand in hand op het pad van ons huisje in Bretteville hebben kunnen staan.

'Onmogelijk.'

'Ik heb het gezien.'

'Dat moet een jaar eerder geweest zijn.'

'Nee, het was onze laatste zomer daar.'

'Je lult, toen stonden ze echt niet meer hand in hand naar de zonsondergang te kijken.'

Als hij zoiets zegt kan ik hem wel op zijn bek slaan. Soms verdenk ik hem ervan dat hij onze vader haat. Misschien komt het omdat hij zo plotseling doodging, zonder aankondiging, waardoor het voelde alsof hij ons stiekem in de steek had gelaten.

Ik herinner me dat mijn vader en ik vaak samen in die grote oude leren fauteuil zaten. De zitting was een reliëfkaart van kleine scheurtjes, nog net niet door, het leken allemaal kleine riviertjes. En dan keken we televisie. Hij meestal met één oog, met het andere las hij de krant. Laat Rein maar eens beweren dat het niet zo was.

Ik herinner me de koortsachtige bedrijvigheid van de vrijdagmiddagen waarop we naar Bretteville afreisden. Het inpakken van de Mazda. Mijn moeder die als een generaal aan het front overzicht hield en ons tassen en dozen aangaf die wij dan weer naar buiten zeulden waar mijn vader bij de kofferbak van de auto ons opwachtte.

Het was een klere-eind, zeven uur als alles meezat, maar ik zag er nooit tegenop. De kooi met marmotten tussen Rein en mij in. Broodjes met kip, blikjes cola, de radio.

Dan de aankomst in de donkere nacht, het huisje in het schommelende licht van de koplampen, nevel boven het gras. Binnen was het koud, alles voelde klam aan. De elektrische dekens werden aangezet om het vocht uit het beddengoed te verjagen. Mijn moeder die de levensmiddelen in de keukenkastjes plaatste.

En dan, heel belangrijk, het geluid van de handbijl waarmee mijn vader op het terras aan de voorkant houtjes hakte om de kachel aan te maken. *Tsjak, tsjak, tsjak.* Het was een secuur werkje om die oude houtkachel aan de praat te krijgen; de eerste keer dat je hem aanstak, rookte hij altijd vreselijk en moesten we, hoe koud het ook was, de ramen openzetten.

Die nieuwe mensen hebben cv laten aanleggen, dat was het eerste wat me opviel, radiatoren. Nee, ik zeg het verkeerd, het eerste wat me opviel was het ontbreken van die oude rotkachel.

Ik vond die rook heerlijk. Als ik onder in het stapelbed waarin Rein en ik sliepen lag liet ik me door de geur ervan inspinnen. Soms, in een bepaalde rozige stemming, meestal nadat ik geblowd heb, kan ik die rook ineens weer opsnuiven. Laat hij maar beweren dat het niet zo was.

Het is niet altijd zo geweest als nu. Mijn moeder zong vroeger, of eigenlijk was het meer neuriën, daar moest ik van de week aan denken, dat ze dat vroeger deed. Vreemd dat het jaren heeft geduurd voordat het me is opgevallen. Op een dag moet ze ermee gestopt zijn. Nu heeft ze overal in huis oude tafelpoten en spuitbussen klaarstaan, voor het geval er ingebroken wordt. Een tafelpoot in de gangkast, een spuitbus onder de bank in de woonkamer, en nog eens twee van die dingen in haar slaapkamer.

'Het is maar te hopen dat ze niet gelijk de gangkast opentrekken, ma,' heb ik een keer gezegd. 'Anders worden ze nog op ideeën gebracht.'

Om dat soort dingen kan ze niet lachen. Ironie staat al een tijdje niet meer op haar repertoire. Ze is nooit een lachebekje geweest, mijn moeder, altijd al een beetje zwaar op de hand, anders ga je volgens mij ook niet bij de reclassering werken, maar de laatste tijd had ze wel een heel erg donkere bril op.

'Gebruik je drugs, Berry?'

Mijn moeder had de gewoonte je recht aan te kijken als ze wat zei, waardoor je het gevoel kreeg dat je een cliënt van haar was.

'Gebruik je drugs?'

'Nee, ma, ik blow af en toe.'

Het was de waarheid. Ik rookte af en toe een jointje. En ik snoof af en toe een poedertje. En ik slikte af en toe een pilletje. En ik at af en toe een paddestoeltje. Maar alleen 's avonds. Heel soms 's middags. En nooit voor het koffie-uurtje.

Wat ik aan liegen haat, los van het feit dat je zo verdomd goed moet onthouden wat je verteld hebt, is dat de eerste leugen altijd een hele keten van nieuwe leugens oproept. Voor je er erg in hebt ben je zo ver dat je je kapotschrikt als je jezelf betrapt op het vertellen van de waarheid.

Mijn moeder is gewend om met leugenaars om te gaan. Dat is een belangrijk onderdeel van haar professionele bestaan, beweert ze zelf. Luisteren naar leugens. Ze is, zou je kunnen zeggen, een expert in de omgang met leugenaars. Maar niet in de omgang met leugenaars die haar zoon zijn. Dat is een belangrijk verschil.

Ik weet dat ik haar kapot heb gemaakt, niet alleen door wat er gebeurd is maar ook, misschien wel vooral, door de leugens.

'Waarom heb je me nooit iets verteld?' vroeg ze laatst tijdens het bezoekuur. 'Waarom wist ik van niets?'

Ze had niet geweten dat ik al een halfjaar niet meer naar school ging, dat ik alle briefjes van het Barlaeus even routineus als zorgvuldig had onderschept terwijl zij in haar spreekkamer andere leugenaars aanhoorde. Ze wist niet dat ik naar die open dag was gegaan met geen ander doel dan om thuis te kunnen komen met een paar folders van de UvA. Waarmee ik haar wist te overtuigen dat ik bij de faculteit Sociale Wetenschappen stond ingeschreven.

'Als je het doet, moet je het goed doen.'

Haar eigen woorden.

'Wat deed je dan al die tijd?'

Ze is niet de enige die dat wil weten. Meesters, dokter Meesters, heeft me die vraag ook al gesteld.

'Wat deed je dan zo'n hele dag?'

Hij probeert alles altijd zo objectief en afstandelijk mogelijk te benaderen, maar toen hij die vraag stelde meende ik in zijn stem de lichte weerzin te horen doorklinken van iemand die zich gewoon niet kan vóórstellen hoe je een dag zonder plichtsvervulling of maatschappelijk nut doorkomt. Sucker.

Wat ik deed? Nou, opstaan, met een rugzak vol boeken en weerzin de deur uitgaan, een uur later, als mijn broer naar de universiteit was en mijn moeder naar kantoor, terugkeren, de krant op bed lezen, de post opvangen en selecteren, koffiedrinken, cd-tje draaien, videootje kijken, even langs alle kindernetten zappen om te zien of ik toevallig mijn vaders stem zou tegenkomen, mijn wolkenverzameling ordenen, nieuwe foto's inplakken en van een onderschrift voorzien, en dan meestal zo tegen twaalven de deur uit. Toen Otman bij de plees van de Centrale Openbare Bibliotheek stond, ging ik soms bij hem langs. Het arbeidsbureau had hem daar bij het schijthuis gedumpt, een soort Melkertbaan, maar dan voor gevallen met een strafblad. Moest hij achter een balie staan, in die strontlucht. Met zo'n schoteltje waarop kwartjes lagen. Hij droeg een wit jasje, o man, het was té erg.

De avond nadat hij had gezegd dat de tijd van de krantenwijken voorbij was, kapte hij ermee. Zijn uitkering werd stopgezet en hij kreeg een hoop gedonder met de teamleider die dat project leidde, maar hij ging niet meer terug. Ook al dreigde die vent dat zijn voorwaardelijke gevangenisstraf, voor het stelen van een scooter en een kledingrek met leren jasjes uit een wagen van V&D, alsnog in een onvoorwaardelijke zou worden omgezet.

'Maak je geen zorgen, ze kunnen je hooguit een maand opbergen, maar dat doet de rechter niet. Als ze je al opnieuw laten voorkomen dan duurt het minimaal een maand of vijf, zes. En de kans dat de rechter je dan naar de gevangenis stuurt is klein, te verwaarlozen klein. Trouwens, tegen die tijd kun je altijd nog zeggen dat je bereid bent weer in zo'n project mee te draaien, maar dan iets in de buitenlucht omdat je allergisch bent voor stront.'

Ik luisterde weleens mee als mijn moeder met een van haar collega's telefonisch een zaak doornam, ik bladerde weleens door een van haar dossiers. Ik was behoorlijk op de hoogte. En dat is ook het schrijnende – voor haar dan – dat zij, haar werk, haar expertise, in feite mijn entreebewijs is geweest tot de wereld waar ze me altijd buiten had willen houden. Jongens als Otman en De Laatste Mode zagen me pas staan toen ze ontdekten dat ik op de hoogte was, dat ik van deze dingen meer wist dan zij. Meester Berry, mr. Dirty Berry.

'Hee Ber, Okkie is van de week aangehouden met die Pontiac.'

'Joyriding: een maand voorwaardelijk of vijftig, zestig uur taakstraf. Had hij nog wat staan?'

'Van dat postagentschap nog, maar dat is anderhalf jaar geleden.'

'Hoeveel?'

'Vijf maanden, geloof ik.'

'Tel er dan nog maar een maandje of drie onvoorwaardelijk bij op. Misschien kan zijn advocaat er volledige taakstraf uit slepen, maar dan moet je echt de mazzel hebben dat je een supersufkut als rechter treft.'

'Hij had die Smith and Wesson van Fredje Gom bij zich.'

'Zeg dat dan meteen.'

'Maakt dat veel uit?'

'Maakt dat veel uit? vraagt hij.'

'Je moet tegenwoordig toch wel zo'n ding bij je hebben, met al dat kankertuig op straat.'

Ze zagen me als een soort raadsman. In gangsterfilms loopt er ook altijd zo iemand rond. Meestal met een brilletje en iets te korte broekspijpen.

De dag nadat Otman zijn carrière als toiletfloormanager had

beëindigd, liepen we samen in het park. We woonden ongeveer even ver van het park, Otman en ik, alleen wist hij dat niet. Hij dacht dat ik aan de andere kant van de markt woonde, achter hotel Slotania, *deep in the heart of Schotelcity*. Niemand wist dat ik in het straatje met de villa's woonde. Nu wel natuurlijk. Nu weet iedereen het. *Het monster uit het villastraatje.*

We gooiden stokken voor Arnold, een kruising tussen een hitbull en een Fileiro Brasilieiro. Meer een haaienbek op vier poten dan een hond. Hij had hem overgenomen van een jongen die hem nog geld schuldig was. Voor een scooter. Otman had liever het geld gevangen, maar het was Arnold of niets. Arnold was trouwens echt een beest voor Otman, ze pasten wonderwel bij elkaar, die twee.

Er kwam een teckel aangedribbeld, zo'n ruwharige smurf die met zijn lul het gras kamt. Arnold rook kwispelend aan de teckel, maar die kleine draaide zich om en kefte. Drie keer. Dat was genoeg. Weg Arnold.

'Hij is nog jong,' zei Otman.

'Ja.'

'Dan zijn ze nog speels.'

'Ja.'

'Als hij wat ouder is… hap, slik, weg… zo'n teckel is een eenhapscracker voor hem.'

Als alle honden waren als Arnold, dan konden die buren van mij hun Duitse doggen met een gerust hart op het gras van het park laten schijten.

Hij maakte Arnold vast. We gingen op een bankje zitten en staken een sigaret op. In de verte zagen we Jamal rennen, in Ajax-trainingspak. Hij liep in een tempo dat een gewoon mens nog geen vijf minuten vol kon houden. We keken hem na tot hij uit beeld was verdwenen voor de voltooiing van zijn dagelijkse tien kilometer. Toen vertelde Otman dat hij bij Mannie, zijn oudste broer, op bezoek was geweest in de Bijlmerbajes. Mannie was zijn held en niet alleen de zijne. Iedereen in West keek tegen Mannie op. Hij was niet minder dan een legende. Op zijn twaalfde was hij met handschoenen aan op school verschenen, die hij sindsdien bleef dragen, iedere dag van het jaar, omdat hij zich heilig had voorgenomen nergens meer een vingerafdruk achter te laten. Hij had zestien overvallen gepleegd met een totale recette van 870 000 gulden en ze hadden hem er maar voor twee kunnen pakken. Van een deel van het geld had hij voor zijn ouders in Marokko een groot huis laten bouwen, de rest had hij er bekwaam doorheen gejaagd. Na zijn arrestatie hadden ze nog geen vijfduizend gulden teruggevonden.

Ik heb Mannie vroeger een keer op twaalfhoog op de reling van onze galerij zien balanceren. Ik was een jaar of zeven, geloof ik. Op een avond schoof ik het gordijn van de slaapkamer waar Rein en ik sliepen iets opzij. Als een koorddanser liep hij over de reling, Mannie. Van opzij beschenen door het tl-licht en achter hem de staalblauwe avondhemel. Er stond verder niemand op de galerij, hij was helemaal alleen. Dat is wat ik vooral heb onthouden, dat hij het niet deed om anderen iets te bewijzen, hij deed het voor zichzelf. Ik kon gewoon niet geloven dat iemand het hart had op twaalfhoog over een smalle metalen reling te lopen.

Volgens Mannie, vertelde Otman, kon je met één hand in je zak een bank beroven. Zonder wapen, zonder niks. Als je de juiste blik had en je werk goed had voorbereid, dus niet voor onaangename verrassingen kwam te staan, dan kon je alles voor elkaar krijgen. Met één hand in de zak van je jack.

Daarna begon Otman over Sunpalace op de Burgemeester de Vlugtlaan, een grote zaak met een uniseks kapsalon, een nailstudio en een zonnecentrum. Hij had Sunpalace een poosje afgelegd. Per dag kwamen daar zo'n vijftig klanten. Op vrijdag en zaterdag wel tachtig. Tachtig maal veertig à vijftig piek – voor het gemak hield hij het op vijftig –, dat maakte vierduizend. En nu kwam het mooiste, die eigenaar was een flikker. Met drie jonge giecheltrutjes in dienst.

De volgende vrijdagmiddag om vijf uur zaten we bij Fast Eddie aan een tafel die afgeladen was met lege blikken. Om de geestelijke voorbereiding te vervolmaken rookten we in een gewijd soort wazigheid een joint die de laatste inpandige oneffenheden vakkundig gladschuurde. Daarna reden we op Otmans scooter naar Sunpalace.

Voor we naar binnen gingen zetten we de zonnebrillen op die Otman had meegenomen. Die van mij leek me wat aan de ruime kant, maar helemaal zeker was ik daar niet van. Misschien kon ik hem gewoon niet goed voelen. Dat kwam voor.

'Kost 380 gulden, dat kankerding,' zei Otman.

'Wat?'

'Mijn bril, een Gucci. 380 gulden, in de Bijenkorf, weetjewel. Maar als er een wijf met de zon schuin achter haar op je af komt lopen, dan moet je hem wel eerst afzetten om te kunnen zíen of het een super-de-luxe neukmonster van twintig is of een uit de vuilcontainer van een plastische-chirurgiekliniek gekropen kreng van vijftig.'

'Het failliet van het kapitalisme, man. Puur consumentenbedrog.'

'Gelukkig heb ik hem voor twee geeltjes van Gerald kunnen overnemen. Weetjewel Gerald? Uit Osdorp weetjewel.'

'Ja ja. De Gucci Man.'

'Nee nee, dat is Milo.'

'O, ik dacht Gerald. Omdat die bril een Gucci…'

'Nee, Gerald is die lul die het geld ook terug verwacht als je wat van hem leent. Schuin, in een hoek van zeg zestig graden, weetjewel.'

'Wat?'

'De zon, dan zie je geen ene fuck meer als het ware.'

Hij rommelde wat in zijn zak. Ik zag een pistool en op dat moment schoot me weer te binnen wat we hier deden.

'Hee man, mooi niet,' zei ik.

'Het is een speelgoeddingetje.'

'Je verneukt me niet, hè?'

'Ik zweer het. Intertoys weetjewel.'

'Hou hem toch maar in je zak,' zei ik. Dat leek me beter.

'Goed, goed. Dat was dan je laatste wens, Ber.'

We stapten naar binnen, Otman voorop. In het voorste deel van Sunpalace was de kapsalon. Een stuk of vijf vrouwen zaten klaar om gewassen, geknipt en geföhnd te worden. Een man in een roze-wit gestreept kappersjasje deed iets met een oudere vent zijn hoofd. Otman stapte op de man in het jasje af en ik volgde hem als een schaduw.

'Geld,' hoorde ik Otman zeggen, 'we willen al het geld.' Hij bewoog zijn hand in zijn jaszak.

Op het monotone geloei van een droogkap na was het doodstil. Het duurde voor mijn gevoel minuten, dagen, maar het kan nooit langer dan een paar seconden geweest zijn. Ik rook die typische kappersgeur, shampoo, kleurversteviging, gel, nat haar. De kapper keek Otman aan. Op zijn hoge ivoren voorhoofd klopte een dikke ader. Hij had een zilveren oorbel in. Zijn handen en polsen, die ik me heel anders had voorgesteld, veel fijner en minder behaard, flikkeriger vooral, hingen gewapend met schaar en kam boven het hoofd van die oude vent. Ik had een soort Joop Braakhekke verwacht, een zacht, slap, puddingachtig geval met pochetje, maar deze nicht was een en al spieren en die geschoren kop op de stierennek hoorde bij een wurgtechneut die zich 's avonds in het leer hijst om de Joop Braakhekkes in deze wereld een ongenadig pak op hun sodemieter te geven.

'Snel geld. Nu!'

'Eerst deze meneer even afmaken, ga daar maar even zitten, jongens.' Kalm, gekmakend kalm wees hij naar een rij stoeltjes langs de muur en ging toen verder met knippen.

We stonden met onze zonnebril op in het midden van de zaak. Wat moesten we doen? Heel vaag drong het besef tot me door dat het geen gek moment was om rechtsomkeert te maken en te kijken of we de uitgang nog zonder hulp konden vinden. Maar toen liep die lul van een Otman naar de rij stoeltjes en ging zitten. Ik weet nog steeds niet waarom, maar ik volgde zijn voorbeeld en een minuut of wat zaten we zwijgend naast elkaar. De klanten en giecheltrutjes hielden ons in de spiegels in de gaten. Niemand sprak nog een woord. Er was slechts het geluid van knippende scharen en loeiende föhns. Ik begon te zweten. Ik keek omlaag, de zonnebril kletterde op de tegels. Ik raapte hem op en drukte hem stevig op mijn neus. Die kankerlul, wat was hij van plan? Had hij überhaupt nog wel een plan? Die mummie was nog te stoned om zijn zak te krabben. Hij zei niets, hij bewoog ook niet, misschien was hij wel dood. Ik schopte tegen zijn gymp. Hij draaide zijn hoofd langzaam naar me om, maar ik kon door die kutbril zijn ogen niet zien.

'Wat nu?' fluisterde ik.

Hij gaf geen antwoord.

De kapper had nu een tondeuse in zijn hand waarmee hij geconcentreerd de nek van die oude vent uitschoor. Ik kon mijn ogen niet van die tondeuse afhouden. Zoals je gedwongen wordt naar de bloederige, kreunende ravage na een verkeersongeval te blijven kijken. Mijn mond was droog. Ik voelde me misselijk worden. Een hete golf sloeg door mijn lichaam en die tondeuse zoemde maar door, op en neer, op en neer.

Ik merkte dat ik was opgestaan en naar de deur liep. Otman kwam achter me aan. Buiten startte hij de scooter en voor ik er erg in had waren we weer onderweg.

'Kut,' schreeuwde ik. 'Lul, kleretyfuskankerlul.'

Otman voerde de snelheid op, we zweefden door een bocht, het gieren van de banden klonk dicht bij mijn hoofd, ik rook het asfalt. Aan het eind van de bocht trof een windvlaag me van opzij en op dat moment zeilde mijn zonnebril in slowmotion door de lucht. Ik hoorde hem achter me op straat vallen.

Ik sloeg Otman met mijn vuist op zijn rug. Hij begon te schokken. Toen hoorde ik hem lachen.

'Fuck, fuck, fuck,' schreeuwde hij. 'Ber jongen,' hij boog voorover en hing vreemd over zijn stuur, 'Ber jongen hee, wat gaan we doe-oe-oen?'

In die flat waar we vroeger woonden is een vrouw naar beneden gesprongen, op de avond dat mijn vader en moeder het hulzen hoorden regenen. Het was oudejaarsavond, vóór mijn tijd, ik geloof dat Rein er al wel was, maar dat weet ik niet zeker. Mijn vader had 's middags wat hasj meegenomen en een cake gemaakt. Na het avondeten hadden hij en ma een paar plakken genomen, hun debuut als spacecake-eters. Het eindigde ermee dat die twee niet meer uit hun ogen konden kijken en mijn vader de vrienden die langs zouden komen moest afbellen, wat nog een hele inspanning gevergd moet hebben. 'Kom maar niet,' had hij gezegd. 'Ik leg het nog weleens uit. Kom maar niet.' Om tien uur lagen ze met zijn tweeën op bed, roerloos, klaarwakker en in de greep van de vreemdste hallucinaties. Ze zagen het licht van het vuurwerk op het behang van de slaapkamer en ze konden de hulzen van de vuurpijlen op het dak horen vallen. Iets na twaalven werd er aangebeld. Mijn vader deed open. Er stond een oudere vrouw met een winterjas aan en een wollen muts op. Ze zei dat haar broer en zijn gezin hier vroeger gewoond hadden. 'O,' zei mijn vader, 'maar nu niet meer.' Ze zei dat ze dat wist en daarna zei ze: 'De beste wensen.' Mijn vader wenste haar ook gelukkig nieuwjaar en waggelde weer terug naar de slaapkamer. Die vrouw is daarna over de balustrade geklommen. Niemand die haar heeft zien springen, niemand die wist waarom ze juist naar onze flat was gekomen om er een eind aan te maken.

'Hadden we haar maar binnen gevraagd,' zei mijn moeder later. Typisch een opmerking voor haar.

Ze heeft Otman nooit gezien, mijn moeder. Ze heeft zijn naam zelfs nooit horen vallen. Zij wist niets van Otman. Zij wist niets van Mannie, niets van De Laatste Mode, niets van Arnold. Ze heeft ook lang niets van Thera geweten.

'Waarom heb je me nooit iets verteld?'

Soms verzon ik dingen om aan mijn moeder te vertellen, andere dingen, dingen die niet gebeurd waren. Kleine voorvalletjes; iets over een leraar die op wintersport zijn been had gebroken of over een meisje in de klas dat huilend was opgestaan... Ik heb zoveel tegen haar gelogen. Een slechte eigenschap, ik weet het.

De eigenschap van mijn moeder die zijzelf het meest verfoeit is de eigenschap die ik het meest waardeer: roken. Barclay is haar merk. Ze haat het dat ze zo zwak is. Ze denkt dat zwakte iets is om tegen te vechten.

Ik keek graag naar haar wanneer ze rookte. Als ze op de bank zat en iets las, ver weg met haar gedachten, en dan heel krachtig aan het filter van haar Barclaytje zoog, krachtig en lang. Haar onderbewustzijn wist hoe je van een sigaret moest genieten, jammer dat haar bewustzijn het altijd weer moest verkankeren.

'Ik moet stoppen.'

'Het is je beste eigenschap, ma.'

'Het is vergif.'

'Wat maken die paar jaartjes nou uit, ma. Kijk eens naar die chagrijnige koppen van oude mensen. Ik denk dat de meesten voor een versneld vertrek naar de Eeuwige Jachtvelden hun leven zouden geven.'

Ik vond het fijn om samen thuis een sigaret op te steken en te kijken naar hoe ze inhaleerde. De rook om haar hoofd.

Jammer dat ze er zelf niet achter stond.

Ze staat wel achter gezonde voeding en doet bijna al haar boodschappen dan ook in een winkel waar je onbespoten groenten, muesli en scharrelvlees kunt kopen. Als ze door tijdgebrek of onvoorziene omstandigheden in een gewone supermarkt terechtkomt, tuurt ze aandachtig naar de kleine lettertjes op de verpakkingen, in een speurtocht naar E'tjes: E220, E223, E230. Allemaal slecht nieuws. Heel slecht nieuws. Daar staat ze in het geheel niet achter, mama Eko. Mijn moeder.

Waar ze wel weer achter staat is cultuur. Ik denk dat ze niet eens gillend uit het raam gesprongen zou zijn als ik van die open dag was teruggekomen en had gezegd: 'Nou, het is cultuurgeschiedenis geworden, ma.'

Ze bezoekt tentoonstellingen. 'De schittering van Spanje in de zestiende eeuw', 'Keramische tableaus van hedendaagse Chinese kunstenaars', 'Contemporary Art and the Sexual Experience'. Ze gaat erheen en komt braaf met de catalogus thuis. Ik ging niet mee, Rein ook niet. Op een dag kun je gewoon niet meer met je moeder mee naar het museum, zelfs niet om haar een plezier te doen.

Ze staat ook achter haar werk. Nog steeds. Hoewel niet meer zo fanatiek als vroeger, toen ze op verjaardagen tot vervelens toe steeds weer de handschoen opnam als een of andere nitwitterige bloedzuiger begon over de vijfsterrenbehandeling met kleurentelevisie en een abonnement op het pornokanaal in de Nederlandse gevangenissen. Ze gelooft inmiddels minder dan toen in het nut van haar inspanningen. Al die mensen die in de loop der jaren bij haar langs zijn gekomen, al die verhalen over te weinig geld en te veel dope. Al die leugens. Al dat gemekker. Al dat zelfmedelijden. Die gasten, ze hebben hun vieze adem in haar kamer uitgeblazen, ze hebben haar in haar gezicht gespuugd, dag in dag uit, jaar na jaar. Het heeft haar aangetast. Meer dan het roken, geloof dat maar. Er staan twee spuitbussen in haar slaapkamer om dat te bewijzen.

Op vrijdagmiddag gaat ze meestal met haar collega's de kroeg in. Dan drinkt ze twee, drie wijntjes. Meer niet. Ze kan niet tegen drank. Nooit gekund ook.

'Je moet ervoor trainen, ma. Je krijgt het niet cadeau.'

'Ik hou er gewoon niet van.'

Als ik me mijn lieve moeder in een café voorstel, zie ik eigenlijk alleen maar haar hand, haar hand die op een wijnglas rust. 'Ik niet meer, dank je.'

Het is een kutberoep wat ze heeft, werkelijk een eersteklas kutberoep, dat kan ik je wel vertellen. Je sloof je als een gek uit voor iemand en als hij dan vrij wordt gelaten of eindelijk die woning gekregen heeft, dan ramt-ie diezelfde avond iemand met een barkruk naar de andere wereld.

Is gebeurd, met een klant van mijn moeder, een gast van drieëntwintig, met een vrouw en een baby. Hij komt uit Scheveningen, mijn moeder heeft voor hem en zijn gezin een woning in de Spaarndammerbuurt versierd, hij stapt uit de taxi en gaat eerst nog even een pilsje drinken. Een halfuur later heeft hij een wildvreemde vent z'n kop tot vruchtenmoes geslagen. Mijn moeder kreeg er in de krant van langs. Ook dat nog. Echt lullig, alles en iedereen viel over haar heen. De reclassering maakte er een potje van. Incompetent. Onverantwoordelijk.

Niemand in al die jaren die eens een keer tegen haar heeft gezegd: 'Goed gedaan, mevrouw Kooijman.' En dan krijg je dat.

Maar door dit soort ervaringen begrijpt ze nu wel dingen die ze vroeger niet wilde begrijpen. En daardoor kunnen we ook wat beter praten. Zitten we meer op dezelfde golflengte. Soms.

'Waarom heb je me nooit iets verteld?'

We zaten tegenover elkaar in de bezoekruimte. Ze droeg de trui die ik bij Metz in de Leidsestraat had gestolen, als een cadeau voor haar verjaardag. Ze ademde zwaar. Ik wist niet wat ik moest zeggen.

'Vroeger als jongetje bracht je me soms ontbijt op bed, weet je dat nog? Weet je het nog, Ber?'

'Ma.'

Ze beet op haar lip.

'Op moederdag en als ik jarig was. Soms ook zomaar. Met een gekookt eitje en de krant erbij.' Haar stem viel bijna weg.

'Niet doen, ma.'

'En als we 's avonds in een stille straat liepen en er kwam een man in de verte aan…'

Ze begon te huilen.

'Stop, ma.'

'… dan ging jij aan de andere kant lopen, aan de kant van die man… om me te beschermen.'

'In godsnaam, ma!'

Ik bracht mijn moeder ontbijt op bed.

Mijn ouders stonden hand in hand.

De bijl van mijn vader deed *tsjak, tsjak, tsjak*.

8

Ze zeggen dat ik heel rustig ben weggelopen. 'Volgens ooggetuigen liep de dader opvallend koelbloedig weg.' Stond in de krant. En ook dat ik 'een monster' ben.

Ik heb alle kranten en alle tv-stations gehaald. Niet dat ik er trots op ben, het is een constatering. Blijkbaar is er niet veel voor nodig om nieuws te worden. Je moet de juiste man raken, dat is alles.

Sommige kranten en ook AT5, het lokale televisiestation, hebben een foto van me gebruikt. Met zo'n balkje over mijn ogen. Die foto was aan de plas gemaakt, door Otman, ergens aan het begin van de zomer. Hij had die dag een polaroidcamera in de aanbieding. De Laatste Mode stond er ook op, maar die hebben ze er afgesneden. Je ziet alleen mij. Liggend op het strandje, met ontbloot bovenlijf en mijn haar half nat en woest alle kanten opstaand. Precies de foto die ze zochten, vermoed ik. Met de juiste dosis gevaarlijk mysterie. Ik vraag me af hoeveel Otman gevangen heeft voor die foto. Ik hoop dat het niet mínder dan vijfhonderd gulden is geweest, vijfhonderd is voor mij de grens. Erboven, daar kan ik mee leven, eronder, dan... dan had hij het niet moeten doen. Hoe je het ook bekijkt, het is toch een vorm van verraad.

Ik heb het allemaal pas later gezien, die kranten en zo, een paar dagen nadat ik in Bretteville was opgepakt en uitgeleverd. Toen het, inclusief die wake met fakkels voor het ziekenhuis, alweer oud nieuws was. Ook de foto's van hem, 'het slachtoffer', liggend op straat, met zijn ogen dicht en een arm vreemd gebogen naast zijn lichaam, heb ik gezien.

'De daad van een psychopaat,' had Freek Feek beweerd, die wolf in jeugdwerkerskleren, die vuile natrapper.

Eén krant kwam de zaterdag na het gebeuren met een pagina

waarin dat gezeur over verloederd Amsterdam-West en de 'probleemjongeren' en het nieuwe buurthuis, de hele shit, nog een keer werd behandeld. Daar stond een foto bij van jongens die ik niet kende, jongens uit een heel andere buurt. Marokkanen of Turken, dat kon ik niet zien. Maar in ieder geval gasten die ik nog nooit had ontmoet.

'De daad van een psychopaat.'

Bijna alle kranten vermeldden dat ik gymnasiast was en sommige journalisten waren weten door te dringen tot het Barlaeus waar ze met een paar klasgenoten en 'een leraar' hadden gesproken.

Met die contradictie 'Barlaeus' versus 'straatschoft' zaten ze in hun maag, merkte ik. Evenals met die van 'Amsterdam-West' versus 'villastraatje'. Ze hadden liever gezien dat ik in Zuid woonde of op de mavo had gezeten, een van tweeën. Bij de krant geloofden ze kennelijk in een eenduidige, gestroomlijnde wereld van typecasting en pakkende koppen.

Hij had een 'spoedoperatie ondergaan, een craniotomie, waarbij een luikje uit de schedel was gezaagd', schreven ze. 'Om het bloed tussen de hersenschors en de hersenen af te laten vloeien en zo de druk op de hersenen te verminderen.' Zijn situatie werd van dag tot dag bijgehouden. Maar de berichten werden kleiner en kleiner, het nieuws ebde weg. 'Toestand stabiel' was eigenlijk al geen nieuws meer. Hij lag nu drie weken in coma.

9

Het monster waarover dezer dagen in de krant zoveel te doen is werd op 28 november 1980 geboren. Zijn moeder wilde hem Thomas noemen, maar zijn vader hield voet bij stuk en het werd Berry. Hij was een lief, makkelijk kind, minder grillig en driftig dan zijn broer. Volgens zijn moeder. In de zandbak liet hij zich zijn speelgoed afhandig maken. En op zijn vijfde jaar had hij tijdens de vierdaagse in zijn broek geplast. Om de vlek te verbergen had hij zijn jas om zijn broek gebonden. Hij had in zijn broek geplast omdat hij niet durfde te vragen of de anderen even op hem wilden wachten. Nog steeds volgens zijn moeder.

Op zijn vijfde kon hij indrukwekkend boeren. Dat zegt zijn broer: 'Niet per ongeluk, nee bewust. Lange, knallende boeren. In de tuin, in de tram, overal. Het enige wat hij als klein kind goed kon was boeren.'

Zijn vader was cameraman bij het NOB. Soms werd hij gevraagd om een 'stemmetje te doen' voor een tekenfilm. Dat deed hij voor de lol. Thuis draaide zijn vader muziek van The Kinks. Hij was compleet gestoord van The Kinks. 'Lola', 'Celluloid Heroes', 'A Dedicated Follower of Fashion'. Hij heeft die cd's van zijn vader zoveel gehoord dat hij ze van voor tot achter mee zou kunnen zingen. Nog steeds. Deze informatie komt van het monster zelf.

Op zijn zevende kwam hij thuis met de mededeling dat hij een eland in het park had gezien. Ze lachten hem uit. Hij was woest. Zijn vader gaf hem een automatische camera mee om de eland te fotograferen.

Op zijn negende ging hij op tennis. Op zijn twaalfde werd hij zesde tijdens de jeugdkampioenschappen van Amsterdam. Zijn vader, moeder en broer zaten op de tribune. Hij kon zonder zadel op een pony rijden. In galop. Iedereen zei dat hij aanleg voor sport had.

Hij ging naar het Barlaeus. Zijn vader ging dood, blaffend als een hond.

Hij woonde in een straatje waar de mensen met stille angst en afschuw uitkeken op de blokken aan de overkant van het water, waar een in hun ogen levensbedreigende ziekte uitbrak. Het begon met een wit vlekje, het werden er twee, zes, tien, honderd, vijfhonderd. Op de balkons, aan de muren, op de daken, overal zag je die schotels opduiken. Steeds dichterbij. Diagnose: schoteltyfus. Remedie: als de sodemieter verhuizen. Hij, zijn broer en zijn moeder bleven waar ze zaten. Hij ging nog steeds naar tennis en op woensdag kwam er een jongeman met een Buddy Holly-bril hem tegen betaling helpen met zijn Latijn.

Hij had blauwe ogen, dezelfde kleur als zijn moeder. En borstelig geel haar. Het leek zo op stro dat New Shatterhand er een keer van had gegeten toen hij in het gras lag. Hij gilde het uit van de pijn. En New Shatterhand schrok zich rot. Leuk stevig haar, vond zijn moeder.

Hij begon rap en hiphop te ontdekken. Hij lag urenlang op bed met muziek aan en overwoog serieus zelf te gaan *scratchen*. Zijn moeder zei tegen iedereen die het horen wilde dat hij in de puberteit was gekomen. Op een avond liep hij als een idioot door het huis. Hij was op zoek naar zijn 'kippetjes'. Hij zocht in alle kasten. Hij wilde 'verdomme die kippetjes terug'. Zijn moeder kon hem niet volgen. Zijn broer ook niet. Puberteit, zei zijn moeder. Maar vertrouwen deed ze het niet. Zijn broer zocht het meer in de richting van jeugdalzheimer of een verkeerde trip, hij zette zijn geld op dat laatste.

Hij hield van zalm uit blik. Zalm uit blik met geprakte avocado en mayonaise. Op brood.

Hij fotografeerde luchten met de oude camera van zijn vader.

Hij had nooit meisjes, althans geen meisjes die hij mee naar huis nam. Alleen Tilly van de tennisclub was een paar keer langs geweest. Hij leek haar wel aardig te vinden, maar niet meer dan dat. Volgens zijn broer maakte Tilly werk van hem.

Als hij thuis een paar keer zuchtte of zijn hand op zijn borst legde, schrok hij van de paniek in de ogen van zijn moeder. Eén keer voelde hij steken, zijn moeder reed met hem naar de eerste hulp. Daar luisterden ze naar zijn hart en stelden ze zijn moeder gerust – niet hem, maar haar. Niets aan de hand, mevrouw, waarschijnlijk te veel cola gedronken.

Hij fietste iedere dag het hele eind van huis naar school en weer terug. Hij had geen zin meer in tennis en begon zijn huiswerk te haten. De leerlingen in zijn klas waren allemaal hartstikke gek, zei hij tegen zijn broer. Smetvrees, stotteren, builenpest, sommigen hadden alles tegelijk. Om over de leraren maar te zwijgen. Misschien waren zijn klasgenoten niet echt gek, misschien vond hij ze alleen maar *boring*. In die tijd vond hij heel veel dingen en mensen *boring*.

's Middags verkende hij dat deel van de buurt waar hij vroeger nooit kwam. De andere kant, over het water. Hij bleef tot aan het avondeten weg en vertelde nooit wat hij had gedaan. Na het eten vertrok hij weer. Hij bleef steeds langer weg.

In de vijfde klas van het gym kreeg hij een even slepend als vervelend conflict met zijn leraar Nederlands. Om een daad te stellen schreef hij een opstel van vijfendertig kantjes over de video *Faces of Death*, terwijl het vier kantjes over 'jezelf over tien jaar' had moeten zijn. Misschien was het verschil niet eens zo groot. Hoe dan ook, die leraar vond het nog mooi ook. Hij kreeg een negen.

Met een hoop spiek- en stuntwerk strompelde hij de zesde binnen. Maar hij wist dat zijn dagen als scholier geteld waren, dat hij niet verder kon. Zelf was hij er helemaal uit, nu zijn moeder nog. Hij wilde haar er niet mee lastigvallen, had ze niet al genoeg aan haar hoofd? Hij stelde het slechte nieuws nog even uit. Na een kleine drie maanden in de zesde kwam hij niet meer opdagen. Het

Barlaeus ontving een brief van zijn moeder dat hij gestopt was. Plotseling vertrek naar het buitenland. Afscheidsfeestje was niet nodig. De handtekening was zo gek nog niet.

DE ONGEAUTORISEERDE BIOGRAFIE

Het monster waarover dezer dagen zoveel leugens in de krant worden geschreven heet eigenlijk Dirty Berry. Dat is zijn naam. Hij heeft nooit anders geheten en zal ook nooit anders heten. Wat ze verder ook beweren. Heel soms heet hij Diablo. Maar er is maar één iemand op de hele wereld die hem zo mag noemen.

Zijn vroegste herinnering is de avond waarop zijn vader hem wakker maakte en uit bed haalde. Hij vermoedt dat hij drie jaar was. Het was in ieder geval heel laat. Zijn vader kleedde hem aan, met muts en handschoenen, en nam hem mee naar buiten. Er lag een dik pak sneeuw. Hij had nog nooit sneeuw gezien. Zijn vader zette hem op een slee en trok hem door de witte, gedempte nacht voort.

Hij haatte zijn haar. Nog steeds. De kleur, de dikte, de structuur, alles. Toen hij nog tenniste wilde het na het douchen maar niet drogen. En toen hij uitging, stond hij voor de spiegel, kammend, borstelend, wrijvend, plukkend, vloekend. Het viel niet, het zat niet, het stond niet. Het was gewoon kuthaar. Maar dan op je hoofd.

Hij is dik tevreden met zijn ouders. Ook al sjouwt zijn moeder geen kratten pils voor hem naar huis zoals Gerrie Grolsch zijn moeder. Ook al komt zijn vader hem niet bij Fast Eddie ophalen zoals Gerrie Grolsch zijn vader. Toch heeft hij niets te klagen over zijn ouders. Ofschoon zijn vader wel wat langer had mogen blijven. Hij heeft de gezichten van de collega's van het NOB onthouden die op zijn vaders crematie zeiden: 'Ik teken voor zo'n dood', en: 'Hij heeft in ieder geval niet geleden.' Het is alweer een tijdje terug, maar hij heeft ze allemaal onthouden, die gevoelloze klerelijers. Hij vergeet ze niet, hij vergeet niets, wat dat betreft is hij net de maffia. Tot en met de kop van die ene kraai die achter in de aula aan zijn kont stond te krabben, heeft hij ze onthouden. Allemaal.

Hij stond voor de glazen deur van de crèche te wachten tot zijn moeder de brede trap in de gang opkwam. Ze kwam altijd. Hij zat bij haar achter op de fiets, op een stoeltje met een blauwe plastic zitting. En at de vierkante haverkoek die ze uit de reformwinkel voor hem had meegenomen. Vond hij toen nog lekker, zo'n knarskeitje met ongezwavelde rozijnen. Hij maakte tekeningen voor zijn moeder. Hij kocht van zijn eerst gespaarde zakgeld een cadeautje voor haar, een balpen met een motief van rozen. Voor zijn zesde verjaardag kreeg hij van zijn grootouders een doos met stempels. Zijn favoriete stempel was die van de kippetjes. Een maand lang voorzag hij alles wat wit en glad was van een afdruk, daarna keek hij er nooit meer naar om. Hoewel hij zich vaag herinnert er later, heel veel later, met een schrijnend gevoel van verlies naar gezocht te hebben.

Aan zijn tennistijd dacht hij zo min mogelijk terug, niet omdat die zo ellendig geweest was, maar omdat er dingen zijn die je moet vergeten.

Aan de andere kant van het water werd dagelijks in het hitbullpark gevoetbald. Turken, Marokkanen, Antillianen. Jongens van zijn leeftijd, maar ook ooms, oudere broers en vaders. Zusjes en moeders keken toe. Op een dag deed hij ook mee, hij rende tussen de spelers. En maakte een goal. Een Marokkaanse jongen vroeg: 'Waar woon je eigenlijk?' Hij noemde een straat achter Slotania, een straat in Schotelcity.

Het eerste wat hij jatte was een kartonnetje batterijen voor zijn walkman.

De eerste keer dat hij gepakt werd, was boven op een kerk die gesloopt werd. Samen met Otman trok hij lood van het dak, om het naderhand te verkopen.

De eerste keer dat hij out ging was op een rave in Hoofddorp. Verkeerde pillen. Te veel verkeerde pillen. Hij had zes uur voor dood in de regen gelegen.

De eerste keer dat hij met een meisje naar bed ging was hij zo nerveus en dronken dat hij tijdens het neuken het condoom volpiste. Zij was minder nerveus, maar nog verder heen dan hij, en daarom bestond er een goede kans dat ze het niet gemerkt had dat hij klotsend en met zijn handen voor zijn buik naar het wasbakje was geschuifeld. Ze had het wel gemerkt, maar ze werd niet, nog steeds niet, nerveus. Ze werd razend.

Als hij door het sleutelgat van een kater kroop nam hij altijd een paar snoepjes uit de pot Seresta van zijn moeder. Dook hij gelijk weer in bed zodra zijn moeder en zijn broer de deur uit waren.

Op sommige ochtenden zapte hij alle kindernetten langs, alle cartoons, om te zien of hij zijn vaders stem kon opvangen.

Soms, als hij een avondje thuisbleef, was hij ineens zijn moeder beu, kon hij niet langer in één kamer zijn met dat zorgzame, gesloten gezicht, waarachter hij, iedere minuut van zijn leven, de angst wist, die onuitroeibare angst om hem en zijn broer, om het onbetrouwbare genetische materiaal dat in hun nog jonge lijven tikte als een tijdbom.

Het kostte hem moeite te geloven dat meisjes verliefd op hem zouden worden. Tilly belde hem op, Tilly kwam langs, Tilly wilde naar de bioscoop, Tilly gaf een feestje. Hij bleef net zolang volharden in de gedachte dat niemand verliefd op hem kon worden tot Tilly niet meer belde, waarmee bewezen was dat ze niet écht verliefd was geweest.

Als hij aan het Barlaeus dacht, dacht hij aan hondenkwijl en als hij aan hondenkwijl dacht, dacht hij aan Crouwel, zijn leraar Nederlands. Crouwel schreef iets op het bord en zei: 'Ik hoor je wel, Vera Maatjes.' Terwijl Vera Maatjes een jaar eerder toch echt was blijven zitten. Hij haatte Crouwel en Crouwel haatte hem. Het was net een goed huwelijk. Crouwel wilde dat je de door hem uitverkoren gedichten en romans mooi vond. Nee, dat *eiste* hij.

Het is mooi.

Het is belangrijk.

Het is goed voor je.

Als Crouwel een roman behandelde deed hij dat zo uitvoerig dat je in die tijd al twee keer het boek had kunnen lezen. Er bleef niets van over. Helemaal niets. Behalve het gelul van die fucker.

Het is mooi.

Het is belangrijk

Het is goed voor je.

De mooiste regel die hij kende kwam niet uit een favoriet gedicht of een favoriete roman van Crouwel, maar uit een liedje. Het stond op een cd van zijn vader.

I wish my life was a non-stop Hollywood movie show.

The Kinks.

Hij was aardig op de hoogte van misdaadstatistieken. Hij wist bijvoorbeeld dat 32 procent van alle slachtoffers werd doodgeschoten, 35 procent werd omgebracht met behulp van een steekwapen en 11 procent werd gewurgd.

Nog niet zo lang geleden had hij 's ochtends vroeg zijn moeder in bed zien liggen. Stil, onheilspellend stil. Met haar ogen open. Even dacht hij dat ze dood was. Ze lag op haar zij en haar halfgebalde vuisten raakten bijna haar kin. Maar ze was niet dood. Haar ademhaling was regelmatig, diep en volkomen geluidloos. Ze lag daar zo alleen, zo kwetsbaar. En hij besefte voor het eerst dat zijn moeder heel vaak op dezelfde manier naar hem gekeken moest hebben.

Verder nog iets noemenswaardigs vergeten?

Misschien dit: in het voorjaar van 1999 had hij voor het eerst oesters gegeten.

10

'*Relax, don't do it…*'

'Moet je dat eens zien, net een slang dat wijf, als zo'n Aziatische met je klaar is, heb je een jongeheer als een kurkentrekker.'

Ik was aan een tafeltje achterin gaan zitten. Naast een man met het goedmoedige roze voorkomen van een knuffelbeest uit de speelgoedwinkel, waarachter een nachtmerrie bleek schuil te gaan. Hij droeg een sportbroekje van Adidas en kon geen moment zijn mond houden. Ik nam zuinige slokjes van mijn bier, uit het glas dat ik bij binnenkomst voor vijfenveertig gulden had moeten 'huren'. De Aziatische danste op de bar, in een hardblauwe string. Op het geluid van Frankie Goes To Hollywood zwiepte ze met haar heupen. Ze was klein en pezig. Ze bewoog zich efficiënt en snel. Ze zag eruit alsof ze een formidabele *lowkick* in huis had.

Boven haar hoofd draaide een spiegelbal in het rond en ergens in de zaak moest ook een zeepbellenmachine hangen want zo nu en dan zag ik een paar van die dingen langs de airco zeilen.

Er waren in totaal een stuk of vijftien kerels aanwezig, onder wie drie jonge mannen, vrienden of collega's, die halfdronken naast elkaar aan de bar hingen. De meeste klanten waren van middelbare leeftijd. Mannen die met hun roodaangelopen hartstocht en uitgezakte lijven zware schaduwen over de tafels wierpen.

Dit was de onderaardse plek waarin ze voor mijn ogen was afgedaald, hier, op deze coördinaten, had de straat haar weggekaapt. Een kelder met spiegels en zeepbellen en boven aan de trap op straat twee hangjassen die al die sukkels naar binnen hadden geluld. Ze had me verteld dat ze hier werkte.

'Kan ik eens komen kijken?'

'Het is een openbare gelegenheid. Maar ik denk niet dat het iets voor jou is.'

'*Relax, don't do it*
When you want to go to it…'
De Aziatische zakte door haar knieën voor die drie aan de bar.

Ik had me van tevoren moed ingedronken en kon het gebeuren niet zo heel scherp volgen. Alles ging vreemd snel en luidruchtig, de beelden en geluiden tuimelden over elkaar heen. Mijn probleem is dat ik nuchter te onzeker ben voor dit soort acties en volgetankt te wazig om in de gaten te hebben of ik nog een beetje op koers lig.

'Ik ben in Thailand geweest. Pattaya. Ken je Pattaya?' zei man in het sportbroekje.

Ik vroeg beleefd of hij zijn smoel wilde houden, maar hij lulde gewoon door.

'Ligt een kilometer of tachtig van Bangkok, aan de kust. Je kunt er met de bus komen. Een uurtje. Nou nee, iets langer.'

In dit zweethol kon het roze mannen die op speelgoedknuffels leken misschien nog wel meer dan waar ook in de warme hyperstad erboven geen fuck schelen dat je niet lastiggevallen wilde worden.

'Een vriend van me is er gaan wonen. Denk maar niet dat die nog terug wil.'

Ik verlangde naar rust, het was al moeilijk genoeg me geestelijk voor te bereiden op het moment dat ik haar zou zien. En zij mij. Wat ik nu heel dringend nodig had was een time-out. Ik kwam overeind, en bereikte zonder tafels om te gooien – een prestatie – de wc. Ik maakte mijn gezicht nat en plukte toen met vochtige vingers aan mijn haar. Even stond het wel geinig springerig overeind, maar al snel stortte het laf in en veranderde ik in een Afghaanse windhond in de regen. Ik gaf de zeegroene muurtegels een kopstoot en keerde, wankelend op mijn grondvesten, weer terug naar mijn tafel.

Mijn T-shirt plakte nat tegen mijn rug toen ik weer achter mijn huurglas ging zitten. Die airco blies volgens mij hete lucht naar binnen. De Aziatische ging bij een vent aan een andere tafel op schoot zitten, dansend en met haar onderlijf wiebelend. Ze zweette niet. Geen druppel. Ik vroeg me af hoe ze dat klaarspeelde in die hitte.

Mijn pakje sigaretten viel van tafel. Toen ik het oppakte zag ik dat die gast naast me zijn handel uit zijn sportbroekje had hangen. Ik kwam weer boven tafel en stak een sigaret op.

'Mijn naam is Rik,' zei hij, 'ik werk voor KPN. Iets drinken?'

Ik schudde mijn hoofd.

'Hoe heet je, als ik vragen mag?'

'Charles Manson.'

'Wil je echt niets drinken, Charles?'

Ik zei niets terug en er viel een beklemmende stilte, het was net alsof er een man met zijn handel uit zijn sportbroekje naast me aan tafel zat.

'Zal ik jou eens een tip geven,' klonk zijn stem weer, de vlakke medeklinkers van zijn Amsterdams accent uitgesproken in een traag, knauwend ritme. 'Contactadvertenties. Die wijven, ze zien er vaak niet uit, maar ze zijn er wel echt aan toe, begrijp je wat ik bedoel? Contactadvertenties.'

Mijn tip voor hem was dat hij nu echt zijn eetkamer op slot moest gooien als hij niet aan zijn pik opgetild en de hele zaak door gesleept wilde worden.

Er klonk een nieuw nummer, iets van Tina Turner. Ik ging aan een ander tafeltje zitten, bij een magere man met afhangende schouders en zijn hoofd een beetje schuin, de introvertie in eigen persoon. Aan zijn treurige gezicht las ik een en al goed nieuws af: laat mij alsjeblieft met rust terwijl ik in geklimatiseerde geilheid de zoveelste kutavond van mijn kutleven op deze kutwereld aan het verzieken ben. Laat mij alsjeblieft met rust. Het is al erg genoeg.

Het licht werd gedimd en ineens stond ze op de bar. Zilveren hakken, zilveren string. Ik durfde nauwelijks te kijken. Die drie aan de bar begonnen te klappen.

'Private Dancer', zo heette dat nummer van Tina Turner. Die gasten zongen mee. Het was allemaal één groot cliché, die zilveren string, dat nummer, juist dat nummer, en dan die gasten. Ik zou er hard om gelachen hebben als ik niet zo nerveus was geweest.

Ze had een zwarte pruik op en was gevangen in een bundel wit licht. Haar mond stak scherp en schitterend af door de lipstick. Een van de drie mannen aan de bar hield een glas voor haar omhoog. De inhoud zag eruit als champagne. Ze knielde op de bar, spreidde haar armen en boog zich al dansend voorover. Ze dronk uit het glas en dipte haar tong in de champagne. Met een getrainde beweging kwam ze weer overeind, liep naar het eind van de bar en daalde een trappetje van nepmarmer af. Dansend ging ze langs de tafeltjes. Ze was onbevreesd. Ze was schaamteloos. Ze was mooi. Ze draaide naar dat roze monster met sportbroekje en ging op zijn schoot zitten. Ze schoof heen en weer op zijn dijen. Hij wilde haar vastpakken, maar ze was alweer weg.

'I'm your private dancer, dancing for money…'

Toen kwam ze naar mijn tafel. Ze keek me aan. Even zag ik iets in haar ogen gebeuren, heel even maar. Ze danste nog steeds. Ze legde haar hand op haar linkerborst, op haar hart, en zei toen 'ouch'. Zoals ET aan het eind van de film doet. Ze ging bij sombermans op schoot zitten, schudde haar gladde borsten voor hem langs en keek me nog even aan. Toen stond ze op en delde verder de hele zaak door.

Buiten op de gracht wachtte ik op haar tot ze klaar was. Ze droeg sandalen en had een zonnebril op toen ze eindelijk naar buiten kwam.

'Zo,' zei ze.

'Zo.'

'Ben je er nog?'

'Je ziet het.'

'En?'

'En wat?'

'Wil je het er nog over hebben?'

'Jij?' vroeg ik.

'Ik haat mensen die over hun werk praten. Kijk,' zei ze, 'daar.'

Ze wees naar het water. Er zwom een zwaan in de gracht. Op scherven van neonlicht.

'Wat doet die nou hier?' zei ze.

'Verdwaald, denk ik.'

'Stom beest.'

Ze schoof haar zonnebril in haar haar. 'Goed, dat hebben we dus gehad.'

Ze vroeg of ik zin had om een stuk te lopen, dat deed ze altijd na het werk, zei ze. We wandelden richting Nieuwmarkt. De cafés stroomden leeg, de kooien gingen open. Ze zei een tijdje niets. Dat liet me de keuze wat ik voor haar wilde zijn. Stil en een tikje mysterieus op het gevaar af een verlegen indruk te maken, of druk, onverschillig en vol verhalen. Ik koos voor dat laatste. Of misschien lag het wel anders, en koos dat laatste voor mij.

Ik vertelde haar over het stukje in de krant dat ik een tijdje terug had gelezen, over die vent in Hamburg. Hij had vijf jaar lang dood voor zijn televisie gezeten. De buren, zijn familie, niemand die het gemerkt had. Toen de politie de deur openbrak, zat er een skelet televisie te kijken. Met een krant van vijf jaar oud op zijn voetbotjes.

'Wat voor merk televisie?' vroeg ze.

'Dat weet ik niet, dat stond er niet bij.'

'Jammer.'

'Hoezo?'

'Dat moet een heel goed merk zijn, vijf jaar. Als ik een televisie nodig heb, wil ik er zo een.'

Ik herinner me dat ze daarna iets zong, ik geloof iets van Roxy Music, met haar mond deed ze de saxofoonsolo na.

We liepen weg van de drukte, de straten steeds stiller en leger. Ze vertelde dat ze een halfjaar in een videotheek had gewerkt waar ze gemiddeld drie films per dag zag. Ze bleek een expert op het gebied van het misdaadgenre. Ook het hardere werk. Jackie Chan, Chuck Norris, Jean-Claude Van Damme. Zo'n beetje alles met een zwakke plot en spectaculaire actie. *Faces of Death* kende ze ook, maar daar vond ze niet veel aan. Als ik van dat soort true-trashvideo's hield, dan wist ze wel wat beters. Ze noemde twee, drie titels waar ik nog nooit van gehoord had.

Ik wist niet goed wat ik ervan moest denken. Ik vertrouwde het niet helemaal. Nog niet. In mijn seksistische brein schuilde de overtuiging dat ze die films niet echt goed kon vinden, dat ze deed alsof, om een beetje indruk te maken. Je kwam zo'n pose wel meer tegen bij meiden, op party's; ze liepen erbij en zeiden dingen alsof ze al honderd jaar in het leven zaten, alsof ze alles wat in de verste verte maar op een pik leek al uitgeprobeerd hadden, maar als het erop aankwam ontdekte je dat ze eigenlijk heel anders in elkaar zaten, dat ze een spel speelden: in-het-weekend-de-del-uithangen-en-vanaf-zondagavond-weer-braaf-terug-naar-doorzon-papa-en-mama. Ze deden het om op te vallen, om te choqueren. Het was een rol, een soort tegengif.

Ik wist inmiddels dat zij anders was dan die meiden, ik had haar in haar string zien dansen. Maar toch... dat van die shoot-and-runfilms kon best weleens een toer zijn.

We dronken nog een cocktail in de nachtbar van Wildschut, waar ze wel vaker een afzakkertje nam voor ze naar huis ging. Ik kwam er voor het eerst en zei na een minuut of wat dat ik het een eersteklas klotetent vond. Dat was ze met me eens, maar in de hele buurt was geen een andere zaak nog open. Daarna ging ze naar de wc. Ik keek een beetje in het rond, het was vol met een bepaald soort mensen. Ik kan ze niet beter omschrijven dan precies het soort mensen waar ik een hekel aan heb. Van die types die over zichzelf zeggen: 'Zo ben ik nou eenmaal, een ramp!' En dan tevreden om zich heen kijken of er nog een glimlachje te oogsten valt. Dat zijn de ergsten. Let er maar eens op.

Het enige voordeel van zo'n bar vol met die lulmeiers leek me dat je met je ogen dicht iemand neer kon stompen en toch zeker wist dat je niet de verkeerde te pakken had genomen.

'Wake up. Time to die.'

Ze stond ineens achter me.

'Wacht even… *Blade Runner?*'

'U gaat door naar de volgende ronde.'

Ze woonde in een zijstraat van de Van Baerlestraat. Ze nodigde me uit om nog even binnen te komen. Het huis was ingericht met zware houten meubelen, klassiek bankstel, piano, velourse gordijnen en een paar vrijwel kleurloze, oubollige schilderijen aan de muur. Op de schoorsteen stond een aantal lijstjes met foto's van bruidsparen en lachende kinderen.

Ik keek ongelovig om me heen. Ze legde uit dat ze een kamer op de zolderverdieping van het huis had, overgenomen van een ex-collega van haar, een meisje dat met dansen was gestopt en nu in een new-agecentrum in de Ardennen werkte. Die zolderverdieping werd verhuurd door de vrouw die in het benedenhuis woonde. Ze was dik in de zeventig, lag in een verzorgingstehuis waar ze waarschijnlijk nooit meer levend uit zou komen.

'En waar woon jij?' vroeg ze.

Het scheelde weinig of ik had gelogen. Uit gewoonte. Maar ik kon de levenslustig kwispelende en aanstormende leugen nog net in zijn nekvel grijpen en terug naar zijn mand sturen. Waar de overige leden van het nest bastaards wonder boven wonder vredig lagen te slapen.

Ik vertelde haar over de villa's en de omschoteling van het straatje. In de uitvoerige beschrijving die ik de allure van de ondergang van het Romeinse Rijk probeerde mee te geven voerde ik mijn moeder en broer voorzichtig als figuranten op.

Met twee koude blikken Tuborg goldlabel in onze vuist gingen we naar boven, naar haar zolderkamer. Zonder te spreken, in verband met de buren. Het waren twee kleine ruimtes, met een dakraam, een bed, een wasbak, een cd-speler en een indrukwekkende hoeveelheid kleren, die de vloer en iets wat op een stoel leek afdekten.

'Wij wonen in Haarlem,' zei ze. 'Eigenlijk woont alleen mijn moeder er nog. Mijn vader is hertrouwd met een zangeres. Hij woont tegenwoordig op Malta.'

We gingen op bed zitten en dronken van ons bier. Op een tafel-tje lagen de horentjes die ik haar verkocht had, naast een volle asbak en een stuk of wat tijdschriften. De *Penthouse* bovenop.

In minder dan een uur tijd hadden we onze ouders, school, Al Pacino, de Grand Canyon, kroketten van Kwekkeboom en de beste remedies tegen een kater behandeld.

Ze zag er fantastisch uit. Ze was alleen maar mooier geworden. Haar benen en armen waren honingbruin van het zonnebad dat ze 's middags op het dak had genomen. En die kleur van haar huid deed misdadige dingen met de platinablonde haartjes op haar voorhoofd. Ik wilde haar kussen, maar ik durfde niet. Een tijdlang kon ik aan niets anders denken dan haar op haar mooie mond kus-sen. Toen zette ze haar lege blikje bier op de vloer.

'Goed, ik denk dat ik maar eens ga slapen.'

Ik stond op en voelde hoe de alcohol laf de benen nam om me het zelf te laten opknappen.

'Dan eh…'

'Je kunt hier blijven pitten, als je wilt. Ik heb nog een matras in de andere kamer.'

We sliepen die nacht ieder in een kamer, met de deur open, op pakweg zes meter afstand van elkaar. Ze had wat Opium op mijn matras gespoten omdat het volgens haar muf rook. Ik kon haar ademhaling horen. Af en toe draaide ze zich om en dan zuchtte ze.

Ik wist nu dat ze Thera heette en dat haar ouders haar zo had-den genoemd omdat ze haar hadden verwekt tijdens een vakantie op het gelijknamige Griekse eiland. Ik wist dat dat eiland eigenlijk een ontplofte vulkaan was. Ik wist dat ze in de speeltuin met haar tand op het metaal van de klimkooi was gevallen. Ik wist dat ze met niets dan een string aan in een kelder danste. Ik wist dat ze écht veel van misdaadfilms hield. En wat ik vooral wist, was dat ik er alles voor overhad om naast haar te liggen, alleen maar naast haar liggen, zodat ik beter naar haar kon kijken.

In een wolk van Opium wachtte ik tot het licht werd.

De volgende ochtend ging ze naar beneden om te douchen. Ik poetste mijn tanden met de tandenborstel die ze me had gegeven en bladerde daarna in die *Penthouse*. Algauw stuitte ik op een fotoreportage getiteld 'Erotische Wandelroute Nederland'. Hij opende met een dubbele pagina waarop een meisje met haar rug naar de camera stond. Ze had een truitje zonder mouwen aan en een rok van een dunne bedrukte stof die ze met haar roodgelakte vingers omhooghield. Ze stond voor het Paleis op de Dam. Ze had haar hoofd iets gedraaid, en profil. Ze droeg geen broekje. Je keek op haar billen en zag in de schaduw waar haar lange, slanke benen bij elkaar kwamen een donker plukje haar.

Op de volgende foto zat ze voor het Ministerie van Landbouw in Den Haag. Op de trap die naar de ingang leidde. Ze droeg witte nylonkousen zonder broekje en je keek haar recht in haar kruis. Verder waren er foto's voor het Rijksmuseum, de Euromast en de Erasmusbrug in Rotterdam. Op sommige zag je op de achtergrond iemand staan of lopen. De foto's leken snel gemaakt. Rok omhoog, afdrukken en wegwezen. Zo zagen ze eruit.

Het meisje op die foto's was Thera.

Met nat haar en een ouderwets dienblad met croissants, broodjes, twee bekers en een pot dampende thee kwam ze binnen. Kruidenthee, dat dronk ze. Ze hield niet van gewone thee.

'Dan kun je mijn moeder een hand geven,' zei ik.

Ze keek naar de *Penthouse* die naast me lag.

'Ik zie dat je de ochtendkrant al gevonden hebt.'

'Je staat er goed op.'

'Heb ik een tijdje gedaan, dat soort dingen. Dit is het enige wat je mag zien. De rest is té erg…'

'Weet je trouwens hoe je ziet of een vrouw geen slipje draagt?'

'Dan heeft ze roos op haar schoenen, ha ha.'

Ik voelde me ellendig, het laatste wat ik wilde was een melige grap vertellen, die ze nog kende ook. Maar om de een of andere reden is onverschilligheid, geveinsd of niet, altijd hét middel om dit soort momenten door te komen.

Het begon al warm te worden op de zolderetage en op haar verzoek trok ik het matras waar ik op had geslapen door het dakraam naar buiten. We legden het op de kiezels achter een rij schoorstenen neer en gingen op dat eiland van schuimrubber en katoen zitten ontbijten.

Thera vertelde dat een vaste klant van de videotheek fotograaf was. Op een dag had hij haar gevraagd of ze wilde poseren. Het werd niet slecht betaald. Ze deed het. Ze mocht een keer met hem mee naar Sardinië waar hij foto's van haar maakte. Toen ze terugkwam was ze bij hem ingetrokken, in zijn huis aan de Keizersgracht. Hij was veertien jaar ouder dan zij, hij heette Ben en had een labrador. Ik herinnerde me die naam van de keer dat ik haar in het café had ontmoet en me had uitgegeven voor de mysterieuze Raymond.

'En hoe is het nu tussen jou en Ben?' vroeg ik.

'Kan niet beter, we zien elkaar nooit en ik hoop dat dat zo blijft. In de vijf maanden dat ik bij hem woonde maakte hij me helemaal gek. We waren het punt genaderd dat ik schriftelijke toestemming moest vragen om met de hond naar het park te mogen. Ik heb nog nooit zo'n bezitterig en wantrouwig mens ontmoet in mijn leven.'

Ze zat met haar rug tegen de schoorsteen. Haar lokken waren opgedroogd en nu bijna wit in de felle zon. Ze droeg een oversized T-shirt dat als een jurkje over haar bovenbenen viel. Ze zette haar tanden in een croissant.

'En jij nog iets romantisch, Diablo?'

'Niets waardoor een mens in de problemen kan komen.'

Op deze hoogte schoot me mijn loodgietersavontuur te binnen en ik vertelde haar over die keer dat ik met Otman op een kerkdak gepakt was tijdens het weghalen van lood.

'Die kerk werd gesloopt en ik dacht dat het niemand iets kon schelen dat wij het lood lostrokken, maar toen kwamen die slopers en die dachten daar anders over. We hadden ons verstopt, stonden op een dakgoot, met onze rug tegen de muur, een meter of dertig hoog. Ik voelde toen voor het eerst wat hoogtevrees is.'

'Die Otman,' zei ze, 'is dat een mohammedaan?'

'Nee, een junk. Wil jij nog thee?'

Na het ontbijt leerde ze me een trucje met een sigaret. Ze kon zonder gebruik van haar handen te maken een peuk brandend in haar mond laten verdwijnen, enige tijd daar laten en weer tevoorschijn toveren.

'*Grease 2*,' zei ze. 'Daar doen ze het ook in, op die school.' Ze deed het me voor, ik oefende een poosje met een halve, niet aangestoken sigaret, net zolang tot ik het kon. En toen deed ik het met een brandende. Ze applaudisseerde toen het me gelukt was.

'Wat verdien je nou in die tent, met dat dansen?'

'Hangt van de klanten af. Als je een piepeltje binnen hebt kun je in een avond meer verdienen dan soms in een week.'

'Als hij wil dat je wat langer op zijn schoot blijft zitten…?'

'Ja, als hij het hele menu wil en dan ook nog de grote jongen gaat uithangen door champagne te bestellen.'

Ik vertelde haar over de smeerlap met dat sportbroekje. Ze moest lachen.

'Rik Telecom. Ach, het zijn maar zielige rukkers,' zei ze. 'Ik heb geen hekel aan ze. Niet echt. Ze betalen me. Waarom zou ik een hekel aan ze hebben? Natuurlijk zou ik me liever laten betalen door een stel sympathieke jongens met koppen als Brad Pitt met wie je ook nog kan lachen, maar je hebt het niet voor het uitzoeken.'

'Waarom gaan ze niet gewoon naar de hoeren?'

'Nee, dit is een ander slag. Ze zijn het allerlaagste, ziekste, smerigste en lafste uitschot en ze komen om te kijken naar wat in hún ogen het allerlaagste, ziekste, smerigste en lafste uitschot is. Om te *kijken*, begrijp je. Aanraken mag niet. Het enige waar ik een hekel aan heb, zijn die zweterige handjes. *If they move… kill 'em.* Sam Peckinpah, geloof ik.'

Ze streek met haar handen haar blonde haar achterover en strekte zich uit op het matras. Ik stond op en keek uit op de zomerse dag, de daken in het zonlicht, de fonkelende gouden harp op het

71

Concertgebouw, de torens van het Rijksmuseum. Een warme wind streek langs mijn gezicht. Ik deed mijn handen in mijn zakken, sloot mijn ogen en voelde me voor het eerst sinds tijden weer even volkomen ontspannen. Alsof ik onder water in een warme zee zwom.

'Nou?' vroeg Thera.

Ik draaide me om, ze lag met gespreide armen op het matras, genietend van de warme zon.

'Nou wat?'

'Wat zie je allemaal?'

'Daken, gebouwen, lucht.'

'Zo is het,' zei ze. 'Eenzame hoogte, voor jou en voor mij. Laat de rest het maar beneden uitzoeken. Hee, hoe zit het, kom je nog bij me?'

's Middags liep ik het hele eind naar huis, alles was nieuw en prikkelend, ik slenterde traag door de straten van de warme stad en keek naar de mensen, spottend, vreemd licht in mijn hoofd en benen, als iemand met een groot geheim, een geheim dat hij uit wilde schreeuwen maar tegelijk met niemand wilde delen.

II

'Waar wil je over praten?' vroeg Meesters.

Daarna leunde hij achterover en keek me aan met een blik van als-het-vandaag-weer-misgaat-dan-ligt-het-wel-helemaal-aan-jou.

Ik haalde mijn schouders op. Híj was de psychiater, híj werd ervoor betaald, híj had me ontboden, waarom deed hij het dan voorkomen alsof ík degene was die ernaar hunkerde mijn hart uit te storten?

Hij legde zijn door de nicotine vermolmde vingertoppen tegen elkaar aan en staarde naar een punt in de ruimte. In de stilte die viel deinden de lamellen zachtjes op de luchtstroom die door het geopende raam naar binnen werd gezogen. De asbak op het bureau was afgeladen met peuken, overal lagen losse briefjes en dossiermappen. Achter hem aan de muur hingen vergeelde A4'tjes, lijstjes met onzeker getrokken helblauwe en -roze strepen. Alles in deze ruimte, tot en met de scheefhangende reproductie van een Dalí, ademde de sfeer van een verstrooide chaos, als Meesters zelf.

'De gesprekken zijn voor mij het belangrijkst,' zei hij. 'Belangrijker dan de tests.'

Hij stak een sigaret op, inhaleerde diep en blies een formidabele rookwolk naar het plafond. Hij was lang en kalend, de laatste plukjes haar zwierven onzeker over zijn schedel als tumbleweed over de prairie. Zijn gezicht weerkaatste een opvallende bleekheid. Op de een of andere manier vond ik dat hele voorkomen van hem perfect passen bij een man die dagelijks in de levens van anderen wroette. De lamellen hield hij dicht, alsof hij iets tegen daglicht had, of tegen de aanwezigheid van een andere wereld buiten zijn kamer.

Ik heb altijd gedacht dat een sessie met een psychiater een prikkelende ervaring zou zijn. In die zin dat ik het prettig zou vinden om, daartoe uitgedaagd door intelligente vragen, over vroeger te praten en ondertussen te peilen volgens welke strategie de psychiater mijn ziel binnenstebuiten zou keren. Maar dat bleek een belachelijk romantische voorstelling van zaken. Waarom valt de werkelijkheid altijd tegen? Neem nou alleen die rit naar het huis van bewaring. In dat getraliede busje. Ik wil niet zeuren over zoiets triviaals als het weer, maar op de dag dat je voor het eerst van je leven naar het huis van bewaring wordt vervoerd, op de dag dat je je bestaan als vrij man onder de banden hoort wegschieten, mag je toch op zijn minst wat meteorologisch vuurwerk van de weergoden verwachten. Een duistere, zwaargetekende lucht, of een broeierige, drukkende atmosfeer waardoor je hoofdhuid gaat prikken, iets in die trant. En niet een duffe middag die je niet koud en niet warm kon noemen, niet licht en niet donker. Het was een middag met een zachtgrijze hemel; zonder wolken, zonder regen, zonder beweging in de bomen.

De naderende witte torens van het huis van bewaring, de sluis die open- en dichtging, de hele aankomst, het was allemaal, hoe zal ik het zeggen…? Zo gewoon. In niets leek het op *Escape from Alcatraz*, het was een en al suffe Hollandse soap, GTST in de bajes, zelfs dat niet. En bij binnenkomst werd het er niet beter op. Het bukken voor de badmeester, het douchen, het naar mijn cel gebracht worden, de eerste visuele confrontaties met andere gevangenen, het was de zwakst mogelijke afspiegeling van wat ik verwacht had, van wat ik me uit de betere films herinnerde. Lullige dramaturgie, slecht gespeeld bovendien. Een voorbeeld. Die eerste dag werd ik door iemand van de reclassering bezocht, Lucas Terborg, een lijvige figuur met verward grijs haar en zware wenkbrauwen. Hij bekeek het intakeformulier dat een collega van hem had ingevuld toen ik nog op het politiebureau op de Elandsgracht zat.

'Je hebt bekend, hè?'

Ik knikte.

Hij ging verder met het bestuderen van het formulier, keek toen even op.

74

'Toevallig familie van Ellen Kooijman?'

'Mijn moeder,' zei ik.

'O,' zei hij. 'O.'

'Ja,' zei ik.

'Zullen we even een paar vragen doornemen?'

Hij had er iets moois van kunnen maken, Lucas, hij had ontdaan kunnen zijn, hij had zijn harige neusgaten kunnen laten snuiven, hij had desnoods sarcastisch kunnen doen, het hele scala aan mogelijkheden lag bereidwillig en lonkend voor hem, maar hij deed er niets mee. *Zullen we even een paar vragen doornemen?*

'Ik merk dat je het moeilijk vindt om over jezelf te praten,' zei Meesters.

Ik was bij elkaar een uur of twintig door de recherche verhoord, had met de rechter-commissaris gesproken, mijn advocaat tekst en uitleg gegeven, met mijn reclasseringsambtenaar mijn leventje van voor tot achter doorgehinkeld, en daarbij had Meesters zelf me ook nog drie keer uitgeknepen. De put met al dat spraakwater stond bijna droog.

'Het probleem is dat ik niet goed weet waar ik moet beginnen.' Dat leek me een veilig antwoord.

'Begin maar,' zei Meesters. 'Misschien iets over school.'

Ik vertelde hem wat over het Barlaeus, over Crouwel, over het spijbelen en de leugens waarmee ik mijn moeder tijdelijk onschadelijk had gemaakt. Eenmaal dat pad ingeslagen was het verleidelijk om hem het beeld voor te spiegelen van de eigenzinnige, een tikje criminele, loltrappende gymnasiast uit het gebroken gezin, een van die intelligente, jonge zwarte schapen die voortdurend met alles en iedereen overhooplagen, maar uiteindelijk in het studentenleven brakend en brallend wel weer op hun pootjes terecht zouden komen. Of beeldend kunstenaar zouden worden. Maar iets in mij verzette zich ertegen hem precies te geven wat hij graag wilde horen, dus schakelde ik over naar een paar korte scènes uit mijn avonturen met Otman en De Laatste Mode. Ook vertelde ik hem over de ouders van Gerrie Grolsch, in geuren en kleuren. Omdat ik voelde dat hij daar niet van terug zou hebben, ouders die volgens het boekje alles fout deden wat je maar fout kunt doen, maar toch op hun eigen onbeholpen, amateuristische wijze de perfectie dicht genaderd waren.

Soms loog ik. Soms dacht ik dat ik loog. En soms wist ik zeker dat ik loog terwijl ik toch de waarheid sprak.

Ineens viel ik stil, midden in een zin. Geremd door het tegenmakende inzicht dat er naarmate ik meer over mezelf vertelde steeds minder 'zelf' overbleef. Door al dat oeverloze gelul kwam ik op steeds grotere afstand van wie ik was, van wat ik over mezelf dacht te weten. Dirty Berry begon een volslagen onbekende te worden.

In de stilte die volgde maakte hij priegelige aantekeningen op een groene kaart, verwisselde daarbij twee keer van pen en nam toen hij klaar was hongerig sissend het laatste trekje van zijn sigaret.

'De meeste mensen die ik hier spreek hebben een heel ander soort achtergrond dan jij,' zei hij. 'Je komt uit een goed milieu, je hebt een prima opleiding gehad, je bent intelligent, niet verslaafd. Heb je zelf een verklaring voor hoe je hier toch terecht bent gekomen?'

Als hij sprak, als hij vragen stelde, lette hij op zijn woorden. Afstandelijkheid en objectiviteit waren louter een kwestie van woorden. Dit waren zijn persoonlijkste woorden tot nu toe. Er klonk iets, hoe bedekt ook, van een oordeel in door. *Jij hoort hier niet.* En ook iets van zijn persoonlijke motivatie om keer op keer met me te praten. *Ik zal je verdomme je geheim ontfutselen.*

'U heeft de kranten gelezen,' zei ik.

Hij zei niets terug en keek me ook niet aan. In plaats daarvan staarde hij met een scheef glimlachje om zijn mond naar de lamellen. Ik weet niet wat hij erger vindt, de dingen die ik zeg of het feit dat ze hem ráken. Ik denk dat laatste. Nooit een krimp geven is zijn hoogste ideaal. Al zou je hem toevertrouwen dat je je moeder een beurt wilt geven en haar in mootjes hakken om haar daarna aan de eendjes te voeren, dan nog zou hij er alles aan doen onverstoorbaar een aantekeningetje te maken: *moeder... beurt... in mootjes...*

Zoals hij daar zat met dat vertrokken mondje deed hij me aan

Crouwel denken. Iemand die ook al belichaamde hij de macht toch met lege handen stond. En door die associatie begreep ik waar het hier in dat bedompte hok van hem allemaal om draaide, meer dan om 'kans op herhaling' of 'mogelijke psychische stoornis', meer dan om welke achterlijke shit ook ging het om macht. Macht, ja. En dat denk ik nog steeds. Hoe je het ook wendt of keert, uiteindelijk is het een machtsstrijd. Hij wilde hebben wat ik niet wilde geven, misschien zelfs niet kon geven, maar dat maakte het voor hem alleen maar interessanter. Hoe meer ik me verzette tegen mijn uitlevering, des te meer hij zich inspande mijn verzet te breken. Het was niets meer en niets minder dan een geestelijke bewapeningswedloop, met als inzet de macht over mijn gedachten. Als ik hem mijn hele verhaal verteld zou hebben tot en met de laatste druppel van de put, zou hij zijn pen en zijn oren opbergen en zijn armen over elkaar slaan. Zie daar: de winnaar. En ver onder hem zou ik zitten, leeg en gebogen, op de bodem van de put, als een nog grotere kutloser dan ik al ben.

'Ja, ik heb de kranten gelezen.'

Even keek hij me aan met een blik alsof hij zojuist een bromvlieg had doorgeslikt.

'Misschien kunnen we het nog even ergens anders over hebben,' zei hij. 'Vertel eens iets over die... Ben.'

'Daar kan ik kort over zijn. Ik haatte hem.'

'Haat*te*?'

'Maakt u daar maar *haat* van. O.t.t.'

Hij noteerde weer iets op zijn kaartje.

'Kun je dat uitleggen?'

Ik schudde mijn hoofd.

Hij begon zuchtend in de la van zijn bureau te graven en legde na langdurig zoeken een blauw vragenboekje met een antwoordenlijst voor me neer. Minnesota Multiphase Personality Inventory 3, las ik.

'Ik stel voor dat we nog een persoonlijkheidstestje doen.'

'Best, dokter,' zei ik. 'Best, heeft u mij daarbij nodig?'

12

Met een zweterige, hongerige gereedheid stond ik op haar te wachten. Het was al laat, maar de avond had nauwelijks afkoeling gebracht. Twee kerels in zomerhemden kwamen met hun handen in hun zakken naar buiten en liepen in mijn richting.

'Nou, ik persoonlijk zou het niet erg vinden om die blonde helemaal suf te naaien, geile bitch.'

Die andere hinnikte.

Ik voelde mijn maag ineenkrimpen. Maar strikt genomen hadden ze er recht op, die twee, ze hadden een glas voor vijfenveertig piek gehuurd, met een vrijbrief voor verbale perversiteiten in iedere vorm. Zolang ze hun handen maar thuishielden.

Na die ene keer was ik niet meer binnen geweest. Ik wachtte sindsdien buiten. 'If you can't stand the heat, stay out of the kitchen,' had ze gezegd. Ik weet niet uit welke film dat komt, maar zo is het. In het licht van de eeuwigheid stelde het allemaal nauwelijks iets voor natuurlijk, een beetje dansen, een beetje kerels opgeilen, maar toch had ik er moeite mee. Niet dat het echt tussen ons stond, maar haar wegbrengen of afhalen riep wel telkens een bepaalde stemming bij me op. Op die momenten kostte het me een niet-aflatende inspanning om kalm te blijven; ik moest op volle toeren draaien om tot rust te komen... en dan nog. Ik probeerde veel dingen weg te denken, er bestond een Grote Negeerlijst die ik in stilte keer op keer afwerkte: wiebeldanseres, sportbroekje, *Penthouse*, Ben... Ik dreunde hem op als een mantra, in de hoop dat hij, als ik 'm maar zou blijven repeteren, niets meer voor me zou betekenen. Soms joeg die Grote Negeerlijst de 'drukke onverschillige verhalenverteller' op de vlucht.

'Is er iets, Diablo?'

'Nee niets.'

'Je bent zo stil.'

In het oranje neonlicht kwam ze naar buiten. Samen met de Aziatische die een rugzakje droeg. Thera nam een hap van een broodje kroket dat een van die hangjassen aan het eten was. Er werd gelachen, nog iets gezegd, toen omhelsde ze de Aziatische innig en gaf haar een kus.

'Ze was vandaag voor het laatst, Ophie.'

We waren aan onze lange, trage wandeling naar haar huis begonnen.

'Wat gaat ze doen?'

'Achter het raam. Ze wil meer verdienen, zegt ze. Moet lukken met zo'n lichaam. Ze ziet er goed uit. Vind je niet?'

'Ja, ze ziet er goed uit.'

'Val je op haar?'

'Nee.'

'Ik zou het niet erg vinden. Ze gaat overmorgen beginnen, dus je kunt zo naar haar toe.'

'Dat was ik niet van plan. Hier.'

Ik gaf haar het flesje Opium dat ik die middag in de P.C. Hooft-straat voor haar had gepikt.

'Hee, mijn merk!' Ze kuste me op mijn wang. 'Ze heeft een heel strak lichaam door het trainen, ik ken niemand met zo'n strak lichaam als zij.'

Het was mij net iets té strak. Volgens mij voelde het aan alsof je boven op een hunebed ging liggen. Maar dat zei ik niet.

'Ze vindt jou leuk, dat heeft ze tegen me gezegd. Hij is *cool*, zei ze. Echt, ik vind het niet erg. Ik meen het.' En toen zei ze: 'Ben heeft gebeld.'

Ik geloofde haar, dat ze het niet erg zou vinden als ik die Fili-pijnse in haar rode kajuitje had opgezocht, ik geloofde haar onmiddellijk, maar haar aanbod was het laatste waar ik naar ver-langde. Ik sliep drie, vier keer per week bij haar. Bij haar in bed. Haar ruiken, haar vasthouden, haar voelen, 's ochtends tegen haar aan liggen. Dat was alles wat ik wilde.

We sliepen in het bed van de oude dame. Het kraakte, het schudde, het veerde door. Ik duwde met mijn handen tegen de onderkant van haar rug. Haar heupen kwamen omhoog. Ik kuste haar mond, haar hals, haar borsten. Ik voelde het dons op haar kut langs mijn buik strijken, als de ademtocht van een veulen op je hand. Ik zakte wat verder omlaag en kwam in haar. Haar benen omknelden me.

'Diablo.'

Volgens de horoscoop in de *Cosmo* moest ik 'een paar vrienden uitnodigen voor een gezellig etentje'.

We neukten altijd als we thuis waren, soms direct na binnenkomst, soms nog een tweede keer tegen de ochtend, als we even wakker waren geworden. Altijd.

Ze lag op haar buik met haar ene been gebogen. Haar zachte, kleine billen opgedeeld door een langwerpige schaduw. Ik masseerde haar schouders, haar rug, die billen. Ik ging voorzichtig boven op haar liggen. Schoof mijn handen over haar borsten. Haar huid was koel, glad, droog.

Altijd. Iedere dag.

We neukten op het dak achter de schoorstenen. De warme zon op mijn vel, een lome schittering tussen haar wimpers. We putten elkaar uit. Vielen tegen elkaar aan genesteld in slaap.

De eerste keer was ik vreselijk nerveus. Onzeker over mijn eigen lichaam, vooral mijn magere armen, onzeker over of ik het goed zou doen. Ik stelde me de kop voor van Zijne Koninklijke Hoogheid kroonprins Willem-Alexander om het klaarkomen zo lang mogelijk uit te stellen.

Een paar dagen later deden we het staand bij de piano terwijl zij haar vingers over de toetsen liet gaan.

Volgens de *Viva* stond er 'een spannende reis op stapel'. We waren toen drie weken met elkaar, en het aantal geslaagde missies liep op. We sliepen lang uit, ontbeten op het dak, en aan het begin van de avond aten we in Nam Kee. Wat we verder ook namen, ze bestelde altijd een schaaltje oesters vooraf, gestoomde oesters met saus.

Ik leerde ze eten, niet dat ik ze zo lekker vond als zij, maar ik kon ze tenminste zonder al te veel negatieve associaties wegwerken. Ik vond het een prettige ruimte, Nam Kee, met zijn betegelde muren, amokbestendig meubilair en die razendsnelle serveersters. Het was op die betegelde muren na in alles het tegendeel van Fast Eddies Slow Food Restaurant. Schoon, goed eten, snelle bediening. (Maar laat ik Fast Eddie niet helemaal afvallen, bij hem betaalde je tussen vijf en zes half geld voor de patat. En ook ben ik zijn naam niet in de krant tegengekomen. Misschien hebben de journalisten hem niet opgezocht, misschien heeft hij niets willen zeggen. Ik weet het niet, maar zijn naam ben ik in ieder geval niet tegengekomen.)

Het was drie weken lang prachtig weer geweest, de temperatuur bleef maar stijgen en als we op het dak lagen konden we de geur van smeltend teer ruiken. In het tv-nieuws spraken ze al van een record dat in zicht kwam. De *Elle* schreef dat ik aan een snipperdag toe was. Soms nam ik haar 's middags mee naar de plas, maar niet naar het strandje waar ik altijd met Otman en De Laatste Mode lag. Voor ons had ik een plekje op het grasveld helemaal aan de andere kant van het water gevonden. Ik voelde er weinig voor om bij die klootzakken te gaan liggen. Even zag ik het voor me, De Laatste Mode in zijn zwarte tanga, op zijn kingsize badhanddoek. Dat gespierde lichaam glimmend en al helemaal bruin. Want dat pakte hij altijd heel professioneel aan, met oliën en crèmes en ogen dicht voor de streepjes.

'Thera, dit is Rachid. Hij breekt eerst je kaak en vraagt dan of er soms iets is. Zijn IQ is laag, zeer laag, maar onderschat hem niet, hij hééft een ideaal: een verlengde BMW met bodyguard.'

Otman ernaast, op zijn zij liggend in het gras, pet op, terwijl hij zijn toptien van lelijkste geile tyfuswijven doornam of maar bleef zeiken over de gouden jaren met Rijkaard, Blind en Davids. En met een beetje pech lag Gerrie Grolsch er ook nog bij, zijn bolle buik onder een te strak en doorweekt T-shirt, uitgeteld door een vorstelijke mix van Grolsch, smack en rooie knol. Als ik toch met haar naast hem zou gaan zitten – het idee alleen al – zou hij naar ons kijken als naar buitenaardse wezens. En, erger, iets zeggen als: 'Ik droomde vannacht dat ik die ene minister lag te beffen, dat ene wijf, die bungalowtent met bril, weetjewel.'

'Jorritsma.'

'Ja die, aoooh!, bad dream. Hee Otlul, gooi nog even een blik op.'

Nee, ik hield haar zo ver mogelijk, hemelsbreed zo'n anderhalve kilometer, bij die ellendelingen vandaan. We lagen op een meegebrachte sprei van de oude dame. Onze blikjes Tuborg goldlabel had ik in een plastic tasje in het water laten zakken om ze koel te houden. Onderweg in de tram dronken we meestal al een blikje Four Roses met cola zodat we in topvorm waren tegen de tijd dat we ons uitkleedden en gingen liggen.

We praatten wat en meestal viel ze al snel in slaap. Ze kon altijd overal in slaap vallen. In de bus, in bad, op het gras, in de bioscoop. Ze kon geweldig slapen en dan keek ik naar haar gezicht. Haar mond stond een beetje open waardoor ik die lichtgehavende tand kon zien. Zonder make-up leek ze veel jonger. Ze was negentien, met make-up zag ze eruit als vijfentwintig, zonder als zeventien. Ik voelde me meer op mijn gemak als ze er als zeventien uitzag.

Meestal had ik een Nike-sportbroek aan met pijpen tot iets boven de knie. En hoewel ik al aardig vertrouwd met haar nabijheid was geraakt, kon ik nog steeds verdomd verlegen worden onder haar blikken op mijn naakte lichaam. Die magere kutarmen ook. Ik moest gaan trainen.

Ik ben sowieso een beetje preuts. Ik herinner me dat mijn moeder altijd zo gewoon deed over naaktheid dat ik het niet vertrouwde. In de badkamer, in de slaapkamer, in het zwembad, overal deed zij altijd zo abnormaal normaal dat ik me begon te schamen. Dat is de kardinale misvatting van die progressieve, libertijnse ouders. Ze doen net of er niets verkeerd is, niets vreemd, niets echt ongewoon. Mijn broer en ik hadden tot ons achttiende spiernaakt door het huis kunnen boppen, ons erectiele weefsel als degens kruisend desnoods, en dan nog zou mijn moeder gezegd hebben: 'Niets aan het handje, heel gewoon.'

We konden lang zonder te praten naast elkaar liggen. Thera hield mijn hand vast en keek naar opzij, over het glinsterende gras en ik keek over haar schouder naar die platina haartjes op haar gezicht. Ze vlijde haar hoofd tegen me aan en dommelde in. Ik keek naar haar tand. Ik kuste haar haren zo zacht en voorzichtig als ik kon. Ik dacht: Zo zou het altijd moeten zijn, de zon, wij, het gras. Ik dacht: Zo zou het altijd moeten zijn, maar dat is precies zoals het altijd maar even is.

Soms schrok ik op en ging ik met een ruk rechtop zitten. Dan hield ik mijn hand boven mijn ogen en tuurde naar de overkant, naar het strandje aan de andere kant van het donkere water.

'Waar zit je de laatste tijd, hee man? Shit hee.'

We stonden op het plein van het winkelcentrum. Otman, De Laatste Mode en ik. Een groepje Marokkaanse meisjes zat in de verte op de rand van de kapotte fontein. Ze praatten druk en hun aanstekelijke gelach verwaaide boven de Grote Tochtvlakte.

'O, gewoon.'

Ik geloof dat ik glimlachte.

'Wat heb jíj gegeten, hee?' vroeg De Laatste Mode.

'Hoezo? Chinees.'

'Die moet dan al een paar dagen dood zijn geweest, klere man.'

Otman vond het grappig. Die lul met zijn debiele kop lachte altijd mee. Zelfs om dit soort grappen.

'Draag je dat T-shirt nog steeds?' vroeg ik hem.

'Hij gaat er volgende maand mee op vakantie, naar Rome,' zei De Laatste Mode.

'Fuck op jongens, weetjewel.'

Het was een groen T-shirt met op de borst: SICK OF IT ALL. Verleden zomer had hij het gedragen toen een paar Italiaanse gasten op het Damrak ineens boven op hem gesprongen waren en hem met beleid hadden afgetuigd. Het T-shirt had wat gekreukeld om zijn magere lichaam gehangen en die Italianen hadden SICK OF ITALI gelezen en toen een voorbarige conclusie getrokken door in gedachten van die laatste letter een Y te maken. Ze hadden nog wel hun excuses gemaakt. Maar dat was nadat ze zijn kop in elkaar hadden geslagen.

'Zijn er soms ontwikkelingen aan het romantische front?' vroeg Otman.

'Misschien,' zei ik.

De Laatste Modes zwarte kalfsleren jack stond open zodat het bruin van zijn blote bast goed uitkwam. Hij had een bril met zwarte glazen op die het laatste zonlicht van de dag hard weerkaatsten. Otman keek naar de meisjes bij de kapotte fontein. Hij schudde aan één stuk door met zijn hoofd, een gevolg van de tijd dat hij dag en nacht met een walkman rondliep. Die walkman was verdwenen, maar dat schudden niet, waardoor het leek alsof hij een Sony had laten inbouwen.

'Jamal heeft je met een chickie gezien,' zei De Laatste Mode. 'Aan de andere kant van de plas. Hij rende een rondje en toen zag hij jou en dat chickie. Verstop je haar voor ons?'

'Ik weet van niks.'

'Hee, man, hee,' zei Otman. 'Eigenlijk is het doodzonde van Aicha, doodzonde weetjewel.'

'Wat is er dan?' vroeg De Laatste Mode.

'Ze is nu precies goed, beetje mollig, maar toch goed weetjewel, niet te dik of zo.'

Er zaten hele knappe, leuke meiden tussen en er ging een vreemde prikkeling van ze uit. Juist omdat je wist dat het absoluut verboden was om met ze te klooien, uitgesloten zelfs, hing de geur van seks in de lucht. Wie denkt dat een hoofddoekje een symbool van kuisheid is, heeft het mis. Het is een teken van verboden lust, en daardoor een uithangbord dat je voortdurend herinnert aan de mogelijkheden.

'We gaan morgen naar Dance Mountain. Verleden jaar stikte het daar van de geile tyfuswijven, weet je nog, Rachid, die twee wijven uit Amstelveen in de regen, oe-hoe-hoe.'

Hij keek nog steeds naar de Marokkaanse meisjes, alsof hij in gedachten een keuze bepaalde.

'Ik weet niet of ik ga,' zei ik.

'Haar moeder, heb je Aicha haar moeder weleens gezien? Die heeft een hele bank in de tram nodig. Maar Aicha is precies goed, weetjewel. Nu.'

Otman en De Laatste Mode waren er alletwee heilig van overtuigd dat zij met een Marokkaanse zouden trouwen. Liefst eigen import uit de Atlas, zo een die nog van het schapenvet glom.

'Hoe vind jij Aicha, Ber?'

'Oké,' zei ik, 'oké. Nog wel. Dat is de pest voor jullie, jongens. Tegen de tijd dat je met ze gaat trouwen zijn ze dik en hebben ze een snor waar Magnum jaloers op zou zijn.'

Er viel een doodse stilte en ik hield er rekening mee dat De Laatste Mode me nu een beuk zou geven. Maar ik was in zo'n goede bui dat dat me zelfs niets uit zou maken, bijna niets.

'Sodefuck op man,' zei hij. 'Sodefuck op, hoor je hee?' Hij stak een sigaret op. 'Lange Schimpie heeft een partij splinternieuwe Armani-pakken, rechtstreeks uit het confectiecentrum. Armani, zeggen ze.'

Thera stak de sleutel in het slot. We gingen naar binnen en deden de lichten aan. Met behulp van een keukenmachine maakte ze twee margarita's. We openden de deuren van de serre en bleven met ons gezicht naar de donkere tuin staan drinken. Ik likte het zout van haar vingers, maar het scheen haar te ontgaan. Ze was afwezig. Het was alsof ze door de donkere tuinen en huizen heen keek, dwars door de hele stad, naar een plek ver weg, waar ze graag heen wilde, naar iets wat daar op haar wachtte. Haar ogen weerspiegelden de donkere schaduwen van haar gedachten. Ze leunde met haar schouder tegen de deuropening en dronk met kleine slokjes van haar glas.

Later, in het bed van de oude dame, zat ze boven op me. Met

haar handen op mijn schouders. Ze bewoog traag. Ik streelde haar billen. Ze boog zich voorover, haar borsten raakten mijn gezicht. Ik sabbelde eraan, voelde het meegeven van haar huid, het terugwijken van haar kut, die geurige gladheid waarin ik het volgende moment weer heel diep wegzonk. Toen versnelde ze haar tempo en de kracht van haar greep kreeg iets dwingends. Zij had volledige controle over wat er gebeurde, ik voelde iedere spier in mijn lichaam spannen. Haar bewegingen kregen een ondertoon van woede, razernij, tot ze ten slotte haar mond naar mijn gezicht bracht en me kuste.

Ze viel bijna onmiddellijk in slaap. Ik stapte uit bed en doofde het licht van de schemerlamp. Ik kroop dicht tegen haar aan, we lagen onder een laken. Het was nacht. Het was warm.

Ben had vanmiddag gebeld.

13

'Vanavond op Nederland 1.'

Mijn broer was de eerste die het me vertelde. Ik had hem aan de telefoon en in zijn stem lag nog steeds de opwinding die hem, geheel ongewapend want cafeïnevrij, 's ochtends vroeg bij het lezen van de krant had overvallen.

Ze hadden in onze straat gefilmd, een week eerder. Rein had ze vanachter de gordijnen van zijn raam gezien. In een busje waren ze gekomen, drie kerels. Een cameraman, een man van het geluid en een gast met een bekend gezicht die de baas speelde. Ze hadden opnamen gemaakt van het straatje en van ons huis. Buren en voorbijgangers waren blijven staan. Een man op een fiets had naar ons huis gewezen en dingen verteld die mijn broer niet kon verstaan. De buurvrouw op de hoek was met haar Duitse doggen aan de lijn poolshoogte komen nemen.

'Gelukkig was ma op haar werk,' zei hij.

'Ja, gelukkig,' zei ik.

'Er lopen 's avonds mensen door de straat.'

'Is dat vreemd?'

'Ze blijven even staan kijken naar ons huis en dan lopen ze weer verder.'

Ik wist niet hoe ik moest reageren. Hij had niets verkeerds gezegd, mijn broer, hij had me zelfs een ontroerende brief gestuurd waarin hij schreef dat hij ondanks alles van me hield, maar ik wist gewoon dat hij op dit moment zijn mouw in zijn mond moest proppen om niet uit te schreeuwen wat hij dacht, werkelijk dacht. *Idioot, hoe heb je dat nou kunnen doen?! Ons dat kunnen aandoen?!*

Hij zou nooit doen wat ik had gedaan, hij zou zich nooit met Otman, De Laatste Mode en Gerrie Grolsch hebben ingelaten, laat staan met een wiebeldanseres in een zilveren string. Hij was anders. Hij zou nooit voor een poging tot doodslag gearresteerd worden, nooit zijn toekomst in een suizende seconde verspelen. Hij was een betere zoon, een betere broer, een beter mens. Hij had idealen. Hij ging een wereldreis maken, een catamaran kopen, hij zou na zijn studie aan een of ander instituut aangesteld worden.

Hij leek veel meer op mijn moeder. Door die idealen. Hij studeerde biologie en was vol van dat vak. Hij kon er gepassioneerd over vertellen. Ik herinner me zijn verhaal over die zangvogels in Groot-Brittannië die het geluid van gierende banden, mobiele telefoons en autoalarms imiteerden. Zingen konden ze niet meer, zei hij, omdat ze te dicht bij de snelweg leefden en hun soortgenoten niet meer konden horen. Een partner vinden lukte ook niet meer omdat ze niet wisten hoe ze naar elkaar moesten fluiten. Mijn broer vond zo'n verhaal illustratief voor het verval van de wereld. Hij had een hekel aan verval. Daar moest iets aan gedaan worden. Idealist. Precies zijn moeder.

'Hou je taai,' zei hij.

'Dank je. Doe de groeten aan ma.'

'Volgende week kom ik op bezoek.'

Hij hing op. Ik luisterde nog even naar het ruisen op de lijn.

'Vanavond, Nederland 1.'

De hele dag zou dat zinnetje echoën.

Tijdens de koffiepauze.

'Hee coma-man, vanavond op Nederland 1.'

'Ja, ik weet het.'

Tijdens het werk. Het in elkaar zetten van stopcontacten of het verplaatsen van pakken papier noemen ze hier werk.

'Het komt op 1.'

'Bedankt.'

Na mijn gesprek met Meesters.

'Ik hoorde iets over een uitzending. Nederland 1?'

'Nederland 1.'

Het begon met de bekende beelden van 'het slachtoffer', liggend op straat met die onbegrijpelijke glimlach op zijn gezicht, de ogen gesloten en een donkere stroom die uit zijn hoofd was gevloeid. Een stem zei iets over 'achtergronden'. Ooggetuigen vertelden wat ze gezien hadden. Een man van de plantsoenendienst die het allemaal van dichtbij had waargenomen omschreef mij als koelbloedig. Hij wist dat ik een zandkleurig kostuum met een blauw hemd had gedragen. Dat was hem opgevallen, dat ik er zo goedgekleed uitzag. Hij zei niets over mijn haar. Toen volgden sfeerbeelden van de Burgemeester de Vlugtlaan, de Grote Tochtvlakte, de brommerbrigade die zich voor de cameraman uitsloofde – heel eventjes was de ruit van Fast Eddie te zien, maar dat leek me meer geluk dan research. Daarna zag ik onze straat. Ons huis. De camera bewoog langzaam langs mijn moeders gele rozen, draaide negentig graden en bracht toen de huizen aan de andere kant van het water in beeld. De hoge haveloze blokken met de witte ronde vlekjes, de met vlektyfus dreigende grensposten van Schotelcity. Gevolgd door een langzame inzoomer. Ze hadden er sciencefictionfilmmuziek onder gezet om het nog spannender te maken.

Ik kon de stem een tijdje niet meer verstaan. Ik lag op mijn bed, stijf en verkleumd maar te moe om onder de dekens te kruipen. Waarom besteedden ze zoveel aandacht aan deze zaak? vroeg ik me af. Wat was het toch? De wereld van de televisie was bij uitstek het decor waar een mensenleven futiel was. Als het lijden en sterven van honderdduizenden niets betekenden, hoe kon het aan een zijden draad hangende leven van één man dat dan wel doen?

Toen de stem op tv weer tot me doordrong kreeg ik in de gaten dat ze nog een keer overdeden wat de kranten al hadden gedaan. Meelopers, die journalisten. Zonder fantasie, zonder oorspronkelijkheid. Dode vissen die met de stroom meedrijven. Weer die rellen van twee jaar terug, de demonstratie op het Museumplein, de werkloosheidcijfers, de criminaliteit onder jongeren, het 'alarmerende' druggebruik. Ze lardeerden het met een shotje snackbar hier en een shotje moskee daar. Oude troep.

Maar toen nam een en ander een onverwachte wending; met een U-bocht keerden ze terug naar de dader, Berry K. Het monster uit West.

En plotseling kwamen ze heel dichtbij, te dichtbij. Ze citeerden stukken uit mijn dagboek dat ik tot mijn zeventiende had bijgehouden. Regels van liedjes die ik mooi vond. *I wish my life was a non-stop Hollywood movie show.* In míjn handschrift, in míjn dagboek. Die regel, juist die regel, dat hadden ze nooit mogen doen. Echt, dat meen ik. Ze beweerden dat ik die teksten zelf had geschreven, wat niet klopte, ik had ze alleen maar overgeschreven. Ze vertelden er niet bij dat ze die spullen van de politie hadden gekregen, wat absoluut illegaal is. Ze vertelden wel dat ik een broer had, dat mijn moeder rijksambtenaar was en dat mijn vader in '93 was overleden.

Otman kwam aan het woord, nerveus lachend, maar ook een beetje genietend van de aandacht.

'Ik eh, ja, we trokken vaak samen op weetjewel, samen, dat we dingen deden als het ware... ik eh, Berry was oké' – hij praatte al in de verleden tijd over me – 'maar eh, hij was nogal stil. Volgens mij dacht-ie na. Te veel weetjewel. En dat zijn vader vastzat voor die partij coke en een dubbele moord op twee polities in Frankrijk, dat was ook niet zo geinig weetjewel. Misschien dat-ie daaraan dacht. Je weet het nooit weetjewel.'

En toen spetterde De Laatste Mode van het beeld, met een knalgele zonnebril in zijn glimmende perfect vallende haar – hoe flikt-ie dat toch, het zit *altijd* goed – en een roze hemd waarvan de boord over zijn nieuwe jasje hing. Het was duidelijk dat hij er niet aan twijfelde in het teken van wie die hele uitzending stond. Dit was de grote doorbraak van De Laatste Mode. Eindelijk een ster, eindelijk gerechtigheid. Het enige wat er niet aan klopte was dat ze hem dingen over *mij* vroegen in plaats van over hemzelf.

Een klasgenoot van het Barlaeus kwam aan het woord. Het woord 'anarchistisch' viel. En op dat moment begon ik te vermoeden waar die tv-journalist heen wilde. Hij had een andere invalshoek gevonden, wierp 'een nieuw licht' op de zaak, de professionele rechtvaardiging van zijn niet bijster actuele reportage. Er werden allerlei verbanden gelegd, verwoord door uitgekiend gesneden quotes van figuren die hadden meegewerkt aan de reportage.

'Als we de signalen niet op tijd herkennen, lopen we achter de feiten aan. En als we achter de feiten aanlopen, hebben we de strijd verloren.' Dat was een jonge vent in uniform, hij zag eruit zoals een politieman in Nederlandse films eruitziet, iemand van wie je gewoon zeker wist dat hij geen idee had hoe je een parkeerbon uitschreef. Hij vond 'het verbijsterende voorval' een overtuigend bewijs dat de tijd van pappen en nathouden voorbij was. Er moest ingegrepen worden, opgetreden. Resoluut en keihard. Nu was de tijd daar. 'Anders krijgen we hier onherroepelijk Franse toestanden.'

Toen kwam een progressieve cultuurkut van de stadsdeelraad aan het woord. Zij vond het juist gevaarlijk om 'symptoombestrijding voorop te stellen'. Ze pleitte voor het wegnemen van de diepere oorzaken. 'Een politieke kwestie vraagt om politieke antwoorden.' Het klonk alsof ze er een hele avond voor de spiegel op had geoefend.

Het ergste hadden ze voor het laatst bewaard, Freek Feek. De man die de wereld van de jongeren in West als geen ander kende, zo werd hij geïntroduceerd. Zijn naam verscheen even onder in beeld, met zijn functie: jeugdwerker. Hij had eindelijk zijn doel bereikt, eindelijk de hoofdprijs. Hij was op tv, als deskundige, als de man die het allemaal wist. Freek Feek die me een paar weken geleden in de krant nog een psychopaat had genoemd, gooide het nu over een heel andere boeg. Aangepaste strategie. Overlevingsstrategie. Hij haalde diep adem, hij keek gekweld in de camera en bracht zijn hand naar zijn kin, langzaam en precies, te precies, zoals een acteur dat doet. Hij begon een geëmotioneerd verhaal. 'Wanhoopsdaad,' zei hij. En 'noodkreet'. De pauzes die hij liet vallen waren effectief.

Hij had ervoor gewaarschuwd, maar niemand wilde luisteren. Er moest iets voor het stadsdeel worden gedaan, voor de jongeren, zijn jongeren. Er moest nu eindelijk eens naar ze geluisterd worden, anders zouden ze, dat was nu aangetoond, er zelf voor zorgen dat er geluisterd werd. Hij was niet meer te stuiten. Hij geloofde er zelf in. Gebruikte theatraal zijn armen, schudde het hoofd.

In amper twee minuten tijd kneedde hij mij, zonder me maar één keer expliciet te noemen, tot geëngageerd activist; tot de exponent van een kolossaal ongenoegen, de onbegrepen, politiek bewuste jongen uit West, die het onvermijdelijke had gedaan. Berry K. Hij was geen monster. Hij was slechts de jongen die het deksel van de put had gelicht.

Het leek alsof hij het voor me opnam, maar natuurlijk streed hij voor zichzelf. En niet zo zuinig. Ik diende als een werktuig dat hem in handen was gevallen, een middel. Dat vind ik het knappe van types als Freek Feek, dat ze altijd weer in staat zijn om iets en iemand te gebruiken, dat ze begrijpen hoe je de situatie en de feiten moet ordenen en vervormen om ze naar je hand te zetten.

'Jij bent een intelligente jongen,' zei hij de eerste keer dat we elkaar ontmoetten. 'Dat zie ik meteen. Ideeën, inzicht, inlevingsvermogen. Ja jij, Ber.'

Ik strekte mijn arm in zijn richting en drukte met mijn vinger op een denkbeeldige knop.

'Wat?' zei hij.

'Ik zet je even op een ander kanaal,' zei ik.

We zaten bij Fast Eddie waar hij ons opzocht om te praten. Dat hoorde bij zijn werk, praten met ons en de gastjes van de brommerbrigade. Daarvoor was hij opgeleid en werd hij betaald, om met ons te praten over de inrichting van het nieuwe buurtcentrum, over een gratis survivalweekeinde in de Ardennen, over omscholing via het arbeidsbureau.

Hij had een niet te missen tribal tattoo op zijn arm en droeg dezelfde doodskopring als Keith Richards. Daarom dacht hij dat hij helemaal van deze tijd was, onbevlekt door de erfenis van dat socialistische baard-en-sandalen-leger waartoe mijn moeder en haar collega's een jaar of twaalf geleden nog hadden behoord. Er was iets té aan hem, van het jointje dat hij meerookte tot aan zijn zwarte Nikes. Het was alsof hij op die academie van hem de kleding en manier van praten van de toekomstige vijand grondig had bestudeerd, na zijn examen zich achter de linies van de tegenpartij had laten droppen, om daar tot de ontdekking te komen dat hij de details wat te sterk had aangezet. Maar in plaats van dat hij ze temperde, was hij ze van schrik nog meer gaan overdrijven. Naarmate dat soort gasten onzekerder wordt draaien ze de volumeknop steeds verder open, waardoor ze alleen maar nog ongeloofwaardiger worden.

'Wij kunnen iets doen, dingen opzetten, voor elkaar krijgen, wij, samen,' zei hij. 'Het gaat en moet hier veranderen, godverdomme.'

'Je liegt,' zei ik, 'er verandert niets. De enige verandering is dat jij hier nu met ons patat zit te vreten. Zonder ons ben je zero, jij, de gasten van de stadsdeelraad, de hele machinerie aan hulpverleners en deskundigen met titels voor hun naam. Jullie proberen met ons te scoren en worden er nog voor betaald ook. Probleemjongeren, jullie hebben het woord zelf uitgevonden. Maak de mensen bang, zeg dat het monster onder hen is, en ze eten uit je hand.'

Dat was ons eerste gesprek.

Volgens Otman deed Freek Feek ook wel dingen die in orde waren.

'Zoals wat?' vroeg ik.

'Hij is voor me naar de sociale dienst geweest en heeft dat gezeik met mijn uitkering geregeld. En ik mag zijn mobile lenen.'

'Mocht.'

'Oké, oké, maar toch weetjewel.'

Otman en ik hadden zijn Nokia geleend, zo'n superdingetje van vijftienhonderd piek – die gasten hoeven niet op een paar centen te kijken. Voor een uurtje, hadden we gezegd, om wat jongens te bellen die misschien mee wilden gaan naar de Ardennen voor het survivalweekeinde waar Freek Feek ons al weken voor warm probeerde te maken. Otman had dat ding op koopavond gebruikt voor een klus op het Bos en Lommerplein waarvoor hij op de uitkijk moest staan. Daarna had hij er zijn vader en oom mee naar Marokko laten bellen. Ten slotte hadden we de Nokia voor tweehonderdvijftig gulden aan de vader van Gerrie Grolsch verkocht en het geld gedeeld.

Twee dagen later kwam Freek Feek weer bij Fast Eddie langs. 'Waar is mijn Nokia?' vroeg hij – aan Otman, besloot ik.

'In de Sloterplas,' zei Otman. Hij vertelde dat hij een klein meisje in het water had zien liggen en erin gesprongen was om haar te redden. Daarbij was hij zijn sleutels en de mobile verloren.

'Ik heb nog gezocht, maar je ziet geen tyfus in dat smerige water, weetjewel.'

Freek Feek dacht daar even over na, toen vertrok hij zonder een woord te zeggen. We dachten dat hij woedend was, maar die gasten maak je niet kwaad. Woede is contraproductief. Leren ze op die academie. De volgende dag keerde hij terug met een fotograaf van het huis-aan-huisblad. Otman moest op de foto met dat meisje, had Freek Feek bedacht.

Otman wist een nichtje van hem zo ver te krijgen dat ze voor vijfentwintig gulden de rol van het geredde kind voor haar rekening nam. Een week later stond hij met haar in de krant, als held, poserend aan de rand van de plas. Hij had zijn hand op haar schouder gelegd. In het bijbehorende artikeltje werd Freek Feek geciteerd en mocht hij reclame maken voor zichzelf en zijn Ardennenweekeinde.

Dat bedoel ik nou. Zijn mobile wordt gepikt, maar hij weet er toch een draai aan te geven waardoor het hem iets oplevert. Als je hem een kogel door zijn kop schiet, weet hij er nog een voordeeltje uit te halen.

Het is een apart ras, die jeugdwerkers. Ze eten patat bij Fast Eddie, ze voetballen mee in het park, ze lachen om grappen die ze niet begrijpen, ze beloven een nieuwe discotheek in het buurthuis, ze gaan naar de moskee om een praatje te maken met Otmans vader die daar onder een wollen mutsje de hele dag dikke boeken zit te lezen. Maar het ergste van alles is dat ze zich erop voor laten staan dat ze komen helpen. Hoeveel mensen hebben ze werkelijk geholpen, voor hoeveel mensen hebben ze werkelijk iets gedaan? Ik zou weleens iemand tegen willen komen die zei: 'Freek Feek heeft mij, toen ik helemaal down and out was, toen ik helemaal beneden aan de voet van de heuvel lag, met mijn gezicht in de modder, toen heeft hij me geholpen. Het was Freek Feek die me eruit heeft getrokken, opgetild en naar boven gedragen.'

Dat wordt nog lang zoeken.

Freek Feek haat mij. Freek Feek haat Otman. Hij haat De Laatste Mode, de gastjes van de brommerbrigade, hun vaders met wollen mutsjes, de moskeeën, de verroeste busjes, de hele tyfusbende. Als je de vernislaag van zijn gediplomeerde smoel peutert, dan blijft er niets van de toffe vrijdenker over, dan vind je een racist als alle anderen. Zijn projecten zijn publiciteitsstunts. Dat weet hij. In zijn hart weet hij beter dan wie ook dat hij een pr-medewerker is. Van de gemeente. En in die hoedanigheid is hij op zoek naar mogelijke klantjes die meegaan om door riviertjes in de Ardennen te waden, die bereid zijn om in het buurtcentrum gewapend met verfkwasten voor de fotograaf van het huis-aan-huisblad te poseren.

De club waarvoor hij werkt heet Toekomstmuziek, maar hij is er echt niet in geïnteresseerd of Otman ooit een betere baan krijgt dan bij het schijthuis van de openbare bibliotheek zijn hand ophouden. Het maakt hem geen flikker uit. De gemeente ook niet. Hou ze rustig, hou ze kalm, laat zien dat we er iets aan doen, dat we *iets* doen.

'Toch is hij oké, een beetje, vind ik, weetjewel.'

'Ja, hij is Gods grootste geschenk aan de mensheid sinds het pandabroodje,' zei ik. 'Rot toch op, Otman.'

Otman beschouwde hem als zijn loopjongen, een voetveeg,

iemand die ooit nog eens van pas kan komen, als je echt in de shit zit. Maar dat laatste is een illusie: als de lavastroom je hielen raakt, dan doet hij als eerste een stap opzij, je uitgestoken hand negerend. Pas als hij hoog en droog in de tv-helikopter zit zal hij naar je zwaaien en roepen dat je vol moet houden – piekerend over hoe hij na de catastrofe jou, in plaats van jij hem, als een paspoort voor betere tijden kan gebruiken.

De aftiteling rolde over het scherm. Ik kroop onder de dekens. In de cel naast me begon iemand te brullen.

'Hee coma-man! Coma-man! Coma-man!' Daarna begon hij 'Jingle Bells' te zingen.

Ik hoorde zijn stem. Ik zag de lettertjes op de tv. De kou trok weg. Ik voelde niets meer. Beter kun je het niet treffen. De cel, Nederland 1, coma-man!, Freek Feek: het had niets te betekenen, het was niet echt. Er was geen bed onder mijn lichaam, niets om op te liggen. Mama, papa. Ik deed de tv uit. Ik liet de stilte over me heen glijden. Ik sloot mijn ogen. Niemand kon me aanraken, niemand kon me vastpakken. Mama, papa. Ik was ver van alles en iedereen vandaan. Ver van huis. Zo verdomde ver van huis.

14

De eerste keer dat ik een meisje leuk vond, was in groep zeven van de basisschool. Yvonne heette ze. Ik moest vanmiddag aan haar denken. Je hebt hier veel tijd om na te denken. Yvonne was in het midden van het jaar bij ons op school gekomen, in de andere groep zeven. Daarvoor woonde ze in Zuid, dat had ik gehoord van een meisje uit mijn klas. Ik herinner me een gebloemde broek met wijde pijpen. Alle andere meisjes droegen spijkerbroeken. Ze droegen spijkerbroeken met gympen en stonden bij elkaar te giechelen.

Yvonne had heel kort, springerig haar, en aan giechelen deed ze niet. Ze had een wit en ernstig gezicht met een klein litteken op haar kin. Soms schoof ze haar handen in haar achterzakken en liep dan in haar eentje over het schoolplein. Dat had iets.

Aan het eind van het jaar werd er in de gymzaal een film vertoond, een komische film van Gerard Depardieu die met een klein meisje zit opgescheept. Ik zorgde ervoor dat ik naast Yvonne zat. Halverwege de film nam ik haar hand in de mijne. Dat was alles wat ik deed. Toen het licht weer aanging, liet ik haar hand los. We keken elkaar niet aan. We zeiden niets. Yvonne stond op en liep weg tussen de andere kinderen. Had ze alleen maar even naar me gekeken, dan had ik gelukkig kunnen sterven. Maar dat deed ze niet. Geen blik. Na de zomervakantie had ze verkering met een jongen uit haar klas wiens naam ik ben vergeten maar van wie ik me nog wel herinner dat hij iedere dag hetzelfde jack aanhad, een leren jack met de Amerikaanse vlag op de achterkant.

'O o,' zei Otman.
'Wat?' vroeg ik.
'Daar.'

'Waar?'

'Links, blinde.'

'Die met dat roze topje?'

'We are connected.'

Ik keek naar het meisje dat blootsvoets en met twee flesjes AA over het strandje van de plas liep.

'Aha! Aha!'

'Dat mag je wel zeggen.'

'Komt ze aan.'

'Dat kan ze van dichtbij nooit waarmaken, wedden.'

'Nouhou…'

'Niet slecht. Moet je dat zien lopen, weetjewel. Geil tyfuswijf.'

'Ze heeft wel een beetje dikke kont. Of niet?'

'Kapsoneswijf. Met haar dikke reet.'

Het stelde niks voor. We kraakten alle meisjes en vrouwen af. Zonder aanzien des persoons. We hadden geen verkering dus we hoefden niemand te sparen. Het was eigenlijk heel onschuldig. Maar dat begreep niet iedereen. Als de vriend van zo'n meid het per ongeluk hoorde dan had je een probleem. Sommige gasten waren op dat punt heel lichtgeraakt. Echt gevoelige jongens die zo je kop eraf sloegen.

In de eerste klas van het Barlaeus had ik heel even iets met Myra Treurniet. Haar vader maakte avant-gardemuziek, hij gebruikte oude autoportieren en wieldoppen als instrument. Ik heb hem een keer op tv gezien, terwijl hij zelfverzekerd over het terrein van een autosloperij banjerde en zonder een spoor van schaamte met een drumstokje allerlei onderdelen uitprobeerde.

Maar Myra was oké. Tijdens de pauzes liepen we samen naar de McDonald's – ze was gek op McNuggets – of de passage achter het casino. Als het droog was gingen we daar op de grond zitten, met onze rug tegen de glazen pui van het casino. We rookten Drum. We aten boterhammen. We keken naar de ingang van het Vondelpark. Tussen het roken en kauwen door oefenden we op onze tongzoenen. Wat ik me daarvan vooral herinner is de verbazing dat de mond van een meisje gewoon naar Drum en McNuggets kon smaken. Ik weet niet waarom, maar dat had ik nooit verwacht.

Op een dag zei ze dat ze zich zorgen maakte over haar borsten. Dat was niet nodig, ze had geen borsten.

'Misschien word ik lesbisch,' zei ze.

Het klonk alsof ze moest kiezen tussen een kat of een hond.

Toen mijn vader overleden was en ik na twee weken weer voor het eerst op school kwam, vroeg ze: 'En hoe is het nou, zonder vader?'

'Ik ben er nog niet helemaal uit,' zei ik, 'maar ik denk dat het wel meevalt.'

'Dat dacht ik al,' zei ze. 'Op een gegeven moment krijg je toch weer trek in een hamburger.'

Zij was de enige die gewoon deed, de anderen probeerden gewoon te doen. Dat was het verschil. Ze keken me met van die meevoelende EO-ogen aan, ze waren ineens zo attent, zo behulpzaam. En om de haverklap voelde ik een hand op mijn schouder. Van een leraar of lerares die heel warm en vol begrip naar me knikte, lang, heel lang, zonder een stom woord uit te brengen waardoor ik niet wist waar ik moest kijken.

Nog voor het eind van het jaar ging ze van het Barlaeus, Myra, ze vond het een rotschool. Ze had het goed bekeken. Myra was de enige normale meid daar, echt, de enige. Al die andere meisjes, ik weet niet wat het met die school is, het zou toch de springplank voor een wetenschappelijke carrière moeten zijn, maar het heeft meer weg van een trainingskamp voor een psychiatrische loopbaan.

Myra zou ik nog weleens terug willen zien. Gewoon om te weten hoe het met haar gaat. Om haar stem te horen. Om te weten of ze zich nog steeds zorgen maakt over haar borsten. Ik vraag me af of ze het over me gehoord heeft en als dat zo is of ze mij nog terug wil zien. Ik denk het wel, ik denk niet dat het iets uitmaakt voor haar. Myra was in orde.

Als je iets met een meisje had, dan lag het anders, dan was je zelf doelwit. Otman had verleden jaar even verkering gehad. Niet dat hij het zelf zo noemde, hij keek wel uit, maar daar kwam het wel op neer. Het duurde ongeveer twee weken. Hij was een ander mens. Zo onzeker. Zo kwetsbaar. Niet zonder reden, want De Laatste Mode en Gerrie Grolsch, die haar ondanks Otmans angstige voorzorgsmaatregelen een keer hadden gespot, beweerden dat ze lelijk was als de nacht. Ze had zo'n last van acne dat Gerrie Grolsch Otman aangeboden zou hebben haar een flink shot Vim te geven.

'Hoe is ze?' vroeg ik Otman.

We zaten bij Fast Eddie. Ik deed alsof ik nog van niets wist

'Mwaah.'

'Knap?'

Ik was niet van plan het hem makkelijk te maken. Hij was mijn beste vriend.

'Mwaah.'

'Slim?'

'Mwaah.'

Ik liet hem even met rust, want ik wilde mijn energie niet op een verkeerde, ongerichte manier gebruiken. Hij leed in stilte, zoveel was zeker, maar tegelijk had hij zich – niet onbekwaam – gewapend tegen uitbreiding van de pijn. De kunst nu was om een opening in zijn dekking van onverschilligheid te vinden.

'Heeft ze een mooi *karakter*?'

Hij nam me op zoals een douanier op Schiphol naar een Colombiaan met een houten been kijkt.

'Karakter… ik eh… ze is niet knap of zo, maar…'

'Ja?'

'Ze heeft…'

'… een lichaam?'

Hij knikte.

'Dat is in ieder geval wat, Otman. Dat is in ieder geval wat.'

Op mijn veertiende had ik het zwaar te pakken van Loes, de dochter van iemand die mijn moeder van vroeger kende. Loes deed één keer per week huishoudelijk werk bij ons thuis om haar studie archeologie te financieren. Ze was achttien en ik vond haar mooi. Ze kon aantrekkelijk stofzuigen en ramen lappen. Ze droeg truitjes die wat aan de korte kant waren waardoor er, als ze zich uitrekte, een randje vlees onthuld werd. Het zachte vlees rond haar navel.

Op de dag dat zij kwam, koos ik in mijn stoerste kleren positie aan de eettafel. Ik probeerde niet al te opvallend naar haar te kijken als ze met een emmer sop door de kamer liep of zich bukte om een krant van de vloer te pakken. Ze had weelderig krullend haar en liet altijd een vage geur van zweet achter in het vertrek waar ze stof en vuil te lijf was gegaan. Hoe ik me er ook tegen verzette, automatisch zochten mijn ogen steeds opnieuw naar de glooiingen van haar kleding, het was een onbedwingbare reflex. En soms onderging ik de fantasie naar haar toe te rennen en de kleren van haar geurige lichaam te rukken. Niet dat ik haar wilde verkrachten. Het was gewoon het verlangen van een veertienjarige jongen om eindelijk eens te voelen en te ruiken wat het waard is om een paar klappen voor je kop te krijgen.

Ooit, na een intense, zwetende, verpletterende dweilsessie, heb ik op het punt gestaan mijn gehele girorekening te plunderen, en in één moeite door ook die van mijn broer, om haar al dat door mijn ouders en grootouders voor onze Toekomst gestalde geld onder haar neus te houden. Haar er eens goed aan te laten snuffelen. Maar ik zag op tijd in dat zij niet het soort meisje was dat uit de kleren zou gaan voor geld. In ieder geval niet voor de hoeveelheid die ik haar kon voorhouden.

Na een jaar stopte ze met schrobben en stofzuigen, ze kreeg een ander baantje, als serveerster in een café. Ook toen ze niet meer kwam, heb ik in gedachten nog regelmatig mijn wang op haar warme buik gelegd, op dat zachte bedje rond haar navel.

'Ik zou het wel weten als ik haar in m'n handen kreeg.'

We stonden aan de rand van de dansvloer. Ik vroeg niet wát Otman zou doen, dat was niet nodig.

'Tegen de tijd dat ik met haar klaar ben, kan ze al haar dure kleren weggooien, weetjewel. Allemaal totaal uit de mode.'

'Ik dacht dat je niet van oude wijven hield?'

'Ze is hooguit tweeëndertig. Kijk eens wat een benen, geil tyfuswijf.'

'Ze kan je moeder zijn.'

'Ze gaat dansen, let op, ze gaat dansen.'

'Oehoe, ze is inderdaad...'

'O nee, o nee. Schiet me maar dood. Hee Ber. Schiet me dood. Ik meen het. Hier. Nu.'

'Die vent...'

'Lul.'

'Gevulde spekeend, least haar, wedden dat hij haar least.'

'Lul.'

'Slet. Met haar leasekut. Jouw beurt, Otman.'

'Ja ja. Nog een cocktailtje?'

'Droeg Cruijff nummer veertien?'

'Nog heel even wachten, oké weetjewel?'

En dan was er ook nog Tilly. Van de tennisclub. Mijn moeder was idolaat van haar, op het ziekelijke af. Ze ging bijna kwijlen als die naam viel. Tilly wás ook aardig en zag er nog behoorlijk uit ook met haar regelmatige witte tanden en donkere krullen. Ze had een imponerende backhand. Ik heb nooit een meisje gezien met zo'n backhand. Hij maakte een droog en krachtig geluid, het geluid dat iedere tennisser onmiddellijk zal herkennen als afkomstig van een professionele slag.

Maar ik deed nooit mijn ogen halfdicht om dat jonge, veerkrachtige lichaam van haar in gedachten naakt en willig onder mijn handen te kunnen zien. Ik voelde nooit, in de greep van zondige hypergedachten, mijn hart in mijn keel kloppen als ze naast me kwam zitten. Ik hoefde me niet in te houden om haar vingers niet te kussen. Ik had geen enkele behoefte te geloven dat ze verliefd op me was.

'Ik haat dit land.'

Het regende en het was koud, we stonden op de Grote Tochtvlakte onder het afdakje van de dichtgetimmerde Dirk van den Broek.

'Dit is geen land om te leven weetjewel.'

'Jij denkt zeker dat je de enige bent die de zon mist, Otman.'

'Ik haat de zon.'

'Wat zeur je dan?'

'Ik mis de benen, de borsten. Moet je ze nou zien, die wijven. In hun regenjassen tot op de enkels.'

'Nog even en het is lente.'

'Daar gaat het niet om, Ber. Kijk nou eens goed om je heen. Gebruik je ogen. Die dassen, die bergschoenen, die mutsen… zo kun je toch geen dromen hebben?!'

Het was onschuldig, het betekende niets, het was een manier om niet stil te zijn. Het gaf je een gevoel van veiligheid. Maar vanaf het moment dat Thera in mijn leven verscheen stopten die rituele afzeikonderonsjes met Otman. De lol was eraf. Ik zag niet meer wat hij zag. Twee werelden.

Hij noemde Fatima, de oudste zus van Jamal, een hoer.

'Omdat ze leuke kleren draagt en lippenstift op heeft,' zei ik, 'omdat ze haar rijbewijs heeft gehaald?'

'Rachid zegt ook dat ze een hoer is.'

'Iedere vrouw die weleens op straat komt, is volgens Rachid een hoer. Op zijn moeder na.'

Fatima werkte bij een makelaarskantoor ergens op een van de grachten. Haar grootste zonde was dat ze niet deed wat haar ouders van haar verlangden. Ze lachte veel, je zag zo dat ze zich niet klein liet krijgen, ze was gewoon niet bang.

'Weet je wat ze tegen Jamal heeft gezegd? Ze zei: "Wat maak je je druk, het maagdenvlies zit tegenwoordig in het ziekenfonds- pakket." Dat zei ze tegen hem.'

'Ze heeft gelijk.'

'Hoer.'

Twee werelden.

Ik deed er niet meer aan mee. Ik had een meisje, een mooi meis- je, ze heette Thera, naar een vulkaaneiland, ze danste in een club en 's nachts zat ze boven op mij.

Ik woonde in een andere stad, een nieuwe stad, ik zag andere mensen, andere straten. Ik slenterde door buurten waar ik anders nooit kwam en observeerde de huizen en voorbijgangers als een verstrooide ontdekkingsreiziger die het doel van zijn tocht allang vergeten was. Mijn hele wezen stond slechts in dienst van een vreemdsoortig geluksgevoel.

'Wat is er met jou?' vroeg mijn broer.

'Hoezo?'

'Je loopt rond met een hoofd alsof je je bij de Jehova's Getuigen hebt aangesloten. Je *zingt*.'

'Is er een wet die dat verbiedt?'

'Ik geloof er geen bal van dat je drie keer per week bij die jongen uit je klas slaapt. En mama ook niet.'

We zaten in zijn kamer met de gordijnen dicht. Hij lag in zijn kleren op bed, handen onder zijn hoofd gevouwen. Op zijn nacht- kastje een halve meter *Lonely Planet*-reisgidsen. Ik vertelde hem over Thera. Hij was de eerste die ik in vertrouwen nam. Tot op zekere hoogte. Bepaalde informatie, zoals mijn Grote Negeerlijst, hield ik achter. Ik ging rechtop zitten en raakte steeds beter op dreef. Ik vertelde en vertelde. Het was heerlijk om haar naam te noemen, haar te beschrijven. Ik vertelde hem over de woning van de oude dame, over het matras op het dak, over hoe grappig ze kon zijn als we gerookt hadden.

'Klinkt niet slecht,' zei hij. 'Wat doet ze?'

'Ze is model, fotomodel.'

'O?'

'Modereportages en ze staat ook weleens in de *Viva*.'

'Mama maakt zich zorgen, je moet haar maar over dat meisje vertellen, dat je bij haar slaapt en zo.'

'Maar dan wil ze gelijk álles weten. Je weet hoe ze is, waar en waarom en hoe, en voordat je het weet zitten we met Thera's ouders en stiefouders gezellig met zijn allen in een restaurant te kaasfonduen, en wie zweet er dan peentjes…'

'Doe het toch maar, want anders krijg ík een derdegraads verhoor. Wees gewoon eerlijk.'

Gewoon eerlijk. Die woorden uit zijn mond horen was komisch en tragisch tegelijk. De hypocriet. Hij had de afgelopen twee weken iedereen belazerd. Zijn vriendin, zijn vrienden, zijn grootouders. Niemand mocht weten dat hij thuis was. Hij was al dertien dagen de deur niet uit geweest, hij nam geen telefoon op, hij hield de gordijnen continu gesloten, als de bel ging dook hij weg onder de dekens.

Drie weken geleden hadden we zijn afscheidsfeestje gevierd. Na jaren van sparen, inzamelen, de *Lonely Planet* bestuderen, routes uitstippelen, iedereen suflullen met verhalen over de ideale wandelschoen of de 'Rolls Royce onder de veldflessen', na weken van vaccinaties, kleding wegen, rugzak inpakken en reisdocumenten in orde maken, was het dan eindelijk zo ver. Rein zou, ingeënt tegen de hele medische encyclopedie, vertrekken om de wereldreis te maken waar hij het al sinds zijn zestiende over had. Spanje, Marokko, Egypte, Sahel. Minimaal acht maanden zou hij wegblijven, waardoor hij een paar trimesters van zijn studie zou moeten missen, maar dat was ingecalculeerd en op voorhand vergeven. Hij had de zegen van God en iedereen binnen, zelfs van zijn vriendin, die hij ondanks haar smeekbeden halsstarrig had geweigerd mee te nemen. Hij moest dit alleen doen. Volbrengen. Hij was uitgedronken, uitgezwaaid en had op het station vlak voor vertrek van onze grootmoeder nog een briefje van duizend geïncasseerd. Zo'n scène op het perron vraagt om wat tranen en zelfs die werden hem door het grote afscheidscomité op bestelling geleverd. Tranen van zijn moeder, tranen van zijn vriendin, tranen van een onbekende zwerver... die hem weigerde los te laten, waardoor ik dacht dat hij het op dat briefje van duizend had voorzien. Maar dat was niet zo. Toen we de arme Rein eindelijk uit zijn greep bevrijd hadden, bleek het gewoon een sentimentele dronken gek te zijn die iemand, maakte niet uit wie, wilde vasthouden.

Zes dagen later had Rein in de haven van Valencia een onverklaarbare bloedneus gekregen. Hij was op straat gaan zitten met die enorme canvas bult op zijn rug. Een papieren zakdoekje tegen zijn neus drukkend had hij gewacht tot het bloeden ophield. De mensen waren allemaal doorgelopen. Niemand had naar hem gekeken. En die harteloosheid had hem zo van zijn stuk gebracht dat hij de eerste de beste trein terug naar het noorden had genomen. De wereldreiziger. Dr. Livingstone.

Je had hem thuis moeten zien komen. Hij viel op bed met een gezicht alsof hij een stuk of acht operaties achter de rug had. Vanaf die tijd hield hij zich schuil in zijn kamertje. Niemand mocht van zijn terugkeer weten. Niemand behalve mijn moeder en ik, daar kon hij niet omheen. Hij had zich voorgenomen twee maanden onder te duiken, zodat het toch nog wat meer leek dan een lullig Interrail-avontuurtje.

Wees gewoon eerlijk.

'Hoe heet ze ook alweer?'

'Thera,' zei ik.

'Is dat ook niet een eilandje in de Egeïsche Zee?'

'Een vulkaaneiland.'

'Daar wil ik ook nog eens heen. Die Griekse eilanden en dan oversteken naar Turkije, Syrië, Irak... Schijnt te gek te zijn.'

Ik hoorde hem al niet meer. Ik had haar naam genoemd en over haar verteld. Door dat te doen was ik opgelucht, bevrijd van een beklemmende spanning, maar ook was ze op de een of andere manier concreter geworden. Voor mij. Ze was nu meer dan die enorme verzameling kleine, vluchtige details die ik maar met veel moeite in mijn hoofd bijeen wist te houden. Als ik maar een bijzonderheidje van de manier waarop ze praatte of een glas naar haar mond bracht vergat, kon ik vreselijk in paniek raken en haar volledig verliezen. Dan zag ik ineens niets meer, was het alsof ze een luchtspiegeling was, de Afrikaanse fata morgana waar mijn broer op zijn geflopte wereldreis niet aan toe was gekomen.

Maar nu was ze echter dan ooit. Ze was het meisje waar ik mee ging. Mijn meisje. Het meisje dat alle vorige meisjes tot een verre herinnering degradeerde, het meisje dat mijn afzeikonderonsjes met Otman deed verstommen. Ze was het meisje over wie ik aan mijn broer had verteld.

15

Ik weet niet wie er nerveuzer was, Thera, mijn moeder of ik. We stonden alledrie stil en namen elkaar op alsof we elkaar onder schot hielden. Thera en ik in de kamer en mijn moeder op het terras in de tuin, een stapel papieren servetten in haar hand. Ze keken elkaar van een afstandje aan, toen kwam mijn moeder naar binnen. Het was aan het begin van de avond, drukkend warm, de tafel op het terras stond gedekt.

Mijn moeder had me gevraagd haar een keer mee naar huis te nemen. Zodra ik haar over het bestaan van Thera vertelde, begon ze erover. Precies zoals ik verwacht had.

'Ik ben nieuwsgierig.'

'Het komt wel een keer, ma.'

'Je slaapt meer bij haar dan thuis, dan is het toch niet gek dat ik haar wil zien. Nodig haar uit om te komen eten of heb je iets te verbergen?'

Ze gaven elkaar een hand. Met een razendsnelle, op en neer schietende blik taxeerde mijn moeder haar. En het was alsof ik die blik over mijn eigen lijf en kleren voelde vlammen.

Thera had zich voor haar doen matig opgemaakt, maar ik wist dat het toch die mascara en lipstick waren die onder de speciale belangstelling van mijn moeder stonden. Ze droeg een short en een ruimvallend singlet waarin je haar borsten bij iedere beweging zag deinen. Ik vond het jammer dat ze zwarte schoenen met een rubberen plateauzool aanhad in plaats van haar witte sandalen waarin haar smalle bruine voeten zo mooi tegen de leren bandjes afstaken. Die sandalen hadden veel goed kunnen maken. Moeders houden van meisjes op sandalen.

'Thera Bouman, leuk om u te ontmoeten.'

Ze sprak het ABN van haar familie uit Haarlem, wat een hele

opluchting voor mijn moeder geweest moet zijn. Te veel make-up is één ding. Te veel make-up in combinatie met plat-Amsterdams betekende onherroepelijk diskwalificatie.

Tot dat moment was Tilly het enige meisje dat ik mee naar huis had genomen. Eigenlijk had Tilly zichzelf meegenomen. En daarna kwam ze soms 'even' langs om vervolgens te blijven eten. Af en toe belde ze op en als ik er niet was kletste ze heel ontspannen een poosje met mijn moeder. Ik had haar niet meegenomen en ik had haar ook niet als mijn meisje beschouwd, dat deden de anderen voor me.

Thera en ik gingen buiten zitten terwijl mijn moeder een fles witte wijn uit de keuken haalde. We staken een sigaret op.

'Lekkere tuin.'

Ze keek om zich heen. Ik wees haar het raam van mijn kamer aan.

'Daar ben ik een keer uit gevallen. Mijn broer en ik waren elkaar met van die watergeweren aan het natspuiten. Ik leunde wat te ver uit het raam en donderde omlaag. Retourtje ziekenhuis, pols op twee plaatsen gebroken.'

'Welke pols?'

'Links, hoezo?'

'Ik heb een keer mijn rechter gebroken. Waar is je broer?'

'Officieel in de Sahel.'

'En dat betekent?'

'Dat hij ook boven op zijn kamertje zou kunnen zitten. Het is een ingewikkeld verhaal.'

Ze wilde nog iets vragen, maar mijn moeder keerde terug met de wijn en een schaaltje met toastjes. Ik opende de fles en schonk ons in, beducht voor de serieuze toon van mijn moeders conversatie, over de 'grote onderwerpen' die ze bij voorkeur op het verkeerde moment aansneed. Ik zag de bui van 'de rechtvaardige maatschappij' al hangen.

'Dus jullie kennen elkaar van een examenfeestje,' zei mijn moeder.

Jezus, dat begon veelbelovend. De eerste de beste vraag en ik kreeg al het gevoel dat ik liever door een trein overreden zou worden dan hier met een glas witte wijn in mijn hand te zitten. Ik had Thera slechts op de hoogte gesteld over de leugens die mijzelf betroffen. Ze wist dat mijn moeder in de veronderstelling verkeerde dat ik geslaagd was voor mijn eindexamen, maar ze wist niet dat ik aan onze ontmoeting en nog wat andere feiten een creatieve draai had gegeven.

'Ik stond al op het punt om op te stappen toen ik met Berry in gesprek raakte,' zei ze kalm.

Dat deed ze goed. Dat deed ze heel erg goed.

'Hij had me zien *dansen*,' zei ze. 'Hij zei dat hij naar me gekeken had toen ik *danste*.'

Waarom moest ze dat dansen nou noemen? Dat deed ze om me te jennen, natuurlijk. Gelukt. Voor de volle honderd procent gelukt.

'Je danst graag?'

'Hmm. Jammer dat je er niet je beroep van kunt maken.'

'Danseressen leven er toch van.'

'Ja, danseressen...'

'Jij hield vroeger toch ook van dansen, ma?'

'Ik? Ik kan me niet meer herinneren wanneer ik voor het laatst gedanst heb.'

Er zijn momenten die je ter wille van jezelf niet zou moeten proberen te sturen. Juist als je voelt dat je niets liever wilt dan alles strak, heel strak regisseren, moet je niets doen. Aan slachtoffer zijn, luisteren naar het gebonk van je bange hart en afwachten heb je je handen al vol. Maar probeer het maar eens. Iedere vezel in je lichaam barst van de adrenaline, snakt naar actie en dan ontdek je in de gang van zaken een patroon, een patroon dat je je vagelijk herinnert van een eerdere nederlaag, de gore smaak ervan kun je nog achter in je mond proeven. Je loert op een kans, zoekt naar een uitweg die je die vorige keer over het hoofd moet hebben gezien; je neemt het initiatief – denk je; je zegt iets, doet iets, maar met geen ander resultaat dan je klemvast in de verdediging te manoeuvreren. En het ergste van alles is dat de anderen dat altijd eerder doorhebben dan jijzelf.

Thera blies de rook van haar sigaret in mijn richting. Ik zag die uitdagende twinkeling in haar ogen.

'Danseres, het idee... kun jij je mij als danseres voorstellen, Ber?'

'Ach,' zei ik.

'Ik begrijp dat je iets met fotografie doet. Je hebt in de *Viva* gestaan?'

'De *Viva*? Heb jij dat verteld?'

'Ja, over die modereportage, dat was toch in de *Viva*?'

Ze richtte zich weer tot mijn moeder. 'Ik doe ook dingen voor andere bladen.'

'O ja?'

Ze knikte en keek nadrukkelijk mijn kant op.

Ik begon te vermoeden dat het ellendigste uur van mijn leven geslagen had en er was geen enkele manier om de klok nog terug te draaien.

'Leest u de *Elle*?'

'Ik moet je bekennen van niet.'

'Zou ik ook niet doen als ik niet zo ijdel was om mezelf te willen zien. De horoscoop is trouwens niet slecht.'

We dronken van de koele wijn en toen ging mijn moeder naar binnen om het eten te halen. Ik zag dat er voor drie personen gedekt was, wat betekende dat Rein die idiote onderduikoperatie van hem ook vanavond zou voortzetten. Blijkbaar had hij mijn moeder kunnen overtuigen dat het te riskant voor hem was om met ons mee te eten. Hij had nog een kleine zes weken in zijn verduisterde kamertje te gaan. Ik moest bekennen dat hij het allemaal indrukwekkend conscentieus aanpakte.

Ik legde even mijn hand op haar dij, precies onder de rand van haar short.

'Ze weet niets,' zei ik.

'Heel gek misschien, maar om de een of andere reden vermoedde ik dat al.'

Blijkbaar keek ik haar nogal hulpeloos aan, want ze schonk me een geruststellende glimlach.

'Heb je weleens de mogelijkheid overwogen haar iets te vertellen wat wél waar is?'

'Dan moet ik eerst iets verzinnen.'

'Wat is haar sterrenbeeld?'

'Ze heeft niets met astrologie.'

'Dat vroeg ik niet.'

'Kreeft, geloof ik.'

'Kreeft hè…'

'Is dat ernstig?'

'Het is in ieder geval behoorlijk definitief. Schenk mijn glas nog eens in, wil je? Ik vrees dat ik vanavond mijn verstand erbij moet houden.'

We aten zalmforel uit de oven. Als er iemand kwam eten maakte mijn moeder steevast zalmforel uit de oven. Of lamskarbonaden.

'Wat zal ik doen, vis of vlees?' had ze me gevraagd.

'Vis.'

'Eet ze soms geen vlees, uit principe?'

'Dat weet ik niet, ma, maar ze eet in ieder geval graag vis.'

Mijn moeder vouwde de aluminiumfolie waarin de vis zat open en legde zo'n dampend zilveren pakketje op ons bord. Er zat bieslook en rode paprika in. Verder had ze gebakken aardappels gemaakt en een grote schaal met sla, tomaat en groene asperges. Ongetwijfeld allemaal afkomstig uit de gifvrije kringloopkistjes van de reformwinkel.

Ze deed het terraslicht aan en vertelde over de vakantie die ze die middag geboekt had. Ze zou in september naar Sardinië gaan met een vrouwelijke collega van haar werk. Ze twijfelde of het wel een goede beslissing was geweest. Eigenlijk vond ze haar collega nogal eens een irritant mens.

'Op vakantie is het anders,' zei ik.

'Ja, erger,' zei mijn moeder.

Even was ik trots op haar dat ze voor haar doen zo grappig uit de hoek kwam. Ze had voor deze gelegenheid een nieuw T-shirt aan en een dun zomerrokje waarover ze zelf nogal te spreken was. Ik zag dat ze haar best deed om aardig te zijn, zonder slijmerig of tuttig te doen. En dat ging haar goed af. Ik wist ineens heel zeker dat ik gek op haar was, maar het was het moment niet om haar dat te zeggen. De pest was dat zodra zich dat moment zou aandienen ik dat gevoel weer kwijt zou zijn.

Zo nu en dan stelde ze Thera een vraag. Over Haarlem, over haar ouders, over haar werk als model. Heel subtiel, heel terloops, zodat het niet al te zeer opviel dat ze haar uithoorde. En als Thera begon te vertellen zag ik hoe mijn moeder probeerde haar niet op te nemen met de beroepsmatig inschattende blik die was gevormd door haar jarenlange ervaring met het afval van de maatschappij.

Mensen hadden de neiging om mijn moeder alles te vertellen. Dat riep ze op. Ook bij Thera, die naarmate de tijd verstreek steeds meer op haar gemak raakte, ze vertelde aan één stuk door, over het huis van haar vader op Malta en die rare zangeres met wie hij was getrouwd, over sterrenbeelden, over een oude film met Jack Nicholson die mijn moeder ook gezien bleek te hebben. Ze at haar voedsel bijna zonder zich tijd te gunnen om te slikken en keek vreemd uit haar ogen. Er lag een extatische glans op haar irissen. Ik begon me af te vragen of ze stoned was.

Na de maaltijd en de koffie gingen we naar boven, naar mijn kamer. Het was er bloedheet. Ik zette een fles witte wijn en twee glazen op mijn bureautje neer en opende snel de ramen. Ze ging op bed zitten.

'Ik laat het licht uit, voor de muggen. Oké?'

'Moeten we je moeder niet nog even helpen?'

Haar stem klonk ineens heel sloom.

'Het grootste avontuur in mijn moeders leven is het terug-kerende vraagstuk hoe de vaatwasmachine zo efficiënt mogelijk gevuld kan worden. Dat pleziertje wil ik haar niet ontnemen.'

Ze wreef haar handen over haar gezicht en zuchtte een paar keer diep.

'Is er iets?'

'Nee, even, laat me heel even.'

Ik zette een cd van Underworld op en ging op de stoel van mijn bureau zitten. Haar zuchten ging over in geblaas. Aan haar gezicht was te zien hoe diep ze zich concentreerde; er verschenen kleine rimpeltjes in haar voorhoofd. Om niet naar haar te kijken, ik voelde dat ze dat niet wilde, pakte ik het fotoalbum waarin ik haar 'portret' had geplakt en opende het op de desbetreffende pagina. Ik keek naar de wolken van veertien juni 1999, tien over half acht, boven Nam Kee op de Zeedijk.

'O jee,' zei ze.

Ik draaide me om.

'Wat?'

'Het gaat niet goed. Ik… O… Diablo…'

Ze begon met haar bovenlichaam te knikken, als een orthodoxe jood voor de klaagmuur, sneller en sneller.

'Blijf bij me…'

Ze viel als een zak vol oude schoenen van bed. Iedere spier van haar lichaam spande zich aan, haar benen en armen gestrekt, haar vingers gespreid. Ze schudde, ze sidderde. Een dikke ader klopte onrustig in haar hals. Haar oogleden trilden. Ze gromde. Ze hijgde. Ze kwijlde. Ik knielde naast haar neer. Ik riep haar, maar ze was ergens anders. Omdat haar hoofd op het parket bonkte, schoof ik er snel een kussen onder en op datzelfde moment veerde haar hand omhoog. Haar nagels boorden zich in het vlees van mijn wang en haar hakken roffelden op de vloer alsof ze een noodsignaal uitzonden. Het duurde een minuut, misschien iets langer, daarna verdween de heftigheid uit het schudden en bonken. Ten slotte kreunde ze een paar keer en kwam ze met een zucht tot stilstand. Haar lichaam ontspande zich, ze werd volkomen slap. Bloeddruppels vielen van mijn kin omlaag op haar singlet. Ze ademde zwaar alsof ze heel diep sliep, een geruststellend geluid in de schemering. Ik bleef naast haar zitten tot ze haar ogen weer opende.

'Ohhh,' zei ze.

'Hoe voel je je?'

'Ben jij hier? O Jezus!'

'Het is oké.'

'Jij moet hier helemaal niet zijn.'

Ik kuste haar op haar voorhoofd en besmeurde haar met mijn bloed.

Toen ze weer helemaal opgeknapt was, vertelde ze me languit liggend op bed over haar epilepsie. Als kind had ze er zo'n last van gehad dat haar ouders haar overal heen moesten brengen en weer ophalen. Ze zat op een speciale school, ze speelde nooit op straat, ging nooit naar partijtjes. Haar leven en dat van haar ouders stonden volkomen in het teken van de angst voor een aanval. Ze moest een halfjaar opgenomen worden. De donkerste periode uit haar leven, zei ze, maar vanaf die tijd ging het met behulp van de juiste medicijnen beter en beter. De aanvallen bleven met steeds grotere tussenpozen weg. Op een dag werd ze genezen verklaard en kon ze haar laatste potten medicijnen inleveren. Dat was inmiddels vijf jaar geleden.

'Een week of wat geleden ging het voor het eerst weer mis. Dit was de tweede keer.'

'Je moet naar de dokter.'

'Nee, de medicijnen, de bloedcontroles, de ziekenhuizen, de wachtkamers... ik wil het niet meer. Nooit meer. Als dat gebeurt, ben ik mijn leven kwijt. Misschien blijft het vanzelf weg, misschien was dit de laatste keer.'

Het was donker in de kamer, haar silhouet lag onbeweeglijk op bed.

'Wil je iets drinken?' vroeg ik.

'Wat ik graag zou willen is een schoon T-shirt. Het spijt me van je gezicht.'

Later, onderweg naar de tramhalte, gooide ze een plastic tasje met haar bebloede singlet erin weg. Ik hoorde het met een plof op de bodem van de vuilnisbak vallen en wenste met een bitter, vreemd gevoel van spijt dat ik haar weerhouden had van die daad. Het was alsof er iets waardevols verloren was gegaan. Ik kuste haar langdurig op haar mond met een vreemde krampachtigheid die haar van iets moest overtuigen, ofschoon ik geen idee had waarvan.

Toen we bij haar huis aankwamen, zei ze dat ze die nacht alleen wilde zijn. Het overviel me, daar voor de deur die ik al als de toegang tot mijn persoonlijke paradijs was gaan beschouwen. Maar ik zei dat ik het begreep. Een leugen. Ik wilde het begrijpen, ik had er alles voor over om een overtuigende reden te horen waarom ik niet bij haar zou blijven. Maar in de stilte tussen ons onthield ze mij die reden en er zelf opkomen was te veel gevraagd.

Ik liep het hele stuk terug naar huis door de warme straten. De maan hing boven de stad in een zee van het donkerste blauw. Ik dacht aan wat ze me een paar dagen eerder over oesters had verteld, dat ze geen hoofd hadden. Ze konden niet zien, niet horen, niet ruiken en niet lopen. Ze brachten hun hele leven slapend door, schommelend in het water. 'Het enige wat ze kunnen is hun schelp openen om zich te voeden, dat is alles,' zei ze.

Later zou ik erachter komen dat ze nóg iets konden, oesters. Tijdens hun leven veranderen ze verschillende malen van geslacht. Dat vond ik wel toepasselijk, dat je niet precies wist wie je voor je had, dat je het gewoon niet zeker wist. Maar, zoals gezegd, dat was later.

Toen ik die avond thuiskwam ging ik gelijk naar boven. Rein hoorde me op de trap en riep me binnen.

'Heb je het al gezien?' vroeg hij.

'Wat?'

Hij wees uit het raam naar het rijtje eengezinshuizen schuin aan de overkant.

'Daar, op het dak.'

Ik ontdekte nog een maan, een die met een stang aan de daklijst was bevestigd.

'Daar spreekt de tv alleen nog Marokkaans,' zei Rein.

'Sinds wanneer?'

'Gisteren.'

'Die gasten van nummer 1 kruipen van schrik bij hun Duitse doggen in de mand.'

We staarden naar die schotel en lachten.

'Eén schotel maakt nog geen achterbuurt,' zei Rein.

'Als er één schotel op het dak staat, volgen er meer.'

Die had ik van Otman. 'Kijk maar goed om je heen, Ber. We nemen de boel stukje voor stukje over, en dan is het afgelopen met jullie, weetjewel,' had hij eraan toegevoegd. Als hij in de juiste stemming was kon hij pakkende taal uitslaan.

'Jullie gingen goed tekeer, zeg,' zei Rein.

'Wat?'

'Op je kamer. Je moet een geluiddempertje op die vriendin van je monteren.'

'Ze was niet lekker.'

'Dat hoorde ik. Het leek wel alsof jullie elkaar vermoordden.'

Even overwoog ik hem alles uit te leggen, maar daar zag ik toch maar vanaf. Ik liet hem in de waan dat we als beesten tekeer waren gegaan. Het kon me geen flikker schelen wat hij dacht.

'Ik ga slapen.'

'Je zal wel moe zijn.'

'Het gaat niet om mij, Rein. We mogen de mensen in het land niet teleurstellen.'

Rein en ik hadden die uitdrukking geadopteerd na een *Nova*-uitzending waarin een of andere politicus hem de huiskamer in had geschmierd. Zo serieus en zo doorzichtig geacteerd, dat we van de bank af waren gerold. 'We mogen de mensen in het land niet teleurstellen.' Sindsdien bekogelden we elkaar er zo nu en dan mee, liefst op momenten dat de ander er het minst op verdacht was. En heel soms zeiden we ook: 'Het regende hulzen op het dak.' Maar dan waren we in een heel andere bui.

In tegenstelling tot wat mijn broer meende was ik helemaal niet moe. Ik herinner me dat ik nog uren wakker lag, abnormaal helder van geest en vol gedachten die me van alle kanten besprongen zonder dat ik er iets tegenin kon brengen. Toen ik eindelijk in slaap was gevallen, maakte mijn moeder me wakker. Ze stond met de telefoon in haar hand naast mijn bed. Het was al schemerig.

'Voor jou.'

Ze gaf me de telefoon aan en verliet op blote voeten mijn kamer.

Het was Thera. Ze klonk behoorlijk overstuur.

'Het spijt me dat ik je moeder heb wakker gebeld.'

'Is er iets gebeurd?'

'Nee, nee.'

'Hoe laat is het?'

'Zes uur. Ik moest je stem even horen, begrijp je, ik was in paniek.'

'Waarom, wat is er dan?'

'Ga je me in de steek laten?'

'Nee, waarom zou ik?'

'Jawel, je gaat me in de steek laten. Ik voel het.'

'Luister Thera, dat is onzin. Ik laat je niet in de steek.'

'Ik voel me ineens zo zwak staan. Door wat er gebeurd is van-avond, begrijp je. Je hebt me... zo gezien. Niemand mag me zo zien. Jij helemaal niet.'

Ze snotterde als een klein kind, volkomen hulpeloos. Het kost-te me bijna een uur om haar gerust te stellen, om haar te overtui-gen dat er niets veranderd was.

'Ik mis je, Diablo,' zei ze.

'Ik kom nu naar je toe,' zei ik.

Ik stapte uit bed en kleedde me aan.

16

Waar ik, Dirty Berry, de verdachte, de coma-man, het monster uit West, waarschijnlijk de grootste moeite mee heb zijn de mensen die het goed met me voorhebben. Luister naar ons, zeggen ze. Wij zijn er voor jou. Wij willen je alleen maar hélpen. Het ergste van alles is die priesterlijke blik in hun ogen, dat lichtgewonde timbre van hun stem.

Het is mooi.

Het is belangrijk.

Het is goed voor je.

CJP, VPRO, *Vrij Nederland*, Cultureel Supplement, Tibetaanse kruidengenezing, de grote Mondriaan-tentoonstelling, Boccaccio, Ovidius, voel je prettig, voel je thuis, de nieuwe catalogus is uit.

Het is mooi.

Het is belangrijk.

Het is goed voor je.

Nationale Museumdag, het Prinsengrachtconcert, het Nationaal Ballet, de dalai lama, Nationale Natuurmonumenten, Harry Mulisch... met airmiles.

Het is mooi.

Het is belangrijk.

Het is goed voor je.

Mijn moeder, Crouwel, Freek Feek, Meesters, iedereen weet wat goed voor me is. Iedereen behalve ikzelf. En hoe meer ze het zeggen en hoe beter ze het weten, des te meer ik mijn handen over mijn oren leg en schreeuw: 'Kut, kutter, kutst.'

Soms was ik met mijn vrienden in een tent en onderging ik het gebonk en geflits en gespring en geloer ineens heel wazig. Dan was het alsof alles stil werd gezet, nee, vastgedraaid, als door een bankschroef. Ik zag de dansers niet meer, ik hoorde de muziek niet meer, ik was onderweg naar ergens anders. Ik wilde niets meer slikken, snuiven of drinken, ik nam me heel serieus dingen voor, ik verlangde naar rust en wilde afhaken, maar dan reikte Otman me een cocktailtje aan en dan zag ik mijn hand het glas vastpakken en ik wist zekerder dan wat ook ter wereld dat ik het niet wilde, dat ik geen trek had, en dat ik daar eigenlijk ook helemaal niet wilde zijn, en dan bracht ik de rand van het glas naar mijn mond en dan dronk ik en dronk ik en het gebonk en geflits en gespring en geloer begonnen me slokje voor slokje weer dat parallelle universum binnen te zuigen. En als mijn glas leeg was, liep ik naar de wc waar ik mezelf in de spiegel betrapte. Ik wist dat ik het was, mijn gezicht, mijn ogen, maar ook was er iets vreemds, of iets vertrouwds uit een voorbije tijd, en als ik me naar voren boog en dat 'iets' van dichtbij bestudeerde, wilde ik het liefst de benen nemen, weg. De hele rotzooi achter me laten. Vluchtend. Alles wat op mijn weg kwam neermaaiend.

Ik, Dirty Berry, de verdachte, ben 18 jaar, ik heb een broer die twee jaar ouder is, biologie studeert en nooit op straat zal spugen. Verder heb ik een moeder die hartverscheurend kan zuchten. Vier weken geleden heb ik een man een steen tegen zijn hoofd gegooid, boven zijn rechteroog. Een voltreffer mag je wel zeggen. Sindsdien ligt hij in coma. En dan zijn er ook nog de twee schoten die ik heb gelost. Dat zijn de feiten.

Vroeger zaten Rein en ik op dezelfde lagere school. De eerste jaren brachten mijn vader en moeder ons erheen, soms lopend, meestal met de auto. Het was niet zo ver. Van die ochtenden van vroeger herinner ik me vooral de haast en mijn moeder die de wind eronder had. Trek je schoenen aan, drink je melk op, vergeet je tas niet. Ze rende trap op, trap af, verscheen met één arm in de mouw van haar jas plotseling in de keuken. We moeten weg, neem die boterham maar mee, vergeet je tas niet. Schiet op, schiet op *nou.*

Mijn vader assisteerde woordloos. Hij schoof bekers melk in de juiste richting, trok een gymp onder de bank vandaan, veegde met een vochtige handdoek chocoladestrepen weg, hield de autosleutels voor mijn moeder aan één vinger omhoog. Hij droeg zijn steentje bij om alles op tijd de deur uit te krijgen. Zelf had hij geen haast, hij maakte andere uren. Onregelmatige tijden. Meestal vertrok hij na negenen en was hij om een uur of acht weer thuis. Soms werd hij opgehaald door collega's of moest hij al om half zes 's ochtends weg. Het kwam voor dat hij pas midden in de nacht weer terugkeerde. Dat hoorde bij zijn beroep.

Als mijn moeder een keer niet kon, bracht hij ons naar school en dan stond zijn cassetterecorder aan. Hij draaide altijd muziek in de auto. Van Morrison, Bob Seger, The Kinks.

'And he's a dedicated follower of fashion...'

Mijn vader, Rein en ik zongen het refrein mee.

'O yes he is, o yes he is...'

Je zag ze op het schoolplein allemaal kijken als we aan kwamen rijden.

'They seek him here, they seek him there...'

Rein kan het zich niet meer herinneren, zegt hij. Dat de muziek altijd aanstond en we samen meezongen.

'Zo zingerig was pa 's ochtends vroeg niet.'

'The Kinks!' zei ik, '"A Dedicated Follower of Fashion", "Lola", "Celluloid Heroes".'

'Ma bracht ons altijd naar school.'

Hij wil het zich gewoon niet herinneren.

Voor mij duurden die ritjes altijd veel te kort. Mijn vader had een uitgebreide cassette-, platen- en cd-collectie. Ze staan er nog allemaal, in de kast waar ook zijn oude platenspeler, een Lenco L75, en een versterker een nutteloos bestaan leiden. Mijn moeder draait die oude muziek nooit, ze draait sowieso geen muziek. Als ze al ergens naar luistert dan is het naar de concertzender, klassiek. Maar ze gaat er niet in op, het fungeert meer als achtergrondgeluid, iets om de stilte te verdrijven.

Soms bekijk ik de elpees met hun mooie gekleurde hoezen en de namen van bands uit een andere tijd. Yes, Emerson, Lake & Palmer, Tony Joe White, Jethro Tull. Niemand die ze ooit nog zal draaien. Ik heb weleens overwogen de cd's van mijn vader, die op de plank boven de elpees staan, naar mijn eigen kamer te verhuizen, zodat ik ze op mijn cd-speler kan afspelen, maar het leek me bij nader inzien toch niet zo'n goed idee. Ik stelde me voor hoe mijn moeder op de gang bij mijn deur stond en, met een gespreide hand tegen haar wang, naar die muziek luisterde. Pijnlijk. En daarbij, misschien vindt ze ook wel dat die dingen op hun plaats in de kast moeten blijven staan, dat niemand er met zijn poten aan mag komen. In die kast ligt ook nog zijn zonnebril. Een Ray-Ban, met een krasje op het rechterglas.

Als ik ziek was bleef mijn vader meestal thuis. Dan lag ik met een deken naast hem op de bank en keken we samen naar een video of verzonnen we spelletjes. 'Noem alle dieren die beginnen met een Z.' Of hij probeerde me te leren praten als Donald Duck. Het is verdomd lastig, praten als Donald Duck. Bijna iedereen is wel in staat dat rare gesnater na te doen, maar om er ook nog woorden in te laten doorklinken is slechts weinigen gegeven. Ik kon het maar niet onder de knie krijgen. Rein wel, Rein was er jaloersmakend goed in. Hij en mijn vader voerden complete Donald Duck-conversaties, aan tafel, op verjaardagsvisite, bij de kassa in de supermarkt. Mijn moeder werd er gestoord van, maar die twee konden gewoon niet stoppen.

Toen ik een keer aangereden was door een auto waarbij ik een kapotte knie en een hersenschudding had opgelopen, maakte hij van hout een dolk voor me. Die dolk ben ik later in Bretteville kwijtgeraakt. Ik durfde het hem niet te vertellen. Gelukkig heeft hij nooit naar de dolk gevraagd. Waarschijnlijk dacht hij dat ik erop uitgekeken was. Iedere keer dat we in Bretteville waren ging ik opnieuw op zoek, in de tuin, in de boomgaard, in de schuur, er moest een plekje zijn waar ik nog niet had gekeken. Maar ik vond hem niet meer terug.

Mijn vader had muziek aan in de auto. Altijd. En Rein en ik zongen met hem mee. Dát zijn ook de feiten, verdomme.

De laatste keer dat ik mijn vader sprak, had hij ook muziek aan in zijn auto. Ik stond bij het kerkje dat tegenwoordig een moskee is en oefende mijn slag tegen de muur aan de achterkant. In die tijd deed ik dat vrijwel iedere droge avond. Na het eten ging ik met mijn racket naar het kerkje en bleef daar vanaf het grasveld een uur lang ballen tegen de muur van gele baksteen meppen. Ik probeerde allerlei soorten effect uit, wisselde fore- en backhand zoveel mogelijk af en haalde zo nu en dan vol uit, mikkend op een punt vlak boven rij veertien van de stenen, voor een powersmash die een centimeter voor de achterlijn zou inslaan en een orkaan van applaus oogsten. Ik raakte er in een prettig soort trance van die versterkt werd door het trage metronoomachtige ritme. *Plop... tak. Plop... tak. Plop... tak.*

Toen ik de bal van het gras wilde oprapen, zag ik de Mazda van mijn vader staan. Het begon al te schemeren, maar de lantaarns brandden nog niet. Boven het dak van de auto tekenden zich koperkleurige vegen aan de hemel af. Mijn vaders gezicht was nauwelijks waarneembaar, maar ik voelde dat hij naar me keek.

In eerste instantie wilde ik naar hem toelopen, maar iets, waarschijnlijk het feit dat hij in zijn auto was blijven zitten, weerhield mij ervan en ik raapte de bal op om mijn avondtraining te vervolgen. Me bewust van zijn blik deed ik extra mijn best. Ik sloeg geconcentreerder, zuiverder, waarbij ik iedere beweging een professionele, overtuigende sierlijkheid probeerde mee te geven. Mijn benen reageerden snel, sneller dan daarvoor, op ballen die buiten mijn bereik dreigden terug te kaatsen. *Plop... tak. Plop... tak. Plop... tak.*

Ik wilde dat hij trots op me was, mijn techniek en slagkracht bewonderde. Even kon ik mezelf door zijn ogen zien op het grasveld, soepel uithalend en zijwaarts stappend, perfect timend en listig kappend, in alles het grote talent dat binnenkort de nummer 1 van de Amsterdamse junioren van zijn troon zou meppen als onvermijdelijke tussenstap naar het centre court van Wimbledon. Na een poosje hoorde ik hem achter me uit zijn auto stappen. Ik draaide me om en stak mijn hand op, hij zwaaide terug. Met mijn racket over mijn schouder liep ik naar hem toe. Het stugge gras piepte onder de zolen van mijn gympen.

'Het is al laat,' zei hij. 'Ga maar naar huis.'

Zijn veter was los.

'En jij? Ga jij niet naar huis?'

'Ik moet nog naar Hilversum.'

We keken elkaar een seconde of wat aan zonder te spreken. Een stroperige druppel zweet gleed langs mijn neusrug omlaag. Mijn vader strekte zijn arm uit en raakte mijn schouder even aan. Heel voorzichtig.

'Je veter is los,' zei ik.

Hij ging op zijn knie zitten en maakte zijn veter vast. Het was een suède halfhoge schoen, donkerbruin. Ik keek op hem neer, op zijn haar, zijn nek, zijn schouders, die schoen. Toen hij weer overeind kwam, stapte hij in zijn auto. Tegelijk met het aanspringen van de motor kwam het geluid van Bob Seger tot leven. Ik hield van dat rauwe stemgeluid. Ik houd er nog steeds van.

'Agai-ai-ainst the wind...

We were running against the wind...'

Hij reed langzaam weg en ik keek hem na tot hij afsloeg en zijn achterlichten zich als twee gloeiende ogen van me afwendden. Met de mouw van mijn T-shirt veegde ik het zweet van mijn gezicht. Ik veegde het zweet van mijn gezicht en liep naar huis.

'We were young and strong, we were runnin'

Agai-ai-ainst the wind...'

Die donkerbruine suède schoenen van hem stonden de volgende ochtend in de gang. Hij was met zijn sokken aan de ambulance in gedragen. Ik zag ze staan toen ik de trap afdaalde. Hij zette ze altijd onder aan de trap. In de woonkamer klonk de troostende stem van mijn grootmoeder. Ik hoorde mijn moeder huilen. Met iedere volgende trede omlaag kwamen de geluiden dichterbij. Ik stapte over die schoenen heen, op weg naar het nieuws dat achter de deur op me wachtte.

'It seems like yesterday
But it was long ago…'

Bob Seger. Hij draaide altijd muziek in zijn auto.

'Still runnin' agai-ai-ainst the wind…'

17

In mijn droom vannacht hoorde ik een luidsprekerstem aan één stuk door vreemde dingen zeggen.

Ik zou graag zanger zijn. Ik heb zelden last van constipatie. Ik ben een belangrijk persoon. Ik plaag soms dieren. Ik denk dat ik het werk van boswachter graag zou doen.

Toen ik wakker werd, besefte ik dat ik al die beweringen al eens eerder was tegengekomen en wel in de persoonlijkheidstest die Meesters me verleden week heeft laten maken. Hij bestond uit ruim vijfhonderd van dat soort idiote uitspraken waarvan je moest aangeven of je het ermee eens was of niet.

Ik vertel niet altijd de waarheid. Ik ben tegen geld geven aan bedelaars. Ik heb nooit enige huiduitslag gehad waarover ik me zorgen maakte. Ik zweet erg gemakkelijk, zelfs op koele dagen. Er zijn mensen die mijn gedachten en ideeën proberen te stelen.

Akkoord (= A) of niet akkoord (= N)?

Die laatste is pijnlijk illustratief voor de onmogelijke positie waarin je verkeert als je je met potlood en gummetje in de aanslag over het antwoordblad buigt. Ze leggen je honderden idiote uitspraken voor om je hersenen millimeter voor millimeter uit te kammen en dan vragen ze of je vindt dat er mensen zijn die je gedachten proberen te stelen. Meesters is de grootste gedachtedief die ik ken, als gedachtediefstal in het Wetboek van Strafrecht was opgenomen, zou hij voorlopig niet meer vrij rondlopen. En dan wil ik het feit dat hij deel uitmaakt van een criminele organisatie nog even buiten beschouwing laten. Stel nu dat je, met Meesters in het achterhoofd, A zou invullen – ja, er zijn mensen die mijn gedachten en ideeën stelen – dan wordt dat zeker geïnterpreteerd als het bewijs van een paranoïde trekje, een gebrek aan vertrouwen in de medemens. 'Kooijman geeft blijk van achterdocht.'

Iets in die trant zal Meesters opmerken in zijn rapport dat over enkele weken tijdens mijn rechtszaak een rol gaat spelen, klein of groot, dat valt niet te voorspellen, maar... een rol. Mijn advocaat heeft het me allemaal uitgelegd. Als, in het slechtste geval, Meesters van oordeel is dat ik intensiever en uitgebreider onderzocht moet worden omdat hij onraad – lees: een psychische stoornis – heeft geroken, dan zou ik ter observatie opgenomen kunnen worden in het Pieter Baan Centrum.

'En dat betekent statistisch gezien vijftig procent kans op TBS,' zei mijn advocaat.

'Achtenveertig,' zei ik.

Op de eerste bladzijde van het vragenboekje was het gelijk al raak: 'Er zijn geen goede of slechte antwoorden. Elk antwoord is goed, als het maar uw eigen mening weergeeft.'

Gelooft Meesters werkelijk dat iemand daarin trapt? Hoe kan ieder antwoord goed zijn als een deel van je leven ervan afhangt? Als je er een halfjaar meer of minder gevangenisstraf door kunt krijgen, als het een wissel omzet waardoor de trein zich op het andere spoor gooit, richting TBS-kliniek?

'Nooit eerder in mijn leven konden de antwoorden zo vreselijk FOUT zijn. Nooit eerder hing er zoveel van af.'

'Zo moet je dat niet zien,' zei Meesters.

'Hoe dan?'

'Ben je zelf niet benieuwd hoe je tot je daad bent gekomen?'

Men is niet erg vriendelijk voor me. Ik kan niets goed doen. Ik zou graag dure kleding dragen. Ik krijg dikwijls rode vlekken in mijn hals. Ik verlies bijna nooit mijn zelfbeheersing.

Waarschijnlijk denkt Meesters dat ik hem niet mag, maar dat is niet zo, ik heb zeker geen hekel aan hem. In mijn hart weet ik dat hij geen klootzak is, geen echte klootzak. En er zijn zelfs momenten dat ik hem ronduit aardig vind, bijna medelijden met hem heb, met hem en zijn betonfrons, en dan moet ik me beheersen om niet te zeggen: 'Zullen we de hele flauwekul laten voor wat hij is en gewoon even met elkaar práten?' Mijn probleem met Meesters is, denk ik, dat hij me, wat ik verder ook aan persoonlijke geschiedenis met me meedraag en uitgevreten heb, eerst en vooral als een rapport ziet, van mijn kruin tot aan mijn voetzolen, van mijn geboorte tot aan mijn laatste sigaret, een helder en overtuigend geschreven rapport vol bevindingen en aanbevelingen. Van zijn hand. Dat maakt waarschijnlijk dat ik zelfs op mijn slechtste dagen hier in de gevangenis nog denk dat ik toch aardig bezig ben. Omdat hij nog steeds niet volledig grip op me heeft, nog steeds niet echt weet wie hij voor zich heeft.

Vanochtend hebben we een ander soort test gedaan. Hij riep een woord en ik moest het eerste het beste woord dat me te binnen schoot noemen. Het deed me een beetje aan de jolige, vrijblijvende onzin van maatschappijleer denken.

Hij: 'Liefde.'

Ik: 'Haat.'

Hij: 'Hand.'

Ik: 'Hand.'

Hij: 'Hand?'

Ik: 'Ja.'

Hij: 'O. Steen.'

Ik: 'Lucht.'

Hij: 'Dood.'

Ik: 'Schoen.'

Hij: 'Gezag.'

Ik: 'Hondenkwijl.'

Hij: 'Vader.'

Ik: 'Schoen.'

Vader. Hij maakte er werk van me zoveel mogelijk over mijn vader te laten praten. Via allerlei omwegen wist hij steeds weer op dat punt uit te komen. Wat voor man was het? Waaraan ging hij dood? Hoe voelde je je? En je broer en je moeder? Als hij me over dat soort zaken probeerde uit te horen moest ik steeds denken aan mijn moeder, of liever aan een uitspraak in een boek dat ze een paar jaar terug had gelezen.

Een heel herfstweekeinde met slagregens tegen de ramen had ze zich ermee aan de bank verankerd, geconcentreerd aantekeningen makend. Toen ze even in de keuken was, lag het boek als een door uitputting neergestorte meeuw op de leuning van de bank. Ik pakte het op en keek naar de laatste regel die ze onderstreept had, met een uitroepteken in de kantlijn: 'In the lost boyhood of Judas, Christ was betrayed.'

Echt iets voor haar. Zij was ervan overtuigd – of wílde geloven, kan ook nog – dat ergens in de jeugd van de crimineel iets misgegaan moest zijn en daardoor was hij tot zijn daad gekomen. De tragiek van mijn moeder is dat al haar collega's, met wie ze dingt naar de titel mensenredder van het jaar, ook zo denken. Het is een soort sekte, die reclassering, ze praten dezelfde taal, dragen dezelfde kleren, zien dezelfde tv-programma's, lezen dezelfde kranten, en ze geloven in dezelfde dingen. 'Het ligt aan de postcode, het ligt aan de jeugd, het ligt aan de ouders.' De wetten van hun geloof.

Dat haar zoon nu op verdenking van doodslag vastzit, is een dubbele klap voor mijn moeder. Niet alleen zij neemt het zichzelf kwalijk, haar collega's doen dat ook, solidair als ze zijn. En om haar te steunen wachten ze haar elke ochtend met zwijgende vastberadenheid en een collectieve, warme vergevingsgezindheid op. Want zo zijn ze daar ook wel weer, als je schuldig bent, staan ze pal achter je.

Ik weiger te geloven in die theorie over Judas' jeugd. Ik weiger te geloven in onvermijdelijkheid.

Waar ik wel in geloof, althans mijn uiterste best voor doe, is dat er betere tijden komen. Voor mijn moeder en voor mij. Er komt een dag dat haar collega's mij zullen zijn vergeten, zoals de dag zal komen dat ik met niemand meer zal hoeven praten, wanneer het getest en gezwam voorbij zijn. Vanaf dat moment kan ik me helemaal concentreren op het wachten.

Wat zou dat voor gevoel zijn, wachten en nog eens wachten tot je tijd erop zit? Alsof je leven ergens anders ondergebracht is, ergens waar je er niet bij kunt. Zoiets als een lijfrente, een appeltje voor de dorst dat op die en die dag – en geen minuut eerder – wordt overgemaakt. 'Hier, alstublieft, hier heeft u uw leven terug. Het is wat schlemielig belegd, de beurs zat een beetje tegen, vandaar het negatieve resultaat, maar het goede nieuws is dat u niet álles kwijt bent.'

Wachten. Hoe lang? Drie jaar, vier jaar, vijf jaar?

'Het is een gevoelige zaak, door al die publiciteit,' zegt mijn advocaat. Moet hij mij vertellen.

Is het een kwestie van genen of kun je het leren, wachten, goed wachten, bedoel ik? Zodat de dagen verdwijnen, zodat je zelf langzaam verdwijnt.

Ik heb een spelletje bedacht. Vanuit mijn raam kan ik een weg zien waar auto's over rijden. Ik probeer te voorspellen wat voor kleur de volgende auto zal hebben. Rood, geel, zilver – er rijden heel veel donkerblauwe auto's rond, veel meer dan ik dacht. Het is goed dat dat raam er zit. Goed dat ze daaraan gedacht hebben bij de bouw. Door een raam kun je naar buiten kijken.

En dat doe ik. Urenlang. Alles is lekker op afstand vanaf zevenhoog. Dat kijkt plezierig, vind ik. Soms word ik wakker voor het raam, staand. Soms leg ik mijn wang tegen de koele ruit en staar als gehypnotiseerd naar de regelmatige bewaseming door mijn neusgaten en dan word ik zo down dat ik me bijna gelukkig voel. Ze zeggen dat je stilaan berust in de onmogelijkheid weg te gaan, dat je kalm wordt omdat je keuzes beperkt zijn. Het effect van de dwangbuis. Op goede dagen kan ik verdwijnen en die momenten van afwezigheid uitbouwen, verlengen, steeds langer, dan voel ik me als het gemiddelde uitzicht dat het gepantserde glas biedt: een aaneengesloten reeks druilerige zomermiddagen die op herfstmiddagen lijken. Op slechte dagen is alles veel te helder en te scherp, op slechte dagen verblindt het raam me met zijn stortvloed aan licht en kleuren. Maar mijn ogen sluiten doe ik niet, je weet maar nooit wat je in het donker tegenkomt.

Aan de overkant van de weg is een bedrijfsterrein waar mensen hun auto's volproppen met spullen en dan weer wegrijden. Ik kan niet zien wat ze in hun auto's persen, maar het heeft iets komisch, iets absurds. Het kansloze gevecht tegen de zinloosheid wekt altijd op je lachspieren. Een van die bedrijven wordt aan de achterzijde begrensd door een blinde muur waarop een indrukwekkend grote afbeelding van een spuitbusartiest is aangebracht. Het is een soort tweekoppig SF-monster, en eronder staat in inmiddels verbleekte letters: *I'm The Pain Killer*. Behalve aan de uitgebluste kleuren kun je ook aan de hele vormgeving zien dat het oud werk is, ik schat een jaar of vijftien. Regelmatig denk ik aan de maker. Grote kans dat hij nu begin dertig is. Hoe zou het met hem gaan? In wat voor leven heeft hij zich gestoken? Is hij zo'n lul geworden in een pak en met een vrouw, twee komma twee kinderen, een Toyota Picnic, een golden retriever, een elektrische tandenborstel, en een stortvloed van akelige praatjes over rechtsdraaiend melkzuur? Zou hij weten dat zijn graffiti nog steeds die muur bedekt, de *Pain Killer*, die niet geheel onbetwiste deeltijdleider van de Happy Fleece Family?

Zou hij weten dat de pijn, de echte pijn, hier rond de toren sluipt en de nacht afwacht? Meestal is het tegen drieën als ik wakker word, klaarwakker. Volkomen weerloos tegenover alles wat er op me afstormt. Mijn geest maalt in hoog tempo door. Er zijn zinnen, van brieven die ik nooit zal schrijven. Er zijn strelingen, van vingers die ik nooit zal voelen. Alles is veraf en dichtbij. Woorden, handen, gezichten. Ze kust me. Ik probeer de muren te onderscheiden, het tafeltje, de stoel, het raam. Buiten slaapt. Het heelal slaapt. De cijfers van de wekkerradio glanzen rood in het donker.

Dan sta ik op en loop naar het raam. Er rijden geen auto's meer op dit uur. Ik kan de contouren van de muur zien, maar niet de graffiti erop. Dat is het ergste van alles, dat je nog wel kunt zien, maar nét niet genoeg.

Ik ben niet bang voor spinnen. In treinen en bussen maak ik vaak een praatje met onbekenden. Ik ben liever niet alleen in het donker.

Akkoord (= A) of niet akkoord (= N)?

18

De kelner met het blauwe piekhaar en het Martini-dienblad onder zijn opgepompte arm verliet het tuinterras. Zou dat die hippo zijn waarover Thera me ooit had verteld, de grappenmaker die 'Bens sletje' op haar bonnetje had geschreven in de tijd dat ze hier regelmatig kwam? Met een paar snelle slokken dronk ik mijn glas voor de helft leeg en schoof een briefje van tien onder de asbak op de zongevlekte tafel, de prijs inclusief tip van de twee biertjes die ik had gehad. In een paar stappen was ik bij het tuinhuis achterin. Ik draaide me om. De twee mannen op het terras zaten met hun rug naar me toe gekeerd en gingen volledig op in hun gesprek en ciabatta's met mozzarella. De kelner met het blauwe haar stond binnen in het café aan de bar te wachten tot zijn collega klaar was met het neerzetten van de volgende bestelling. Een beter moment had zich niet voorgedaan en zou zich ook niet voordoen. Dit was waar ik op gewacht had. Het risico was berekend, het denkwerk voltooid. De klapper sloeg dicht: *action!*

Ik haalde diep adem, legde mijn handen met een gretige polsbeweging om de rand van de tuinschutting, plaatste mijn gymp op het kozijn van het tuinhuis en trok mezelf op. Met een zware, krakende sprong landde ik in de struiken van de belendende tuin. Nummer 345, volgens mijn berekening. Ik zakte door mijn knieën en bleef zo enkele ogenblikken zitten. Er gebeurde niets. Ik liet mijn blik langs de ramen van het boven mij uittorenende huis dwalen. Vier etages, twaalf ramen, niemand te zien. Ik richtte me op en stak een terras van keitjes over naar een bank die als een kalme, betrouwbare handlanger strategisch met zijn rug tegen het volgende tuinhek stond opgesteld. Ik stapte op de leuning, klemde mijn handen om de rand van het wankele, gevlochten houtwerk dat de tuinen scheidde en veerde omhoog. De schutting schommelde onder mijn gewicht terwijl ik door de lucht zweefde.

Vanachter een oude boom bekeek ik de tuin. Een smeedijzeren terrasset, met op tafel een fles wijn en twee lege glazen. Op het gras lag een aangevreten tennisbal. Ik wachtte nog een minuutje om mijn snel springende hart de kans te geven tot bedaren te komen.

Nummer 347. Ik bevond me in de tuin van Keizersgracht 347. Landing in vijandelijk gebied geslaagd.

Een roodgekleurde klimop bedekte het grootste deel van de achtergevel. Ik bestudeerde de muur en de ramen aandachtig, alvorens ik met een klam voorhoofd centimeter voor centimeter naar die rode gloed toesloop. Op mijn hurken loerde ik door het glas van de terrasdeuren naar binnen. Ik zag niemand. Dat stemde overeen met mijn informatie, op mijn aanbellen was niet gereageerd en de telefoon was ook niet opgenomen. Maar zolang ik niet zeker wist of de hond binnen was, ging er niets bevrijdends van die informatie uit. Dat is het nadeel van honden, dat ze te stom zijn om de telefoon op te nemen.

Ik tikte zachtjes tegen het raam en wachtte af. Er volgde geen tegen het glas gedrukte neus van vochtige drop, geen lastig in te schatten gekwispel, geen geblaf vol tanden, er volgde slechts een geruisloos niets. Hij had zijn hond meegenomen, ja, hij had hem meegenomen, dat was de voor de hand liggende verklaring. De niet voor de hand liggende verklaring was dat zijn labrador stokdoof was en achter die blauwleren driezitter lag te dommelen.

Ik deed mijn jack open en haalde het korte, smalle breekijzer dat ik van Otman had geleend tevoorschijn. Mijn keel was plotseling droog en in mijn verhitte gedachten zag ik dat eenzame halfvolle fluitje twee tuinen verder staan niksen. *Dirty Berry zegt: Nooit met te weinig brandstof of het ontbreken van een intellectueel program op pad gaan.*

Voorzichtig begon ik de tuindeur te forceren, wat zo makkelijk en zo vaardig verliep dat ik er bijna van schrok. Met Otmans gereedschap!

Ik stapte de stille koelte van de woonkamer binnen en sloot de tuindeuren achter me. Zonder geluid te maken liep ik door het huis, de deuren één voor één openend. De muren en plafonds van de kamers waren spierwit geschilderd, in de badkamer stond een kuip op zilverkleurige klauwpoten. Een satijnen ochtendjas hing aan een haakje aan de deur. De slaapkamer werd gedomineerd door een enorm bed van mahoniekleurig hout, waarboven een spiegel zich laconiek nieuwsgierig breed maakte om niets van het doorwoelde en opengeslagen beddengoed te hoeven missen. Aan de muur bij het hoofdeind hing een schilderij van een naakt meisje op een exotische, vegetatierijke locatie dat zichzelf tussen haar dijen streelde.

Aan de achterzijde van het huis, de kant van de gracht, bevond zich een kamer met een bijna vijf meter hoog gestuukt plafond, de studio. Statieven met lampen en camera's, een lange koker met rollen papier in diverse kleuren die als achtergrond dienst konden doen, een metalen keukentrap, en over de vloer slingerende snoeren en kabels. In de hoek stond een grote werktafel met daarop een berg glanzend fotomateriaal en een lichtbak waarop je dia's kon bekijken.

Na een eerste globale verkenning van het terrein, keerde ik terug naar de woonkamer die naadloos overliep in een keuken van blank hout. Ik opende de koelkast en pakte een flesje bier.

Goed, hier woonde hij dus, dacht ik terwijl ik mijn eerste slok nam. Wat wist ik van hem, behalve dat hij aan de Keizersgracht 347 een appartement van anderhalf miljoen bewoonde en zijn glossy tijdschriften in een weldoordachte waaiervorm op zijn glazen tafel uitspreidde?

Hij was drieëndertig jaar oud en woog een klootje of vijf te zwaar. Was fotograaf van beroep, met als specialiteit geile plaatjes. Produceerde zo nu en dan een pornofilm waarvoor hij zelf het camerawerk deed. Reed in een Alfa Romeo 156. Had een labrador die Chivas heette. Was anderhalf jaar geleden van zijn vrouw gescheiden. Had twee kinderen, een zoon van zes en een dochter van vier, die eenmaal per maand een nachtje bij hem logeerden. Kwam regelmatig in de It. Was niet vies van een snuif. Las zijn ochtendkrant (*De Telegraaf*) op de wc. Gebruikte zoetjes in zijn koffie. Sprak meisjes in de videotheek aan. Had bijna een halfjaar met Thera geneukt. Heette Ben. *Ik ben Ben.*

Jan & Ben, Suzie & Ben, ze wilden allemaal met Ben op vakantie, de hele wereld wilde met Ben zijn en overal met hem naartoe gaan. Ze stonden allemaal aan zijn kant: Rob & Ben in Marokko, Thea & Ben op Kos. En dáárvoor had je die inhoudsloze stottercampagne die geen ander doel leek te hebben dan mij met terugwerkende kracht in mijn dromen te kwellen. Al die koppen, al die affiches, al die krantenpagina's, al die sterspotjes. Ik lijd wat af als ik slaap. *Ik ben Ben.* Ik word er knettergek van. Maakt niet uit in wat voor situatie ik verkeer. Op straat, thuis, lopend, in de tram. Er is geen ontkomen aan. *Ik ben Ben.* Rot op. *Ik ben Ben.* Sodemieter op. *Ik ben…* Ik raak volledig doorgeBENd, opgeBENd, uitgeBENd. Ik kan geen Ben meer horen.

Systematisch ging ik nu voor de tweede keer door het huis. Ik inspecteerde zijn cd-verzameling op zoek naar wat opmonterende afkeer. Veel recente drum 'n bass en een stoot classics waar de grootste lulhannes zich nog geen buil aan kon vallen. Op tafel trof ik een aantal rekeningen van restaurants en cafés aan. Meest diners voor twee, leidde ik uit de vermelde gerechten af. Ook lag er een afschrift van Avis bij, voor de huur van een Renault Espace. In Farao. De badkamer verborg niets dat op een aanwijzing leek, laat staan op wettig en overtuigend bewijs.

In de slaapkamer boog ik me na enige aarzeling over het bed en rook aan de kussens. Dat ene kussen, die geur, ik was er niet helemaal zeker van, maar… Ik pakte het op, drukte de gladde stof tegen mijn gezicht en bleef even zo zitten, als een huilend kind dat in de zachtheid van zijn moeders boezem troost zocht.

Toen ik het weer wilde terugleggen kon ik mijzelf in de spiegel boven het bed zien zitten. Het was een vernederend en absurd gezicht. Ik probeerde erom te lachen, maar zonder resultaat, zelfs de allerzwakzinnigste vrolijkheid had me verlaten. Daar zat ik dan, echter dan echt. Live en beduusd. Op mijn knietjes.

Thera had me ooit verteld wat Ben haar had toegesnauwd toen ze bij hem wegging. 'Op een dag zal je begrijpen dat je niets bent zonder mij. Helemaal niets. En dan kom je terug, kruipend, op je knieën.'

Ik was niets. Helemaal niets. Ik kwam overeind en vervolgde mijn speurtocht. In de studio vond ik uiteindelijk wat ik zocht maar niet had willen vinden. Tussen de tientallen in cellofaan verpakte diarolletjes die als glinsterende slangen tussen mijn vingers gleden. Het bleken allemaal opnamen te zijn van een naakt meisje dat op RTL 4 iets presenteerde, liggend op een pittoresk haveloze vissersboot, met wapperende haren en gespreide benen op okerkleurige rotsen, met haar cosmetische tieten over de rand van een balkonnetje. Allemaal opnamen van haar, dacht ik. Maar het venijn zit altijd in de staart. Drie dia's. Ik hield ze tussen duim en wijsvinger van beide handen. Snapshots. Op een ervan was een meisje met een zonnebril afgebeeld. Ze zat op het terras van een café aan zee. Ze had haar handen om een kopje koffie geklemd en een van haar benen opgetrokken, haar blote voet loom rustend op de zitting van haar stoel. Ze glimlachte in de camera. Nog voor ik de dia op de lichtbak legde en onder een loep bekeek wist ik al dat aan een van haar voortanden een stukje zou ontbreken.

Via inlichtingen kwam ik aan het nummer van zijn mobile. Ik luisterde naar de kiestoon en nam een slok uit de fles Jack Daniel's die ik in de woonkamer had gevonden.

'Hallo?'

'Ben?'

'Spreek je mee.'

'Zeg dat dan.'

'Wat?'

'"Ik ben Ben".'

'Wat is dit… ben jij het, Theo?'

'Zeg het.'

'Luister, ik heb geen tijd voor…'

'Ben? Ik heb belangrijk nieuws voor je. Je moet onmiddellijk 6273626 bellen. Heb je dat? 6273626…'

'Dat is mijn eigen nummer.'

'Heel goed, Ben. Bellen. Belangrijk.'

Ik hing op en wachtte. Het duurde nog geen halve minuut voor de telefoon ging.

'Ik ben Ben niet,' zei ik.

'Shit,' zei hij. 'Godverdomme, wat doe je in m…'

Ik onderbrak hem.

'Zeg het, Ben.'

Het was even stil.

'Ik ben Ben,' zei hij.

'Zo is het,' zei ik. 'Jij bent Ben, omdat ik Ben niet ben. Maar weet je, Ben, waar het om gaat is dat ik op dit moment hier ben en jij daar.'

Ik nam nog een slok en voelde de zurige warmte opgloeien in mijn maag.

'Wie ben je?' zei hij.

'Voor het geval je geen kranten leest en nooit tv-kijkt, Ben, voor het geval je geen radio in je Alfa hebt en de afgelopen twee jaar niemand hebt gesproken en dus nog niet op de hoogte bent van de seriële insluiper die zijn slachtoffers in hun eigen keukenmachine tot gebonden tomatensoep pureert…'

'Godver…'

'Beschouw me als het postje onvoorzien, Ben.'

'Ben je gestoord of zo?' vroeg hij.

'Vind je het goed als ik je voor die vraag naar mijn psychiater doorverwijs?'

'Wat wil je?'

'Het begint een beetje op *Twee voor twaalf* te lijken, vind je niet? Wat ik wil? Goeie vraag. Gewoon een paar dingetjes uitzoeken, Ben. Heb ik net gedaan. En nu… nu wil ik jou. Als je er bezwaar tegen hebt, moet je het gewoon eerlijk zeggen, maar nu je het zo op de man af aan me vraagt, zeg ik in alle openheid: ik wil jou, *vuile vette kankerlijer.*'

Hij hing op. Ik zette de fles weer aan mijn mond en nam een grote, hete slok. Daarna keek ik met de smaak van vuur op mijn tong om me heen en zocht naar een reden voor mijn aanwezigheid op deze plek. Ik kon niets bedenken.

19

'Ik stop ermee,' zei ze. 'Ik ga vanavond niet.'

We zaten in Nam Kee, een schaal gestoomde oesters tussen ons in op tafel. Het was drukkend warm. Binnen en buiten. Ik zei niets. Nooit had ik haar aangemoedigd te stoppen met het werk dat ze deed. Ik wist dat dat het stomste was wat ik kon doen.

Ze nam een oester in haar hand, trok het weke deel met haar stokjes van de schelp los en stak het druipend van de saus in haar mond.

'Ik kan het gewoon niet meer opbrengen.'

Zelfs al zou ik haar gesmeekt hebben toch te gaan, dan nog zou mijn stem mijn ware gevoelens verraden hebben, de diepte van mijn verlangen dat ze nooit meer een stap zou zetten in dat stinkhol met zijn zeepbellen en zweterige mannetjes.

'Mij best,' zei ik. 'Jij nog thee?'

Ze schudde haar hoofd.

'Dat is dan geschiedenis,' zei ze. 'Ex-scholier, ex-softpornomodel, ex-danseres, tijd om iets nieuws te bedenken.'

Dames in nood zijn mijn sterkste punt, dacht ik. Kwam uit *The Aristocats*. Thomas O'Malley, de straatkat die de hulpelozen op sleeptouw neemt. Mijn vader deed die stem. Dames in nood zijn mijn sterkste punt, hij is *goed*. Bijna had ik het hardop gezegd, maar het laatste wat zij op dit moment wilde horen was dat ze in nood verkeerde. Ook al was dat zo.

Sinds die avond bij mij thuis had ze nog twee aanvallen gehad, waarvan één tijdens haar optreden in de kelder. Die kerels hadden nog zitten klappen en schreeuwen omdat ze dachten dat het bij haar act hoorde toen ze schokkend over de vloer rolde. Ze was onzeker geworden, ze vertrouwde het niet meer, het ijs werd dunner en dunner. Ze wilde er niet over praten maar ik wist dat ze zich zorgen maakte.

'Er is natuurlijk één acuut probleem.'

'Wat?'

'Muntjes.'

'Ach,' zei ik.

'Vergis je niet, Diablo, geld is alleen onbelangrijk als je het hebt.'

Ze nam nog een oester. Ik hield van de manier waarop ze de stokjes naar haar lippen bracht, de nonchalance van haar handen en haar mond. Ze kon eten als een filmdiva.

'Bij mijn vader hoef ik niet aan te kloppen, die heeft al zijn reserves in die bodemloze Maltese put gestort. Hij is zo'n sukkel, weet je. Zo'n ongelooflijke sukkel. Ze is vijftien jaar jonger en heeft een stem als een verstopte stofzuiger, maar hij blijft trouw in haar investeren: masterclassje in Parijs, glitterjurkje in Milaan. Ik begrijp niet dat hij zo stom kan zijn, het staat toch heel duidelijk op haar voorhoofd.'

'Wat?'

'Zonder talent. Met levenslange garantie.'

'Misschien kunnen we iets bedenken,' zei ik.

'Zoals wat?'

'Ik weet niet, ik dacht persoonlijk aan iets in de sector niet-te-moeilijk-en-toch-groot-geld.'

Die avond gingen we naar een documentaire waarover ze in de krant had gelezen. Hand in hand in de uitgestorven zaal keken we ademloos naar een stelletje Tibetaanse nomaden die met hun hoge jukbeenderen en ruigbehaarde yaks een barre, maandenlange expeditie naar een zoutmeer ondernamen. De heldere kleuren, de monotone muziek en het hypnotiserende gezang van die gasten, in combinatie met hun eindeloze geploeter over bergpaden, werden in alle hevigheid doorgeseind naar onze hersenen, die we voorbewerkt hadden met een paar blikken Tuborg goldlabel en een ijl Afghaantje.

Af en toe fluisterden we met een slome stem iets naar elkaar. 'Jeeh.' 'Moe-je-zien.' Of we knepen in elkaars hand als teken van verstandhouding. Iedere blik, ieder gebaar, iedere zucht was even

vertrouwd, we kenden elkaar door en door, als twee trapezewer-
kers.

Na de film sleepten we ons moeizaam, alsof wij die expeditie
achter de rug hadden, voort naar het huis van de oude dame en vielen daar als een blok in slaap. Naakt, uitgeput, zwetend, en in
elkaars armen. Ik droomde van Tibetaanse bergen en de getaande
koppen van die zoutmannen. Ik droomde van Thera en mij aan de
rand van dat meer. Het was stil en koud, een helblauwe hemel. Ze
droeg een lang gewaad, ingewikkeld gedrapeerd en van een dunne
stof die wapperde in de wind. Met een trage, vastberaden beweging van haar hand trok ze in één keer al het haar van haar hoofd.
Het bleek een pruik. Daarna trok ze voorzichtig haar wimpers van
haar oogleden, haar nagels één voor één van haar vingers. Het ging
verder, een wenkbrauw, nog een wenkbrauw, een oog, nog een
oog, haar lippen, haar neus, haar tanden, net zolang tot ze volledig
ontmanteld voor me stond. Kaal, tand- en tongloos, en met lege
oogkassen: een anatomische les. Maar het gekste was dat ik het
niet eng vond. Juist toen die zoutmannen in een halve cirkel om
ons heen kwamen staan en weer begonnen te zingen werd ik
wakker. En hoe. Ze lag rustig te slapen in mijn armen, met haar
blonde haren op mijn kussen en een klein spuugbelletje op haar
onderlip.

Het was al licht en na een poosje stapte ik uit bed. Onze kleren
lagen in een bergje op en door elkaar op de grond. Bij de eikenhouten eettafel stak ik een sigaret op. Er stond nog een geopend blikje
goldlabel. Ik zwalkte ermee door het huis, alles wat op mijn weg
kwam met grote aandacht bekijkend. De foto's, de schilderijen, de
meubelen, de motiefjes van het behang. Ik zag alles die ochtend.
Scherper en gedetailleerder dan ooit tevoren. De krassen in de
tafel, de vlekjes op de schoorsteen, de structuur van het tapijt, het
schilfertje dat van de fruitschaal af was, echt alles. Ik keek ernaar
zoals je een foetus op sterk water bestudeert.

Ik vond het interieur niet meer vreemd of lelijk, dat stadium was
ik reeds gepasseerd. Een ondoorgrondelijke esthetische kracht-

toer had ervoor gezorgd dat het huis van de oude dame, dat bescheiden universum van aantoonbare smakeloosheid, was getransformeerd tot iets vertrouwds, iets aangenaams, een omgeving waarin alles precies de juiste afmeting en kleur bleek te hebben. Het was het effect van de Efteling: als je binnenkwam zag je alleen maar de kitsch, de nepkabouters, maar na verloop van tijd losten het bordkarton en het plastic op en werd het precies wat het wilde zijn, een sprookjesbos.

Op de schoorsteen, naast de foto's van de kinderen en kleinkinderen, lag een klein mapje van gebarsten schildpadleer. Ik opende het. Er zat een codicil in en een kaartje waarop in bibberig en ouderwets schuinschrift de naam, de leeftijd en het adres van de oude dame waren genoteerd. Onderaan stond: 'In geval van nood contact opnemen met de familie Toorenaar.' Gevolgd door een 020-telefoonnummer.

In gedachten zag ik de oude dame voor me terwijl ze haar uiterste best deed het allemaal zo netjes mogelijk op te schrijven. *In geval van nood.* Ik had haar nooit ontmoet, de oude dame, maar ik mocht haar. In geval van nood moest Thomas O'Malley haar maar redden.

Ik liep naar het gordijn en schoof het opzij om uit te kijken op de prachtige ochtend en de zonnige bakstenen van de huizen aan de overkant. Ik trok het raam een stukje omhoog en stond mezelf toe me even volkomen te ontspannen, onder de streling van de warme luchtstroom langs mijn buik en met het vooruitzicht op nog een dag met haar. Een zilverkleurig busje reed door de straat. *Stichting Woef, hondenschool & uitlaatdienst*, las ik op de zijkant. Achter de besmeurde ramen schudden een stuk of wat monsterlijke tongen.

'Ik zou wel weg willen,' zei Thera.

We lagen op het dak, lui en bruin in de ochtendzon. We deelden het laatste blik goldlabel dat in huis was.

'Waarheen?'

'Ik weet niet, een echt verre reis. Waar zou jij heen willen, het liefst heen willen?'

Ik vertelde haar dat ik al vanaf mijn zesde naar Monument Valley in Arizona wilde. Naar die eenzame monolithische rode rotsen in de even rode woestijn, waar veel oude westerns waren opgenomen. Ik had er tientallen fotoboeken en films over gezien. Met mijn vader had ik afgesproken dat we er ooit samen heen zouden gaan, naar de rode rotsen die als vingers naar de hemel wezen.

Zij voelde meer voor Bali. Een huisje van bamboe aan de turkooizen oceaan en een huurmotor om door palmbossen te scheuren.

We kwamen overeen met een weekendje Parijs te beginnen.

'Wanneer?' vroeg ze.

'Zo snel mogelijk,' zei ik.

'Ik heb nog honderddertig gulden in mijn zak en één gulden vijfenvijftig op mijn giro, niet bepaald een reisbudget om ze op de Champs-Elysées aan het schrikken te maken.'

'We moeten geld maken. Wat dacht je van een hondenschool & uitlaatdienst?'

'Tuurlijk,' zei ze, 'dat ik daar zelf niet op ben gekomen.'

Ik legde haar mijn plan voor. Een advertentie in de krant. Een op vermogen geselecteerde klantenkring, liefst woonachtig in Nieuw-Zuid of op de gracht. Je haalde die beesten drie weken lang stipt op, liet ze in het park draven en bracht ze weer heel terug. Je had de sleutel. In die drie weken verkende je op je gemak het werkterrein tot je precies wist waar de betaalpasjes en cheques lagen en welke schilderijen, cd-spelers en sieraden je moest hebben. Aan het eind van de derde week was het *pay day*. De honden stonden al kwispelend te wachten als je de sleutel in het slot stak. Je nam weg wat je kon gebruiken. In een paar uur tijd plunderde je bij de betaalautomaat alle rekeningen, de volgende dag verkocht je de spullen. Retourtje Parijs. Stichting Woef.

Ze dacht er even over na.

'Niet gek,' zei ze, 'helemaal niet gek, maar nog niet goed genoeg. Eén: drie weken is te lang; twee: het rendement blijft onzeker; en drie: je bent gelijk verdacht.'

143

Daar zat wat in. Jammer, want ik had juist een goeie naam bedacht: Stichting Cerberus. Ik zag de advertentie al voor me, iets met 'betrouwbaar'.

'Beschouw Stichting Woef als een opwarmertje voor je de-per-fecte-misdaad-hersencellen,' zei ik. 'Iets dat de boel in beweging brengt.'

Dat deed ze. De rest van de dag besteedden we aan het ontwik-kelen van het ene na het andere geniale plan dat bij nadere bestu-dering toch een aantal zwakke plekken vertoonde. We deden het op ons gemakje, we hadden geen haast. We lagen met onze ogen dicht op het naar Opium geurende matras en pijnigden onze her-senen, steeds opnieuw ideeën verwerpend en luisterend naar het gegrom en gesis van de oververhitte stad beneden ons. Onze han-den streelden elkaar.

'Je moet altijd iets bedenken dat uitgaat van je eigen kracht,' zei ik nadat we een hele tijd stil waren geweest. Dat vond ik wel over-tuigend klinken. Ik ging zitten en keek neer op haar rug en billen, waarover een diepe glans lag door de zonnecrème die ik erop gesmeerd had. 'Iets dat jij kunt omdat jíj het bent, begrijp je?'

'Mijn grote kracht is dat ik iedere vent een stramme kabouter kan bezorgen,' zei ze. 'Op afstand, met mijn ogen.'

Ze draaide zich om en nam me dreigend op, als om aan te geven dat ze bereid was op ieder moment het bewijs te leveren.

's Middags haalde ik een paar blikjes bacardi-cola en een groot pak Häagen-Dazs, chocolade met nootjes, haar lievelingssmaak, en keek tevreden toe hoe ze dat tot aan de laatste lik naar binnen werkte.

Ik herinner me de geur van het ijs, de glinstering van haar lip-pen. Ik herinner me de vreemdste dingen van die dag. Het knarsen van het grind onder mijn gympen. De ruwe koelte van de schoor-steen tegen mijn rug. Het wegrollen van een leeg blikje toen de wind even opstak. Ik keek het helemaal na tot aan de rand van het dak. Ik dacht dat het naar beneden zou vallen, maar dat gebeurde niet. Steeds net niet. Haar tenen, haar mooie kleine tenen waar ik bijna aan begon te sabbelen. De lucht die egaal blauw was, zonder wolken, zonder interessante tekening, maar waarvan ik het achteraf toch jammer vind dat ik er geen foto van heb gemaakt. De zon. Een verroeste, scheefstaande antenne, met daarop een treurduif die armoedig en met ingetrokken nek betere tijden zat af te wachten. Onze schaduwen toen we aan het eind van de dag opstonden om ons één voor één door het dakluik te laten zakken. Ik herinner me hoe ik haar de laatste treden van de schuiftrap omlaag hielp en haar in mijn armen opving. Ik herinner me dat ik mijn gezicht tegen haar gloeiende, zachte huid drukte en dacht: Zij is alles wat ik wil, zij is alles wat ik heb.

Aan het eind van de middag zaten we tegenover elkaar in de trein, onderweg naar Heemstede voor de verjaardag van haar zuster. Thera droeg een dun gouden kettinkje met een hangertje van robijn, een zwart jurkje zonder schouderbandjes en daaronder haar suède laarsjes. Ik had een nieuwe spijkerbroek aan, een lichtblauw overhemd en een paar van De Laatste Mode overgenomen, want hem te kleine, superzachte mocassins.

Haar opgestoken haar was lichter dan ooit met bijna witte, dwaze, vertederende plukjes die over haar voorhoofd zwierven. En haar metallic blauwe ogen leken door de diepbruine teint van haar huid nog sprankelender dan ze al waren. Toen we door de stationshal liepen waren me de bewonderende blikken van voorbijgangers opgevallen. Van alle kanten werd er naar ons gekeken en ik kon zien wat de anderen zagen. De glinstering van mijn vochtige, achterovergekamde haar, dat zich aan de genade van een pot gel en haar improviserende vingers had overgeleverd, het dansen van de robijn op haar volmaakte borstbeen. Ik wist zekerder dan wat ook dat ik de rest van mijn leven met haar door stationshals wilde lopen. Met haar, met haar alleen wilde ik gezien worden. Ik voelde me de frisgewassen, zongebruinde held in een film, die met soepele tred en hét stuk van de cast aan zijn zijde de explosies en geweersalvo's had overleefd en nu op weg was om opgewekt een Italiaans sportautootje in de kreukels te rijden.

Ze keek me aan. Het zonlicht viel door het coupéraam op haar gezicht. Haar ogen tastten mijn lichaam af. Heel langzaam, heel intens, heel precies. Ze zei geen woord. Alleen die ogen. Toen stond ze op en kwam naast me zitten. Ze legde haar hand op mijn gulp.

'Zie je?' zei ze. 'Alleen met mijn ogen.'

We bleven niet lang op die verjaardag. De complete marteling duurde hooguit anderhalf uur. Plaats van handeling was een straat in Heemstede met halfvrijstaande villa's en Volvo's op het oprijpad. Haar zuster, haar zwager, de hele meute zat in de tuin toen we over het gemanicuurde en gestofzuigde gazon aankwamen lopen. Ze leken me tot aan de tanden gewapend met een stugge wilskracht er iets van te maken daar te midden van de Portugese margrietjes, het Turkse brood en de Californische noten. De veldbezetting, rond een lange, witte tafel, was tamelijk voorspelbaar. Welke verjaardag je ook binnenstruikelt, je komt ze altijd weer tegen, de pijnverbijters en gezelligheidseisers. Ik maakte een rondje à la de hertog van York die aan de ballenjongens werd voorgesteld, met dit verschil dat ik de ballenjongen was. Als een volslagen idioot bleef ik mijn naam herhalen.

Thera's moeder was gezet en beschilderd als een Sioux-krijger op oorlogspad. Ze droeg het nodige verkreukelde oud zeer onder haar ogen. En sieraden, sieraden droeg ze ook. Veel sieraden. Te veel. Ze rammelde en glinsterde aan alle kanten. Ze was wat ordinairder dan ik had verwacht. Hoewel ze ABN sprak, heel erg ABN zelfs, al ver over de grens van het bekakte. Haar in goud en briljanten en kleurstof gehulde verschijning leek me een reflex, een angstig protest tegen haar tanende charmes en levenskrachten. Ze babbelde tegen me aan als tegen een goudvis in zijn kom, tot ik mijn kans schoon zag onopgemerkt van mijn stoel te schuiven om met het zoontje van Thera's zuster een balletje te trappen. Het was zo'n echte door vaardige, resolute Pakistaanse kinderhandjes in elkaar genaaide Nike-bal. Ik liet hem zien hoe je dat ding hoog moest houden en stil op je schoen kon laten liggen. Hij vond het prachtig. Niels, heette hij, geloof ik. Krullen, knietjes, flaporen.

Op een gegeven moment kwam zijn vader erbij staan, in azuur-blauwe polo met insigne van de groene-krokodilletjesclub. Hij bracht me een flesje bier en begon met een mond vol gorgonzola te ouwehoeren over zijn werk. Hij had een compagnon en een eigen zaak, iets met trainingen en adviezen – wie niet tegenwoordig? Volgende week ging zijn sabbatical year in, zei hij. Op een toon waarin goed door moest klinken dat hij niet een gewone, hardwer-kende burgerlul was.

'Dat is mijn droom,' zei ik.

'Wat? Een eigen adviesbureau?'

'Nee, een sabbatical year. Of eigenlijk, een sabbatical *life*.'

'Dat is een goeie,' zei hij. 'Moet ik onthouden.'

Hij wist zowaar iets dat op een glimlach leek om zijn mond te plooien.

'We gaan volgende week eerst met het hele gezin vier weken naar de States. Campertje gehuurd.'

'Even bijtanken zeker?' zei ik, me ternauwernood bedwingend daaraan toe te voegen: de accu opladen natuurlijk, opfrissen, nieu-we ideeën opdoen, andere mensen ontmoeten, beetje bijlezen, nadenken, ballast afschudden, boekje schrijven, beetje jezelf ont-dekken…?

'Ja ja, zoiets,' zei hij.

Met een matige coördinatie tussen voeten en heupen draaide hij zich om en verdween in de richting van zijn vrouw, die breed-heupig en bebrild met haar delicate liflafjes uit de *Libelle* rondcir-kelde.

Ik hield me het grootste deel van de tijd bezig met de training van die volslagen talentloze flapoor en zijn Nike-bal. Toen hij naar bed moest, ging ik nog even tussen Thera en haar moeder in zit-ten. Op tafel stond een lokglas met bruinoranje drab erin en in die drab vocht een wesp tussen de lijken van zes soortgenoten voor zijn leven. Hij probeerde zijn vleugels uit de smurrie los te trekken, een hopeloze opgave. Het sloot hem in, putte hem uit, uiteindelijk zou hij net als zijn geelgestreepte broeders en zusters het loodje leggen. Dat spul was ervoor gemaakt hem te verleiden en te doden. En zo te zien werkte het formidabel. Want de volgende kamikaze-zoemer meldde zich al nieuwsgierig en offervaardig op de rand van het glas.

'Ze zijn vroeg dit jaar,' zei Thera's moeder.

'En stom,' zei ik.

'Ze steken,' zei ze.

'Het hele glas ligt vol met lijken maar de volgende duikt er net zo vrolijk weer in.'

'Je kunt aan een wespensteek doodgaan.'

Het klonk alsof ze de aanwezigheid van het lokglas in de tuin van haar oudste dochter verdedigde.

'Of ze zijn stom, of ze zijn overmoedig – zo van: mij overkomt dat niet – of ze zijn gewoon hartstikke suïcidaal.'

'Niet alleen kinderen, volwassenen ook, volwassenen kunnen er ook aan... hoe heet hij ook alweer... verleden jaar, die acteur... één steek en hij was weg.'

'O die, ik weet wie u... die met dat lange gezicht. Maar die gast was toch al jaren dood voordat hij gestoken werd?'

Ze nam me achterdochtig op. Ze vertrouwde het niet. Ze vertrouwde het helemaal niet.

'Wat een suffe manier om te gaan, vindt u niet?' zei ik. 'Werkelijk, het lijkt me de allerlulligste manier om kapot te gaan. Nog erger dan in een pindarotsje stikken.'

Haar blik kreeg nu iets afwijzends en onverzoenlijks, alsof ik een miskoop van haar dochter was die ze misschien nog zonder bon kon ruilen. En even begreep ik precies waarom Thera's vader zich met blinde overgave leeg liet schudden door een Maltese nachtclubzangeres.

Strikt genomen was er niets mis met Thera's familie. Niets ernstiger mis dan met een gemiddelde andere familie. Maar sommige mensen kunnen beter geen moeder, zuster of zwager hebben. Ze kunnen het gewoon niet hébben. Zij was zo iemand.

De tuin had inmiddels een nieuwe graad van geborgenheid bereikt. En kennelijk was dat Thera ook niet ontgaan want ze nam me mee naar binnen om naar 'de baby' te kijken. Hij hield audiëntie in een wipstoeltje, gehuld in een hemelsblauw pakje van badstof. Met een loensende blik van inspanning volgde hij zijn handje dat klein en roze in de lucht hing en als een weekachtig zeedier open- en dichtging.

'Ik heb een theorie,' zei Thera. 'Volgens mij ziet hij zijn hand, maar begrijpt hij niet dat het zíjn hand is. Wat hij nu doet, is proberen zijn eigen hand te pakken. Het is de eerste fase. Hierna volgt de fase dat hij begrijpt dat die hand deel van zijn lichaam uitmaakt.'

'Ik heb ook een theorie,' zei ik. 'Ik ben nooit uit die eerste fase geraakt. Nog steeds, iedere dag van mijn leven, probeer ik mijn eigen hand te pakken.'

In de trein terug legde ze haar hoofd tegen mijn schouder.

'Hoe vond je me als de minzame, net niet té wilde dochter en zuster die in de stoute grote stad woont?'

'Een Oscarnominatie,' zei ik.

'Iedereen spéélt zichzelf, is het niet raar, Diablo?'

'Niet iedereen.'

'Iedereen. We spelen. We kunnen er niets aan doen, het komt ook door de anderen. Mijn moeder houdt van het meisje dat ze in me wil zien. En dan bén ik dat meisje.'

'En ik?'

'Jij bent verliefd op wat je denkt dat ik ben.'

'Zo is het niet.'

'Wel.'

'Niet altijd,' zei ik.

'Altijd.'

'*Ik* speel niet, nu, bij jou.'

'Dat doe je wel. Op een dag zal je het begrijpen.'

'Nee, bij jou ben ik écht.'

'Dat ben je nooit; of altijd, het is maar hoe je het bekijkt.'

'Ik wil álles van je weten, je gedachten kunnen lezen.'

'Ach Diablo...'

Ze schoof nog wat verder onderuit en staarde naar de ruit waar het donkere landschap voorbijdenderde.

Die nacht maakte ze me om half vier wakker. Haar gezicht hing schaduwrijk en met een verontrustende frons boven me, schuin van achteren belicht door de schemerlamp.

'Wat is er?' vroeg ik.

'Ik heb het,' zei ze.

'Wat?'

Ik ging rechtop zitten.

'Het plan. Het perfecte plan. Ik heb het helemaal uitgedokterd.'

In vijf minuten tijd ontvouwde ze bruisend van opwinding haar plan. Het was simpel, zo verbluffend simpel dat ik maar niet kon begrijpen waarom ik de zwakke plek niet ontdekte. Ik ging ervan uit dat het kwam omdat ik slaperig was, dat ik de volgende ochtend, uitgerust en op volle denkkracht, onmiddellijk zou inzien waarom het niet zou werken. Maar dat was niet zo. De volgende ochtend was het nog steeds een goed plan, nee, beter zelfs. Het was verdomme geniaal.

Het eerste wat we deden was een advertentie plaatsen in *De Telegraaf*. 'Gem. appartement met tuin te huur in Amsterdam.' Daarna gingen we naar de sleutelmaker en lieten vijftien sleutels namaken. Vijftien was ons target, maar met minder namen we ook genoegen.

De advertentie stond in de woensdagkrant en de eerste geïnteresseerde meldde zich om half acht 's ochtends, een bezopen vent, dachten we aanvankelijk, maar het bleek een Italiaan die zich bediende van een hortend quatro-stagione-Engels, maar ondanks die linguïstische handicap uiteindelijk heel overtuigend wist duidelijk te maken dat hij in aanmerking wilde komen voor dat 'gem. appartement'. De hele ochtend en middag regende het telefoontjes. We noteerden namen en maakten afspraken, zonder toezeggingen te doen, 'we worden sufgebeld, moet u weten'. Een halve middag trokken we ervoor uit om zestien namen en zestien tijdstippen te noteren op een vel papier dat we met behulp van liniaal en potlood in evenzovele vakken hadden opgedeeld. We pakten het serieus aan, we genoten ervan, van iedere seconde – je zat niet elke dag in de business, in de snelle handel en de grote bedragen van het onroerend goed, we deden verdomme in gem. appartementen.

We lieten onze klantjes op zaterdag opdraven, met tussenpauzen van een halfuur, en toonden ze het huis en de tuin. Daarna begonnen we aan de contractbesprekingen. De huur bedroeg twaalfhonderd gulden per maand, wat aantrekkelijk maar nog net niet alarmerend laag was, en het sleutelgeld duizend piek, wat misschien iets aan de hoge kant leek, maar waarbij aangetekend diende te worden dat je de helft na afloop van de huurperiode – een jaar – weer terug zou krijgen.

Het stond allemaal zwart op wit in het contract dat we ons door een concurrent-gem.-appartementenverhuurder op hadden laten sturen en daarna kundig verminkt en in zestienvoud gekopieerd hadden bij de Printerette. Het was een schriftelijke overeenkomst, het was allemaal overtuigend in orde. Wie het appartement wilde hebben, tekende het contract en betaalde een maand huur vooruit, plus sleutelgeld, tweeëntwintighonderd piek in totaal.

'Ik gireer u het bedrag,' zei de vader die met zijn dochter, een bloedeloze eerstejaarsstudente medicijnen, mee was gekomen.

'Luister meneer,' zei ik, 'we hebben het u door de telefoon al gezegd: boter bij de vis. Afspraak is afspraak. Er zijn nóg twaalf gegadigden, ik zeg het maar even, en voor ons werkt het heel eenvoudig: wie als eerste betaalt en tekent, krijgt de hoofdprijs.'

Ik hield de sleutel omhoog.

Zijn bleke dochter had rode vlekken in haar hals en loerde naar die sleutel met een oogopslag die haar opgekropte zucht naar vrijheid en ongezonde seks de kamer inzond.

'En een cheque?'

Ik keek naar Thera. Zij schudde beslist haar hoofd.

'U ziet het,' zei ik.

De Italiaan kwam drie uur te laat en begon het huis grondig af te kraken. De tuin te klein, de meubels te oud, de plafonds te hoog. Hij schudde voortdurend met zijn hoofd. Daarna begon hij af te dingen.

'Arrivederci,' zei Thera.

'Ik importeer marmer,' zei hij, 'voor keukens en badkamers. Niet dat gewone spul, exclusief marmer.'

'Arrivederci,' zei ze weer.

Hij knikte minzaam naar haar, tekende als een sportieve verliezer het contract en telde zwijgend tweeëntwintighonderd gulden uit.

Van de zestien klantjes kwamen er tien opdagen, onder wie een stel weirdo's met miezerige kale koppen en lichtgevende Australian-trainingspakken aan. Ze marcheerden kritisch snuivend door het huis op zoek naar een goeie plek om hun hitbulls te parkeren. Het leken me geen gasten die bij de politie aangifte zouden doen, wat op zich een meevaller was, maar het leken me ook geen gasten tegen wie je later kon zeggen: 'Doe die honkbalknuppel nou even weg, echt, ik kan het allemaal uitleggen.' Zij waren de enigen die vóór betaling wilden uitproberen of de sleutel wel op het slot paste.

Zaterdagavond laat kwam de studente medicijnen nog een keer langs om, zoals afgesproken, het geld te brengen. Het zat in een envelopje. Ze was met de fiets. Haar stem trilde van opwinding. We gaven haar een blikje Four Roses met cola te drinken, wat haar zichtbaar kalmeerde want ze nam zelfs de vrijheid te vragen of ze de muren een andere kleur mocht geven. We zeiden dat dat in orde was. Ze mocht ze iedere kleur geven die zij mooi vond, ze mocht wat ons betreft het hele huis knalpaars schilderen tot de binnenkant van de wc-pot aan toe. Ze bedankte ons. We wensten haar veel geluk met haar appartement en lieten haar uit.

'Jullie ook veel succes in Nieuw-Guinea.'

'Dank je,' zei Thera.

'Het lijkt me toch een hele stap, zo'n totaal nieuw leven.'

We knikten naar wat ik zelf aanneem innemend bescheiden. Dat verhaal van Nieuw-Guinea was een idee van mij geweest. 'Een nieuw leven in Nieuw-Guinea' klonk volgens mij wel overtuigend en zo niet dan was het in ieder geval een tyfuseind weg.

Met het zware schakelslot van haar fiets om haar nek verdween de studente in het donker. Hand in hand keken we haar na.

'Ze zullen je vermoorden,' zei Thera. 'Ze zullen je hart uitrukken... Ze zullen over je ziel lopen, meid... Ze zullen je in deze stad vermoorden... *Nashville*. Heb je die gezien?'

'Nee,' zei ik, 'goed?'

'Sterke dialoog, actie zo zo.'

Binnen zette ze haar horentjes op. Aan de grote tafel en met knipperend rood licht op onze handen maakten we als echte middenstanders de kassa op. 21 900 gulden omzet. Iemand had ons te pakken genomen voor honderd gulden. De Aussies, dacht ik. Thera hield het op de Italiaan. We besloten er geen werk van te maken.

'Bijna tweeëntwintig mille,' zei Thera. 'Godverdomme Diablo, godverdomme, dat is groot geld, man.'

Dat was Monument Valley en vandaar rechtstreeks door naar de motorverhuur op Bali. Dat was een fan-tas-tisch plan.

'Je hebt talent,' zei ik. 'Jij kunt het nog ver schoppen in misdaadland, weet je dat.'

'Een rol,' zei ze. 'Heb ik gelijk of niet? Het is gewoon weer een kwestie van spelen.'

We hadden nog een beetje wiet, dat we oprookten terwijl we de mogelijke investeringen die ons te wachten stonden doornamen. We besloten te beginnen met een etentje in een duur restaurant dat zij kende.

'Pakken wat je pakken kunt,' zei ze. 'En liefst niet morgen.'

'Heb je dat verhaal over die Chinees in de krant gelezen, die boer die het oudste boeddhabeeld van China had gejat?'

Ze schudde haar hoofd.

'Het was van steen en woog twee ton. Na meer dan een jaar van voorbereidingen had hij het 's nachts van zijn plek gehaald. Maar het brak in honderden stukken en hij raakte in paniek.'

'Die Chinees moet zich behoorlijk klote gevoeld hebben met al die brokken.'

'Hij begroef ze in zijn tuin, maar na een tijdje kwamen ze erachter.'

'Waarom vertel je dat nu?'

'Ik weet niet, ik moest er gewoon aan denken.'

'Laten we afspreken dat we niks begraven.'

'Hij krijgt de kogel, dat staat vast.'

'Voor een hoop stenen?'

'Jagers op pandaberen krijgen daar ook de kogel.'

'Pandaberen?'

'Ja, pandaberen.'

'Ken je de pandaberendans?'

Ze sprong op en begon met de knipperende horentjes op haar hoofd midden in de kamer een rare dans te doen met haar armen over elkaar. Ze trok me van mijn stoel en of ik wilde of niet, ik moest meedoen. We draaiden en sprongen om elkaar heen. Ze ging zitten en ik wilde ook stoppen, maar ze schudde haar hoofd.

'Arme Chinees! Ga door. Dit is je laatste kans om te dansen. Dans! Dans toch verdomme!'

Ik begon met mijn armen te maaien, ik sprong een halve meter omhoog.

'Waar is die boeddha, Chinees? Waar is-ie?'

'In mijn tuin, in mijn tuin.'

'En hoe komt hij daar?'

'Geen idee, geen idee.'

'Je krijgt de kogel, Chinees.'

'Ik weet het, ik weet het.'

'Hoe voel je je, Chinees? Zeg me hoe je je voelt.'

'Gebroken, gebroken.'

Later, toen we op het punt stonden de deur uit te gaan, werd ze plotseling stil. Ik veronderstelde dat het vanwege de oude dame was, we hadden de consequenties voor haar een paar keer vluchtig doorgenomen, met als conclusie dat het haar niet zou schaden. Niet echt. Ik vroeg haar of ze over de oude dame inzat.

'Nee, die sluit vandaag of morgen toch voorgoed haar ogen in dat verzorgingstehuis, als dat niet al gebeurd is.'

'Dan is er toch verder niets aan de hand? Je hebt de huur altijd contant aan haar dochter betaald en zij kan niet meer vertellen dan dat je Thera heet.'

'Ja ja.'

En toen zag ik wat eraan scheelde. Haar pupillen, die vreemde glans, de pulkende vingers aan haar mond, het snelle zuchten.

'Het gaat niet goed, het gaat niet goed, o neeeeeh…'

Ik ging naast haar staan en hield haar vast. Ze sloeg haar armen om me heen en begon te trillen. Het trillen ging over in schudden, met een schok verstijfde ze en gleed half van haar stoel. Ik liet haar langzaam op de vloer zakken. De naad van haar rokje scheurde open onder het gespannen geweld van haar spieren. De horentjes lagen naast haar hoofd te knipperen en leken het ritme te dicteren van de schokgolven die zich door haar lichaam verplaatsten. Haar voeten beukten tegen de tafelpoot. Ik duwde haar benen naar achteren. Ze begon te kreunen. Slijm liep over haar kin.

Het duurde anderhalve minuut, daarna was ze weer rustig. Zo ongelooflijk rustig en sereen dat het bijna te mooi was.

'Weet je wat Homerus heeft geschreven?' zei ik toen ze weer bij was gekomen. '"Liever een dagloner op aarde dan een vorst in de onderwereld." Maar ik zeg: "Liever een vorst in de onderwereld dan een dagloner op aarde."'

Ze nam me glazig op en geeuwde.

'Water,' zei ze.

20

Mensen sturen naar het huis van bewaring brieven voor mij. Werkelijk, wildvreemden nemen de moeite me te schrijven. Aardige brieven, gevaarlijke brieven, geile brieven, onbegrijpelijke brieven. Een journalist van *Vrij Nederland* schrijft dat hij een 'integer' verhaal over me wil maken. Een jongen uit Abcoude beweert dat hij in een vorig leven mijn broer was. Hij wenst me sterkte tijdens de rechtszaak. Een vrouw uit Slotervaart biedt aan een uitgebreide horoscoop van me te trekken. Ze vraagt of ik haar de datum en het precieze tijdstip van mijn geboorte wil sturen. In haar p.s. raadt ze me aan iedere maandag drie appels te eten. Een man uit Leeuwarden zou graag willen weten wat voor steen ik heb gegooid. Een gewone Amsterdamse straatklinker of een ijsselsteen. Een filmproducent schrijft dat hij eens met me wil praten over de mogelijkheid een speelfilm over 'mijn zaak' te maken. Een meisje van vijftien heeft me een wazige naaktfoto van zichzelf gestuurd en vraagt of ze eens op bezoek mag komen. Een godsdienstfanaat uit Zaandijk heeft me een kopie van een pagina uit de bijbel gestuurd. Een paar regels zijn met geel gemarkeerd. *Doch toen zij Hem bleven vragen, richtte Hij Zich op en zeide tot hen: wie van u zonder zonde is, werpe het eerst een steen naar haar.* En: *Jezus zeide: Ook ik veroordeel u niet. Ga heen, zondig vanaf nu niet meer.*

De voorzitter van een honkbalclub nodigt me uit om, nadat ik mijn straf heb uitgezeten, eens langs te komen. Hij heeft me een originele baseball gestuurd om mijn werparm op peil te houden.

De AAA (Anarcho Anti-pecuniacratische Amokmakers), een radicale tak van de kraakbeweging, heeft me schriftelijk tot erelid uitgeroepen. De AAA is een groot voorstander van stenen gooien, met name als de stenen het doelwit treffen, met name als dat doelwit hun grootste vijand is.

Ik heb ook een kaart van Thera gehad. John Wayne te paard met op de achtergrond Monument Valley. 'Ik denk aan je, stomme klootzak,' stond er achterop.

Met de interne post bereikte me een briefje van Mannie, de broer van Otman, die in een andere toren zit, de afdeling van de afgestraften. Het werd me overhandigd door een bewaarder die sindsdien voortdurend tegen me glimlacht. 'Als iemand jouw het leven moeilijk maak, laat me dat wete,' schrijft Mannie. En ook dat hij vijfhonderd gulden op mijn interne rekening heeft overgemaakt zodat ik wat extra spullen in het winkeltje hier kan kopen.

En dan zijn er nog een stuk of wat brieven van gekken die vooral over hun eigen angstige leven van alles kwijt willen. Veel koud zweet in die brieven, die klanten staan allemaal op scherp, als je het mij vraagt.

Over een week komt mijn zaak voor. Ik wil er niet aan denken. Ik sta ook op scherp. Iedereen staat op scherp. Echt, alles en iedereen. Hoe meer ik erover nadenk, des te overtuigder ik daarvan raak. Kijk maar naar de neergeslagen blikken op straat, naar de tochthal waar de geketende fietsen aan slagershaken hangen, naar de waakzame, nachtelijke, rode knipoog op het dashboard. Kijk naar de kaalkoppige intiminazi's die stoepvullend door de wijken marcheren. Kijk naar de vrouwen in het park, naar de witte knokkels om de leren lus die de hitbull in bedwang houdt. Kijk naar het gepantserde hokje in de tram. Ja, kijk dáár nou eens goed naar. Het staat leeg. Het is bedacht en gemaakt om de conducteur gerust te stellen, om hem te beschermen. Toch staat het leeg. Ga maar zitten, zeiden ze, toe maar, er kan niks gebeuren. Kogelvrij glas en een metalen rolluik dat je met één verticale armzwaai van alle geweld afsluit. Maar hij doet het niet, de conducteur. Hij verdomt het om erin te gaan zitten.

Kijk ernaar. Helemaal achterin, daar in het slechtst verlichte hoekje van je ziel. Trek het rolluik omhoog. Zie je het? Zie je het? Leeg.

Onder aan de bijbelpagina van die vergever uit Zaandijk staat een zinnetje, voor hem niet belangrijk genoeg om geel te markeren, maar toch… *En niemand greep Hem, want zijn ure was nog niet gekomen.*

Nog niet. Begrijp je? Nóg niet.

21

We verhuisden op een zondag naar het Hilton. Haar idee. Het Hilton, bedoel ik. Dat we moesten verhuizen was bij ons beiden opgekomen. De nieuwe huurders zouden op maandag massaal het gem. appartement bestormen. Daarbij zouden wij alleen maar in de weg lopen. Op zondag vulde Thera een koffer met alle spullen die ze mee wilde nemen en sloten we het huis voor de laatste keer af. Met ruim eenentwintigduizend gulden op zak reden we in een taxi naar de Apollolaan.

'Zegt u het maar.'

'Het Hilton.'

Parijs moest nog even wachten, een paar dagen, tot ze zich weer iets beter voelde.

'Eerst even bijkomen,' had ze gezegd.

'Met de Thalys zijn we binnen vier uur op het Gare du Nord en die stoelen in de eerste klas...'

'Nog niet, eventjes wachten.'

'Oké, oké.'

Ik besloot het reisschema aan haar over te laten. Die laatste aanval was kennelijk hard aangekomen. Voor mij viel moeilijk uit te maken of de schade van lichamelijke of geestelijke aard was. Waarschijnlijk beide. Ze wilde er niet over praten. Wanneer ik er voorzichtig over begon schudde ze haar hoofd. Wanneer ik opperde dat ze misschien beter niet kon drinken beet ze me toe: 'Ik waarschuw je!' Ze deed alsof het niet gebeurd was, waardoor het onderwerp – zoals dat met censuur gaat – juist bleef rondspoken.

Parijs of het Hilton, het was mij om het even. Ik zat samen met haar in de taxi. Ik voelde de huid van haar arm tegen de mijne. Haar hand lag op mijn dij. We hadden onze zonnebril op en lieten ons door de verdoving van de zondagmiddag rijden.

Ik wou dat ik dat nog één keer kon overdoen, naast haar op de koele leren achterbank schuiven en zeggen: 'Het Hilton.' Nog één keer.

Vroeg in de ochtend was ik nog snel even op en neer naar huis geweest om schone kleren aan te trekken. Mijn ogen brandden door het gebrek aan slaap toen ik de glinsterende tuin inliep. Ik voelde me licht in mijn hoofd, het gevolg van de wijn en de blikjes Four Roses met cola, die ik tot diep in de nacht had gedronken, in mijn eentje want Thera was kort na haar aanval onder zeil gegaan. Op het moment dat ik de sleutel in het slot wilde steken, zag ik mijn moeder in de achtertuin staan.

Ze droeg een oud vest en de te grote rubberlaarzen die van mijn vader waren geweest. Ze leunde met haar handen op de greep van een schep. Haar gezicht was dicht bij de grote bremstruik die in volle bloei stond. Ze rook aan de broze, gele bloemetjes, haar ogen gesloten. Je hebt twee soorten mensen in deze wereld, mensen die aan een bloeiende bremstruik móéten ruiken en mensen die een bloeiende bremstruik nog niet zien staan als ze erover struikelen. Mijn moeder behoorde tot die eerste categorie. Meestal zijn dat types die kunnen leven op een handje onbespoten linzen en tahoe.

Toen ze haar ogen weer opende begon ze met de schep de aarde om te spitten. Heel onhandig. Iedere beweging, de wankele plaatsing van de rubberlaars op het roestige metaal, het krampachtig getrap, de kromming van de schouders, het leek allemaal één grote aanklacht. Tegen mij.

Hoe vaak had ze me niet gevraagd of ik dat stukje border voor haar om wilde spitten? En ineens zag ik de verzamelde aanklacht, de hele waslijst met klusjes die ze me in de loop der tijd had gevraagd voor haar te doen. Al mijn verzaken. Het loshangende zonnescherm, de ravage in het schuurtje met de kranten en lege flessen die naar de container moesten worden gebracht, de gebladderde daklijst, de scheefgezakte regenton... Hoe flikken ze dat toch, die levenloze dingen, om je op zo'n stilzwijgende manier in staat van beschuldiging te stellen?

En er was nog meer. Veel meer. Ik stal haar pillen, ik stal haar geld (uitsluitend in supernoodgevallen, dat wel), ik loog voortdurend tegen haar, ik zou haar hart breken op de onafwendbare dag dat uitkwam dat ik geen eindexamen had gedaan, dat mijn inschrijving aan de universiteit een grote leugen was, ik deed helemaal niets terug voor haar, ik deed niets wat haar gelukkig maakte. Ze had een rotleven, ze had haar man verloren, ze lag 's nachts wakker, ze slikte slaappillen, ze stond te scheppen in de tuin, in die te grote laarzen van mijn vader.

Ik voelde me duizelig en ziek. Bijna moest ik huilen. Het kwam door de drank. Maakt me sentimenteel, week. Echt, het kwam gewoon door de drank. Ik begon ervan te genieten, van dat opwellende verdriet. Dat was het ergste, dat ik ervan genoot. Ik liep naar haar toe en pakte zonder iets te zeggen de schep uit haar handen. Ik tilde hem met twee handen op en liet hem met grote kracht in de aarde schieten. Ik trapte hem verder de grond in, wrikte hem los, draaide hem een halve slag. Ik kon de koele, opengespleten aarde ruiken. En weer vuurde ik het scherpe metalen blad als een projectiel op de grond af. Omhoog, omlaag, draaien, omhoog, omlaag… Steeds harder, steeds sneller. Mijn voetzool gloeide, mijn kater ontplofte bijna in mijn hoofd, maar ik ging door met spitten tot de onderkant van mijn voet beurs was en die hele border bedekt met een zwarte, omgewoelde laag.

'Nou nou,' zei mijn moeder. 'Nou nou, jongen.'

Ik stond hijgend naast haar. Mijn hart bonkte in mijn keel. Ik moest mijn best doen om niet over te geven. Ze had haar armen over elkaar geslagen en nam me op. Ze lachte naar me. Er was zo weinig voor nodig om haar een beetje gelukkig te maken.

'Ma?'

'Ja jongen?'

'Sorry ma.'

'Waarvoor?' zei ze. 'Ik zou niet weten waarvoor.'

Ik liep naar de brem en nam een tak met gele bloemetjes in mijn hand. Ze glinsterden in mijn handpalm. Toen deed ik nog iets: ik boog me voorover en rook aan die bloemetjes. Ik rook aan de bloemetjes en sloot mijn ogen. Ik moest het doen. Voor één keer. Voor haar.

'Hij is nog nooit zo laat geweest,' klonk haar stem achter me. 'Ik dacht even dat hij niet meer zou komen.'

'Hij ruikt lekker,' zei ik.

'Ja,' zei ze en kwam naar me toe, 'heerlijk hè?'

Ze legde haar hand op mijn schouder.

Toen ik mijn ogen weer opende, ontdekte ik op de eerste verdieping mijn broer, die op zijn ellebogen leunend uit het raam van zijn kamertje hing. Zijn oogleden waren gezwollen van de diepe slaap waaruit hij juist ontwaakt was en zijn haar stond in weerbarstige kronkels en plukken op zijn hoofd. Hij zei niets, dat was het hem juist, hij keek me alleen maar aan terwijl ik met die gele bloemetjes op mijn hand onder hem stond. Hij doorzag me, schakelde me uit met zijn spottende blik. Ik voelde zijn minachting op me neerdaveren en kon er zelf ook niet langer in geloven. Ik haatte mijn broer omdat hij dit moment kapot had gemaakt, geperverteerd, ik haatte mezelf om wat ik had gedaan. Ik nam me voor om nooit, nooit meer in mijn leven aan een bremstruik te ruiken.

Binnen nam ik gelijk een douche en waste ik mijn haren. Met schone kleren aan bekeek ik mezelf in de spiegel. Ik kamde zorgvuldig mijn haar achterover en deed er gel in. Dat vond ze mooi, Thera, als ik er gel in deed. Ik nam twee Seresta's uit mijn moeders pot en sloeg ze achterover. Ik sprak zacht maar streng de fragmentarische schim in de bewasemde spiegel toe, ik noemde hem klootzak. Hij nam dat kalm op, laconiek bijna. Het kon hem geen moer schelen, in gedachten was hij al bij het naakte lichaam van haar, bij de warmte van haar dijen in bed toen hij haar die ochtend achter had gelaten.

Daarna belde ik vanuit de woonkamer naar haar huis om te zeggen dat ik er aankwam. Ze nam niet op. Een halfuur later stond ik voor haar deur, ze deed niet open. Ik ging op het stoepje zitten en wachtte af. Twintig minuten, drie kwartier. Geen Thera. Op straat reden felgekleurde fietsers met hangbuiken, op een balkon aan de overkant stond een bejaard echtpaar bekvechtend aan een gieter te trekken. Ergens uit een geopend raam klonk de stem van Sting. Toen ik het niet meer uithield, liep ik naar het café om de hoek en bestelde een uitsmijter met kaas en een cappuccino. Daarna dronk ik een glas bier en zocht ik onze horoscopen in de *Weekend* op. 'Uw beste dag van de week is de zaterdag,' stond in die van mij vetgedrukt. Bij haar sterrenbeeld: 'In de privé-sfeer is er verandering op komst.' Ik las ze twee, drie keer over, rookte me vervolgens vastberaden de volgende vijf minuten door, bestelde nog een bier en pas nadat ik ook dit glas met beheerste, zuinige slokjes uitgedronken had keerde ik terug naar haar huis. Ze was er nog steeds niet.

Er was iets mis. Houd je gemak!

Met tegenzin ging ik weer op het stoepje zitten. In het halfuur dat volgde beet ik al mijn nagels af en zag ik voortdurend mensen op een vreemde manier naar me gluren, ginnegappend in de deuropening of vanachter de raampjes van hun auto. Om het niet te hoeven zien staarde ik maar naar mijn gympen, net zolang tot ik me afvroeg hoe het bestond dat ik op die versleten en voddige dingen durfde rond te lopen.

Toen ze op haar fiets aan kwam rijden, sprong ik overeind en liep op haar af. Ze droeg een strakzittend sportbroekje en haar lippen waren volmaakter dan ik me herinnerde.

'Thera,' zei ik, 'Thera.'

Ik klonk als een volslagen idioot.

'Hoeveel staat het hier?' zei ze.

'Nul nul,' zei ik.

'Niet veel aan, zo te horen.'

'Nee,' zei ik, 'misschien wordt het nog wat in de verlenging.'

'Ken je die vuurspuwer op het Leidseplein?'

'Die puistenkop die altijd in zijn blote bast staat?'

'Ze hebben hem net in de ambulance weggereden. Er ging iets mis. Hij zag eruit als een mislukte kernproef.'

In het Hilton lieten we ons door een oudere man in uniform die zijn best deed ons serieus te nemen naar de John & Yoko Suite brengen. Hij vroeg of we net getrouwd waren. Toen we zeiden dat dat niet het geval was vertelde hij dat de kamer meestal als bruidssuite werd verhuurd. En soms ook voor de huwelijksvoltrekking zelf. Trouwen in de John & Yoko Suite kon vierentwintig uur per dag, voegde hij eraan toe. We hadden hem genomen omdat Thera ooit een reportage in een of ander blad, de *Cosmo* geloof ik, had gelezen. Een reportage met kleurenfoto's die haar fantasie geprikkeld hadden.

Het zei me eerlijk gezegd weinig dat Lennon er samen met dat hysterische aanhangsel van hem in bed had gelegen om de wereld te verbeteren, maar Thera vond het romantisch, beweerde ze, en ten slotte raakte ik toch een beetje onder de invloed van haar geestdrift.

Het was een vorstelijke kamer, eerlijk is eerlijk, ruim, licht, met alles erop en eraan, tv met pornokanaal en Canal+, goedgevulde minibar, bubbelbad, en uitzicht over de kade direct achter het hotel en de huizen van Amsterdam-Zuid.

Die gast in zijn uniform glimlachte ons toe terwijl hij met afgemeten gebaren alles liet zien en nam het biljet van vijfentwintig gulden dat ik hem toestak met voorbeeldig vakmanschap aan, zo knap dat het leek alsof hij er mij een gunst mee bewees door het te accepteren.

We trokken twee piccolo's en een doosje cashewnoten uit de minibar en gingen op bed zitten. Na de champagne maakten we een mix van cola en flesjes Chivas Regal.

Ze bestudeerde de prijslijst van de minibar.

'Shit, weet je wat de whisky hier kost?!'

'Het gaat allemaal op de zaak,' zei ik.

'Bens hond heet Chivas,' zei ze.

'Op Ben zijn hond,' zei ik en nam een flinke slok.

'Hij was gek op me.'

'Op alle honden die jou adoreren.'

Ik dronk het glas nu leeg en posteerde me als een hond op mijn knieën en handen op bed. Ze aaide me. Ik hijgde met mijn tong uit mijn mond. Toen lieten we ons languit achterovervallen en deden de tv aan, we flitsten alle netten langs en keken even naar een film met Kathleen Turner op Canal+.

'Heb je haar in *Body Heat* gezien? Dan heb je wat gemist, man.'

Ze voerde me de cashewnoten. Eén voor één. Tot ze op waren.

'Wat doen we nu?' vroeg ze.

'Verveel je je?'

'Ja.'

'We drinken eerst die hele verdomde minibar leeg, tot en met de tonic,' zei ik.

'Tomatensap krijg ik niet door mijn strot.'

'Ik neem die tomatensap wel voor mijn rekening, ik drink alles, alles, je gaat niet iedere dag trouwen. Tenminste, als jij mijn eerste vrouw wilt worden?'

'Met wodka lust ik het ook niet, of met zout en peper, of tabasco, het is en blijft smerig, wat je er ook mee doet.'

'Ik ben John,' zei ik.

'O nee,' zei ze. 'O nee, dan ben ik zeker Yoko.'

'Goed, ík ben Yoko.'

'Yoko.'

'John.'

'Ik wil met je neuken, John,' zei ik.

'Nymfomaan,' zei ze.

'Ja,' zei ik, 'ik ben én een gele trol én een talentloze starfucker én een doorgevingerde lesbienne. Ik ben alles waarvoor je moeder je gewaarschuwd heeft.'

'Als je maar niet denkt dat je er beter van wordt.'

'Misschien kunnen we er een liedje over maken, John.'

'Iedere scheet van mij is goed voor platina.'

'We maken eerst een liedje en dan gaan we trouwen en dan nemen we kinderen en dan gaan we op elkaar schelden en als we de kinderen geslagen hebben gaan we met zijn allen in close harmony zitten huilen.'

'En over een paar jaar,' zei ze, 'stappen we in New York uit een taxi en dan jaagt een of andere idioot mij een kogel door mijn hart. Ik zeg het maar vast.'

'De hele wereld rouwt en ik breng snel mijn eigen plaat uit.'

'Nog één ding, Yoko,' zei ze.

'Wat John?'

'John is God. John is liefde.'

'En vrede,' zei ik.

'Ja, liefde en vrede.'

Ik trok haar boven op me.

'We mogen de mensen in het land niet teleurstellen, John.'

'De mensen in de wéreld. Go go, Yoko.'

Toen we wakker werden, lag haar zachte blonde haar tegen mijn naakte schouder. Ze schurkte zich tegen mijn borst en blies zachte geluidjes in mijn oor. Ze keek om zich heen en haar ogen versmalden. Het was al avond en schemerig. We stonden op en schoven het gordijn opzij om naar buiten te kijken. Ik zag ons weerspiegeld in het glas, naakt en schaduwrijk dicht naast elkaar. Ik deed het licht uit en ging weer naast haar staan. We keken een tijdje samen naar buiten, er was niet veel te zien, maar we misten niets. Toen gingen we in bad en maakten van elkaar sculpturen van geurig schuim die zacht ruisend openknapten en verschrompelden. Ze droogde me met een grote, zachte handdoek af, ernstig en heel precies.

'Je bent mager,' zei ze.

'Altijd geweest,' zei ik.

'Je moet beter eten.'

'Hoe voel je je?'

'Gelukkig, geloof ik,' zei ze.

'Mooi,' zei ik.

We struinden een poosje in onze witte Hilton-badjassen en op de bijpassende synthetische slippers rond, tot we gek werden van de honger. We waren nog net op tijd om beneden in Roberto's, het Italiaanse restaurant, iets te bestellen. Zij koos voor mij de filetto di cernia uit, de zeebaars, die eigenlijk met een salsa saporita werd geserveerd maar die op haar verzoek met roomsaus op tafel kwam.

'Ik zal je vetmesten,' zei ze. 'Ik maak een varkentje van je.'

Zelf nam ze de pollastello arrosto al rosmarino, het piepkuiken met rozemarijn. We dronken er een Barolo bij, waarvan zij beweerde dat het een van de lekkerste Italiaanse wijnen was. Ik vroeg me af hoe ze aan die kennis kwam. Ik vroeg me af waar en met wie ze die wijn gedronken had. Als dessert voerde ze me met een lange lepel grofkorrelig ijs, voorzien van een extra portie slagroom. En onder tafel voelde ik haar peilende voet tussen mijn dijen schuiven.

Het was een heerlijke avond, echt vakantie, we slenterden door het hotel, dronken koffie met armagnac in de bar, bekeken souvenirs en sieraden in de winkeltjes. We kochten een Chinees doosje waarin zich een krekel van goudkleurig metaal ophield. Zodra je het doosje opende begon hij te tsjirpen.

's Nachts keken we in bed naar *The Getaway* met Steve McQueen en Ali MacGraw. Sommige dialogen sprak ze zachtjes mee, zonder dat ze er erg in had. Onze kleren lagen op een stoel bij het raam, over elkaar heen. Af en toe keek ik ernaar. En ook naar onze gympen die eronder stonden, uitgetrapt, omgerold, zool aan zool. Dat onverschillige ervan maakte het zo mooi.

Ik had het aangename gevoel dat we niet meer in Amsterdam waren, dat we ons in een andere stad, een ander land bevonden. De kamer, het uitzicht op de villa's aan de overkant van het water, in een mij onbekend deel van de stad, al die buitenlandse stemmen die in het restaurant en de lift hadden rondgefladderd, de *Herald Tribune* op de tafeltjes, en dan het hotel zelf dat log en grauw als een academisch ziekenhuis in een buitenwijk van Boedapest verrees – het voedde allemaal de suggestie dat we ver weg waren.

Toen de film afgelopen was, zei ze: 'Misdaadfilms zijn net als coke. Je hebt steeds iets sterkers nodig, anders is de lol eraf.'

Ik had inmiddels een bijbel in mijn nachtkastje ontdekt en sloeg hem open.

'Nog een stichtelijk woord ter besluiting van deze avond: "want hun voeten snellen naar het kwaad en haasten zich om bloed te vergieten..." Nu jij.'

Ik gaf haar de bijbel.

Zij bladerde, las vlak: ' "En gij, kind, zult een profeet des Aller-hoogsten heten; want gij zult uitgaan voor het aangezicht des Heren, om zijn wegen te bereiden." Ik haat dit soort teksten, ik haat kerken.'

Ze legde de bijbel weg en plaatste het Chinese doosje op haar buik, klapte het deksel open. De ijle geluidjes van het krekeltje vulden de kamer.

'Kijk, dít is mooi.'

'Wat haat je nog meer?'

'Kakkerlakken... en mijn oren.'

'Je oren?'

Ze schoof het haar weg van haar oren. Er was niets mis mee.

'Wat vind jij het ergste, aan een vrouw bedoel ik?'

'Het ergste? Wanneer ze ruikt als een droogkokend hotdogkarretje.'

Daar dacht ze even over na.

'Hoe ruik ik?'

'Jij ruikt precies als het tegenovergestelde van een droogkokend hotdogkarretje.'

'En dat is?'

Ik snoof in haar hals.

'Zo.'

'Hoe lang zou het duren voor hij ermee stopt?' zei ze.

Ze keek onderzoekend naar het krekeltje dat zonder zichtbare inspanning of een enkele hapering bleef tsjirpen. Ik zei dat ik het niet wist.

'Ik laat hem op mijn buik staan tot hij ermee ophoudt, dan weten we het.'

We vielen al snel in slaap en ik weet niet of hij er op een gegeven moment zelf mee gestopt is, ik weet alleen dat het doosje de volgende ochtend op de vloer lag, op zijn kant, met daarin het krekeltje stil en stijf. Nadat ik in de badkamer gepist had, pakte ik het op om het met gesloten deksel zo voorzichtig mogelijk op het nacht-kastje neer te zetten. Op dat moment kwam het geluidje weer tot leven. Even maar. Toen werd het weer stil. Ik kroop naast Thera in bed. Ze was niet wakker geworden. Ze lag ineengedoken onder het dunne laken in het kleurloze licht van de vroege ochtend. Haar knieën opgetrokken in foetushouding. Blijkbaar had ze niets gehoord. Ik luisterde naar haar ademhaling en probeerde die van mij hetzelfde trage ritme op te leggen. Ik stak mijn hand uit en raakte zacht de warme schaduwplek in haar nek aan. Ze bewoog maar werd niet wakker. Het geluid van onze synchrone ademha-ling klonk geruststellend, hypnotiserend bijna, het scheen de afwe-zigheid van het getsjirp op de een of andere manier te versterken.

Ik zou graag willen weten of dat krekeltje die nacht op haar buik gestopt is met zijn lied, of dat dat pas gebeurde nadat hij van bed was gevallen. Niet dat het veel uitmaakt, niets maakt nog wat uit, het is gewoon iets dat ik graag zou willen weten.

Toen ze wakker werd, ontdekte ze een blaasje op haar bovenlip. Koortsuitslag. Tijdens het vrijen stond ze me niet toe dat ik haar kuste. Ik vroeg of het soms pijn deed. Nee, dat was het niet. Koortsuitslag was een vorm van herpes en besmettelijk. Als ik haar op haar mond kuste, kon ik het ook krijgen. Ik nam haar hoofd in mijn handen en kuste haar langdurig op haar onwillige mond. Ik drukte net zolang mijn lippen op de hare tot ze zich over-gaf en mijn naam in mijn oor fluisterde en zei: 'Je mag niet klaar-komen, hoor je, je mag pas klaarkomen als ik het zeg.'

Dat mis ik misschien nog het meest, haar stem die mijn naam uitspreekt. Als ik in mijn cel naar de wolken staar, als ik een sessie met Meesters uitzucht, als ik op de luchtplaats met iemand een praatje maak. Ze noemde me meestal Diablo, soms – op het eind – Yoko, maar die ochtend fluisterde ze Berry, een ademtocht in een halfgevuld cocktailglas. En mijn naam klonk als een geheime code. De klank ervan heb ik geconserveerd, meegenomen, hij zit in mijn hoofd, ik heb hem nog, maar hij is niet van mij, hij doet met me wat hij wil, met een absoluut en wreed soort machtsvertoon.

Na het ontbijt bestelden we een taxi en deden we alsof we Deense toeristen waren. We lieten de chauffeur onbekommerd een tijdje toeren en stapten honderdvijftien gulden later in de P.C. Hooftstraat uit. Daar verkenden we tamelijk strategieloos de ene na de andere winkel en kochten kleding en schoenen en haarbanden en tandenborstels en twee kalfslederen reistassen zonder – dat was de afspraak – één keer naar de prijs te informeren. De stad was nog nooit zo nieuw en prikkelend geweest, we waren op de vlucht, we verplaatsten ons van winkel naar winkel en vermeden de blikken van de voorbijgangers en verkopers, als huurlingen in dienst van geilheid en gevaar, de buit en de blauwdruk voor onze toekomst op het lichaam meedragend. In het nieuw en omsingeld door tassen vol knisperende, nog naar het rek geurende en, vóór alles, cash betaalde spullen, dronken we koffie met Tia Maria op een terrasje.

Daar gebeurde het dat ik even uit mijn romantische rol van huurling raakte, plotseling geplaagd door het sobere en bedreigende visioen waarin een van onze klantjes, eerst de Italiaan en vervolgens het knokploegje Aussies, ons aan de gietijzeren tafeltjes opmerkte. Met alle gebitsonvriendelijke gevolgen van dien. En ineens miste ik het gezelschap van Otman en De Laatste Mode. Niet omdat ze het voor me op zouden nemen, dat was niet waarschijnlijk, maar omdat die twee uitgerust waren met een van top tot teen geladen en opgepept zintuig voor onheil. Zoals een colporteur van de Scientology Church feilloos een suïcidale prozacslikker uit de menigte pikte, signaleerden zij al op een mijl afstand iemand die verhaal kwam halen.

Ik sloeg de kraag van mijn nieuwe Corneliani-zomerjack op en haalde mijn hand quasi-nonchalant door de kleffe massa van gel en stro die mijn hoofd bedekte. Door de donkere glazen van mijn zonnebril zag ik Thera die, helblauw in haar verse Ibizajurkje, met een dromerige blik de binnenkant van haar glaasje uitlikte. En dat getinte beeld kalmeerde al snel mijn zenuwen.

Die avond gooiden we onze oude kleren uit het raam. We stonden in onze Hilton-badjassen bij het raam van onze suite en lieten de kledingstukken één voor één de diepte in tuimelen. We volgden ze met onze ogen in hun duik omlaag tot ze op het terras beneden verstarden, als filmbeelden die werden bevroren, tafels, stoelen en tegels bedekkend. Een van mijn oude gympen slingerde ik met grote kracht het luchtruim in waarna hij zich uit het licht van de schijnwerpers bevrijdde voor een secondelange aan ons zicht onttrokken vlucht die eindigde met een dof geluid op het dak van een rondvaartbootje. Thera klapte in haar handen. Ze trok een lila blouse uit haar koffer, van een dunne stof, doorschijnend als de vleugels van een libel, vouwde die open en liet haar voorzichtig los. In een sierlijke vlucht danste hij omlaag, tijdens de laatste meters dicht over de tafels scherend om ter afsluiting aan de rugleuning van een stoel te blijven haken. We keken nog een tijdje omlaag naar het palet van onze her en der verspreid liggende kledingstukken, tot er iemand van het hotel naar buiten kwam en omhoogkeek.

Ik had alle kleren die ik bij me had gehad, het waren er niet zoveel, weggesmeten, maar in Thera's koffer bleven nog enkele spullen achter, een haarband die zij op haar twaalfde van haar beste vriendin cadeau had gekregen, de suède laarsjes waarop ze gelopen had tijdens onze eerste ontmoeting, en haar bedrijfskleding: de string, de hakken en de zwarte pruik uit de danskelder.

We pasten om beurten onze nieuwe kleren en gaven een modeshow voor elkaar en daarna zei ze: 'Nu nemen we het reisschema door.'

Met behulp van de gidsen die we bij de N B B S in de Van Baerlestraat hadden gehaald, stippelden we de John & Yoko Tour 1999 uit: nog een nachtje Hilton, gevolgd door drie dagen Parijs, terug naar Amsterdam, vandaar door naar Bali, en ten slotte, na een week of vier tussen de palmen en mango's, naar het rode stof van Arizona. En daarna? Misschien zouden we nooit meer terugkomen. Misschien zouden we ons ergens ver weg vestigen en er voor altijd blijven.

Ze zat tegenover me, in haar korte rokje met het prijskaartje er nog aan, op bed, haar benen opgetrokken, haar borsten geraffineerd omhooggewerkt door een turkooizen beha die glom als zijde. Tussen ons in lagen de opengeslagen reisgidsen met hun beloften van verre stranden en spotgoedkope cocktails, onze paspoorten, en het overgebleven geld. We hadden het allemaal doorgenomen en uitgerekend. De volgende ochtend na het ontbijt zouden we de visa voor de vs in orde laten maken en vanaf dat moment waren John & Yoko on the road.

'Zo doen we het,' zei ze.

'Goed gesproken, John,' zei ik.

'En vanavond gaan we ergens dansen om het te vieren.'

Die avond zijn we niet gaan dansen. Het eerste wat we wel deden was elkaar uitkleden en boven op de folders en het geld vrijen. We raakten volledig uitgeput en begonnen opnieuw. We belandden naast het bed, met onze knieën schurend over de vloerbedekking. Ze legde haar wang op het sprei, ik hield haar schouders vast en werkte me langs haar billen bij haar naar binnen. Haar gezicht schoof over de sprei waardoor het blaasje op haar lip opensprong, ik herinner me dat ik een druppeltje bloed zag glinsteren. We dronken Heineken uit de minibar en ze zei dat Tuborg goldlabel het enige bier was dat ze echt lekker vond. Ik beloofde haar dat ze de rest van haar leven Tuborg goldlabel zou drinken. En daarna beloofde ik haar nog veel meer. Ze beklom het bed, lag op haar buik met een been buitenboord en haar zachte billen omhoog, ze keek me aan, met een uitdrukking die ik inmiddels herkende. Ik ging weer bij haar liggen, streelde haar natte rug, likte het zout van haar benen. En daarna zei ik dingen tegen haar die ik niet wil herhalen. We neukten nog een keer. En ik zei nog meer dingen. Domme dingen, achterlijke dingen, al die dingen die ik nooit meer tegen iemand zal zeggen. Ze trok me tegen zich aan, we gingen net zolang door tot ik overal pijn had en, met mijn op het dode af gevoelloze handen onder haar rug, ontdekte dat ze in slaap was gevallen.

De volgende ochtend ging ik alleen naar beneden om te ontbijten. Zij had geen zin, zei ze, ze was te moe, het enige wat ze wilde was zo lang mogelijk slapen. Ik kon me er iets bij voorstellen, want zelf voelde ik me ook geradbraakt. Na het ontbijt zat ik een tijdje in de tuin te suffen. Onze kleren waren allemaal weggehaald, alsof ze er nooit gelegen hadden. Dat kun je aan ze overlaten in zo'n hotel, sporen wissen. De doden verdwijnen er via de achterdeur en de rest doen ze met toiletspray. De man in het uniform die ons naar de kamer had gebracht knikte vriendelijk naar me toen hij langsliep. Ik had de *International Herald Tribune* gekocht en las een stukje over de onroerendgoedprijzen in Thailand die nog verder zouden dalen. Ik glimlachte bij de gedachte dat Otman en De Laatste Mode me zo zouden zien zitten, op het vijfsterrenterras, in mijn elegante, marineblauwe Armani-broek uit de P.C. Hooftstraat en met een Amerikaanse krant voor mijn snufferd. *Dirty Berry zegt: Kijk uit met onroerend goed in Thailand, jongens.*

Omdat ze aan het eind van de ochtend nog niet beneden was ging ik weer naar boven. Op bed stond een asbak met een paar half opgerookte Rothmans erin. De tv was aan. Ik hoorde haar in de badkamer en wachtte tot ze er uitkwam.

'O, ben je er,' zei ze. 'Moet je mijn lip zien.'

Het blaasje was een roodbruin korstje geworden. Ik wilde haar op die rozijn kussen, maar ze duwde me weg.

'Nu even niet,' zei ze.

Ze ging weer in bed liggen.

'Het is half twaalf,' zei ik.

'Ik kan klokkijken,' zei ze.

Ze zocht naar iets in haar tas en viste er ten slotte een Labellostift uit.

'We moeten voor twaalven uit de kamer zijn, John.'

'Klerezooi,' zei ze.

Ze bewerkte haar lippen met de stift, een of ander spul tegen uitdroging. Toen stak ze een sigaret op.

'Godverdomme,' zei ze.

'Wat?'

Ze haalde haar schouders op.

Ik herinner me dat er wat problemen ontstonden bij de receptie toen ik een dag bijboekte; we konden niet langer in de suite blijven, die bleek gereserveerd door een stel dat die dag ging trouwen. We verhuisden naar een andere, kleinere kamer. Ze had er de pest over in. Ik ook, maar ik zei dat het gelukkig maar voor een dag was en dat het ons ook nog eens vierhonderd gulden scheelde.

'Ik heb honger,' zei ze.

We lieten een clubsandwich met verse jus d'orange komen en toen ze die op had, wilde ze weer slapen.

'Ik ben doodmoe, begrijp je,' zei ze. 'Dat is het, ik ben moe. Maar één ding: vanavond gaan we dansen. Ik wou dat we wat coke hadden, ik heb verdomme iets nodig om me op te peppen.'

En ze keek naar me op met ogen zo groot en glazig dat ze onvermijdelijk ook een zekere wanhoop bevatten, een uitgestelde wanhoop, want er was in die ogen plaats voor zowel alles wat nog komen ging als alles wat al achter ons lag. Ik begon niet over Parijs, ik zei niets over het visum voor de vs. Ik noemde haar geen John meer. Ik besloot haar zoveel mogelijk met rust te laten.

Beneden in het hotel wachtte ik af, slenterend langs de diverse zalen en door de lobby. Er was genoeg te zien, ik verveelde me niet. De als stresskippen voorbijstuivende conferentiegangers met hun naambordjes op de revers, het gezeul met koffers over het glimmende marmer, de Amerikaanse bejaarden met hun trainingspakken, petten en huidkankervlekken, het clandestiene gerook van het personeel achter potten met palmen. Ik belde mijn moeder op haar werk om een praatje te maken. Toen ik vertelde dat Thera en ik op vakantie zouden gaan, nodigde ze me uit om nog een keer met haar te komen eten. Ik zag de schaal met lamskarbonaadjes al voor me. 'Misschien ma,' zei ik, maar ik wist toen al dat het er niet meer van zou komen. Ik zou Thera niet meer meenemen, net zomin als zij mij nog een keer mee naar Haarlem zou nemen. Het zat er gewoon niet in, we wisten dat we elkaar er geen plezier mee deden. Haar moeder, die tegen huiduitdroging, botontkalking en alimentatie-inflatie strijdende krijger, had niet veel met mij opgehad en ik vrees dat mijn moeder in haar hart me ook liever met iemand anders had zien thuiskomen. Waarschijnlijk hoopte ze dat ik in de toekomst een wijsneuzerig UvA-cultuurkutje aan de haak zou slaan, liefst een met wilde sproeten, flitsende backhand en vitale E'tjesfobie. Ze heeft er recht op, mijn moeder, op de schoondochter van haar dromen. En natuurlijk ook op een betere zoon. We hebben allemaal recht op een heleboel dingen die we nooit krijgen.

Er bevond zich een kapsalon in het hotel en daar liet ik in een wolk van prettig bedwelmende geuren mijn haar knippen. Het niet te negeren spektakel van de mond van de vrouw die me hielp hing groot en rubberachtig boven mijn hoofd in de spiegel. Met haar angstaanjagend grote witte tanden drong ze erop aan dat ze na mijn haar mijn nagels mocht redden, er was iets alarmerends met de riemen die te veel terugweken, of juist te weinig, dat ben ik vergeten. Ze knipte, duwde, vijlde en streelde tot het levensgevaar was geweken en ik de draad van mijn bestaan, kortgeknipt en met nagels als geoliede schelpen, weer op kon pakken.

Daarna bestelde ik een taxi en reed naar de avondwinkel waar Thera altijd haar Tuborg goldlabel kocht, maar, wat ik al vreesde, hij was nog niet open. En wat ik ook deed, aanbellen, op het raam tikken, er volgde geen reactie. Ik vroeg de taxichauffeur of hij enig idee had waar je Tuborg goldlabel kon krijgen. Hij beweerde dat hij het weleens op Schiphol had gezien, in die winkel in de grote hal waar ze ook broodjes en delicatessen verkochten. Ik liet me door hem naar Schiphol rijden, met niet al te veel hoop, maar het klopte, bij binnenkomst in de winkel stuitte ik op een donkergroene toren Tuborg goldlabel. Ik sloeg er twee dozen van in en met die dozen op een bagagekarretje liep ik nog een poosje in de vertrekhal rond. Op een van de monitoren bestudeerde ik de tijden van de vertrekkende vliegtuigen. Helemaal onderaan las ik Garuda 643, destination Jakarta, schematijd 18.45, twee uur vertraging.

'Godverdomme, vertraging,' zei ik zachtjes.

Een magere man met een bril knikte instemmend naar me. 'Hou op,' zei hij. 'Je wordt er knettergek van.'

Met een taxi reed ik terug naar de stad en liet me pal voor Fast Eddie afzetten. Alsof ik het persoonlijk geënsceneerd had zat De Laatste Mode voor het raam, samen met Jamal. Schuin achter die twee hing een affiche van Toekomstmuziek waarop de opening van het nieuwe buurthuis werd aangekondigd. 'Groot feest... rai-muziek... opening nieuwe winkelcentrum en buurthuis... burge-meester Niarda... playbackshow... verrassingen...'

Gerrie Grolsch lag achterin vredig als een gezoogde baby met zijn bolle kop op tafel te slapen en Fast Eddie kwam juist met twee blikken bier aangeschuifeld. Hij zette ze voor Jamal en De Laatste Mode op tafel neer en wilde zich omdraaien, maar De Laatste Mode sloeg zijn hand met een bezitterige, roofdierachtige bewe-ging om Eddies pols.

'En nu wil je natuurlijk horen hoe het afliep, Eddie, hee? Dus we zijn klaar en we zitten nog in die auto, ik wil mijn lul wegstoppen en wat denk je? Hij zit onder de zegeltjes. Ik zweer het je, Shellze-geltjes man. Een hele spaarkaart vol. Zij trekt ondertussen haar kleren aan en vraagt: "En, was het een beetje naar wens?" Ik zeg: "Het was in ieder geval de eerste keer dat ik er zegeltjes bij kreeg."'

Hij ontblootte zijn gave witte tanden en trakteerde Eddie op de psychotische, starende blik die een carrière als ondervrager in een Zuid-Amerikaanse folterkelder zou waarborgen, hij pinde hem er nog verder mee vast waardoor Eddie met een bovenmenselijke krachttoer zijn lippen in een lachje perste, het losgeld dat ten slot-te zijn ogen en pols bevrijdde en hem in staat stelde weer naar zijn frituurbakken te sjokken.

De Laatste Mode richtte zich nu tot mij – die het verhaal al een paar miljoen keer gehoord had. Ik wist het. En hij wist het. Hij zei: 'Er was geen papier op die wc, Ber. Hee, dus toen ze gepist had...'

'... had ze een papieren zakdoekje uit haar jas gebruikt,' zei ik, 'en daar hadden die zegeltjes aan vastgezeten, zoiets.'

'Ik wist niet dat ze de boel drogen na het pissen,' zei Jamal. Hij opende het bierblikje en zette het aan zijn mond.

De Laatste Modes blik sprong van mijn haar naar mijn hand-gemaakte Bikkembergs-instappers, van mijn broek naar mijn ge-streepte shirt, van mijn shirt naar mijn Armani-colbert. Het was de blik van een rijk oud wijf dat op het strand met weerzin naar haar jongste nichtje loert, tot in haar broze botten geschokt door de perfecte maten, als het zomerjurkje langs de gepolitoerde nim-fendijtjes glijdt.

'Wat zie jij eruit.'

'Ik wil net als jou zijn, Rachid,' zei ik. Daar heb je alleen maar een Armani-pak voor nodig, dacht ik, en een lobotomie. 'Ik moet wat coke hebben.'

Ik legde twee briefjes van honderd gulden voor hem neer.

'Laat je die taxi wachten?'

Ik knikte.

Hij bracht zijn hand naar zijn binnenzak. Keek naar mijn col-bert.

'Boss?'

'Armani.'

'De Gucci Man?'

'Konig, P.C. Hooftstraat.'

'Die hebben op iedere klant drie verkopers in de mandekking en een alarm waar je nog geen paar sokken doorheen krijgt.'

Hij schoof de coke over tafel.

'Hoe dan?'

'Ik heb het eerst gepast en toen in laten pakken.'

'In laten pakken? Je bedoelt...'

'Pak het in, pak de hele kankerbende maar in,' zei Jamal.

Hij dronk zijn blikje leeg en zette het met een klap naast een batterij lege blikken neer, stootte daarbij de hele handel om. Klet-terend rolden de blikken over de stenen vloer. Zijn ogen waren bloeddoorlopen, hij zag eruit alsof hij dagenlang in een zandstorm had rondgelopen. Er klopte niets van.

'Moet jij niet trainen?' vroeg ik.

'Trainen? Ik doe niets anders, hè Rachid? Ik train me helemaal de tyfus.'

Hij was echt ver heen, ik had hem nog nooit zo gezien. Nog nooit, en dan ook nog overdag.

'Gekocht? Betaald?' vroeg De Laatste Mode.

'Ja, met geld. Het gaat zo: jij geeft ze het geld en zij geven jou de spullen. Ik zal het nog weleens uitleggen. Is dít voor tweehonderd gulden?'

'De rest hou je te goed, sukkel.'

Onderweg naar het Hilton zag ik steeds dat gezicht van Jamal voor me, die ogen, en vooral die handen natuurlijk. Zijn vingers en knokkels waren opgezet en er lag een paarsachtige glans over. Zijn knieën zagen er net zo uit, volgens De Laatste Mode.

'Wat er is, wil je weten wat er is, Ber? Dít is er! Jeugdreuma, nooit van gehoord? Nee, nou ik ook niet. En dat had ik graag zo willen houden.'

Ik vroeg me af waarom alles uiteindelijk toch weer een fiasco moest worden, waarom er steeds weer iets of iemand de boel kwam verpesten. Waarom was je nooit eens echt op je plaats, zelfs niet op de momenten dat je zou zweren dat het wel zo was?

Later, toen de uitslagen van zijn onderzoeken binnen waren en alles definitief was, hadden ze bij Ajax bedacht dat hij misschien een baantje bij de PTT kon krijgen.

'Wil je dat dan, postbode worden?' had ik gevraagd.

'Willen, het heeft niets met *willen* te maken, stomme lul.'

Hij had gelijk, begrijp ik nu, als het eenmaal bergafwaarts gaat, doet willen er niets meer toe. Willen is wel het laatste dat nog een rol speelt. Je rolt omlaag en er blijft steeds meer shit aan je plakken, of je het wilt of niet, het overkomt je, er wordt je niets gevraagd. En er is nog iets dat ik weet wat ik toen niet wist. Als alles in je leven zich tegen je keert, alles zich op hetzelfde moment tegen je keert, denk dan niet: Dadelijk is het voorbij en dan zal alles beter zijn. Denk dat niet. Nooit.

Ik trof Thera aan in de bar, aangekleed, opgemaakt, lachend en pratend met een vent die Frank Willis bleek te heten. Dat stond tenminste op zijn badge: Frank Willis, Missouri. Hij was hier voor een of andere conferentie. Ze dronken Wild Turkey met ijs. Ik ging erbij zitten en nam er ook een. Hij had een donkere bos krullen, Frank, en een buik waarvan de begroeiing tussen de knoopjes van zijn hemd door schemerde.

Toen hij naar de wc ging, zei ze: 'Hij is directeur van een softwarebedrijf en hij heeft een eigen helikopter.'

'Ik heb coke gekocht.'

'Perfect, vanavond gaan we op stap, ik voel me stukken beter… Je haar… dat zie ik nu pas. Het staat je goed. Echt goed. Hij wil me duizend gulden betalen als ik voor hem op zijn kamer dans, Frank. Wat vind je daarvan?'

'We hebben het geld niet nodig.'

'Ik wed dat hij ook tweeduizend betaalt.'

'Waarom zou je het doen?'

'Waarom niet?'

Toen Frank met zijn gezwollen softwarelichaam weer op zijn barkruk klom, keek ik zonder een greintje welwillendheid toe hoe zijn behoedzame versierpogingen struikelend en vloekend in het bodempje Wild Turkey voor hem op de bar verzopen. Nadat ik een minuut of wat hardnekkig zwijgend naast hen had gezeten, vond Thera dat we maar moesten opstappen. Ik vroeg of ze iets wilde eten in het restaurant, maar ze zei dat ze geen honger had en toen kochten we een doos kersenbonbons die we mee naar buiten namen.

'Heb je zin om ergens heen te gaan?' vroeg ik.

'Wie weet wat ik wil,' zei ze.

We liepen een poosje door de Apollolaan, onder het dikke bladerdek van de bomen daar. Ik zou het niemand aanraden, wandelen door de Apollolaan, je moet wel over een onverwoestbaar humeur beschikken of stijf van de uppers staan wil je niet totaal afknappen – en dan nog. Die zielloze stilte en die sombere huizen waar geen mens in leek te wonen, de auto's die met hoge snelheid voorbijraasden, op de vlucht, leek het, en dan overal dat vaalgroene licht van die bomen, dat me om de een of andere reden deed denken aan de crematie van mijn vader. Ik zie maar één toekomst voor de Apollolaan: de grootste openluchtaula van Europa. Na een minuut of tien gingen we op een bankje zitten en aten we bonbons uit de doos.

'Het is geen echte *kersen*likeur,' zei ik. 'Er komt geen kers aan te pas bij die rotzooi.'

'Wat kan mij dat schelen,' zei ze. 'Nep is goed. Nep is beter. Nep werkt. Alleen nep kan de wereld redden.'

Het kon mij geen flikker schelen dat het niet echt was. Ik zei gewoon maar iets om de stilte te doorbreken.

Ze begon weer over die vent uit Missouri en ik vroeg haar of we over iets anders konden praten. Desnoods over het weer, als het maar niet over hem ging. Ik nam me voor om over een tijdje een duikcursus te volgen.

'Ik heb wel vaker voor een man gedanst.'

Ik wist niet wat ik moest antwoorden.

'Misschien zou het weleens goed zijn,' zei ze.

'Voor wie?'

'Voor jou, voor mij, voor ons. Je weet toch nog wel dat ik voor mannen heb gedanst. Of ben je dat vergeten?'

Ze was in een pestbui, die Wild Turkey was verkeerd gevallen. Ik stopte zo'n kersenbonbon in mijn mond en beet hem door. De zoete likeur stroomde over mijn tong. Ik haatte kersenlikeur, echt of nep. Nog steeds trouwens.

'Nee,' zei ik, 'en ik ben ook niet vergeten dat we vandaag dat visum zouden aanvragen.'

We zaten een poosje zonder te spreken naast elkaar en het enige wat je nog hoorde waren onze kiezen die de stukken chocolade vermaalden. Ik deed mijn best nergens aan te denken. Niet aan de behaarde buik van die softwarelul, niet aan het visum, niet aan de crematie van mijn vader en helemaal niet aan de handen van Jamal.

Na een tijdje zei ze: 'Soms word ik er een beetje gek van, van dit alles.'

En toen kregen we voor het eerst echt ruzie. Ze zei dat ik haar op haar zenuwen begon te werken en ik antwoordde dat ze dan maar op moest sodemieteren, naar die geile, behaarde aap met zijn helikopter. Zonder nog een woord te zeggen stond ze op en liep bij me weg.

'Je vergeet je bonbons,' schreeuwde ik haar na.

'Krijg de pest met je bonbons.'

Haar reactie was niet sluw of heftig; hij was ongedwongen, schouderophalend. Ze was niet snel gekwetst, maar ze kon wel onverwacht een pestbui hebben. En verontschuldigen deed ze zich nooit. Zo was ze. En daar ging ze. Zonder zich nog een keer om te draaien liep ze verder en verder. Ik keek haar na tot ze ergens tussen de bomen en de huizen uit mijn gezichtsveld verdween. Ik bleef nog een minuut of tien standvastig zitten mokken met die klotebonbons naast me, propte de ene na de andere in mijn mond tot ik kotsmisselijk van die troep werd. Ik stak een sigaret op. Ik rookte, ik vloekte, ik sloeg met mijn hand op mijn dij.

'*Misschien, misschien is het ook wel beter zo,*' zei Thomas O'Malley met de stem van mijn vader, in *The Aristocats*, bij het maar-niet-heus-afscheid van zijn geliefde. '*Ik ben niet meer nodig.*' Met Thomas O'Malley kwam het daarna natuurlijk weer dik in orde. Maar ik was Thomas O'Malley niet, ik had die happy-endingspecialisten van Disney Entertainment niet achter me staan. Ik moest het allemaal zelf opknappen.

En dat ging als volgt: ik smeet die kersenbonbons in het gras en keerde met een laffe sprint terug naar het hotel. Het bleef stil nadat ik op de deur van onze kamer had geklopt. Ook toen ik haar naam riep. Zij had de sleutel, ik kon niet naar binnen. Met de lift ging ik weer naar beneden waar ik bijna tegen een bruidspaar met een fotograaf aan botste. Ik zocht haar in de lobby, in de bar, in de tuin, in het restaurant, in de winkels. Ik zocht haar overal, maar vond haar niet. Bij de receptie informeerde ik naar het kamernummer van Frank Willis en gewapend met die kennis en een visioen van bloed en hitte steeg ik op naar de vijfde etage. Ik stond een poosje voor zijn deur, luisterend naar de gedempte stemmen erachter. Ik hief mijn vuist om op de deur te beuken, maar toen leek alles ineens zo zinloos dat de kracht uit mijn lichaam wegvloeide. Mijn vuist in de lucht, de stemmen, die drie cijfers op de deur, die lange gang, het razende gebonk van mijn hart – ik begreep dat het net zo zinloos was om op de deur te beuken als het niet te doen, of misschien kwam het wel door die gore smaak van de kersenlikeur in mijn mond. In ieder geval draaide ik me om en liep terug naar de lift.

Later bleek dat ze niet bij Frank Willis op de kamer had gezeten. Waarschijnlijk had ik stemmen op de tv gehoord, die van haar kon het in ieder geval niet geweest zijn. Zij had al die tijd op onze kamer gezeten en uit nijd niet opengedaan toen ik aanklopte.

'Natuurlijk dans ik niet voor hem,' zei ze. 'Natuurlijk niet.'

Ze haalde haar vingers door mijn haar en de geruststellende warmte van haar woorden stroomde erdoorheen, en door mij. Ik was nog steeds in het paradijs, man, in het land waar de zon scheen.

Ik ging op bed zitten, opgelucht, verward en ook een beetje vernederd. De kamer leek steeds kleiner te worden. Ik stond op en liep naar haar toe. Ze deed een stap naar achteren, ik een stap naar voren. Ik hield haar vast en trok haar tegen me aan.

'Dans,' zei ik zacht.

'Wat?'

'Dans. Voor mij.'

'Weet je het zeker?'

'Ja.'

Er kwam iets afstandelijks en spottends in haar ogen. Ze deed de gordijnen dicht en kleedde zich in de badkamer om. Met de zwarte pruik op haar hoofd en de zilveren hakken aan haar voeten kwam ze na enige tijd weer tevoorschijn. Ze had zich opgemaakt zoals ze dat vroeger deed, precies zoals ik haar in de kelder had gezien. Ze viste een laatste sigaret uit haar pakje en verfrommelde het. Ze zag er zelfverzekerd uit toen ze hem aanstak en voor me kwam staan, vrijwel naakt, het licht schuin van voren, de Rothmans uit haar mond hangend. Ze nam een paar trekjes en legde de sigaret toen op de rand van het nachtkastje. Heupwiegend liep ze door de kamer, ze danste, ze kwam op mijn schoot zitten en schoof heen en weer. Er lag nu een emotieloze uitdrukking op haar gezicht, als van een slaapwandelaarster. Haar glimlach was onbewogen, en het leek alsof ze zich op iets concentreerde dat losstond van deze kamer, los van mij, iets dat alleen met haar te maken had. Ik leunde met mijn gezicht tegen het bewegende, geurende vlees van haar borsten, voelde de hitte die haar lichaam afstraalde. Ze wiebelde met haar onderlijf. Kuste me op de wang, vluchtig, kil.

'Wat wil je?' fluisterde ze. 'Zeg maar wat je van me wilt.'

Ik probeerde haar heupen vast te pakken, maar haar handen grepen mijn polsen razendsnel en duwden ze gedecideerd weg.

'Je kent de regels, schat. Handjes thuis.'

Dat 'schat' sprak ze heel effectief uit, zonder omweg, zonder twijfel, zoals de bijl in het hakblok slaat, en ik begreep precies waarom al die opgefokte kerels altijd braaf hadden gehoorzaamd.

Ik keek omhoog naar haar gezicht, de dikke rand synthetisch haar zette haar ogen volkomen in de schaduw. Haar lippenstift glansde in het licht van de bedlampjes. Haar tanden tegen haar onderlip. Dat kleine driehoekje dat ontbrak.

'Hoeveel wil je, zeg het maar, hoeveel wil je van me?'

'Alles,' zei ik.

'Goed dan, maar weet één ding: het is hetzelfde als niets.'

Ze stond op van mijn schoot en bewoog langzaam met haar buik en heupen. Haar vingers schoven langs de zilveren driehoek op het zacht gestoffeerde schaambeen. Ik strekte mijn armen weer naar haar uit maar ze schudde haar hoofd. Ze stond wijdbeens voor me en vingerde zichzelf. Zonder een spoor van gêne keek ze me met die zielloze, onaantastbare blik aan. Ik liet me van het sprei afglijden en viel op mijn knieën voor haar.

Het was 31 juli 1999 en die avond kwam het er eindelijk van. Nadat we oesters bij Nam Kee hadden gegeten, gingen we dansen.

De coke van De Laatste Mode was eersteklas bocht, maar in die tent was genoeg te koop om ons tot diep in de nacht op de been te houden. De volgende dag werd ik wakker doordat er iemand in de kamer stond, waarschijnlijk een vrouw van de schoonmaakploeg, die zich zodra ze onze aanwezigheid bemerkte, discreet terugtrok. Ik sloot mijn ogen alsof het niet gebeurd was, maar ik voelde direct dat de weg terug naar de slaap was afgesneden. Doodstil bleef ik liggen in een gedachteloos soort ergernis, omfloerst met kater, doorgebakken kater compleet met heet zweet en steken in de hartstreek. Even later ging de telefoon. De receptie, het was half een. Ze wilden weten of we nog een dag bleven.

'Ja,' bracht ik met moeite uit. 'We blijven. Nog één dag.'

Ik hing weer op. Thera was door alles heen geslapen. Tussen ons in lag haar zwarte pruik.

Later die dag werd ik voor de tweede keer wakker, nu door het onweer. We stonden samen op en schoven de gordijnen opzij. De lucht was bijna zwart. Het goot. Het bliksemde. Na een lange reeks dagen van een hoog aan de hemel schroeiende zon was dit de eerste regen. We openden de ramen en staken ons gezicht naar buiten.

'Jammer dat we geen balkon hebben,' zei ze. 'Dan konden we in de plassen staan.'

Soms als ze iets zei wist ik aan de manier waarop ze me aankeek of juist niet aankeek dat ze aan iets anders dacht. Dikke druppels schoten kringetjes in het water van de kade. Overal gorgelden afvoerpijpen en klonk gespetter en gesis. De regen sloeg ons in het gezicht. Ik voelde de warme druppels langs mijn kin en hals glijden. Ik rook de zoetige geur van haar lichaam. Samen schoven we de grote fauteuil naar het raam, waarna ze ging zitten en haar voeten uit het raam hing. Ik stond schuin achter haar en stak een hand uit om haar aan te raken, maar dat kon ze niet zien. Ze staarde naar haar voeten die kletsnat werden.

'Ik denk niet dat het zo nog veel langer door kan gaan,' zei ze.

Ik trok mijn hand terug. De vitrage bolde lui aan de rand van mijn gezichtsveld en ver weg scheurde een lichtflits de hemel boven de daken open. Ik telde het aantal seconden tot het onweer losbarstte.

Oooooh… baby you're a fool to cry. Dat nummer van de Stones. Als ik het hoor krijg ik het altijd te kwaad. Jagger met die langgerekte castraten-oeh-oeh-oeh-oeh, de hete adem van de duivel in eigen persoon. Ik kwam een keer van school en hoorde hem al op het tuinpad. Iemand had de volumeknop opengedraaid, mijn broer, veronderstelde ik. Ik deed de deur van de woonkamer open en daar stond mijn vader. Hij had me niet gezien of gehoord. Hij stond voor de spiegel met zijn hand als microfoon bij zijn mond. Hij zong mee met Mick Jagger. Hij kneep zijn ogen dicht, gooide zijn hoofd achterover. Hij was eenenveertig. En man, was híj ver weg?!

Ooo-hooo-hooooh… Hij trok zijn ene been op, precies zoals Jagger dat doet, hij schreeuwde de woorden de kamer in. Tot hij me ontdekte en verlegen als een klein jongetje de muziek zachter zette.

'Dag Berry.'

'Dag pa.'

Hij bloosde.

… baby you're a fool to cry
fool to cry
and it makes me won-der why-y-y…

22

Hij heeft een beschuitje gegeten. Het was vanochtend op het nieuws. 'Hij heeft beschuit en thee gehad,' zeiden ze. Hij is uit coma.

Vanochtend om zes minuten over half zeven constateerde een verpleegkundige op de intensive care dat hij zijn ogen had geopend. De behandelend geneesheer sprak van 'een belangrijk moment', maar kon geen uitspraken doen over het verdere verloop van het herstel. 'De komende dagen moet blijken of het kortetermijngeheugen en het spraakcentrum aangetast zijn.' Het kan meevallen, het kan tegenvallen. In ieder geval zal het herstel een kwestie van maanden zijn. Maar: hij heeft beschuit en thee gehad.

Ik stel me voor hoe het is gegaan. Zijn bed op de intensive care. Vroeg in de ochtend. De gordijnen dicht, korrelig tl-licht. Eerst zijn er de geluiden die geleidelijk beginnen door te dringen. Vóór alles uit de stilte van een zomermiddag, een werveling van lucht, het gesuis van iets dat met grote snelheid nadert, dan geborrel in buisjes en slangen, gepiep van een monitor, de kordate gang van klompschoenen op het linoleum, een verre schelle lach. Hij opent zijn ogen, voor het eerst in drie weken opent hij ze. Het gaat langzaam, millimeter voor millimeter, ooghaar voor ooghaar, schokkend en trillend alsof de oogleden het verleerd zijn, en in die paar onzekere seconden ziet hij in vertraagde beelden een man te paard een zwembad in rijden. Donkere en lichte vlekken dan, er schittert iets door de vettige drab op zijn pupillen. Zijn lippen plakken aan elkaar. De eerste contouren, strepen aan het plafond, en lager, een bed, nog een bed, draden, buizen, monitoren, het verschrompelde profiel van een oude man, het kan ook een vrouw zijn, met wijd opengesperde mond en een grauwe gelaatskleur, versleten tot op de graat, slapend, vastgebonden, met slangetjes in arm en neus.

Dan, dichterbij, ontdekt hij een hand op het bed waar hij zelf in lijkt te liggen, zíjn hand kennelijk, de veelkleurige bloeduitstorting met in het hart de naald van het infuus, een delta van lekgeprikte aderen. Hij is wakker. Hij opent voorzichtig zijn mond en bevochtigt met zijn tong zijn lippen die aanvoelen alsof ze bedekt zijn met schubben. Er huppelt een zinnetje in zijn hoofd: 'Dat zou ik u op deze feestelijke dag op het hart willen drukken, dames en heren, wij zijn immers allen Amsterdammers.' Betekenisloos. Hij is op dat zinnetje na zonder gedachten wanneer een enorme, zacht ruisende gestalte in het groen zich over hem heen buigt.

Ik hoop dat het hem niet tegenvalt, dat het daar aan die andere kant, die door hen die er geweest zijn zo vaak als een tunnel wordt voorgesteld, niet aangenamer was.

De burgemeester van Amsterdam is uit coma. Dood wordt levend. Doodslag wordt poging tot doodslag.

In eerste instantie wond het nieuws me op, het verwarde me, deed me hunkeren naar meer, naar details: had hij al gesproken, had hij zijn vrouw en kinderen gezien, had hij pijn? En: had hij zich iets herinnerd?

Maar naarmate de tijd vordert, word ik rustiger, op het slome af, alsof ik onder de downers zit. Hoe helderder en frisser hij wordt, des te slaperiger ikzelf zal zijn, misschien dat het zo werkt. Wat hij herwint, raak ik kwijt. Tegen de tijd dat hij weer helemaal bij is en met de tintelende buitenlucht op zijn frisgeschoren wangen het ziekenhuis verlaat, neem ik zijn positie over in die tunnel, waar, net als in de casino's van Las Vegas, geen klokken zijn. En, laat ik er niet omheen draaien, dat zou me met het oog op de toekomst niet slecht uitkomen, een tijdloze wereld.

Sprak hij pakweg twaalf uur nadat het grote nieuws hem had bereikt, de jonge gymnasiast b.d., in zijn bescheiden, gepantserde optrekje met uitzicht op de wolken.

'Lucht het je op?' vroeg Meesters.
Ik knikte. 'Ja, het lucht me op.'

Het was de waarheid. En uiteraard bracht hij het gesprek toen op spijt. Het vreemde van spijt is dat zodra je er uiting aan geeft, het gevoel verandert in iets zeer egocentrisch. Het verschuift van het object naar het subject, van dat waar je spijt van hebt naar jezelf. Spreek spijt uit en je staat met één been in het moeras van het zelfmedelijden. Het valt nog niet mee erin te geloven.

Het enige moment dat ik onvoorwaardelijk in spijt geloof is rond drie uur 's nachts als ik wakker word van het suizende geluid van een zwaard dat de lucht doorklieft. Tussen het moment dat het zwaard zijn vlucht voltooit en het begin van de trage doorwaakte uren die daarop volgen, in die ene fractie van een seconde, weet ik precies wat spijt is. Gelukkig is het altijd snel voorbij, het staat wat tijdsduur betreft in geen enkele verhouding tot het staren erna, het zweterige staren naar het vergezicht van het Grote Wachten.

Meesters bood me een sigaret aan. We rookten samen. Het was onze laatste sessie, hij moest over een paar dagen zijn rapport afronden. Ook dat luchtte me op. Ik was zijn vragen beu, ik was hem beu. Dat gevis en dat gesloten gezicht, ik kon er niet meer tegen. Ik was leeg, zo leeg en uitgeput dat ik nog amper de gesprekken met mijn reclasseringsambtenaar en mijn advocaat kon opbrengen. Die twee met hun Postbus-51-stemmen was ik al bijna net zo beu. Ik kijk uit naar de rechtszaak of eigenlijk naar het moment dat hij achter de rug is. Laat het maar komen, laat het maar gebeuren, veroordeel me maar. Ik moet hier vanaf. Desnoods sturen ze me naar het Pieter Baan Centrum, met het gevaar van TBS, als ik maar weer op adem kan komen.

Zijn potlood gleed en kraste zacht, verstilde onder zijn overpeinzing, begon toen weer zacht te krassen. De plukken tumbleweed op zijn hoofd zagen eruit alsof ze ternauwernood een langdurig gevecht met de kokende ingewanden van een föhn hadden overleefd. Tegen de tijd dat ik vrijkwam zou Meesters zijn laatste haren vanaf zijn bakkebaard over zijn hoofd kammen, of schoor hij zijn schedel tweewekelijks zo glad als een marmeren ei.

Hij wilde het nog één keer met me over die dag hebben waarop het allemaal gebeurd was. Had ik nu wel of niet de opzet gehad hem met die steen te raken?

Ik vroeg hem of hij er weleens bij stil had gestaan dat de kans dat de steen niemand had geraakt vele malen groter was geweest.

'Vijf centimeter meer naar rechts of naar links en wij hadden hier nu niet gezeten,' zei ik. 'Ik in ieder geval niet.'

Het was een geluksgooi geweest en een pechgooi. Ga maar na. Nooit gooi je een steen, je kunt je niet eens meer herinneren wanneer je voor het laatst een steen gooide. Maar deze beschrijft de juiste curve, maakt de perfecte omwenteling, heeft exact de benodigde snelheid, alles klopt. Het is zo'n uitmuntende worp dat hij een *bewegend* doelwit op de meest kwetsbare plek treft, vlak bij de slaap, het is een droomgooi. Het is voor een ongetrainde pitcher een gooi die hij nooit meer zal evenaren, pure mazzel dus, stom geluk. En tegelijk is het de pechgooi van de eeuw.

'Je wilde hem dus niet raken, het ging per ongeluk?'

Ik zei dat ik dat een moeilijke vraag vond. Iedereen had kunnen doen wat ik deed, maar niemand had het gedaan. Ik deed het. En het was het enige wat ik kon doen, gooien. Omdat ik geen andere opties had, nooit eerder voelde het zo sterk dat er geen andere opties waren. Omdat ik Berry Kooijman was. Omdat niemand anders in de wereld Berry Kooijman was. Omdat niemand voelde wat ik op dat moment voelde. Dat is het enige antwoord. Al het andere verwerp ik als hoogdravende onzin.

Die worp was Meesters eindpunt. Hij had zich met zijn vragen vanaf mijn stuitgeboorte, borstvoeding, kleuterschool, jeugd, eerste stickie en dat soort mijlpalen naar het moment van de worp toe gewerkt. Zonder dat de worp op zich, noch het effect ervan, hem bijster interesseerde. Hem ging het eerst en vooral om inzicht in de gedachtewereld van de werper. Bij de politie lag dat anders. De rechercheurs hadden de worp centraal gesteld, én het gevolg ervan: de ingedeukte schedel. Vanaf dat punt hadden ze de baan van de steen teruggevolgd naar de hand die hem gelanceerd had. De film van de gebeurtenissen werd steeds opnieuw heen en weer gespoeld, naar voren en naar achteren, op zoek naar feiten, harde feiten, de juiste plaatsen, het exacte tijdstip, het wapen, het motief, de leeftijd, de naam, het beroep, de vluchtroute, de getuigen, de mogelijke medeplichtige(n), de antecedenten. Met als bekroning: een bekentenis die overeenstemde met de verifieerbare feiten.

Het voelde of ik mentaal van twee kanten was ingesloten, van links door de politie, van rechts door Meesters. Ik kon alleen nog omhoog of omlaag. Daar in de hoogte vroegen ze een entreeprijs die mijn budget ver te boven ging, dus bleef omlaag over, de diepte in. Dat is een van de laatste zekerheden in dit leven, als je geen kant meer op denkt te kunnen, blijkt er altijd nog wat ruimte onder je voeten, in de benedenhemel zijn ze heel inschikkelijk, er is altijd nog wel een plaatsje, gratis en voor niets. En één ding is er precies hetzelfde als in de bovenhemel: hoe slecht je er ook aan toe bent, nooit te slecht om niet gehaat te worden.

Ook vanmiddag tijdens die laatste sessie heb ik Meesters niet verteld wat er allemaal gebeurd is, ik kon het gewoon niet. Ofschoon ik inmiddels echt wel een beetje gesteld op hem ben geraakt en me bijna verplicht voelde, uit beleefdheid of medelijden, hem iets over die laatste weken te vertellen. Maar ik voelde me zo leeg en daarbij was die periode voor mezelf een waas van vage verhalen geworden. Vol losstaande gebeurtenissen die iemand anders overkomen waren, een sukkel die tijdens een hete zomer tot over zijn oren verliefd was en die, zo leek het soms, niets met mij te maken had.

Hij moet het er maar mee doen, Meesters, zoals ik ook genoegen moet nemen met zijn tot het bittere eind volgehouden imago van onaangedaanheid. Hij vermoedt meer achter de cynisch afhoudende gymnasiast die ik voor hem was en ik weet dat er nog een andere Meesters moet bestaan dan de man die binnen de muren van de inrichting slechts affectie voor zijn dossiers toont – sorry, zijn dossiers én zijn sigaretten.

Meesters: als ik mijn ogen sluit zie ik hem, het somber gefronste hoofd in een wolk van rook, uitkijken over een eindeloze luchtplaats volgeplempt met stapels dossiers, blanco dossiers.

'De wereld biedt niet meer dan een fractie van de waarheid,' heb ik hem een keer gezegd. 'En wij zijn niets anders dan rolzappers. Steeds andere rollen. Hoe meer rollen we spelen des te meer we invullen van de waarheid.'

Hij wilde het opschrijven, maar ik zei dat het zonde van zijn tijd was, omdat ik het niet zelf bedacht had. Natuurlijk schreef hij het toch op en natuurlijk wilde hij ook weten van wie het dan wel was en hoe ik 'persoonlijk' tegenover die gedachte stond. Ja, en toen had ik 'persoonlijk' alweer spijt dat ik erover begonnen was. Waarom neemt niemand genoegen met wat je geeft of zegt? Hoe meer je geeft, des te meer ze willen hebben; hoe meer je vertelt, des te meer ze vragen. Mee eens? Vul dan A(kkoord) in.

Tijdens het telefoonuurtje heb ik naar het huis van Ben gebeld. Ik hoefde niet te wachten, ik mocht voor. Op de een of andere manier heb ik hier naam gemaakt. 'Ga maar, ik heb geen haast.' Media-aandacht schijnt statusverhogend te werken, of het nou positieve of negatieve exposure is, dat maakt niet uit. Hoewel, binnen de muren van deze forensloze slaapstad gooit dat wat erbuiten als negatief gezien wordt hogere ogen dan het positieve. De bloederige beelden van het slachtoffer, in het felle daglicht en in het bijzijn van de pers, mijn vlucht, mijn arrestatie, het hele schouwspel, ondersteund door de berichtgeving over het sidderende doorboorde vlees van het tweede slachtoffer, had de massa bereikt, en dat op zich al dwong blijkbaar respect af. De tv had me in gedemoniseerde vorm beschikbaar gesteld aan het grote publiek; betere pr voor een nieuwkomer in de bajes bestond niet.

Met een viltstift heb ik zijn nummer op de achterkant van mijn telefoonkaart geschreven, zoals ik dat ook op mijn vorige kaart heb gedaan. Ben: 6273626. Het wordt een soort estafette, dat nummer wordt van kaart naar kaart doorgegeven. Tot aan de finish. Ben benieuwd waar die ligt. Ben benieuwd. Zodra zich een stem aan de andere kant van de lijn meldt, hang ik op. Altijd. Vandaag meldde zich niemand. Die labrador kan blijkbaar nog steeds de telefoon niet opnemen.

Daarna belde ik Otman. Doe ik wel meer. Iedereen die mij kent, vindt dat ik me als een beest heb gedragen. Otman niet, die vindt alleen maar dat ik een lul ben omdat ik me heb laten pakken. Dat verschil in interpretatie is soms een verademing.

'Hallo.'

'Klootzak?'

'Spreek je mee. Hee, je was weer op het nieuws, hè?'

'Ja.'

'Je bent beroemd, man, je hebt het godverdomme helemaal gemaakt, de kranten en de tv, weetjewel.'

'Ja, Otman, dat wéét ik.'

'Hoe is het daar en zo?'

'Continu twintig graden. En de tijd gaat van tiktak, tiktak.'

'Ze schrijven alleen maar over jou… het is… ik hád ook kunnen gooien, weetjewel.'

'Je zou gemist hebben, echt, jij zou gemist hebben.'

Otman is een van de weinige mensen aan wie ik wel alles zou willen vertellen. Maar Otman zou het niet begrijpen. En als hij het wel zou begrijpen, dan zou hij het niet willen horen.

'Gelul, allemaal voelshit weetjewel.'

Hij heeft zijn eigen problemen.

Soms doe ik het toch, dan vertel ik hem de dingen die de anderen zo graag zouden willen horen. Niet door de telefoon. Maar als ik in mijn cel ben, als ik uit het raam kijk naar de kleuren van de auto's op de weg, of naar de metrotrein, of het verbleekte kunstwerk van The Pain Killer. 'Hee Otman, hee Otman, hee Otman… moet je horen…'

Ik zie mijn spiegelbeeld in het glas. Als ik mijn linkerwang tegen het raam druk kan ik de transparante koepeltjes van het metrostation net zien. Ik meen bepaalde auto's te herkennen. Er is een rode terreinwagen die tussen half zes en zes langsbrult. Zo'n 4x4-gevaarte met tractorbanden. Een keer zag ik die auto stoppen en mezelf instappen. Achter het stuur zat een vent met een gescheurd leren jack en een woeste baard. Hij zei: 'Zal ik jou eens wat vertellen…' en scheurde weg.

Mijn favoriete uur is tussen vijf en zes. Je vraagt je af waar ze ineens allemaal vandaan komen. Ik kijk naar de auto's en luister naar mijn muziek. Ik neurie. Ze rijden naar huis. Ze zijn onderweg naar de kroeg. Naar de damclub. Naar een goed pak slaag. Ze remmen voor het stoplicht. Op de gang achter me klinkt het geschuifel van schoenen die zich naar de eetzaal begeven. Ik heb nog geen trek, ik wacht nog even. Ik weet precies wat ik wil, hoeveel tijd ik nog heb. Ik weet op de seconde af hoe laat ik binnen moet komen om nog wat te krijgen. In mijn hoofd gaat het van tiktak, tiktak. Ik zit meestal aan dezelfde tafel. Ze kennen me aan die tafel. En ik leer de anderen ook een beetje kennen. Verkrachting, belasting-fraude, meervoudige inbraak, en dan nog die jongen met dat gepe-koppie vol stukgekrabde puisten, hij heeft zijn eenenzeventigjari-ge buurvrouw vastgebonden en in brand gestoken. Omdat ze haar gebit niet in had, althans dat beweren ze, dat hij het daarom deed. Maar dat moet allemaal nog bewezen worden, hij moet nog voor-komen, we moeten allemaal nog voorkomen. We glimlachen naar elkaar, we praten over onze advocaten en de gesprekken met Meesters; soms begint iemand ineens te lachen en dan lachen we allemaal mee, omdat het allemaal zo vreemd is.

De toren waar wij zitten heet De Weg, echt, ik lieg niet, huis van bewaring *De Weg*. Bedenk het maar eens.

Ik heb een keer tijdens dat in elkaar zetten van stopcontacten in de werkruimte wat langer met die jongen gesproken en toen ver-telde hij dat Jimi Hendrix de grootste aller tijden was.

'Mijn vader hield van Jimi Hendrix,' zei ik.

'Dat is niet vreemd,' zei hij.

'Marco Borsato schijnt ook naar Jimi Hendrix te luisteren.'

'Dat is wel vreemd,' zei hij, 'maar het zou nog veel vreemder zijn als Jimi Hendrix, stel dat dat mogelijk was, naar Marco Borsa-to luisterde. Zie je het voor je? Die goeie ouwe Jimi die zijn hoofd beweegt op de muziek van Marco Borsato? Ik ook niet.'

Van die gesprekken dus. Vergeet al dat gelul over tunnelont-snappers, kanariefluisteraars en groepsverkrachters dat je uit de film kent. Zo is het niet, althans niet waar ik zit. Geen horror, maar ook geen glamour. Ik vermoed dat ik voor mijn medegevangenen net zo'n tegenvaller ben als zij voor mij. In contrast met de daad waarvoor je zit, val je altijd tegen. Voor de tot volle bloei gekomen *bad guy* moet je echt naar de bios. Hier is het pukkels, stopcontacten en Jimi Hendrix. Ik red het wel. Echt, ik denk dat ik het wel ga redden. Via Mannie heb ik wat snoepjes gekregen en een zakje eersteklas wiet. Ik zie hem nooit, maar hij zorgt op afstand voor me. Omdat ik de vriend van zijn broer ben. Ik tel de gezichten achter de ramen van de metrotrein. Volgens mij waait het vandaag buiten, er zit beweging in de struiken. Op zaterdag lopen er vaak groepen kinderen over het zandpad langs het metrospoor. Als ik lang naar ze kijk, is het net alsof ik hun stemmen kan horen. '*Misschien, misschien is het ook wel beter zo,*' zegt Thomas O'Malley. Ik stel het moment van naar de eetzaal gaan zo lang mogelijk uit. Tiktak, tiktak. Fietsers, mensen die de hond uitlaten, regen, wolken, laatste zon, ik wil het allemaal zien, mag er niets van missen. De meeste auto's hebben de lichten al aan.

Soms praat ik ook met Meesters. Maar dat gaat op een heel andere toon. Wat wil je horen? Dat ik met een revolver heb rondgelopen en dat een opzwepend gevoel vond, dat ik in de John & Yoko Suite heb geslapen, dat het meisje van wie ik hield in een string voor geile kerels danste. Dat ik al op haar wachtte nog voor ik wist dat ze bestond, dat ik altijd al op haar gewacht had. Ik hield van haar toen ze in die kelder werkte; ik hield van haar toen ze ziek werd; ik houd nog steeds van haar. Soms kan ik haar ineens ruiken, maar nooit als ik het wil. Wat wil je horen? Dat ik 's ochtends alle kindernetten langszap om naar de stemmen in tekenfilms te luisteren. Dat ik goed kon tennissen, dat ik de brieven van Seneca aan Lucilius uit het Latijn heb vertaald, dat mijn leraren me aan het eind van de derde klas nog begaafd noemden, maar dat ik alles kapot heb laten gaan zonder een vinger uit te steken – zoals ik ook niets deed tijdens dat in- en intrieste moment waarop mijn moeder mijn oude rugzak aan de vlaggenstok hing? Ik heb een broer die in zijn kamertje een wereldreis maakt, ik heb een uitgebreide verzameling wolkenfoto's, als jongetje bracht ik mijn moeder ontbijt op bed, de ijskast bij ons thuis was altijd vol, mijn ouders sloegen ons niet, we mochten onze eigen kleren uitzoeken, ik keek samen met mijn vader in die oude leren stoel naar de tv. Wil je dat horen?

Ik heb nog twee minuten. Precies over twee minuten loop ik erheen. Het is niet ver. Vanavond, zag ik in de krant, komt die documentaire *Die Salzmänner von Tibet* op tv. Ik weet niet of ik ga kijken. Zou zij kijken? Misschien ga ik iets lezen. Ik neem me al tijden voor iets te lezen. Ik heb een paar boeken van mijn moeder gehad. Ik red me wel. Eerst iets eten. Nog anderhalve minuut. Hij heeft vanochtend een beschuitje gegeten. Hij heeft zijn ogen geopend. Het kan meevallen, het kan tegenvallen, zegt de dokter. Hij is vierenvijftig, heeft een vrouw en twee kinderen. Hij is burgemeester van Amsterdam.

'Burgervader,' zei Meesters. 'Dat woord, denk daar nou eens goed over na. De *vader* van de burgers. Hoe kijk je daar tegenaan?'

Die zucht naar symboliek, al die suggestieve blabla. Daar ben ik nu van verlost. Allah is groot. Groter dan Freud, zoveel is zeker. Nog vijf seconden, tiktak, nog vier, drie, twee, een…

Het spijt me, het spijt me.

Wat zeg je?

Ik moet nu gaan. Echt, ik moet nu gaan.

23

Ik had oesters voor haar gehaald, oesters van Nam Kee. Omdat ze depressief werd van dat eten daar, zei ze. Ze dacht de hele dag aan sojasaus en chilipepers en zwarte bonen en... oesters. Met een plastic tasje van het restaurant in mijn hand stapte ik de lift uit. Een beetje schuldig en op mijn hoede, het avondbezoekuur was al anderhalf uur geleden afgelopen, maar ook met het nodige overtredersplezier, want was er nou spannender dan je geliefde in plaats van een fruitmandje om half acht een dozijn oesters om half tien te brengen? In het geheim.

Twaalf oesters van Nam Kee in twee op elkaar gestapelde schalen van aluminiumfolie, in een plastic tas. Met een taxi gehaald en op enkele passen na bezorgd. Ik voel dat tasje nog in mijn hand.

In de lange, schemerige gang kwam hij op me aflopen. De tochtdeuren sloegen open en toen was er niets anders dan ziekenhuislucht tussen hem en mij. Hij droeg een ruimvallend shirt met felle kleuren dat over zijn witte broek viel. We passeerden elkaar en met het gepiep van zijn voetstap in mijn oren wist ik dat hij het was. Nee, dat is niet waar, ik wist alleen dat hij slecht nieuws was.

... oesters, oesters van Nam Kee.

De deur van haar kamer stond open. Ze lag in bed met haar handen over haar gezicht. Doodstil. Ze had me niet horen binnenkomen. Ik voelde hoe ik verkilde, nog voor mijn blik zich verplaatste van haar handen naar het boeket bloemen dat in het papier op het tafelblad van haar kastje lag te lekken.
   'Roomservice.'

Ze liet haar handen van haar gezicht glijden en keek me even aan.

'Diablo.'

Dit is al te ver, ik moet terug.

Ze lag in het ziekenhuis waar de witte jassen haar in een paar dagen tijd binnenstebuiten keerden. Bloedonderzoek, urineonderzoek, neurologisch onderzoek. Ze plakten haar hoofd vol met elektroden en stelden haar vervolgens bloot aan een discobombardement van lichtflitsen met gevarieerde interval, om haar hersenactiviteit te meten; ze probeerden een aanval bij haar op te wekken om de symptomen te bestuderen en zekerheid te verkrijgen over de vorm van epilepsie waaraan ze leed; ze gaven haar medicijnen waar ze slaperig en misselijk van werd. 'Zie het als elektriciteitsstoringen in de hersenen,' zei een verpleegster.

En zij zelf zei: 'Het ergste vind ik nog dat ik het allemaal al eens heb meegemaakt.' Zo zei ze het, precies zo. 'Ze kunnen me allemaal nog meer vertellen, maar één ding is zeker: het is voorbij. Wake up. Time to die.'

Verder terug.

Ons verblijf in het Hilton eindigde in een ambulance, voortsnellend naar de eerste hulp van het vu-ziekenhuis.

De eerste aanval had ze 's middags tegen vieren gehad, de tweede rond middernacht. Toen het schokken eindelijk ophield, bleef ze doodstil en griezelig wit liggen, haar ogen dicht. Het duurde lang, langer dan alle voorgaande keren. Ik wachtte af. Ik luisterde naar haar ademhaling, voelde haar pols. Het regende buiten. Ik hield haar hand vast en zei tegen mezelf dat ze ieder moment weer terug kon keren. Maar dat gebeurde niet en plotseling overtuigd dat ze zou sterven, door mijn nalatigheid zou sterven, belde ik de receptie. Tien minuten later zat ik naast haar in de ambulance. Ze lag op een brancard, een broeder stroopte de mouw van haar Hilton-badjas op en mat haar bloeddruk. Daarna diende hij haar zuurstof toe. Even keek hij opzij.

'Heeft ze gedronken?'

Ik knikte.

'Veel?'

Ik haalde mijn schouders op: wat is veel?

Hij keek me nog eens aan. Een andere blik nu. Hij had schrale plekken in zijn nek.

'Het komt wel goed.'

(Die badjas, ik vraag me af wat ermee gebeurd is. Zou ze hem gehouden hebben, of is hij in het ziekenhuis achtergebleven? Ze mag dan haar leven gebeterd hebben, zoals ze dat zelf ziet, maar die badjas is nooit meer in het Hilton gesignaleerd, daar durf ik mijn hele wolkenverzameling om te verwedden.)

Het ziekenhuis, de achteringang, de onwankelbare blijmoedigheid van de verpleegsters, het groene licht van de aquariumachtige receptie, onze plotselinge scheiding, zij linea recta naar de behandelkamer waar een team van artsen en verpleegkundigen al klaarstond en ik naar een wachtkamer waar ik werd opgewacht door een snikkende man die, wat zijn echtgenote ook probeerde, maar niet wilde kalmeren.

Achteraf gezien is het daar begonnen, in het VU-ziekenhuis, toen we voor het eerst sinds lang van elkaar gescheiden werden. Op het slechtst denkbare moment. Ik zei dat ik mee de behandelkamer in wilde, maar dat mocht niet. En dat was het begin van het eind. In de nacht dat zij linksaf werd gereden en ik rechtsaf geleid. En we zouden nooit meer bij elkaar komen. Nooit volledig, niet in de oorspronkelijke vorm van ons samenzijn.

Daar gaat ze, opnieuw en opnieuw, een laatste glimp van haar op dat rijdende bed, in de verte, al bijna opgelost in het felle licht tussen de klapdeuren, alleen nog een plukje van haar mooie haar en dan is ze weg.

Ik ging de wachtkamer uit om dat gesnotter niet te hoeven horen. Op de gang wachtte ik af, met die verdomde Hilton-slippertjes aan mijn voeten, ontdekte ik na verloop van tijd. Mijn haar en kleren waren nat. Kennelijk had het hard geregend buiten. Ik weet niet hoe lang ik daar zo heb gestaan, tien minuten, een halfuur. Ik staarde voortdurend omlaag en zag niets dan linoleum en twee randjes klamme tenen. Opkijken deed ik niet omdat ik wist hoe beangstigend de gang me voor zou komen. Er was kracht voor nodig om die gang en de mogelijkheid van een naderende arts te trotseren en op dat moment ontbrak me die kracht.

Niet een arts maar een vriendelijke verpleegster met ronde wangen en een verende tred kwam op me af. Met goed nieuws. Thera was in orde, ze was erg moe maar verkeerde zeker niet in levensgevaar. Alle belangrijke functies waren weer nagenoeg normaal. Ze had 'iets gekregen', iets waarvan ze slaperig werd. De verpleegster bracht me naar een grote ruimte, opgedeeld in hokjes van gordijnen tot vlak boven de vloer. Achter een van die gordijnen klonk het gekreun van een man. De verpleegster schoof een ander gordijn opzij en daar lag ze, op bed, in een hemd van het ziekenhuis en met de kleine, troebele oogjes van een verdoofd dier.

Die nacht verbleef ik voor het laatst in het Hilton, alleen, want zij sliep in het ziekenhuis. Omdat de bar al gesloten was, ging ik direct naar de kamer. Hoe eenzaam en verloren leek plotseling alles, de kamer met onze spullen en lichaamsgeuren, de vage geluiden van andere hotelgasten, het elektrische licht boven de daken van de huizen, dat zachte, constante licht dat pas tegen de ochtend zou wijken.

Ik dronk een paar blikken van ons voorraadje Tuborg goldlabel waarmee we de minibar ten koste van andere merken hadden gevuld. En daarna stalde ik, gewoon om iets te doen, alle spullen die in haar tasje zaten uit op bed. Een grote bos sleutels, een ringetje met twee fietssleutels, een Labello-stift, een doosje met daarin een spiegeltje en een kwastje om mascara aan te brengen, een halve Mars, een paar briefjes van honderd, en de Thalys-kaartjes voor Parijs die we die middag gekocht hadden. Ik liet mijn blik steeds opnieuw langs al die spullen gaan, nam ze in me op alsof het van levensbelang was ze te onthouden. Daarna deed ik ze weer allemaal terug in haar tas en keek ik naar de doorlopende voorstelling van het nieuws op de BRT.

Er zat een onderwerp in over een sint-bernard die een meisje van zes in Kortrijk had doodgebeten. Eerst zag je hem met die grote, pluizige en onberekenbare kop van hem achter de tralies van het asiel someren, in het volgende shot werd hij geaaid en beklopt door een potige in overall gestoken vrouw op rubberlaarzen, zo'n Florence Nightingale van het asielwezen. Dat beest krulde zijn massieve lichaam van genot, hij hijgde, hij kwispelde aan één stuk door. Als toegift speelde hij ook nog even met een veel kleinere hond. Hij was lief, zei de vrouw, maar hij moest dood. Ja zeker, hij moest dood. Hij had bloed geproefd en niemand kon garanderen dat hij het bij deze ene keer zou laten. Dat is het gevaar als ze bloed hebben geproefd, zei ze. En toen sloot ze hem weer in, achter de tralies van *death row*.

In totaal zou ze zes dagen in het ziekenhuis liggen. Ik zocht haar iedere dag op, zowel tijdens het middag- als avondbezoek. Kwam haar moeder of haar zuster met haar kinderen op bezoek, dan wachtte ik beneden in de hal tot ze weer waren opgestapt.

Als ik niet in het ziekenhuis was, belden we elkaar op. Ik had de telefoon naast mijn bed liggen, mijn bed thuis, want ik was weer teruggekeerd in het villastraatje. Tot opluchting van mijn moeder, geloof ik. Als ze 's nachts niet kon slapen, praatten we soms wel een uur met elkaar. Daar was mijn moeder wat minder gelukkig mee, met die telefoontjes in het holst van de nacht, maar ze nam ze voor lief. We spraken met gedempte stemmen. Thera in mineur en ik in de rol van de zonnige-kant-bekijker.

'Het kan maanden, jaren duren voor ze de juiste dosis hebben gevonden,' zei ze. 'En tot die tijd houd ik aanvallen.'

'Bali, palmen,' zei ik.

'Ik ben weer terug bij af.'

'Arizona, Monument Valley.'

'Ja ja.'

Als ik heel eerlijk ben, geloofde ik zelf ook niet meer in Bali en Monument Valley. Eigenlijk al niet meer in Parijs. Geloven is een kwestie van negatieve keuzes. Je gelooft in iets omdat je niet in andere dingen kunt geloven, of wilt geloven. Dat waar je in gelooft, blijft over, zoals het in elkaar gestorte, laatste puddingbroodje bij de bakker, of het beroep van registeraccountant. Niemand wordt registeraccountant omdat hij ervoor kiest. Je wordt het omdat je niet het talent had voor profvoetballer en niet de maag voor huurmoordenaar. Maar dat wist ik toen allemaal nog niet.

'Het komt goed,' zei ik. 'Je zult weer beter worden. Je bent nu in goede handen.'

'Jij denkt dat die dokters wonderen kunnen verrichten. Maar zo eenvoudig ligt dat niet. Dat weet je toch ook wel, dat het zo niet werkt?'

Ze herinnerde me aan het verhaal dat ze me eerder had verteld, over de jongste broer van haar vader, die zo goed kon zwemmen dat het zijn ondergang was geworden. Jaren geleden was hij bij Scheveningen verdronken doordat die gasten van de reddingsbrigade over hem heen waren gevaren. Ze hadden hem niet gezien, ze hadden even de andere kant op gekeken. Later verklaarden ze dat er nooit iemand zo ver uit de kust zwom. Dat was hun excuus. Ze zullen zich wel zwaar klote hebben gevoeld, maar toch niet zo klote als Thera's oom toen de punt van de boot hem ramde en de schroef zijn nek in tweeën sloeg. Ze had gelijk, van redders mocht je niet te veel verwachten. Van redders moest je niets verwachten, helemaal niets, redders zijn de laars die in je gezicht ontploft als je al op de grond ligt. En dan zeggen ze later: 'Sorry, maar normaal ligt er hier nooit iemand.'

Als we niets meer wisten te zeggen, luisterden we naar elkaars ademhaling. Of we deden een quiz en hielden om de beurt de telefoon heel even bij de koptelefoon van onze cd-speler of radio en dan moest de ander het nummer raden.

'Elvis!'

'Weet jij waar hij is gestorven, Elvis?' zei ik. 'Op zijn plee, nadat hij acht gebakken broodjes met pindakaas en banaan had gegeten.'

'Ik ben dik en lelijk,' zei ze.

'De goden zijn onsterfelijk en eeuwig jong, de mens wordt oud en sterft,' zei ik.

Dat zei mijn lerares oude talen altijd. Of je het wilt of niet, je pikt toch dingen op. Ook de dingen die je liever had laten liggen. Misschien juist de dingen die je had willen laten liggen.

'Laten we goden worden, we verdwijnen in de woestijn van Arizona en worden goden. Is dat gezeur met doodgaan ook van de baan.'

'Zou dat niet geweldig zijn?'

Haar stem was mat. Ik had bijna geen vat meer op haar. Ik voelde hoe alles door mijn vingers begon te glippen.

'Jij bent Aphrodite,' zei ik, 'de godin van de schoonheid en de liefde. En ik…'

'Electra.'

'*Ik?*'

'Nee ik. Electra Epileptica.'

'In dat geval ben ik Orestes.'

'Wie?'

'Orestes en Electra, dat duo doet het niet gek op de alltime-ranglijst van dood en verderf.'

'Ik ben moe,' zei ze.

'Sweet dreams.'

'Diablo?'

'Wat?'

'Je moet je niet zo vastklampen.'

Ik durfde niet te vragen wat ze bedoelde, waaraan ik me niet moest vastklampen. Ik weet dat ik het wel had moeten doen, zoals ik nog veel meer dingen had moeten doen, maar zo ligt het, dit zijn de feiten. Zij zei: 'Je moet je niet zo vastklampen.' En ik vroeg niets.

De nacht voordat ik haar oesters bracht, oesters van Nam Kee.

24

'Maar mijn vader hoorde ze niet, hij kon ze gewoon niet hóren,' zei haar moeder.

Vanuit mijn ooghoeken hield ik Thera in de gaten. Ze zat naast me op de bank, voor haar stond een glas jus d'orange en een kop koffie. Ze sabbelde aan een pluk haar en keek gedachteloos voor zich uit.

'Die verpleegsters dachten dat hij eigenwijs was,' zei haar moeder, 'maar dat was het niet. Hij was stokdoof, dáár kwam het door.'

'Ze hebben tegenwoordig van die supersterke gehoorapparaten,' zei ik.

'Hij is dood.'

'Ik dacht doof.'

'Dat was toen hij nog niet dood was.'

In het Hilton hadden we een keer laat in de nacht naar een oude film met Alain Delon gekeken, althans naar de eerste minuten ervan. We bleken hem alletwee al eerder gezien te hebben: *Le Samourai*, zo'n verhaal met gangsters in maatkostuums, DS'en die in donkere natte straten een sissend spoor achterlieten, en nachtclubs waar vrouwen in glitterjurken en met onpeilbare ogen hun smartlappen zongen.

Thera had de receptie gevraagd ons te wekken, wat stipt gebeurde, iets voor half vier, geloof ik. Als de film begint ligt Alain Delon met zijn kleren aan op bed. In een zolderkamer, lijkt het, in ieder geval in een kille, kale ruimte met existentialistische modderbruine muren en deuren. Hij rookt een sigaret. Hij staat op. Hij trekt zijn beige regenjas aan, zet zijn hoed op en dan pakt hij een stapel bankbiljetten waarmee hij langs de tralies van een kooi strijkt. Het ziet er allemaal heel geheimzinnig en gevoelig uit: de kanarie, de tralies en die beweging met die bankbiljetten. Er gaat een zoete pijn vanuit, een verleidelijke eenzaamheid, een eenzaamheid die je angst ervoor overwint zonder dat je precies weet waarom. Alles bij elkaar duurt dat stukje een minuut of vijf, de hele handeling verloopt bedwelmend traag, waardoor alle details goed tot je doordringen. Dan doet Delon de bankbiljetten in zijn binnenzak en verlaat hij zijn kamer, zijn eigen kooi – het beest is los, het verhaal kan beginnen.

En precies daar aangekomen deed zij de tv uit.

'Beetje gedateerd, hè?' zei ik.

'Nee nee, subliem,' zei ze, 'maar hier ging het me om.'

'En het verhaal?'

'Dat geloof ik wel. Niet dat het slecht is, integendeel, het is echt een prachtfilm, maar… zo zou het moeten zijn.'

'Hoe?'

'Zoals Delon op pad gaat, zo zou je iedere dag van je leven op pad moeten gaan.'

Ik begreep wat ze bedoelde. En ook wist ik dat ze het meende. Dat dacht ik toen en, al valt het me soms moeilijk, dat denk ik nog steeds.

Ik herinner me dat ze in de kussens lag en naar het plafond staarde. Ik vond haar op de actrice Jeanne Moreau lijken. Zelfbewust, maar ook een tikje triest, het soort gezicht dat niet veel te duchten had van lachspieren. Ze bestreed dat ze op Jeanne Moreau leek. Niet in de verste verte leek ze op haar. Dat zei ik alleen maar omdat we net naar een stukje Franse film hadden gekeken. Een voor de hand liggende associatie.

Misschien had ze gelijk. Ik moest toegeven, ze had totaal andere ogen, ander haar en een andere mond, maar toch hadden zij en die Franse diva voor mijn gevoel iets gemeen, de tussen onbewogen en somber balancerende uitdrukking die je ook op foto's van mensen uit Rusland tegenkwam.

Daar moest ik aan denken toen ik bij haar moeder in de huiskamer zat, de dag waarop ze het ziekenhuis had verlaten. Aan *Le Samourai* en dat zij op Jeanne Moreau leek, meer dan op haar eigen moeder die, vers van de kapper, al excelleerde in de rol van zorgzame, jaffa's uitpersende Max-Factor-engel. Ze zou haar vleugellam op het nest teruggekeerde meisje met vitamines en overdadige toewijding weleens gaan redden, sprak haar gezicht.

In de hele kamer hing de doordringende geur van haar moeder, die kennelijk iedere ochtend nadat ze haar halve litertje mensenbloed binnen had een bad van eau de cologne nam om haar vampierlucht te maskeren.

Bij het opendoen had ze me opgenomen alsof ik een *Strijdkreet* aan de deur kwam verkopen. Misschien herkende ze me echt niet, maar ik neig ernaar te geloven dat ze deed alsof. Zo'n vrouw is het wel. Als ik aan haar denk, wat gelukkig niet zoveel voorkomt, zie ik haar om de een of andere reden altijd op Schiphol voor me, met haar scherpe hoektandjes en stompe verstand weggestopt in de beautycase die ze in haar gelakte klauwtjes meezeult.

Ik stond voor de deur, met twee tassen vol spullen van Thera die in het Hilton waren achtergebleven.

'Hallo, mevrouw Bouman,' zei ik.

Ik had me voorgenomen mijn best te doen.

Na een poosje knikte ze, dat was alles, ze knikte en deed een stapje naar achteren om me binnen te laten.

'Kijk uit voor de palm in het gangetje.'

En nu zat ze, in de rug gedekt door haar porseleinen poezencollectie, waarover Thera me eens had verteld, met ons koffie te drinken en speelde ze het in tien minuten klaar tot tweemaal toe zonder enkele aanleiding te zeggen dat Thera rust nodig had. Zoveel mogelijk *rust*. Daarbij had ze mij veelbetekenend aangekeken, de wereldlijke mix van genegenheid en betrouwbaarheid waarmee ik even eerder nog had aangebeld, verpulverend. Wat er van mij en mijn goede voornemens overbleef was de ziedende zelfbeheersing van het verkrachtende en destructieve jongetje dat ik, voelde ik, in haar ogen voorstelde.

Ik liet Thera de inhoud van de tassen zien, al die mooie spullen die we twee weken eerder samen in de P.C. Hooftstraat hadden gekocht. Maar ze leek niet veel interesse te hebben of misschien kwam het doordat haar moeder alles allemaal zo 'beeldig' vond en zich hardop afvroeg – in het bijzonder over die leren reistas – hoe ze aan het geld ervoor was gekomen. Toen Thera hier niet op inging, bracht haar moeder het gesprek weer op ziekenhuizen en operaties en dokters en haar vader die stokdoof was geweest, maar daar niet onder geleden had. Hij had het wel lekker rustig gevonden, zei ze.

Ik glimlachte naar haar, ik deed nog steeds mijn best, maar haar dode uitdrukking strafte me onmiddellijk af en joeg mijn blik terug naar de tassen en de spullen.

Thera zat al die tijd vrijwel zonder een woord te zeggen naast me. Haar gezicht wit en puisterig, door de medicijnen, vermoedde ik, haar lippen droog en opgezwollen, en haar ogen… ik kon niet in die ogen kijken zonder een steek in mijn hart te voelen.

Ik viste het Chinese doosje met het krekeltje uit mijn zak en gaf het haar. Ze pakte het aan en zette het op het tafeltje naast de bank neer. Zonder het te openen, zonder het een blik waardig te gunnen.

En terwijl niet het krekeltje met zijn getsjirp, wat ik had gehoopt, maar haar moeder met haar gewauwel, wat ik níet had gehoopt, de kamer met zijn Loveboat-interieur vulde, dacht ik aan hoe die ogen van Thera eruit hadden gezien op het zonovergoten dak in het andere huis, ons huis. En daarna dacht ik aan al die uren en dagen dat zij en ik helemaal alleen waren geweest, zonder moeders, zonder de geest van dode grootvaders, zonder welke ziel dan ook om ons heen, en hoe we aan elkaars lichaam hadden gezeten en al die dingen tegen elkaar hadden gezegd, en dat we ons de meeste van die dingen over een paar jaar niet meer zouden herinneren, wat misschien maar beter ook was, maar daarom niet minder pijnlijk. En ik dacht dat in het leven van iedere vrouw, ongeacht het aantal mannen waarmee ze gerotzooid heeft, er van alle smeerlappen die haar billen hebben vastgehouden en aan haar tepels gesabbeld toch één moest zijn die de belangrijkste voor haar zou blijven, één waar al zijn navolgers tijdens heldere nachten van zouden dromen – ook al was zij zelf inmiddels zijn gezicht en naam vergeten. En ik dacht aan Ben die 's avonds laat met een boeket bloemen in het ziekenhuis was langsgekomen, wat 'niets betekende', precies zoals al die andere dingen die je leven verwoesttten eigenlijk 'niets te betekenen' hadden.

Ze roddelde er aan één stuk door op los, haar moeder, over mij onbekende mensen en hun onbenullige drama's die smaak en glans leken te geven aan haar eigen leven. En al die tijd zat ze naar me te kijken. Ze nam me op, van top tot teen. Als ik een sigaret opstak, als ik mijn koffie dronk, als ik ging verzitten, als ik opstond en langs haar liep om naar de wc te gaan. Ze keek en zocht, want dat deed ze, ze zocht naar details om me te ontmaskeren, of misschien wel om me te haten.

Toen ik haar later aan de telefoon had, kon ze die stilzwijgende afkeer, die haat, openlijk uitspreken.

'Bel niet meer,' zei ze. 'Laat ons met rust.'

Ons. Mijn god, hoe verzon je het.

'Ik wil alleen maar weten waar ze is, dat is alles.'

'Als zij wilde dat jij wist waar ze is dan zou je het weten, denk je ook niet?'

'Ik stel een simpele vraag. Is ze bij haar zuster soms?'

'Ik geef je een simpel antwoord. Laat ons met rust. Ik waarschuw je.'

Ze wilde haar dochter beschermen, vermoed ik. Niet zozeer tegen mij, ook al dacht ze dat zelf misschien. Ze wilde haar beschermen tegen de dingen die al gebeurd waren, de dingen waartegen ze haar allang niet meer kon beschermen, die haar van haar lieve, kleine, onschuldige dochtertje beroofd hadden, al die stuurloze ellende die zich door niets en niemand laat tegenhouden, maar waarvan je toch vindt dat iemand erachter zit of zou moeten zitten, zodat je kunt blijven hopen dat op een dag de schuldigen zullen bloeden. Maar zo is het niet, dat weet ik nu beter dan wie ook, je kunt jezelf of een ander alleen maar beschermen tegen de dingen die de moeite van de inspanning niet waard zijn. Het grote werk speelt zich allemaal af aan de roulettetafel van Allah, zoals Otman het zegt.

Later zaten we met zijn tweeën in de tuin, op de schommelbank van haar moeder, zo'n gebloemd geval met een luifeltje en franje. In gedachten verzonken staarde ze over de met viooltjes gevulde potten en het leek alsof ze ergens anders was, op een andere plek en in een andere tijd, waar ze vage herinneringen aan bewaarde. Haar ogen weerspiegelden de viooltjes en de door haar moeders hand gesnoeide struiken, de bank piepte zachtjes, en zij hield haar hoofd wat schuin waardoor het leek alsof ze ingespannen luisterde naar de soundtrack van de herinneringen die op de zomerwind naar haar oor werd gevoerd.

In de tuin van de buren klonk het gelach van een kind.

'Mijn vader komt morgen langs,' zei ze.

'Met de zangeres?'

'Nee, alleen. Hij wil me graag zien.'

'Heb je de horoscoop in de nieuwe *Elle* al gelezen?' vroeg ik.

Ze schudde haar hoofd.

'In die van jou staat dat er een "wending ten goede in het verschiet ligt".'

'Dat was die van verleden week. Je bent lief. Jij bent lief.'

Ze pakte mijn hand. Afwezig alsof ze een vertrouwd voorwerp vasthield en de vorm en het gewicht ervan onbewust verifieerde. Ik streek met mijn duim langs de zijkant van haar hand.

'Hij heeft me een brief gestuurd, een lange brief, met een cadeautje.'

'Wie?'

'Mijn vader. Een boek waar ik niets van begrijp. Oosterse religie, Hare Krishna, dat werk. Hij schrijft dat hij dat zelf in de cockpit leest, tijdens lange nachtvluchten.'

'Weet Transavia daarvan?'

'Ik word zo slaperig van de troep die ik slik, Diablo. Zo verdomde slaperig. Mijn vader zegt dat hij nooit bang is als hij vliegt.

Hij zegt dat hij de angst voorbij is.'

'Daar zullen zijn passagiers blij mee zijn, zeker als ze horen wat hij in de cockpit doet.'

'Als kind ben ik een keer in een kanaal gevallen. Ik kon niet zwemmen, maar ik was niet bang. Ik voelde het water boven me en onder me, maar ik was niet bang.'

Daarna zaten we nog een poosje stil naast elkaar.

'We lijden voornamelijk omdat we ons door de stroom der dingen laten meesleuren. Dat staat in dat boek. En ook dat we allemaal onschuldig geboren worden.'

'Iedereen verzint zijn eigen verhaal, Thera, iedereen zapt zijn eigen leven. Jouw woorden.'

Ze legde haar vingers tegen haar slapen en hield ze een poosje daar.

'Je moet nergens spijt van hebben, Diablo. De enige dingen waar je spijt van moet hebben zijn de rollen die je niet gespeeld hebt. Omdat je er niet aan toekwam, of omdat je er te bang voor was. Uiteindelijk is dat het waar je achteraf om zult treuren, om de films waarin je niet hebt gespeeld.'

We staarden voor ons uit. Dat kind in de tuin van de buren begon nog harder te lachen. Maar ineens was alles doodstil en hoorde je alleen nog de vogels fluiten.

'Ik wil iedere dag als Alain Delon op pad gaan,' zei ik. 'En jij wilt ook iedere dag als Alain Delon op pad gaan. Iedere dag opnieuw.'

Ze knikte. En toen begon ze te huilen. Zonder geluid.

25

Mijn moeder heeft Rein een fotoalbum voor me meegegeven. Typisch ma, ze gaat er natuurlijk vanuit dat ik in mijn dwangsuite met dat gerieflijke suïcidebestendige staatsmeubilair wel wat vertrouwde spullen kan gebruiken, meer dan mijn kleren en mijn cd's alleen. Een paar persoonlijke herinneringen aan de 'goeie ouwe tijd', een stuk of wat voorvallen die – wie weet – goed voor een glimlach zullen zijn. Misschien heeft ze het van haar klantjes, dat die foto's in een behoefte voorzien, misschien heeft ze het wel op een cursus geleerd, zou ook kunnen, hoewel ik haar er nog nooit over gehoord heb. Het uitgangspunt is niet verkeerd, ik wou dat ik dat van het resultaat ook kon zeggen. Maar daar kan zij niets aan doen.

In dat album zitten wat foto's die gemaakt zijn in mijn geboortehuis, op twaalfhoog aan de Sloterplas. Een babyfoto van mij op de bank met mijn ouders. Ze zien er nog zo jong uit, mijn vader en moeder. Jezus, ik kan gewoon niet geloven dat ze ooit zo jong zijn geweest. Over een paar jaar ben ik net als die twee, maar ik denk niet dat ik de wereld zal zien zoals zij hem toen zagen. Er staat ook een kat op die ik me niet herinner omdat hij een paar maanden na het maken van die foto van het balkon is gevallen, of gesprongen – dat kon hij niet meer navertellen. Die kat had mijn moeder al toen ze nog op kamers woonde en aan de academie studeerde. Ze draagt een jurk met een gehaakt vestje, een klompschoen bungelt aan haar blote voet, ze lacht heel charmant, een beetje verlegen, met een gezicht zonder zorgen, in een wereld zonder zorgen. Mijn vader heeft lang en nauwkeurig onverzorgd haar dat de woeste suggestie wekt ieder contact met kam en borstel uit de weg te gaan, en hij draagt een gekreukeld spijkerhemd dat uit zijn broek hangt. Hij ziet er sterk en vitaal uit, iemand die weet wat hij wil, iemand die honderd denkt te worden. En ik, het vruchtje van die twee alternativo's, ik ben voornamelijk kogelrond en kaal.

Het moet een zonnige dag geweest zijn, want er valt een baan licht schuin de kamer binnen, die de eikenhouten salontafel en de knie van mijn vaders manchester broek tot een witte vlek uitbijt. Dat herinner ik me ook van dat huis, dat grote raam in de kamer waar altijd een zee van licht doorheen viel. Je moest je ogen tot spleetjes knijpen als je naar de lucht keek. Ze kenden elkaar zo'n jaar of vijf toen. Rein was inmiddels drie en ik, volgens het onderschrift van mijn moeder, elf maanden: 'Berry, elf maanden, Burgemeester Hogguerstraat, oktober '81.'

Uit diezelfde tijd zijn er ook een paar foto's van Rein en mij samen met onze grootouders. Mijn moeders familie kwam uit Amsterdam, mijn vader woonde tot zijn dertiende in Zeist. Op het lyceum daar droegen de jongens allemaal, hij dus ook, een overhemd en een blazer. Zijn ouders verhuisden naar Oostzaan, vlak boven Amsterdam, en schreven hem in op het Lely Lyceum aan de Keizersgracht. Ze hadden zich laten informeren door de schoolinspectie, die het Lely als een van de beste scholen van de stad had gekwalificeerd. Zijn eerste dag daar stapte hij bloednerveus en vooral in overhemd en blazer de klas binnen. Hij keek om zich heen om met een schok te constateren dat zijn ouders maar gebrekkig geïnformeerd waren geweest. Het was 1969 en al zijn klasgenoten zagen er in zijn onschuldige blazerogen uit alsof ze net van Woodstock waren teruggelift en nog midden in een LSD-experiment verkeerden – lang haar, gebleekte spijkerbroeken, afgetrapte laarzen, Afghaanse jassen met bontrandjes die naar schapendrek geurden. 'Ik zweette peentjes in die kloteblazer,' vertelde hij later. 'Ik haatte mijn ouders om wat ze me hadden aangedaan.' De volgende dag keerde hij terug zonder blazer, nooit heeft hij er meer een aangetrokken. We lachten erom toen hij het vertelde, mijn moeder net zo hard als Rein en ik, ook al moet zij dat verhaal allang gekend hebben.

Er zit een fantastische foto van Rein bij, zittend op een houten bank en met twee jonge leeuwen op schoot. Gemaakt door een zenuwzwakke broodfotograaf tijdens een vakantie in Italië, in een of ander safaripark. Ik ben altijd jaloers op die foto geweest, volgens mijn moeder wilden zij en mijn vader er ook een van mij laten maken, maar begonnen die beesten ongedurig te worden en beet een van de twee die neurotische fotograaf in zijn duim. Waarna ik ze niet meer op schoot durfde te nemen. Vreemd, in de herinnering van bijna iedereen figureer ik als een lafaard, terwijl ik zelf het idee heb dat ik vroeger niet of nauwelijks angst kende, dat het juist iets van de laatste tijd is.

De meeste foto's zijn in Bretteville-sur-Laize gemaakt, wat niet zo verwonderlijk is want daar leefde mijn vader zich helemaal uit met zijn fototoestel. En weer terug in Amsterdam plakte mijn moeder met de gedienstige ijver van een koelie de plakboeken vol. Er staan er zeker vijftien in de kast, allemaal door haar met voorbeeldige nauwkeurigheid ingedeeld en volgeplakt, iedere foto voorzien van een onderschrift.

Ontbijt op het terras, lente '91.

Peter keurt zijn eerste zelfgemaakte wijn, zomer '90.

Rein op New Shatterhand, zomer '92.

Berry op New Shatterhand, zomer '92. (Met losse handen, dus zo bang was ik niet.)

'Vond jij me vroeger een lafaard, Rein?' vroeg ik.

Hij haalde zijn schouders op.

'Ik weet niet.'

We zaten in de bezoekruimte naast elkaar op een bankje. De bewaarder aan zijn tafeltje in de hoek las met één oog de *Panorama* en met het andere hield hij een kunstmatig soort waakzaamheid op. De jongen met het gepekoppie die zijn oude buurvrouw in brand gestoken zou hebben, zat stil en bleek naast een vrouw. Waarschijnlijk zijn moeder, want ze had hetzelfde smalle gezicht, met dit verschil dat het een halfuurtje langer in de magnetron had rondgeknetterd. Zij praatte aan één stuk door terwijl zijn fletse ogen door het somber verlichte vertrek dwaalden en het leek alsof hij in plaats van naar haar stem naar een grillige solo van Hendrix luisterde.

Rein bladerde in het album, vooruit, achteruit, nerveus, doelloos, als om zijn ongedurige handen iets te doen te geven, als om mij niet, nog niet, te hoeven aankijken. En ik merkte dat ik hetzelfde deed, naar die foto's kijken om zijn blik te ontlopen.

'De enige foto die ik mis, is die van de eland,' zei hij.

'Welke eland?'

'De eland die jij in het park bij de Sloterplas had gezien, weet je nog, Ber?'

'Hou op.'

'Wat we ook zeiden, dat er geen elanden in Nederland voorkwamen en zeker niet midden in Amsterdam, jij bleef volhouden dat je hem gezien had.'

'Ik was toen vijf.'

'Zeven. En zo eigenwijs als een emmer stront. Pa gaf je een automatisch cameraatje mee zodat je kon bewijzen dat die eland er echt was. Je kwam terug met een vol rolletje. Van de eland, zei je, maar er stonden alleen maar struiken en bomen op.'

'Dat is allemaal een miljoen jaar geleden, man.'

Hij bladerde weer verder. Zijn kleding gaf vleugjes af van de lucht thuis. Voor het eerst van mijn leven merkte ik op hoe het bij ons thuis rook.

'Het enige wat jij goed kon was boeren, Ber, dat was het enige wat je echt goed kon. Al heel jong.'

Hij keek nu naar een foto van pa die met ontbloot bovenlijf voor het schuurtje in Bretteville houthakte, althans dat was de foto op de opengeslagen bladzijde; of hij er echt naar keek, wist ik niet. Hij zei in ieder geval niets. En ik ook niet.

Zo ging het door, tot die ene foto ons gezichtsveld binnentuimelde. Pa, aan het meertje van Villers-Canivet, met zo'n Ray-Ban-pilotenzonnebril op en een blikje Kronenbourg aan de mond.

'Altijd drank,' zei Rein.

'Overdrijf niet zo,' zei ik.

'Het is toch zo!'

'Jezus, een biertje…'

'Een biertje, een whisky'tje, een portje, een wijntje, een cider-tje… Hij kon niet slapen als hij zijn quotum niet binnen had.'

'Je lijkt wel iemand van de EO, Rein, echt.'

We keken nog even naar die foto en nooit eerder in mijn leven besefte ik zo helder als toen wat het verschil tussen kijken en zien was, het koppige misverstand tussen twee mensen die de illusie deelden precies hetzelfde te zien.

'Dat moet een van zijn laatste foto's zijn, hè?' zei ik.

'Nee, hij staat op nog een paar foto's van later.'

'De laatste in Bretteville dan.'

Rein knikte langzaam met zijn hoofd, met tegenzin, leek het.

'Aan mij de eer,' zei hij.

'Aan jou? Ik dacht dat ik hem had gemaakt.'

'O jee, daar gaan we weer. *Ik* heb hem gemaakt.'

'Ik weet het bijna zeker. We waren net terug bij die roeiboten-verhuur en toen zaten we op het terras…'

'Het was ervoor, vóór we gingen roeien.'

'En waar zaten we dan?'

'Dat doet niet ter zake, het was ervoor en ik heb hem gemaakt. Ik heb die hele dag foto's gemaakt, ik had dat ding om mijn nek hangen, dat weet ik nog heel goed, want hij was loodzwaar en de striem van de draagriem stond in mijn huid. Het was op dezelfde dag dat we die twee in de bosjes zagen.'

'Welke twee?'

'Weet je nog dat we door die hoge struiken langs de oever wan-delden en toen iets hoorden?'

'O, díe twee.'

'Zij stond met haar rok omhoog en leunde met haar handen tegen een boom en hij stond achter haar.'

'Met zijn broek op zijn enkels. Hij had van die hele nette leren schoenen aan, ze glommen prachtig, dat weet ik nog…'

'We keken een tijdje naar ze en toen zei je met dat piepstemmetje van je: "Kan het ook zo, kan het ook zó, Rein?" Dat zei je. Heel serieus. En toen moest ik zo hard lachen dat die vent achterom-keek.'

Hij deed het gezicht van die vent na. Met grote ogen en schok-kende, reptielachtige bewegingen van zijn hoofd.

'Die vent: "Merde, ik wou dat het niet waar was, maar ik zou zweren dat ik iemand hoorde lachen, Marie-Louise."'

Dat deed hij goed, echt heel goed. Je kon zien dat hij acteertalent had. We lachten.

'Ik heb nog weleens aan die twee in de bosjes gedacht, jij ook?'

'Ja,' zei ik. 'Ik ook.'

'En niet tijdens het tandenpoetsen,' zei hij.

'Ik heb je wel gehoord boven me, in het stapelbed.'

'Echt?'

'Ik schudde er zowat uit, man.'

'Soms denk ik nog aan die twee, of liever gezegd, aan haar. Het was echt een stuk.'

Het deed me goed om met hem te praten over die tijd. We spra-ken bijna nooit over vroeger, over Bretteville. Rein kapte het meestal af met een lullige opmerking. Als hij naar de foto's van toen kijkt, ziet hij een ander landschap, een ander huis, een andere pony, een andere vader. En dat verschil breekt ons op, staat tussen ons in. Gek dat juist de dingen die je het innigst deelt, je het verst uit elkaar drijven. Het is de verwantschap die je van elkaar ver-vreemdt.

'Ik heb die foto gemaakt,' zei hij. 'Honderd procent zeker.'

'Het was alles bij elkaar een leuke dag, we hebben ijs gegeten, weet je nog, bij dat tentje waar ze een papegaai op de bar hadden staan, ijs met aardbeien?'

'Pa was weer in een van zijn buien.'

'Hij is met ons naar het eilandje gezwommen, we deden een wedstrijdje wie er het eerste was.'

'Dat lijkt me stug, hij deed de hele dag geen bek open. Alleen maar zuipen.'

Ik griste het album uit zijn handen en sloeg het dicht.

'Je bent een klootzak, Rein. Het spijt me dat ik het zeggen moet, maar je bent gewoon een gefrustreerde klootzak. Pa en ik hadden er die ochtend bij gestaan toen New Shatterhand werd opgehaald door de wagen van het destructiebedrijf. De kraaien hadden zijn ogen uitgepikt, het was... Wij hebben alles gezien. Wíj en niet jíj. Dáárom was pa stil, begrijp je? Nee, natuurlijk niet. Dat soort dingen bestaat voor jou niet.'

'Je bent zo stom jij, jij ziet nog steeds elanden die er niet zijn, Berry. Iedereen weet dat er geen elanden in Amsterdam voorkomen, iedereen behalve jij. Nog steeds niet.'

'Wat bedoel je?'

'Dit is jouw probleem. Daarom zit je hier, daarom maak je er een klotezooitje van. Jij ziet altijd wat er niet is. Wordt het niet eens tijd dat je gaat zien wat er wél is? Hoe het echt is. Pa was een alcoholist.'

'Rot op.'

'Hij was een chagrijn.'

'Rot op.'

'Hij was een bedrieger.'

'Ik waarschuw je, Rein. Ik waarschuw je.'

De bewaker keek op van zijn *Panorama*.

'Hij heeft ons bedrogen. Ma, mij en jou.'

'Je lult, je probeert alles af te branden. Sodemieter op. Ga weg.'

'Goed dan.'

Hij schoof zijn stoel naar achteren en stond op. Ik volgde zijn voorbeeld, we keken elkaar aan. De moeder van het gepekoppie hield ons ook in de gaten. Haar zoon had zijn hoofd op haar schoot gelegd, ze aaide hem zacht over zijn haar.

'Je moet vaker langskomen, Rein. Ik kan er weer helemaal tegen.'

'Sorry,' zei hij. 'Sorry Ber.'

Hij omhelsde me en trok me stevig tegen zich aan. Ik kon hem voelen zuchten. Dat was lang niet gebeurd, dat ik een lichaam tegen me aan had gevoeld. Toen hij me weer losliet zei hij: 'Hou je taai, man. Hou je taai, hoor je.'

Ik knikte. Hij draaide zich om en liep al weg naar de deur. Maar toen deed ik iets stoms, ik riep hem terug.

'Waarom heeft hij ons bedrogen?'

'Vergeet het, Ber.'

'Waarom? Vertel het me.'

Hij schudde zijn hoofd en ik zag tranen in zijn ogen.

'Nou?'

Het is iets dat hij in zijn kop heeft gehaald, iets dat ervoor zorgt dat hij dingen kapotmaakt. Het beeld van onze vader, zíjn gevoelens voor hem, en nu ook, althans dat probeert hij, die van mij. Het lijkt wel alsof hij eerst alles tot aan de grond moet afbreken voordat hij de boel weer durft op te bouwen. Hij wil iets bewijzen, een leugen weliswaar, maar dat maakt de noodzaak alleen maar groter. Hij gelooft in een leugen waarvan hij weet dat het een leugen is, dus stelt hij alles in het werk om zijn leugen te bewijzen. Ik weet wat het is, ik ken dat verhaal. Ik ken dat verhaal nog veel beter dan Rein.

Eén keer heb ik samen met mijn vrienden de Nissan van mijn moeder gemold. Ik had hem meegenomen in het weekeinde dat ze met haar zuster op Terschelling ging kamperen. Otman en De Laatste Mode vertelde ik dat ik de auto gepikt had, dat was mijn eerste fout. We reden ermee naar Hoofddorp waar die avond een undergroundparty was, alles heet 'party' tegenwoordig, in iedere aftandse voddenloods waar een of andere lul met geblondeerd haar en een donkere bril op zuurstokkenhouse draait, is sprake van een 'party', terwijl er geen ene sodemieter te vieren valt, althans niet door jou, jij bent immers de sukkel die dertig piek entree heeft neergelegd. Hoe dan ook, we hadden tijdens het voorprogramma bij Fast Eddie al flink wat gedronken en gerookt, en in de auto bleek De Laatste Mode ook nog 'iets nieuws' bij zich te hebben, capsules met spul dat je in recordtijd het gevoel gaf dat je met één hand aan de antenne van de auto kon hangen en het stuurwerk aan je grote teen overlaten. Ik begreep pas dat het goed fout zou gaan op het moment dat Otman de muziekcassettes van mijn moeder uit het raam begon te gooien. Toen ik er wat van zei, werd het alleen maar erger; het stratenboek, de wegenatlas, het onderhoudsboekje, haar zonnebril, alles ging één voor één naar buiten.

'Verdomme, stop ermee!' zei ik.

'Waarom, het is toch een pikkerd?'

Hij trok de klep van het dashboardkastje stuk en keilde hem naar buiten. De Laatste Mode brandde ondertussen met een joint een creatief patroon van gaatjes in de hemel.

'Ik kan hem doorverkopen, maar dan moet-ie er wel knap uitzien.'

'Lul niet, man,' zei De Laatste Mode.

Hij gaf Otman de joint, stak zijn mes tot aan het heft in de achterbank en trok het omhoog. Ik hoorde de bekleding scheuren en het leek alsof het mijn ingewanden waren die aan flarden werden gesneden. Ik moest bijna huilen, ik vloekte, maar dat had allemaal geen zin meer. Ze lachten me uit. Om mijn gezicht te redden trok ik in Hoofddorp zelf de ruitenwissers stuk.

Vroeg in de ochtend, weer terug in Amsterdam, parkeerde ik de vernielde auto van mijn moeder in de buurt van de markt. Daarna strompelde ik terug naar huis. Toen mijn moeder de volgende middag thuiskwam, lag ik nog in bed, misselijk en gebroken van de vorige nacht. Ze vroeg of ik wist waar de auto was. Nee, zei ik, wat op dat moment van comateuze verdwazing naar waarheid was. Ze belde de politie, een uur later werd ze teruggebeld en kon ze hem ophalen. Ik ging met haar mee naar het bureau. Ze sloeg haar handen voor haar ogen toen ze hem op de parkeerplaats zag staan, zonder ruitenwissers en vanbinnen met de vakkundigheid van een Japanse meesterkok aan rafels gesneden. Ze begon te huilen. Ik stond naast haar met een hoofd als een op hol geslagen betonmolen vol kletterend grind.

'Wat een rotstreek,' zei ze zacht.

'Klerelijers,' zei ik.

Ik geloofde erin. Ik geloofde er echt in. In plaats van dat ik dacht: Ik heb geen hart, ik mag haar zoiets niet aandoen, dit is de laatste keer geweest, ik ga nooit meer met Otman en De Laatste Mode op stap, ik stop met dat gezuip en geslik, in plaats van dat alles legde ik mijn hand op haar schouder en zei: 'De gasten die dat gedaan hebben mogen ze van mij ook mollen, ma.'

Ik meende het. Mijn verontwaardiging en woede, ternauwernood op de been gehouden door mijn kater, waren ongeveinsd, net zo echt als de scheuren in de achterbank waarop De Laatste Mode in Hoofddorp dat grietje met die beugel een beurt had gegeven.

Thuis kreeg mijn moeder een tweede huilaanval op de bank, heviger dan de eerste. Ze snotterde en zat gebogen met haar handen voor haar gezicht. Ik stond aan de andere kant van de kamer, overdonderd door haar verdriet. Ik liep naar haar toe, maar stapte weer terug toen ze haar handen liet zakken. Dat maakte het alleen maar erger. Ze huilde en huilde. Totaal ontroostbaar was ze. Het was zulk intens verdriet dat haar gezicht erdoor veranderde; in haar gezicht in dezelfde kamer, zes jaar geleden, op de ochtend dat ik binnenstapte en te horen kreeg dat mijn vader was overleden. Ik zag er precies dat gezicht in, met als gevolg dat alles door elkaar begon te lopen, die auto, de tranen van mijn moeder, de suède schoenen van mijn vader. Toen ze uitgehuild was nam ik twee Seresta's uit haar pot en ging weer naar bed. Ik sliep als een os tot aan het avondeten. Het is niet terecht, ik weet het, maar soms haat ik mijn moeder nog meer dan mezelf, omdat ze altijd van me gehouden heeft, altijd, zelfs nu nog. Het zou zoveel makkelijker zijn als ze niets meer om me gaf, als ze me niet meer aan wilde raken.

Ik vermoed dat Rein vroeger heeft geleden onder de band die ik met pa had. Het was altijd Berry & pa en Rein & ma. Hij heeft nog het een en ander met pa recht te zetten, maar die mogelijkheid is hem ontnomen. Dat neemt hij pa kwalijk, dat neemt hij zichzelf kwalijk. Hij kan nooit meer dichter bij pa komen, wat hij ook doet, de afstand wordt alleen maar groter. En dat maakt hem nog kwader, maar hij kan niets met dat gevoel, want waar hij ook gaat, waar hij ook zoekt, het strijdperk en zijn tegenstander zal hij niet vinden. En nu komt hij met verhalen die moeten bewijzen dat zijn vader een schoft was, iemand die zijn haat verdient. De kwestie is dat zijn vader ook mijn vader is. De kwestie is dat hij met zijn poten van míjn vader af moet blijven.

Er is iets vreemds met dat fotoalbum. Ik heb er de hele nacht in zitten kijken en het dringt nu pas tot me door. De volgorde klopt niet, of liever: het album bestrijkt een te lange periode. Die foto's kunnen, daar komt het op neer, nooit allemaal in één album gezeten hebben. Mijn moeder moet ze geselecteerd hebben uit de andere albums en ze daarna speciaal voor mij in dit album geplakt hebben. Vervolgens heeft ze de onderschriften uit de originele albums overgeschreven. Op de een of andere manier doet die selectie, die vooropgezetheid, afbreuk aan de authenticiteit, hoewel ik niet precies kan aangeven waarom.

Het meertje van Villers-Canivet, 1992. Die foto van mijn vader is misschien wél door Rein gemaakt. Zou kunnen. We gingen tijdens iedere vakantie minstens één keer naar het meertje, ik kan niet uitsluiten dat ik de ene keer met de andere verwar. Wat ik me wel met honderd procent zekerheid herinner is dat we die keer in de richting van het eilandje roeiden. Het stond vol met zilverpopulieren en warrig, hoogopgeschoten gras waartussen wilde bloemen in allerlei kleuren groeiden. Je kon ze over het water heen ruiken. Mijn vader deed zijn zonnebril af en staarde naar dat eilandje.

'Geen gekke plek om begraven te worden,' zei hij.

'Ik dacht dat je zo'n voorstander van cremeren was,' zei mijn moeder.

'*Als* je begraven zou willen worden... het is gewoon zo'n mooi plekje, het heeft niks te veel of te weinig, alles klopt.'

Een maand of zes later, in het voorjaar nadat mijn vader was gestorven en mijn moeder, mijn broer en ik voor de laatste keer in Bretteville waren, roeiden Rein en ik nog een keer naar dat eilandje. Het was aan het begin van de avond en een gemene wind tegen blies onophoudelijk over het water. De urn met mijn vaders as erin lag in een rieten mandje op de bodem van de boot. De oever van het eilandje wilde maar niet of nauwelijks dichterbij komen. We zaten naast elkaar, Rein en ik, ieder met een roeispaan in beide handen en trokken zo hard we konden. Omdat Rein sterker was dan ik raakten we voortdurend uit de ideale koers waarna Rein even moest inhouden en de wind onze terreinwinst halveerde.

Toen we ten slotte uitgeput en bezweet het eilandje hadden bereikt, moesten we met kleren en al in het water springen om de boot vast te leggen en de wal op te klauteren. We marcheerden een poosje als twee gedrogeerde wichelroedelopers met die urn rond op zoek naar de ideale plek om de as uit te strooien. De bodem was nog nat van de winterregens, zompig, bekladderd met donkere mossen.

'Hier?'

'Ik weet niet. Misschien wat meer daarheen.'

'Hier dan?'

'Het is een beetje somber hier, vind je niet? Waar komt de zon op?'

Na lang zoeken en aarzelen kozen we voor een wat droger, met stug gras begroeid stukje tussen de twee hoogste bomen, die even onverschillig als statig boven alles uitstaken en waarvan we beiden aannamen dat mijn vader ze had kunnen waarderen. Rein schroefde de deksel van de urn en begon de as uit te strooien, heel voorzichtig, geconcentreerd en zonder een woord te spreken. Na een poosje gaf hij zoals afgesproken de urn aan mij. Ik liep een stukje verder met het vage idee dat de as niet te veel op één plek moest liggen, dat mijn deel een eigen stukje grasgrond verdiende, en hield de urn met de opening omlaag. De donkere as werd door een harde windstoot langs mijn schouders gelanceerd en trof Rein als een gordijn vol in het gezicht.

'Klootzak,' schreeuwde hij. 'Niet tegen de wind in!'

Toen we later met de lege urn weer in de boot stapten, was het al donker.

'Kutzooi,' zei Rein.

Hij wreef in zijn oog en een diepe zucht ging op in het gemurmel van de populieren.

'Wat?'

'Ik heb verdomme as in mijn oog.'

Hij duwde de boot af en even hoorde ik niets anders dan de wind en het geluid van onze roeispanen die het water doorkliefden. Toen barstten we alletwee in lachen uit. We konden niet meer roeien van het lachen.

'Hij zit in mijn oog,' zei Rein. 'Pa zit in mijn oog.'

'En in je neus,' zei ik, 'en in je wenkbrauwen, en in je haar en in je mond en in je jas.'

De wind blies de boot over het donkere water en we lachten en lachten maar.

Onze vader was een bedrieger, zegt Rein. Hij weet dingen die ik niet weet, zegt hij. Rein heeft redenen om onze vader te haten, zeg ik. Hij leeft van zijn eigen leugens, zeg ik.

Ik wou dat hij me niets verteld had. Ik wou dat ik hem niets gevraagd had. Ik had hem moeten laten gaan.

'Dag, rot maar op met je praatjes.'

Disciplina vitae scipio, kennis is de staf des levens. De zinspreuk van het Barlaeus. Als je voor het gebouw staat, zie je hem aan de gevel, boven de zuilen. Kijk maar niet, doe je ogen maar dicht, loop maar door.

Kennis is de straf des levens, de stommiteit, het misverstand. Lees de krant en vergeet wat je ogen gezien hebben. Luister naar de vent naast je aan de bar en vergeet wat je oren gehoord hebben. Kus haar mond en vergeet wat je lippen geproefd hebben. Zodra ik hier uitkom, hang ik een nieuwe spreuk op. *Geen woorden meer, geen namen, geen weten.* Alleen nog leegte, de suizelende leegte van een steen die door de lucht zweeft, onaantastbaar, door niets of niemand in zijn vlucht gehinderd. Kennis, kennis is een hoofd vol niks.

26

Ze zou me na drie dagen bellen, maar dat deed ze niet. Ik was het die belde. Ze sliep, zei haar moeder. De volgende dag was ze bij haar zuster op bezoek en daarna sliep ze weer. Ik kwam geen stap verder, ook al deed ik poeslief tegen Mama Dracula. Ik walgde van de volwassen, begrijpende toon van mijn stem. Helemaal toen ik merkte dat hij niets uitrichtte.

'Wilt u zeggen dat ik gebeld heb?'

'Goed. Dag.'

Jaren geleden toen Otman met zijn moeder, broers en zusters vanuit Marokko op Schiphol aankwam, werd hij opgehaald door zijn vader en diens Nederlandse collega, iemand met een busje. Toen het gezin in de aankomsthal door pa werd voorgesteld, kuste Otman de hand van de Nederlandse collega van zijn vader, uit beleefdheid. Hij was zes jaar oud en had nog nooit een stap buiten zijn couscousdorp gezet, hij kon geen welopgevoeder gebaar bedenken dan die handkus. Daar wordt hij nog steeds mee gepest door zijn ouders en de rest van het gezin. En na al die jaren heeft hij er nog steeds spijt van dat hij het gedaan heeft. Kus geen handen, je krijgt er spijt van. Otman weet het, ik weet het nu ook.

Ik schreef Thera een lange brief, waarover ik een hele dag deed en waarin ik alle registers opentrok, als tegengif voor die beschaafd formele telefoongesprekken die mijn andere ik achter mijn rug om had gevoerd, deed hem in een gefrankeerde enveloppe, liep er op een drafje nog net voor de lichting mee naar de brievenbus en gooide hem er *niet* in. Waar ik nog steeds achter sta; die brief, man, ik liet daarin niets, helemaal niets van mezelf heel. Duizenden zonsondergangen en bloedende harten. Erger nog, veel erger: duizenden kussen op de hand van een vreemde vent in de aankomsthal.

Het grootste deel van de dag zat ik thuis op mijn kamer, voor het geval ze zou bellen. Als de telefoon ging, verstijfde ik. Als hij stil was, wachtte ik af. Ik nam me de hele tijd voor naar het park te gaan of naar Fast Eddie, maar kon mezelf er niet toe zetten. Ik sliep zo lang mogelijk en als ik wakker werd, dwong ik mezelf om weer te gaan slapen. De constante verleiding om opnieuw te bellen, om het nummer van haar moeder, dat ik bij me droeg, te draaien. Ik werd gek van de verwarrende gevoelens als ik het papiertje uit mijn zak viste en het 023-nummer bekeek, het was alsof ik eersteklas dope in mijn handen had waar ik vanaf moest blijven. Elke keer dat ik het wegstopte zei ik tegen mezelf dat het voor het laatst was, dat ik coûte que coûte zou wachten tot zij belde, maar even later had ik het weer in mijn hand en dan zei ik dat haar moeder misschien helemaal niets door had gegeven.

Ik verliet mijn kamer pas tegen de tijd dat mijn broer en moeder gingen slapen. Ik herinner me dat ik een keer beneden kwam en mijn moeder op de bank de rubriek 'Achterwerk' in de VPRO-Gids lag te lezen. Die stukjes van huilerige aandacht trekkende kinderen die kotsfobieën en gescheiden ouders verzamelen. Ze was een liefhebster van die stukjes, het was haar favoriete lectuur, meer nog dan de dikke romans die ze las omdat er op haar werk over geluld werd, háár verplichte literatuurlijst. Zo'n stukje las ze het liefst aan ons voor. En dat deed ze die avond ook. Mijn broer zat naar de tv te kijken, naar een of andere melige show. Ik was op blote voeten onderweg naar de koelkast en een zenuwinstorting terwijl mijn moeders stem zich een weg door de geluiden van de tv baande.

'… Mijn ouders roken allebei en niet zo weinig ook. Ik vind dit hartstikke vervelend. Mijn kleren stinken er helemaal naar!… *Hetty Lomans uit Zundert, Noord-Brabant, dames en heren!…* Niemand in mijn klas heeft ouders die ook allebei roken. Mijn mentor wilde dat een keer weten, ik was de enige die m'n vinger opstak… *en nu weten we van jouw schoonzus Vera dat je in Tunesië niet op die kameel durfde te zitten, je durfde er zelfs niet bij in de buurt te komen. Klopt dat, Hetty? Klopt dat?…* Maar nu hoesten mijn ouders ook veel en ben ik erg bang dat ze eerder doodgaan en dat ik en mijn broertje dan zonder ouders zitten... *Je begrijpt het al, Hetty, ha ha, ja-a-a-a-ah, op deze kameel, jij erbovenop, de vraag is of je dat durft natuurlijk...* Het ergste is dat als ik zeg: "Hou nou eens op met dat smerige gedoe", ze niets terugzeggen... *Ja, hij is groot en harig, Hetty, maar dat is een kwestie van smaak, ha ha, vijfduizend gulden, hier, kijk maar eens goed, vijf stuks, de keuze is aan jou...* Schelden helpt ook niet, ze blijven maar steeds zwijgen... *Nee, niet op die bulten, Hetty, ha ha, ertussen, je moet er-tus-sen gaan zitten, ja ja, daar g-a-a-at ze...* Ik wil dat ze stoppen. Ze moeten stoppen. Wie zit ook met dit probleem? Een meisje van twaalf...'

Ik stond met een cola in mijn hand en keek naar de domme geblondeerde koe die op een circuskameel de studio uit giechelde en ik had zin om tegen mijn moeder te zeggen dat ze dat antirook-monstertje eens een week in de pijp van de vuilverbranding moesten hangen, net zolang tot haar longen op twee verkoolde makrelen leken.

'Alles goed, Berry?' vroeg mijn moeder.

'Mmh.'

'Hoe is het met Thera?'

'Beter, het gaat al stukken beter, ma.'

Mijn broer draaide zich naar me om.

'Vandaag of morgen worden die ouders wakker,' zei hij, 'vastge-bonden op bed, van top tot teen volgeplakt met nicotinepleisters.'

Hij nam me uitdagend op, meestal maakten we samen grapjes om die stukjes, een milde vorm van mijn moeder jennen. Maar ik had geen zin om te zeggen: 'Ik heb jullie lang genoeg gewaar-schuwd, pap en mam, nu wordt het cold turkey.' Ik dacht alleen maar: Mijn moeder en mijn broer willen nooit naar hun slaapka-mers oprotten, zodat het altijd een eeuwigheid duurt voordat ik zelf op de bank kan liggen met een berg afstandsbedieningen naast me – wie zit ook met dat probleem? *Een jongen van achttien. Amsterdam.*

Tot diep in de nacht keek ik naar de tv of lag ik op de bank in het blauwe schitterlicht naar het plafond te staren. Daarna ging ik weer naar bed. Soms nam ik eerst nog een douche, heel uitgebreid, veel te lang, zodat mijn vel onder de warmwaterstroom begon te ribbelen en ik schilfertjes van mijn vingertoppen kon schuren.

Eén keer ging ik een uurtje naar buiten en toen kocht ik een pompeus boeket bloemen voor mijn moeder die ik al in de vaas had gezet voor ze van haar werk thuiskwam en me met twee kussen bedankte. Terwijl ik haar lippen op mijn wangen voelde wilde ik haar opbiechten dat ik geen examen had gedaan, ik wilde niets liever dan schoon schip maken. Maar het lukte niet, ik kon het gewoon niet aan. Ze was net zo gelukkig met die bloemen. Het valt nog niet mee om te liegen tegen de enige die nooit tegen jou heeft gelogen.

In de vroege ochtend voor Thera me eindelijk – na zes, in plaats van drie dagen – zou bellen, gebeurde er iets vreemds. Ik lag voor oud vuil op bed, mijn hoofd was zwaar en mijn ogen brandden van vermoeidheid. Ik stond op het punt weg te zakken in de zoveelste korte, verdovende slaap toen ik haar voor me zag in het Hilton, die laatste avond samen, met de regen tegen het donkere raam. Ze lag op de sprei van het grote bed, haar ogen dicht, haar lichaam slap, haar slanke hals lonkend naar iets waar ik me tegen verzette. Ook al sliep ik bijna, ik besefte heel goed dat ik in de herhaling van dat moment mijn handen om haar keel had kunnen slaan en het leven uit haar bewusteloze lichaam had kunnen knijpen. Niet omdat ik haar wilde vermoorden, maar omdat ik met die daad overal vanaf zou zijn geweest, van haar, van mijn liefde voor haar en alles wat me nog te wachten stond.

'Waarom heb je me niet eerder gebeld?' vroeg ik.

'Het spijt me. Ik weet zelf niet goed wat er met me is.'

'Ik kom naar je toe.'

'Nee,' zei ze.

'Jawel, ik kom vandaag naar je toe.'

Dat was de laatste dag dat ik thuis de wacht bij de telefoon zou houden. Mijn huisarrest zat erop, mijn broer moest het weer in zijn eentje opknappen. Het was ook de laatste dag dat ik in staat was die vreemd rondsluipende verstrooidheid op te roepen, de traagheid die me in staat stelde van het ene moment op het andere, ongeacht het tijdstip van de dag, in slaap te sukkelen. Met een taxi liet ik me naar haar huis in Haarlem rijden. De chauffeur had een vaantje van Ajax in zijn auto hangen; hij was een fanatieke fan met een seizoenkaart, net als zijn vriendin trouwens. Ze hadden elkaar bij een wedstrijd van Ajax ontmoet, in het Olympisch Stadion. Tegen PSV.

'3-0,' zei hij, 'ze tikten die spaarlampen helemaal gek.'

'Dat moet lang geleden zijn,' zei ik.

'Hou op, man!'

Ik vertelde hem over Jamal, dat hij een vriend van me was en het grootste talent uit de eigen kweek.

'Binnen twee jaar staat hij in de basis, dan zal je eens wat meemaken.'

Dat was grote onzin, want Jamal zou nooit meer in de basis komen, dat wist ik toen al. Het was afgelopen met Jamal. Maar om de een of andere reden wilde ik dat het waar was terwijl we over de snelweg reden.

Ik gaf hem vijfentwintig gulden fooi en toen vroeg hij me of ik soms een kleinzoon van Caransa was. 'Nee,' zei ik, 'de kleinzoon van zijn ontvoerder en die is een stuk guller, want misdaadgeld rolt het snelst.'

'Ik zal op de naam van je vriend letten.'

'Jamal,' zei ik.

'Een Surie?'

'Marokkaan.'

'Als hij maar kan voetballen.'

Hij toeterde nog even toen hij wegreed.

Mocht ik het overdoen, dan was ik bij hem ingestapt en met hem mee terug naar Amsterdam gereden, slap kletsend over de spektakelneus van Van der Sar en de Rolexbluf van Van Praag. Ik had geld genoeg bij me om de rest van de dag in zijn auto te blijven zitten. Maar ik reed niet met hem terug, ik liep naar de deur en belde aan. Ding-dong. Ik kan die klotebel nog horen. Ding-dong. Er gebeurde een poosje niets, waardoor het leek alsof er niemand thuis was. Ding-dong. Het was echt een bel voor haar moeder, beschaafd, opgewekt. Een geluid dat verbloemde hoe de zaken er werkelijk voor stonden. Ding-dong. Bij ons schijnt de zon en komen alleen maar vrolijke, aardige mensen; laaf u aan de bron van onze gastvrijheid. Ding-dong. Welkom, trek u jas uit; de kachel staat aan, de soep is klaar.

Ik hoorde het strijdlustige getik van de hoge hakken van haar moeder in de gang. Ik dacht aan Thera en aan wat ze zou zeggen en vooral aan wat ik terug zou zeggen.

En dat bleef ik doen, ook na die dag. Waar ik sindsdien ook was en wat ik ook deed, als ik aan haar dacht, zag ik ons steeds weer op die schommelbank zitten. En wat we verder ook tegen elkaar zeiden, ik hoorde uit haar mond keer op keer hetzelfde zinnetje: 'Alles is nu anders, begrijp je?'

En ik antwoordde: 'Dat is goed, zal ik dan maar gaan?'

Nee, dat antwoordde ik niet, ik zei: 'Zeg me wat er is! Hoor je me, ik wil verdomme wéten wat er is!'

Wat zou Alain Delon gezegd hebben? Hoe zou hij het aangepakt hebben? In *Le Samourai* loopt het slecht met hem af, hij eindigt op de vloer van een nachtclub, in een plas bloed. Maar dat is filmbloed en glanst zo verleidelijk dat je wou dat jij daar lag te sterven.

I wish my life was a non-stop Hollywood movie show.
Zelfs je eigen bloed smaakt dan naar meer.

27

Ze wilde me niet meer zien, voorlopig. Ik wist wat dat betekende. Ik wist het en ik wist het niet. Ze had me gevraagd haar een poosje niet meer op te bellen. Dat beloofde ik haar. Ik nam het me echt voor, maar het was niet eenvoudig. De eerste paar dagen wel, toen voelde ik niets, helemaal niets, net als na de dood van mijn vader. Er zijn van die momenten dat je niet in staat bent om iets te voelen, wat dan ook, al zouden ze je een miljoen bieden, het lukt je niet. Het gevoel zit nog te ver weg, of te dichtbij, dat is ook mogelijk. Er is afstand nodig, hoe minimaal ook, om iets te kunnen onderscheiden. Leg een hand op je oog en je ziet niets dan duisternis. Met voelen werkt het net zo. Ik was licht in mijn hoofd, ik staarde naar de ribbeltjes op het behang, ik liet mijn tong urenlang langs mijn kiezen glijden. Daarna, pas daarna begon het.

Ik zit thuis op de bank in de woonkamer. In mijn onderbroek en op blote voeten. Ik rook een sigaret. Mijn moeder is naar haar werk, mijn broer boven op zijn kamer. Ik zit op de bank en ben terug in het Hilton. Die laatste dagen daar, wij samen. Het is vroeg in de ochtend, grijs licht filtert door de gordijnen. Ze ligt steunend op haar ellebogen op bed en telt het geld, maakt er een keurig stapeltje van. Met het zilverkleurige schaartje uit haar nieuwe reisetui zit ik op de grond. Ik neem haar voet in mijn hand. Ze kijkt opzij.

'Wat doe je?'

'Ik ga je nagels knippen.'

'No way,' zegt ze.

'Waarom niet?'

'Niemand knipt mijn teennagels.'

Even denk ik dat ze boos is, maar dat is niet zo. Ze bloost, ze bloost als een klein meisje.

'Dat is toch vie-ies,' zegt ze zacht.

Ik belde toch. Ik kon er niets aan doen, ik minachtte mezelf erom, maar ik deed het. Haar moeder hield de wacht en scheepte me af, vier, vijf keer, eerst persoonlijk en daarna liet ze haar antwoordapparaat het vuile werk opknappen. Ik haatte haar. Ik haatte Thera.

Ik vluchtte het huis uit, naar de enige plek die ik kon bedenken, Fast Eddies Slow Food Restaurant. Er was niets veranderd. De vieze tafeltjes, het onzekere geschuifel van Eddie, zijn fameus geblakerde hamburgers, het onsamenhangende geouwehoer van Otman, het cyclische geschreeuw van Gerrie Grolsch, de glossy's van De Laatste Mode. Toch was alles anders.

Ik keek naar De Laatste Mode die zijn hippe Engelse en Amerikaanse vakliteratuur doornam om te bestuderen wat die gasten van Oasis aanhadden of hoe Johnny Depp deze maand zijn haar kamde. Voor het eerst was ik echt jaloers op hem. Zijn leven was zo eenvoudig. Hij had alles mee, schouders, armen, zelfbewust haar. En dan ook nog zo'n klerekarakter. Het was gewoon niet eerlijk. Hij zou nooit kunnen voelen wat ik voelde, hij zou nooit hoeven doormaken wat ik nu doormaakte.

Ik wilde De Laatste Mode zijn. Ik wilde Gerrie Grolsch zijn. Ik wilde Otman zijn. Het leek me zelfs niet eens zo gek om een hamburger van Fast Eddie te zijn.

Diep in de nacht kom ik thuis, nauwelijks in staat om mijn sleutel in het slot te steken. Ik pruts en pruts, voorovergebogen als een oude dwaas. Ik lach. Ik praat tegen mijn sleutel, ik praat tegen haar, liefdevol, maar mijn woorden zijn rook in de nacht, een gerucht, een schaduw, een kil, afwijzend geschraap van metaal op metaal, iets dat niet past.

Ik was in de keuken mijn gezicht, houd mijn handen onder de koude kraan en druk ze tegen mijn ogen. Ik zeg tegen mezelf dat ik me een stuk beter voel. Ik verheug me op mijn bed. Er is geen handdoek. Ik droog mijn gezicht met mijn mouw. Naar boven. Liggen. Ik klim de trap op, met mijn handen op de treden. Bij iedere stap dreunt Otmans stem een lemma op van zijn laatste vondst, het lijstje 'do-de-lijk-heden': 'De groene mamba, do-de-lijk; Smith and Wesson, do-de-lijk; sandalen met sokken; de kop van Docters van Leeuwen met het verstand van Patrick Kluivert erin; de bere-hap van Fast Eddie. Allemaal dodelijk. Als ze zegt: "Bén je al klaar-gekomen?!" Ook héél erg do-de-lijk.' Ik stommel, ik maak lawaai. Het kan me niet schelen. De gang door. Langs de kamer van mijn moeder. Dag mam, slaap lekker mam, ik maak het allemaal goed mam. De kamer van mijn broer. Zijn stem in het donker.

'Berry? Berry?'

Nee, nu niet. Ik kan het niet. De duisternis van de gang lijkt me in mijn rug te duwen.

'Ik… ikke ga swape.'

Hij hoort het. Hij moet het horen. Hij veracht me. Ik ook. Ik wou dat ik iemand anders was. Iedereen houdt van je als je iemand anders bent. Mijn deur, naar binnen. Niet vallen nu. Ik haat haar niet. Voorzichtig uitkleden. De stoel, shit, waar is de stoel? Rustig opstaan. Niks aan het handje. Het bed. Zij haat mij ook niet. Het komt wel goed. Als ik wil komt het goed. Als ik wil kan ik kappen. Haar opgeven. Daar ga ik niet dood van. Niet do-de-lijk. Onder bed staat nog een doos met een stuk of wat goldlabeltjes. Ga sla-pen. Eentje. Houd je kop. Eén slokje. Dadelijk ga je weer kotsen. Eén héél klein slokje.

Het Hilton. Ochtend, middag, avond? Geen idee. Gordijnen dicht. Tv aan. Ik word wakker. Ze ligt naast me onder het dekbed. Ik kan haar aanraken. Als ik mijn arm strek, kan ik haar aanraken. Het is alsof ze het voelt. Ze draait zich om, opent haar ogen. De asbak tussen ons in kantelt. Peuken, as en stukjes kauwgum schui-ven over de pistes van de sprei omlaag. Ze komt in mijn richting. Ik trek me tegen haar aan. Haar borsten tegen mijn huid, haar buik tegen de mijne. 'Thera.'

'I-I-I-I…
I will be king…'

Waarom gaat dat kutblikje niet open? Er zit geen lipje aan. Ah daar, aan de onderkant. Ondersteboven. Wat een woord! On-derste-boven. Is dat echt een woord, meneer Crouwel? Is *onderstebo-ven* een woord?

Ik ga er niet dood van. Het is niet het eind van de wereld. Lauw, lauw bier. Wél do-de-lijk. Ik neem het haar niet kwalijk. Ze is ziek. Het stroomt verdomme over mijn... Jezus, ik ben zeiknat... mijn kussen... laat maar, laat maar gááááán.

'And you...
You will be queen
Though nothing
Will keep us together
We could steal time
Just for one day
We can be Heroes
For ever and ever...'

28

Wat wil je horen, ma? Wat wil je horen, Rein, Meesters, Crouwel, Tilly? Hoe het kwam? Hoe het ging? Hoe het precies ging? Wil je dat echt horen?

Dat denk je maar.

Ik liet me door een zwakzinnige vrouw aftrekken, ik liep op twaalfhoog over de reling van een galerij, ik sloeg een weerloze man in zijn gezicht, ik stak briefjes van honderd in mijn mond, ik pitte naast Arnold in de box.

Het grootste deel van de tijd wist ik niet waar ik was. Ik zocht naar Thera, iedere minuut, ook als het leek dat ik niet naar haar zocht. Ik hield nooit op naar haar te zoeken, aan haar te denken. Ik aanbad haar. Ik hield van haar. Zij hield van mij. Ik moest haar alleen maar vinden. Dan was alles weer voor elkaar. Vinden moest ik haar.

'Ik weet niet waar ze is,' zei haar zuster.

Op een woensdagmiddag kreeg ik, geestelijk voorbereid op de zoveelste confrontatie met het antwoordapparaat, in plaats van die onvermurwbare mechanische handlangster van haar moeder, haar zuster aan de telefoon.

'Ze is er echt niet, Berry.'

Ze klonk niet onvriendelijk.

'Waar is ze?'

'Ik weet het niet.'

'Wanneer komt ze thuis?'

'We maken ons een beetje zorgen, ze is niet meer hier, sinds maandag is ze niet meer hier. We dachten dat jij misschien wist waar ze zit.'

Ik kon niets zeggen en zij wachtte ik weet niet hoe lang. Kennelijk had ze een gezond respect voor het onzegbare, iets dat ik zeer waardeer – in een ander.

Vanaf die woensdag ben ik alle besef van tijd kwijt. Wat volgt is één zeer lange dag van, als ik het goed heb berekend, negen etmalen en nog een beetje. Zonder onderbrekingen, zonder oriëntatiepunten, één vloeiende tijdstroom die lijkt op de aaneengesloten set van een professionele dj, het zijn wel dertig, veertig nummers die hij draait, maar hij maskeert de overgangen van de ene naar de andere plaat zo ingenieus dat je er niets van merkt, voor je gevoel heb je de hele avond naar een en dezelfde plaat geluisterd. Eén plaat, één tempo, één gevoel.

Ik ging de stad in om haar te vinden, maar waar moest ik zoeken? Ik kon niets beters verzinnen dan terug te keren naar de buurt waar ik haar ontmoet had. De gracht waar ze die horentjes van me kocht, de zeepbellenkelder waar ze danste, Nam Kee. Ik liep er uren rond, op steeds andere tijdstippen en via steeds andere routes, om telkens opnieuw uit te komen bij die plekjes. Waar zij niet was. De hangjassen in het neonlicht zeiden dat ze haar niet meer hadden gezien sinds ze was gestopt, de ober in Nam Kee keek me aan alsof ik boerenkool met worst bij hem bestelde – misschien had hij echt geen idee waar ik het over had, misschien deed hij alsof, in ieder geval bleef hij vriendelijk knikkend met stugge volharding afwachten tot hij iets opving dat hij van de menukaart kende.

Ik herinner me dat ik tijdens een van die eerste dagen dat ik mijn rusteloze rondjes draaide plotseling getik tegen een raam hoorde. Ik keek opzij en zag Ophie, de Aziatische met haar no-nonsense lichaam van graniet. Ze zat in een lichtgevende roze bikini achter het raam, ergens in een steeg. Ik stapte bij haar naar binnen.

'Ik heb je vanmiddag ook al langs zien komen. Je lijkt wel een jachthond. Op zoek naar iets speciaals?'

'Thera.'

'Thera? O, Rose bedoel je.'

'Heb je haar gezien?'

'Nee. Heb je geld?'

'Ja.'

'Wil je neuken?'

'Nee.'

'Ik weet iets leuks, iets waarvan je gaat dromen. Omdat jij haar vriend bent mag je voor zeventig gulden. I really love Rose, you know.'

Ik gaf haar een briefje van honderd. Ze lachte en spande haar formidabele buikspieren.

'I'm gonna make you happy,' zei ze.

'Als je Thera ziet, zeg dan dat ik naar haar op zoek ben. Wil je dat voor me doen?'

Ze stemde enigszins aangeslagen toe, maar een blik op het bankbiljet in haar hand scheen de grootste teleurstelling weg te nemen.

Ze had me laten vallen. Nu zie ik het allemaal even duidelijk. Bijna twee maanden later. Maar toen zag ik het anders. Ik kon het niet verdragen, was er nog niet aan toe. Het idee dat ze niet meer van me hield, niet meer bij me wilde zijn. Dat moest een reden hebben. Ik had iets verkeerd gedaan. Ik. Niet zij.

Ik had haar niet met rust gelaten. Ik moest zo nodig precies weten wat er aan de hand was. Ze was gewoon in de war geweest, ik had niet moeten forceren. Ik had haar de tijd moeten gunnen. Ik had haar niet moeten opzoeken, niet moeten blijven bellen. Ik had verder moeten gaan met mijn eigen leven, in afwachting van het op orde komen van het hare.

Ik had haar eerder naar het ziekenhuis moeten brengen. Ik had moeten stoppen met goldlabeltjes voor haar open te trekken, met dope voor haar te kopen, ik had moeten voorkomen dat die achtbaanrit in het Hilton in een crash was geëindigd. Als ze niet ziek geworden zou zijn, als ik beter voor haar gezorgd had, als ik haar gedwongen had naar de dokter te gaan, als ik haar in elkaar gemept had, als ik haar die avond echt gewurgd had...

Wat had ik gedaan?

'Ik wil verdomme weten wat er is!' had ik gezegd op de schommelbank van haar moeder. Dat had ik gedaan. Ik had haar gedwongen me te zeggen dat ze niet verder wilde, dat ik haar met rust moest laten. Dat is de grootste fout, van ons allemaal, dat we op de verkeerde momenten precies willen weten wat er is, dat we niet *niet* kunnen vragen hoe het zit. Ik had haar woest aangekeken, haar kin stevig vastgepakt.

'Kijk me aan. Kijk me aan godverdomme, Thera!'

Ik had haar kin niet moeten vastgrijpen, ik had niet moeten schreeuwen, ik had haar niet zo moeten aankijken, ik had niet moeten blijven pushen, ik had niet op die schommelbank moeten zitten, ik had niet bij haar moeten zijn. Ik had er niet moeten zijn.

Wanneer ik het zoeken naar haar niet meer op kon brengen, vluchtte ik naar Otman en De Laatste Mode. En dat betekende tot diep in de nacht op stap. Ze hoefden niets te betalen, ik hield ze vrij tot en met de fooi voor de portiers van het casino aan het Max Euweplein. Ik bulkte nog steeds van het geld. Het ging maar niet op.

'Heb je een bank beroofd, Ber?' zei Otman.

We zaten als laatsten in een nachtcafé te lebberen aan onze drabbige en verschoten cocktails met ernstig ijstekort. De Laatste Mode had een meid op schoot. Ik vroeg me af waar en wanneer hij haar had opgepikt. Ik kon het me niet herinneren. Hij had zijn hand tussen haar benen. Het scheen haar niet uit te maken. Otman hing als een sliert zeewier over zijn rieten stoeltje. De barman liep langs met een plunjebaal over zijn schouder.

'Ga je op vakantie?' vroeg De Laatste Mode.

'Wasserette,' zei hij. 'Zeg jongens, ik ga nu echt sluiten.'

'Een bank beroofd, Ber?'

'Nee, een collectebus van de kankerbestrijding, gevonden op straat, er zaten alleen maar briefjes van duizend in. Sommige mensen hebben wél mazzel, Otman.'

'Wat is dit voor nummertje? Toch wel lekker rough, die four-to-fourbeat, weetjewel.'

'Dit is Tom Jones. Lul er maar niet overheen, man.'

Otman had een week terug samen met Jamal een geldloper op het Osdorpplein van zijn koffer beroofd, fiasco nummer zoveel. Ze waren er op Otmans scooter en met de koffer tussen hen in vandoor geracet, maar toen begon er in de koffer een sirene te loeien en even later werd hij aan alle kanten zo gloeiendheet dat Jamal zijn handen en Otman zijn rug had verbrand. Uiteindelijk moesten ze die hitte-en-kabaal-Samsonite een slinger geven waarna het ze met veel moeite was gelukt uit handen van de politie te blijven. Otman als partner in crime: do-de-lijk.

'Waar gaan we heen?' vroeg ik.

'We verzinnen wel iets,' zei De Laatste Mode.

'Kom, we pakken een taxi.'

Dat zei ik steeds als we dreigden te stranden. Ik had geen zin om te stoppen, geen zin om naar huis te gaan. Dit waren de beste uren. Innemen en instappen. Steeds opnieuw. 'Kom, we pakken een taxi.' En zolang ik bleef betalen was ik van de trouw en inzet van Otman en De Laatste Mode verzekerd.

We reden met die meid erbij langs de flat waar ik vroeger gewoond had en ik liet de taxi stoppen. De Laatste Mode wist hoe je met een mes de deur van de hal beneden kon openkrijgen en toen gingen we met zijn allen met de lift naar de twaalfde etage.

'Hoeveel?' zei ik.

'Een meier,' zei De Laatste Mode.

Ik hoorde aan zijn stem dat hij me niet serieus nam, hij geloofde niet dat ik het zou doen. Ik ook niet. Met behulp van Otman klom ik op de reling van de galerij, waarna ik voorzichtig rechtop ging staan.

'Laat me los,' zei ik.

'Je valt hartstikke dood.'

'Laat me los.'

'Nee.'

'Laat hem toch,' zei die meid.

Ze stond achter me, ik kon haar niet zien. Haar stem klonk een beetje vermoeid, verveeld. Als van iemand die controleert of er wel echt salami op zijn tosti zit. In films gillen die meiden meestal dat je het niet moet doen, ze slaan hun handen voor hun ogen, ze bereiken een hysterisch hoogtepunt dat eindigt in een krankzinnige close-up. Zij niet. Ik voelde hoe de greep van Otmans hand om mijn been verslapte en uiteindelijk helemaal oploste in het onwerkelijke, beangstigende niets. Die teringlijer liet me nog echt los ook. Nu stond ik er helemaal alleen voor, een koorddanser zonder vangnet, nee, een sukkel uit het publiek zonder vangnet. Ik werd bang, zo ontzettend bang als ik vroeger was geweest toen ik had overwogen Mannies kunstje te evenaren. Ik kon dit niet. Ik was nog steeds dat lulletje van toen achter het raam. Met dit verschil dat ik nu stomdronken was en inmiddels ook echt op de reling *stond*. Een lamp aan het plafond van de galerij sprong aan en uit. Mijn benen verstijfden. Ik deed mijn armen uit elkaar, voelde de vochtige wind in mijn gezicht en deed een stuk of wat pasjes. Ik bleef weer even roerloos staan, met ingehouden adem. Ik dacht: Ik heb het gedaan, Mannie, ik heb het gedaan. Ik ben iemand anders. Het komt nu goed. Nog één stap en alles zal goedkomen. Ik zette mijn ene voet naar voren, schoof mijn andere bij. En nog een allerlaatste keer, een stapje extra voor de zekerheid kon nooit kwaad. Toen sprong ik weer op de galerij, vlak voor het raam waarachter ik in mijn pyjama naar Mannie had staan kijken.

'Gaat dit nog lang zo door?' zei die meid.

De Laatste Mode sloeg haar met zijn vlakke hand in haar gezicht, maar in tegenstelling tot wat ik verwachtte begon ze niet te huilen. Zonder te spreken gingen we met de lift omlaag, ze stond met haar gezicht naar de muur en hield met haar hand haar leren jasje dicht. Ik staarde naar haar vuurrood gelakte nagels. Beneden neukte De Laatste Mode haar staand tussen de geparkeerde auto's terwijl Otman en ik op de betonnen trap naar de hal een sigaret rookten.

'Je hebt twee soorten meiden,' zei Otman, 'meiden die het belangrijker vinden dat je van ze houdt dan dat je ze neukt, en meiden die het belangrijker vinden dat je ze neukt dan dat je van ze houdt. Denk daar maar eens over na, Ber, weetjewel.'

Ik sliep bij Otman beneden in de box, misschien die keer, of een andere keer. Tussen zijn Aprilia Area 51 ('start je cyberscooter, geef gas en accelereer de eenentwintigste eeuw in') en Arnold die daar zijn vaste verblijfplaats had. Omringd door duisternis en de geur van Bonzo en benzine. Ik wilde niet naar huis, ik huiverde bij het treurige vooruitzicht thuis te komen in de vroege ochtend; liever sliep ik met mijn kleren aan op een voddig kleed. 'Arnold,' fluisterde ik in het donker. 'Hee Arnold, wist je dat je tegenwoordig de hondenencyclopedie op cd-rom kunt krijgen?'

Ik liep en liep langs grachten en door stegen, ik stond op bruggen, ik keek tien keer per dag bij Nam Kee naar binnen. Ik bezocht schemerige ruimtes waar de geur van rook en zweet slag leverden met die van kakkerlakkenspray en waar je met een gehuurd glas op tafel naar dansende meisjes kon kijken. Ik zat voor het raam van cafés waar ik niemand kende en tuurde naar buiten, naar de mensen die voorbijkwamen.

Op een avond toen ik de Nieuwmarkt overstak, al op de aftocht, al op weg om een taxi naar West te nemen, zou ik zweren dat ik haar zag. Bij de leuning van de brug die uitkijkt over de Geldersekade. Het regende zachtjes. De koplampen van voorbijrijdende auto's beschenen haar GAP-trainingsjack, waarvan ze de capuchon omhoog droeg. Ze staarde naar het water, naar het patroon van kringetjes in het grachtenwater, alsof dat een boodschap van wonderbaarlijk inzicht bevatte, een voorteken van betere tijden.

Ik bleef bij de taxistandplaats staan, zag over het dak van een auto heen dat ze een sigaret rookte, een Rothmans ongetwijfeld, dat ze zich langzaam omdraaide en met gebogen hoofd achter het Waaggebouw wegliep. Ik volgde haar, bang en vol verwachting tegelijk, over de glimmende keitjes van het plein. De geeloranje gloed van de vochtige, door de lantaarns verlichte avondhemel omsloot haar als een gouden halo op een icoon en het leek alsof zijzelf het was die dat geheimzinnige licht uitstraalde. Ik haalde haar in en keek opzij. Natuurlijk straalde zij dat licht niet uit, natuurlijk was zij het niet. Het holwangige gezicht in de capuchon was van een vrouw met ogen die nog te uitgeblust leken om mijn opdringerige blikken met terughoudendheid of nieuwsgierigheid te beantwoorden.

'Ik wil verdomme weten wat er is!'

Stommeling die ik ben. Ik vraag me af wat er gebeurd was als ik het niet had gezegd. Als ik haar tijd gegund had, concessies gedaan. Na een week of wat zou ze me vanzelf gebeld hebben. Desnoods na een maand. Ik zou haar in Haarlem opgehaald hebben. Misschien zouden we naar Zandvoort zijn gegaan. In het zand hebben gelegen. Hand in hand, net als aan de plas. We zouden naar de blauwe hemel hebben getuurd, met elkaar hebben gepraat, of misschien alleen maar stil naast elkaar gelegen. We zouden de zee hebben gehoord, het aanrollen van de golven. We zouden de zilte lucht op onze lippen hebben geproefd. En ik zou verse jus d'orange voor haar bij de strandtent halen en daarna zou ze met haar vlassige blonde haren op mijn schouder in slaap vallen. Haar mond een beetje open, *for my eyes only*. En aan het eind van de dag zouden we van onze handdoeken opstaan en voor het eerst de andere mensen zien, met onze blote voeten door het water lopen. Ze zou een schelp oprapen en haar voetstappen zouden in de wazige zonneschijn vollopen met water. Misschien wel op dit moment, vandaag, nu.

Het begon allemaal voor de deur bij Paauwe op de Burgemeester de Vlugtlaan, vlak bij Plein '40-'45, een kroeg waar we anders nooit kwamen, zo'n verzamelpunt voor opgedirkte huisvrouwen in felkleurige jurkjes die op knappen staan en waar je zonder lasbril beter niet naar kon kijken. Met in de mandekking de leden van het Bavaria-drinking-team, van die saté-van-houten-borden-schransers in hun spijkerbroeken van de markt met gratis zicht op een halve decimeter bilnaad. We stonden op De Laatste Mode te wachten, die verderop, lulmobieltje aan het oor, zijn vriendin Mirjam draad- en kosteloos op een voorproefje van de hel trakteerde. Jamal was er ook bij die avond. En daar kwam het door. Een zware vent met tatoeages en gemillimeterd haar beweerde dat Jamal zijn vrouw lastigviel, wat niet waar was. Jamal was alleen maar zo dronken dat hij was omgevallen, tegen haar aan, dat wel, maar het had iedere andere vrouw mogen wezen. En dat zei Otman ook. Die vent had er echt trek in, hij ging er onder de rood-witte lichtreclame van Amstel eens goed voor staan, in zijn leren vestje, met zijn vierkante kop. Hij schreeuwde tegen Jamal, loerde met zijn kleine varkensoogjes naar mij en Otman.

'Waar maak je je druk om?' zei Otman. 'Hij ziet heus niks in haar, al was hij broodnuchter.'

'Wil jij een klap voor je bek?' zei die vent.

'En ik ga de krant lezen...' zei Otman.

Het klonk goed, John Belushi had het niet beter gekund. Het zou nog beter geklonken hebben als hij die zwaaistoot ontweken had. Wat zeker niet onmogelijk was gezien de trage, getelegrafeerde stijl waarin hij werd uitgevoerd. Maar Otman zou Otman niet zijn als hij hem niet met volmaakte timing op de zijkant van zijn neus had opgevangen. Je hoorde *krak* en het volgende moment lag Otman waterpas op de stoeptegels.

De kelner was er inmiddels bij gekomen en trok die vent weg voor hij zijn Bata-boot in Otmans rug kon planten.

'Gaan we nog wat drinken?' zei Jamal.

Kennelijk had hij gemist dat er iets aan de hand was, dat Otman uitgeteld en bloedend op de grond lag.

'Ik breek jullie alledrie je poten,' zei die vent.

'Jongens, doe mij een lol, en ga ergens anders de boel lopen opfokken,' zei de kelner.

'We willen een biertje drinken,' zei Jamal.

Ik bukte me en probeerde het bloeden van Otmans neus met zijn nieuwe pet te stelpen. Hij had zijn ogen weer geopend, wat ik als een gunstig teken beschouwde. Ik keek om of ik De Laatste Mode zag, maar die was ineens nergens meer te bekennen.

Even later toen we met Otman strompelend en bloedend tussen ons in over straat liepen, dook hij uit het niets op. In de verte kwamen twee gasten aangefietst. De Laatste Mode ging langs de rand van het fietspad lopen. Het grote voordeel van De Laatste Mode, in de zin dat je altijd een achterstand op hem zou houden, was dat hij al een beuk had uitgedeeld ver voordat je de tekst 'gevarenzone' op zijn voorhoofd had zien rimpelen. Zonder iets te vragen of te zeggen haalde hij naar een van die fietsers uit. Die vent ging met fiets en al tegen de grond. Zijn maat stopte en begon van een afstandje zonder al te veel overtuiging te vloeken.

'Zij waren er ook bij, net bij Paauwe,' zei De Laatste Mode.

'Die andere ook.'

Zijn haar zat nog net zo strak in model als voordat hij had uitgehaald. Hij nam me op met een dwingende blik in zijn ogen waaraan ik die avond niet kon of wilde ontsnappen. Tot alles en niets bereid stormde ik op die andere vent af en begon hem te stompen. Hij zat nog op zijn fiets en bracht zijn handen omhoog om zijn gezicht te beschermen. Ik sloeg hem op zijn armen en ribben, waar ik hem maar kon raken. Hij deed niets terug. Het was alsof ik mezelf sloeg, alsof ik naar mijn eigen gekreun en gejammer luisterde. Ik wilde hem niet slaan, maar ik bleef doorgaan en doorgaan. Tot mijn handen in lichterlaaie stonden.

Toen het allemaal voorbij was, wilde ik hem zeggen dat het me speet, maar de anderen stonden vlak achter me. Ze trokken me mee en we liepen naar het gloednieuwe winkelcentrum waar we op een van de metalen bankjes gingen zitten.

'Ik denk dat hij gebroken is,' zei Otman.

Er stonden nog hekken met daarachter kruiwagens en bergjes losse stenen en planten, beschenen door een felblauw magnesiumlicht. De grootschalige werkzaamheden waren op wat frats-franje na voltooid. Twee jaar lang hadden hier de loopjongens van de projectontwikkelaars de dienst uitgemaakt, met hun kranen, bulldozers, overalls, helmen, vlechtijzer en betonmolens zo groot als een spaceshuttle. We staken een sigaret op en staarden naar de uitgestrekte nieuwheid die nu al in stilzwijgende perversiteit met het verval lag te flirten. Vroeger dacht ik dat ze er echt mee zaten toen het oude winkelcentrum metertje voor metertje toegetakeld werd door die gastjes van de brommerbrigade. Maar de laatste maanden was ik daaraan gaan twijfelen. Het oude moest kapot zodat er iets nieuws gemaakt kon worden. Iets groters en duurders. De bondigste definitie van vooruitgang: groter en duurder. In zekere zin maakte de brommerbrigade zonder dat te beseffen deel uit van een keten van geplande gebeurtenissen. Uitgedokterd door jongens in dure pakken en met de juiste connecties op het stadhuis. Iets nieuws bouwen hield dat hele zooitje in leven. In feite hadden ze hun langetermijnstrategie afgestemd op het legertje onbezol-digde slopers aan de basis, op die louterende kinderarbeid waar je blind op kon vertrouwen. Weer of geen weer, doordeweeks of in het weekeinde, de brommerbrigade stond altijd klaar om het ver-val een handje te helpen.

Ik voelde me ellendig. Ik had geen zin om hier te zijn, met die idioten, hun dronken praatjes en bloedende neuzen, maar de alter-natieven die ik kon bedenken waren nog veel beroerder. Misschien moest ik me opgeven voor een vn-hulpkonvooi naar de Sahel. Met zo'n vrachtwagen vol voedsel en medicamenten voorgoed in een zandstorm verdwijnen.

'Freek heeft me gevraagd of ik 's avonds op de opening van het buurthuis wil draaien,' zei De Laatste Mode. 'Hij heeft me zes meier gegeven om cd's te kopen. Rachids Big Bam Boom Club Trance Party.'

'Die goeie ouwe Freek Feek heeft ineens een schatkist vol geld,' zei ik. 'Om iedereen zoet te houden.'

'Hoe ziet het eruit?' zei Otman.

Zijn vingertoppen maakten omzwervende bewegingen rond zijn neus. Die was opgezwollen en stond nukkig scheef, alsof hij zich had voorgenomen vanaf nu zijn eigen weg te gaan, zonder de klootzak die hem steeds dit soort kunstjes flikte.

'Beter, veel beter,' zei Jamal.

'Ja ja.'

'De Gucci Man is een oor kwijt, wist je dat?' zei Jamal. 'Hij is op de Slotermeerlaan onderuitgegaan, op zijn oor, en toen een metertje of tien door geroetsjt. Dat noem ik nog eens pech, man.'

'Ze kunnen een oor er weer aanzetten,' zei De Laatste Mode, 'een vinger ook, ze kunnen zelfs je lul er weer aanzetten.'

'Ze hebben er nog naar gezocht,' zei Jamal, 'zijn vader en zijn broer, later, toen hij al in het ziekenhuis lag. Maar er waren auto's overheen gereden... het was al smeerworst. Pech, pech, pech.'

'Moet je ook altijd gelijk meenemen. Dat oor dat Mike Tyson eraf had gebeten, hebben ze gelijk opgepakt en er weer aan laten naaien.'

'Welk oor was het?' vroeg Otman.

'Van de Gucci Man? Maakt dat wat uit?'

'Links of rechts?'

'Godverdomme, hij is een oor kwijt, man!'

'En die scooter ook,' zei De Laatste Mode. 'Die kwam uit Buitenveldert. Of ik draai de hele avond triphop, met misschien wat *catchy* big beat aan het eind.'

'Zijn oor én die scooter. Dubbele pech.'

Jamal had het de laatste tijd nogal begrepen op het noodlot. Overal zag hij pech. Hij deed me denken aan iemand die een Peugeot heeft gekocht en vanaf dat moment overal op straat Peugeots signaleert.

Otman bevoelde nog een keer heel voorzichtig zijn neus.

'Is het erg, Ber, eerlijk zeggen weetjewel, is het echt erg?'

'Nee, ik denk zelfs dat je ervan bent opgeknapt.'

'Donder jij ook op!'

'Is er nog wat te snuiven?' zei Jamal.

'Ik denk dat ik even naar de eerste hulp ga,' zei Otman.

Ik dacht aan die vent op de fiets met zijn handen voor zijn gezicht, ik dacht aan het moedervlekje op de heup van Thera. Ik was bang voor wat er met me gebeurde en wat me nog te wachten stond. Ik zei: 'Kom, we pakken een taxi.'

Ik weet niet wat er eerder was, de zekerheid dat ik alles zou gaan uitzoeken of die foto in de krant: van een meid op een schommel met een telefoontje in haar hand. 'Suzy & Ben,' stond erbij. Volgens de advertentie moest je tijdens je vakantie flink mobiel bellen. Dat was goed. Want Ben ging overal met je mee naartoe.

Ben. De gedachte dat ze bij hem kon zijn, was een paar keer eerder bij me opgekomen, maar ik had hem evenzovele keren onschadelijk kunnen maken.

Zoals dat gaat, zoals het uiteindelijk in het leven van iedere sukkel gaat, sloeg ik na veel nadenken en aarzelen en mezelf verwensend juist die weg in die ik op goede gronden steeds had verworpen. Als ik naar mijn eigen leven kijk, zijn dat de momenten die tellen, die het verschil bepalen, ze markeren de kruispunten van wegen die ik had kunnen inslaan, beter had kunnen inslaan, maar die ik niet ben ingeslagen.

Ik had besloten dat het een stommiteit en een rotstreek zou zijn als ik het Barlaeus niet afmaakte en ik ging van school. Ik was ervan overtuigd geraakt dat ik voorlopig beter bij Fast Eddie weg kon blijven en ik zat er trouw iedere avond. Ik was tot de conclusie gekomen dat het een pijnlijke vergissing zou zijn als ik uit zou zoeken waar Ben woonde en ik stelde alles in het werk om zijn adres te achterhalen.

Jan & Ben, Rob & Ben, Suzy & Ben. Thera & Ben.

Uit de verhalen van haar wist ik dat hij aan de Keizersgracht woonde, in de buurt van de Leidsestraat, een paar huizen verwijderd van een café-restaurant met een terras in de tuin, waar ze, toen ze nog bij hem woonde, vaak samen hadden ontbeten. Dat café-restaurant had ik binnen een halfuur gevonden. En toen was het kinderlijk eenvoudig om zijn glimmende, koperkleurige naam-bord met bel en vermelding van 'fotostudio' op nummer 347 te vinden.

Die eerste middag dat ik aan de overkant van de gracht op een stoepje afwachtte, gebeurde er niets. Een paar keer ging er iemand op nummer 347 naar binnen of naar buiten, maar Ben of Thera zag ik niet. Het wachten beu, belde ik aan, waar ik onmiddellijk spijt van had, maar gelukkig volgde er geen reactie. In het café zocht ik zijn telefoonnummer op. Het antwoordapparaat stond aan, de boodschap was uitgesproken kortaf, heel onattent professioneel van toon: 'Dit is 6273626, spreek na de toon een boodschap in.' Dus zo deden dat soort gasten dat. Geen naam, geen 'hallo', geen enkele vorm van beleefdheid.

Ik keerde weer terug op mijn uitkijkpost en bleef daar tot de gracht een flaneergeul was geworden van honderden hardhouten sloepen met verwaande vlaggen en wijnkoelers en hufters met roodkoperen koppen. Ik zag mezelf door hun ogen op het stoepje zitten, zag me in het late licht wachten en smachten, verhit en cha-grijnig, het hoofd wat omlaag en mijn schouders gebogen, een loser eersteklas, de clou van een slechte grap, en opeens kon ik er niet meer tegen. Met een taxi reed ik terug naar Fast Eddie.

De volgende ochtend vroeg zat ik weer op het stoepje tegenover 347, met toegeknepen ogen tegen de ochtendzon en met aan mijn vergiftigde lijf een slobberend, gekreukeld en behaard Armani-pak dat eruitzag alsof ik die nacht voor dood in een donker, naar Bonzo en benzine stinkend hol op een aangevreten berber naast een pacifistische vechthond had geslapen.

Ik weet niet of ik er al lang of kort zat, maar op een gegeven moment zwaaide de deur van 347 open en kwam hij naar buiten. Met zijn labrador in zijn kielzog. Ik herkende hem meteen en zou dat ook zonder die hond als aanwijzing gedaan hebben. Dat volle, gebruinde gezicht, de krullen, het felgekleurde wijde shirt over de broek, ook hoe hij zich bewoog, licht deinend met zijn schouders, laconiek, overtuigd van zijn gelijk, precies zoals hij in de gang van het ziekenhuis was aan komen piepen op zijn gympen.

Hij liep naar de brug, stak die over en kwam toen aan de andere kant van het water in mijn richting. Een bestelwagen van TNT stopte een meter of wat bij me vandaan. De bestuurder stapte uit en trok een pakketje uit de laadruimte. Ik kon zijn radio door het geopende raampje horen terwijl hij ergens naar binnen ging. Het was een nummer van Marvin Gay, meen ik me te herinneren. Ben kwam steeds dichterbij. Een open BMW stond nu achter de bestelwagen. De vrouw die erin zat begon te toeteren en bekeek zichzelf daarna in het spiegeltje van haar wagen. Mijn handen waren drijfnat. Hij was nu een meter of acht van me verwijderd. Zijn hond passeerde me, bleef staan en snuffelde aan een paaltje. Hij tilde zijn achterpoot op, bekeek mij ondertussen met ondoorgrondelijke blik en zette zich weer in beweging. Vlak voor Bens schaduw over me heen gleed, zette ik mijn zonnebril op. Hij rook naar aftershave, naar een elementaire mannelijkheid, de wereld van borsthaar en lease-auto's. Hij klapte in zijn handen en floot naar zijn hond. Ik schrok ervan. Hij draaide heel even zijn hoofd in mijn richting en keek omlaag, maar hij zag me niet, ik was een vlek, een schoenpoetsertje uit Delhi. Het was handig om onzichtbaar voor hem te zijn. Maar het had ook iets vernederends dat ik niet voor hem bestond, terwijl hij voor mij juist aanweziger was dan wat ook.

Ik herinner me dat mijn hart in mijn gestoofde lijf bonkte, dat ik hem met mijn ogen volgde tot hij weer aan de overkant van het water liep en het portier van zijn auto opende om zijn hond op de achterbank te laten springen. Ik herinner me hoe zijn elleboog uit het raampje hing toen hij wegreed. Mijn overhemd plakte aan mijn huid. Ik stak een sigaret op en probeerde na te denken over mijn volgende stap. Ik wilde fris en helder zijn, me groot en sterk voelen. Ik vroeg me af hoe een huurmoordenaar zich voelde als hij zijn slachtoffer aflegde, hoe het was als zijn doelwit langs hem liep, onbewust van het gevaarlijke plan van de ander. Het moest vreemd zijn om te zien hoe je prooi met iedere gedachteloze manoeuvre zijn ondergang dichter naderde.

'Ik wil het godverdomme weten, Thera!'

Stom, hartstikke stom. Ik hoefde niets te weten, echt, helemaal niets. Ik hoefde alleen maar…

Samen aan het strand. Het zachte licht boven de zee. Ik zou op haar letten nu, ik zou zelf ook niet meer drinken, ik zou haar op tijd naar huis brengen, bij haar moeder afzetten, ik zou geen onzin over Bali en Arizona meer uitkramen. En zij zou me midden in de nacht weer bellen, uit zichzelf, zoals ze in het ziekenhuis had gedaan.

'Diablo.'

'Liefje.'

'Ik kan niet slapen.'

'Ik ook niet.'

'Praat tegen me.'

'Waarover?'

'Vertel maar waar je het liefst van zou dromen.'

'Dat is niet moeilijk.'

Nee, ik houd mezelf voor de gek. Dat is mijn grootste fout. Rein heeft gelijk. Ze hebben allemaal gelijk. Behalve ik. Ze zou toch op me uitgekeken raken. Het zat erin, het heeft er van het begin af aan in gezeten. Zij of 'iets' had het voor me in petto, het was slechts een kwestie van tijd.

Hoe had ik het kunnen voorkomen? Door haar niets te vragen, door er niet te zijn. Hoe nog meer? Door het vóór te zijn, door de gebeurtenissen te sturen, door haar te laten voelen dat ik kon zijn wie zij wilde dat ik was, kon doen wat zij wilde dat ik deed. Door haar zelf te laten ontdekken dat ze mij net zo nodig had als ik haar. Maar in plaats daarvan ging ik in de aanval.

'Kijk me aan, kijk me aan verdomme!'

En het resultaat was: Thera & Ben aan de Algarve. En het resultaat was: over vier dagen staat hij voor de rechter, de achttienjarige gymnasiast b.d. Berry K., alias het monster van Schotelcity, alias Diablo, huidige verblijfplaats Penitentiaire Inrichtingen Overamstel, toren De Weg, H.J.E. Wenckebachweg 48, 1096 AN Amsterdam (bezoek op afspraak).

Nee, allemaal onzin. Hoe had ik een ander voor haar kunnen worden? Hoe doe je dat? Hoe laat je je ene ik je andere ik verslinden, zoals het ene liedje het andere liedje opvreet en een nieuw liedje wordt, zoals woorden zich met nieuwe betekenissen volproppen en andere woorden worden?

Thera's vader ging vroeger iedere zaterdagmiddag in trainingspak de deur uit, hij reed met zijn auto naar de Haarlemmerhout om in het bos te rennen. Hij trainde voor de marathon, dachten zij en haar moeder. Tot Thera's beste vriendin zei dat ze haar vader op zaterdagmiddag regelmatig uit het hoerenstraatje van Haarlem zag komen, in trainingspak. De eerstvolgende keer dat haar vader in trainingspak thuiskwam, stapte er een andere man binnen, de man die haar vader had vermoord. Een ander worden, het gebeurt buiten je wil om, het is een zaak van de anderen. Ze kijken naar je en door hun blik ben je op slag veranderd. Dé manier om een ander te worden is op zaterdagmiddag in je trainingspak thuiskomen, niet wetende dat de anderen inmiddels weten wat ze volgens jou nog niet weten.

Soms dacht ik: Had ik haar maar eerder ontmoet of, beter nog, later. Op een geschikter moment in ons leven. Het is stomme pech dat het te vroeg kwam, dat het niet nog vóór ons ligt...

Ze zou het toch uitgemaakt hebben.

Waarom? Waarom dan?

Omdat ik maar een lulletje van achttien was met magere armen en een belachelijk grote Nike-zwembroek fladderend om mijn reigerpoten. Omdat ze makkelijk een man kon krijgen, een echte man met Italiaanse designmeubelen, Hemingwaykin en breedbeeldtelevisie aan zijn voeteneind, een man met gouden kronen. Omdat ik te veel van haar hield en haar in het nauw dreef. Omdat ik te weinig van haar hield en doorging met blikjes goldlabel opentrekken. Omdat ik van dat klotehaar had. Omdat ik haar niets te bieden had dan de fata morgana's van mijn fantasie. Omdat mijn Reeboks stonken. Omdat ik haar niet kon beschermen. Omdat ik altijd, altijd weer zou zeggen: 'Ik wil het weten, godverdomme!'

Ik zou tegen al die redenen wel iets in kunnen brengen, ik kan ze één voor één pareren. Dat is niet zo moeilijk, los van elkaar zijn ze krachteloos. Het moet iets anders zijn, iets dat verdergaat, dieper. Of misschien juist iets dat veel kleiner is, oppervlakkiger. Het zijn de kleine dingen die de machine ontregelen, de onaanzienlijke, betekenisloze dingen die de hele boel kapot laten draaien. Je stijgt op tot boven de Himalaya door precies dezelfde kleine dingen die je later een paar meter onder Nieuw Amsterdams Peil stampen. Kleine dingen plaatsen zich bij voorkeur tussen jou en je verlangen, in dat opzicht doen ze niet onder voor de dingen van formaat. Ze morrelen aan de wissels van het spoor, ze vreten aan de palen van de fundering, ze vormen een ketting van voorvalletjes die geheel onschadelijk zijn zolang ze niet met elkaar verbonden waren.

Ik kon er niets tegen doen. Ik stond met lege handen. Wat ik ook gedaan had, ik was machteloos. En toch keren de gedachten steeds weer terug. Misschien had ik… *Laat ons met rust. Begrijp je dan niet dat dát voor haar het beste is.* Haar moeder door de telefoon. Ik had haar dochter niet beschermd, ik had haar dochter het ziekenhuis in geholpen. *Heeft ze gedronken?* De broeder in de ambulance terwijl hij haar zuurstof toediende. Zijn blik terwijl hij me aankeek. *Veel gedronken?*

Je moet naar een dokter, heb ik tegen haar gezegd.

'Bemoei je er niet mee.'

Misschien moeten we het een paar dagen wat rustiger aan doen, heb ik tegen haar gezegd.

'Dat bepaal ik zelf wel.'

Als ik haar observeerde terwijl ze op bed lag, werd ze woest.

'Duvel op, laat me met rust.'

Ik keek de andere kant op. Ik liet het erbij. Misschien daagde ze me uit, wilde ze zien hoe groot mijn bereidheid was, hoeveel ik voor haar overhad. Misschien hunkerde ze naar het moment waarop ik zou zeggen: 'Het is afgelopen, of je nu kwaad op me bent of niet, we gaan *nu* naar een dokter.' Misschien had ik… Nee, nee, nee.

En als ik nu eens niet op die schommelbank tegen haar had geschreeuwd dat ik wilde weten wat er was?

Vergeet het maar. *Ze moest je gewoon niet meer.*

Houd je kleremuil.

Ze. Moest. Je. Niet. Meer.

29

Het moet een uur of vier in de nacht geweest zijn toen Otman, Jamal en ik ieder een briefje van honderd opaten. We zaten op de rugleuning van een bank in het park, met Arnold snurkend en opgerold aan Otmans gympen. Zijn ene oog had hij stijf dicht en met het andere keek hij de stikdonkere nacht in naar de laaghangende wolken. We hadden nog geen zin om te slapen en dronken van de flesjes AA die we uit de Escape hadden meegenomen. We praatten nog wat na over de meiden uit Weesp die we hadden ontmoet, trutjes die zich gedroegen alsof ze in een bordeel werkten waar je uitsluitend op vertoon van creditcard en SM-brevet binnen werd gelaten, terwijl die grietjes eigenlijk nog heel onschuldig en bang waren geweest. Het muizenkutje waar ik een tijdje mee had gepraat droeg een wit T-shirt met over de gespannen heuvels van haar borsten de tekst: DON'T TOUCH. Ik vroeg me af hoe je dat verbod moest interpreteren, als een ironische uitnodiging of als een quasi-ironische valstrik. Er was, gek genoeg, maar één manier geweest om daarachter te komen. Soms kon alles tamelijk verwarrend zijn.

'Die ene waar ik mee danste had een te gekke taille, heb je dat gezien, Ber? Superslank weetjewel.'

'Dat leek zo door die dikke reet. Ze had een paar flinke *Parool*-tassen, hè Jamal?'

Jamal zei geen boe of ba, die klootzak. Hij zat maar met zijn ellebogen op zijn dijen en zijn hoofd ver vooorover.

Het was aangenaam fris in het park en zo stil. Het gebeuk van de muziek en de stemmen die nog nagalmden, losten geleidelijk op in een zacht gegons, in een loom soort vermoeienis die mijn lichaam zwaar maakte. Op den duur, wist ik, zou ik alleen nog een hoog suizend geluid horen, zoals je hoort als je vol gas op een scooter rijdt.

Otman was hartstikke fit, hij geloofde nog helemaal in bewegen en praten. Hij schoof zijn FC Barcelona-shirt omhoog en ging voor ons staan, hij legde zijn handen om zijn middel en drukte zijn flanken met grote kracht naar binnen.

'Ik vind het belangrijk, een goeie taille weetjewel. Als ik een vrouw was zou ik er alles voor overhebben om een perfecte taille te hebben, anorexia, liposuctie, desnoods dun schillen.'

In een hoog en zelfgenoegzaam tempo dat het vermoeden deed rijzen dat hij wat speed voor eigen gebruik had achtergehouden, lulde hij een tijdje door over tailles en buiklijnen. Hij begon zelfs vergelijkingen te trekken met hondenrassen en kwam uiteindelijk tot iets dat op een conclusie leek, namelijk dat rottdweilers van die kutklotehonden waren omdat ze gewoon geen taille hadden. Het ging allemaal op de toon van een expert, van de gast die alle lekkere wijven van de stad al heeft gehad. Die Otman, ongewapend, nuchter dus, was hij zo bang voor het andere geslacht dat het al misleidend zou zijn te beweren dat hij uitging om iets te versieren.

'Ik heb honger, geloof ik,' zei hij.

Daarmee was het begonnen. Hij ging op de rugleuning van de bank zitten, klaar voor een sprong of een duik of een salto, klaar voor welke impuls dan ook, en ik gaf hem een briefje van honderd. Zonder aarzeling stopte hij het in zijn mond. Zijn hoofd bewoog heftig heen en weer, door die ingebouwde Sony.

'Jij ook, Jamal?'

Hij reageerde niet. Ik gaf hem er toch een, hij keek er een poosje naar met de versufte verbazing van een slaapwandelaar en stak het toen langzaam in zijn mond. Tijdens het kauwen hield hij zijn handen met gespreide vingers omhoog en bestudeerde ze aandachtig.

Ik kon niet achterblijven en zo zaten we alledrie op een briefje van honderd te kauwen.

'En?' vroeg Otman.

'Ik weet niet,' zei ik, 'het smaakt een beetje als stopverf met Brinta.'

'Nee man, it tastes like victory, weetjewel.'

Otman klonk nu als Robert Duvall in *Apocalypse Now*, wanneer hij in zijn blote bast op die heuvel staat en de geur van napalm opsnuift. *Victory*. Zo voelde hij zich echt, je zag het. Jamal zei nog steeds geen moer. Dat gebeurde de laatste tijd meer en meer, dat hij ineens zo stil werd. Hij zat maar naar zijn handen te kijken.

Otman slikte het bankbiljet door. Ik kon zijn strottenhoofd in de duisternis een sprongetje horen maken. Voorzichtig volgde ik zijn voorbeeld om daarna de gore smaak snel met een grote slok AA weg te spoelen.

'Bah!'

We zwegen een poosje en ik zag mezelf weer voor de deur van Keizersgracht 347 staan. Het koperen bordje met zijn naam en 'fotostudio'. De bel. Het gekraak over de intercom. En dan die stem. Haar stem?

'Ja?'

In ieder geval een vrouwenstem, vervormd door ruis.

'Thera?' zei ik. 'Thera, ben jij het?'

Even was het stil en toen hoorde ik *klik*. Misschien was de stem van iemand anders geweest, honderd procent zeker was ik niet van mijn zaak.

Jamal boog zich voorover en spuugde het vermalen stuk bankbiljet uit; als een futloze meelbal plofte het goedje neer. Arnold snoof er kwispelend aan en begon eraan te likken.

'Ik doe hier niet meer aan mee.'

Jamal stond op en liep over het grindpad weg.

'Wat heeft hij?' vroeg ik.

'Laat hem maar,' zei Otman.

Maar dat wilde ik niet. Ik rende achter hem aan en haalde hem in bij het grote grasveld.

'Hee Jamal, het was maar een geintje.'

'Rot op. Laat me met rust. Jij, Otman, Rachid, jullie kunnen allemaal doodvallen.'

'Kom nou mee terug, gaan we nog iets leuks doen.'

Hij draaide zich plotseling om en gaf me een klap voor mijn kop. De stekende pijn onder mijn oog, de schrik. Ik viel achterover in het natte gras en het volgende moment lag hij boven op me. Hij klemde zijn opgezwollen handen om mijn hals.

'Jamal! Stoppen klootzak! Stoppen, zeg ik.'

Hij keek me even aan en liet toen los. Daarna trok hij me overeind.

'Sorry, Ber. Ik heb er geen zin meer in... ik... het is allemaal een grote kutzooi... het wordt alleen maar erger en erger zo...'

De huid op mijn jukbeen gloeide van de klap. Ik wreef er met mijn vingers langs. Toen legde ik mijn arm over zijn schouder.

'Jamal, luister, jouw tijd komt nog. Hoor je wat ik zeg? Sommige perioden moet je alleen maar zien door te komen. Aan de overkant van de heuvel schijnt de zon. Over een tijdje lach je erom, over een tijdje lach je iedereen uit.'

'Ik weet niet meer wie ik ben... wat ik moet... dat baantje bij de post, weetjewel... Als ik er morgen heen ga, dan is het rond... bij de post...'

'Daar ben je te goed voor, Jamal. Jij bent godverdomme de beste van ons allemaal, man!'

'Ik ben niks meer. Ik haat mezelf, Ber. En ik haat al die gasten van mijn elftal. Ik haat ze omdat zij gewoon doorgingen toen de deur in mijn smoel werd gesmeten, begrijp je? Omdat alles gewoon doorgaat.'

'Haat is dom, haat is het domste wat er is, man. Als er één ding is dat ik haat, dan is het wel haat.'

Hij lachte zacht.

'Jij,' zei hij, 'jij, klootzak. Kan jou dan helemaal niets wat schelen?'

Hij omhelsde me en we bleven zo staan.

'Ik haat jou ook, Ber.'

Onze gezichten waren dicht bij elkaar, als van twee boksers in de clinch.

'Weet ik,' zei ik. 'Het is oké, ik jou ook.'

Even kwam er een dromerige afwezigheid over hem, zijn mond stond open en hing aan één kant een beetje naar beneden, en zijn wenkbrauwen waren lichtjes opgetrokken. Toen klopte hij me op mijn schouder en liet me los. Traag en met logge tred ging hij over het natte gras weg. Waarheen zei hij niet. Of hij dat baantje bij de post zou accepteren ook niet.

Iedere dag keerde ik terug naar de Keizersgracht. Ik wachtte aan de overkant op het stoepje of ik drukte mijn vinger op de koperen bel of ik belde vanuit het café op. Wat ik ook probeerde, het resultaat was en bleef nihil.

Het leek alsof het huis na dat 'Ja?'-*klik* leeg was komen te staan, een hypothese die aan kracht won door mijn ontdekking dat 's avonds steeds stipt om half acht het licht aanging en stipt om half twaalf uit. Daar kon alleen maar een timer achter zitten.

Ik hoorde Otman tegen Arnold praten en daarna begon hij een liedje te zingen, een nummer van Railand waar hij helemaal weg van was. 'C'est pas ma faute,' klonk zijn stem. En daarna stortte hij zich, in rasperig Berbers, in een liedje vol vreemde melancholieke klanken. Hij had het ooit voor me vertaald, het ging over de liefde van een jong stel die kapot wordt gemaakt doordat anderen zich ermee bemoeien.

'C'est pas ma faute…' Dat zinnetje keerde steeds weer terug. Ik bleef nog even staan luisteren naar Otmans hoge stem in de duisternis, me afvragend wat ik zou doen. Ik wist niets meer te bedenken. Aan de overkant van de heuvel scheen de zon. Wat een gelul, wat een beschamend slap gelul. Er waren hier niet eens heuvels. Slaap zacht allemaal. Welterusten. *'C'est pas ma faute…'* Ik spuugde een papiervezeltje uit in het gras en begon te rennen. Ik holde het park uit, de brug over, met mijn schoenen roffelend op de planken. Ik bleef hollen tot ik thuis was, waar ik hijgend met mijn rug tegen de keukendeur op de koude vloertegels ging zitten.

'Je raadt nooit wie er voor je gebeld heeft,' zei mijn broer.

Hij stond aan mijn bed, frisgeschoren, in bergbeklimmersshorts en op de wandelschoenen die hij voor zijn wereldreis had aangeschaft.

Ik wist nog even niets. Niet wie ik was, waar ik was, niet hoe het kwam dat zijn gezicht kilometers boven me uit leek te torenen.

'Hoe laat is het?'

'Half twee. Je raadt het nooit.'

Zijn ogen tastten mijn gezicht af, het maakte me onzeker.

'Wie?' zei ik.

'Raden,' zei hij.

'Godverdomme *wie*?'

'Begint met een T.'

'Thera?'

'Tilly.'

's Middags ging ik met mijn moeder mee naar een tuincentrum aan de rand van de stad om een hardhouten bankje te kopen. Boven de hal met planten en tuinmeubelen hing een groot bord met de naam van die zaak: Tuin-Dier. Waarschijnlijk hadden ze hun handeltje zo genoemd omdat ze er ook spullen voor honden, katten en vogels verkochten. Maar tot die conclusie kwam ik pas later, eenmaal binnen. Toen we op de parkeerplaats uitstapten, dacht ik alleen maar: Verrek, dit is dé zaak voor mijn moeder, dit is zij, *Tuin-Dier*.

'Wordt het niet eens tijd dat je het wat rustiger aan gaat doen, Ber?'

We liepen in die stikbenauwde hal rond tussen de tuinkabouters en de vijvertjes.

'Ik bedoel: je even lekker uitleven na het eindexamen is één ding, maar je kunt ook te ver gaan.'

Ik zei niets terug.

'En waar is die eindlijst nou, ik heb nog steeds je eindlijst niet gezien. Je zou hem verleden week ophalen.'

'Er staat niets anders op dan ik je al verteld heb, ma.'

'Dat weet ik, maar het is toch leuk, om het even op een officieel papiertje te zien.'

'Als ik jou er gelukkig mee maak… deze week zorg ik ervoor.'

Op de terugweg in de auto zei ze: 'En hoe is het met Thera, gaat het nog steeds goed met haar?'

'Hartstikke goed,' zei ik. 'Ik moest je nog de groeten van haar doen, ma.'

Het lukte me om die dag en, geloof ik, de dag erna niet naar de Keizersgracht te gaan, en ook niet naar Fast Eddie. Ik bestond niet, ik zat met mijn broer en mijn moeder aan tafel te eten, maar ik bestond niet. Niet echt. Ik maakte het best. Het ging prima. Ik was alleen een beetje afwezig. Ik deed wat spullen in de leren reistas die ik met Thera had gekocht en liet me naar Schiphol rijden. Ik zat in de vertrekhal met mijn paspoort in mijn binnenzak. Ik keek naar de mensen die hun bagagekarretjes voortduwden en met bange buideltjes om hun middel bij de incheckbalie stonden te zweten, ik luisterde naar de stem die onvermoeibaar vertrektijden bleef omroepen. Geen seconde overwoog ik een ticket te kopen, ik wilde daar alleen maar zitten. Op mijn plastic stoeltje, mijn loge-plaats met uitzicht op de choreografie van de overspannen verwachting en haast die je eerder in verband bracht met de laatste uren van Pompeji dan met een last-minutetrip naar Fuengirola. Ik liet het allemaal op me inwerken en soms, heel even maar, was het alsof ik het was die vertrok, alsof ik het was die ging opstijgen om alles achter me te laten. Maar even later was ik weer thuis en ging ik als een waanzinnige op zoek naar het telefoonnummer van The-ra's zuster.

'Ze heeft ons in ieder geval weer gebeld,' zei ze.

'Waar is ze?' vroeg ik.

'Ik wil me hier niet mee bemoeien, maar als ik je een goede raad mag geven, vergeet het dan, Berry.'

Ze klonk nog steeds vriendelijk. Ik geloofde dat ze het oprecht meende. En dat geloof ik nog steeds.

'Is ze bij Ben?'

Zeg het me. Zeg het me niet. Zeg het me.

'Is ze bij Ben?'

Maar daar wilde ze niet op ingaan. Ik leende van Otman een breekijzer en klauterde over afscheidingen heen tot ik in zijn tuin stond. Bens tuin. Waar ik met Otmans gereedschap de tuindeur forceerde, en meer, de waarheid openbrak, tot hij voor me lag, naakt en onverschillig, als een oester van Nam Kee.

En toen was er de dag dat ze de deur uitkwam, aan de overkant van het schommelende water, en ik ontdekte dat mijn boot te klein was. *Dirty Berry says: We need a bigger boat.*

Daar gaat ze. Roze korte broek, T-shirt, sandalen, nonchalante schouders, nat haar – het moet in de ochtend geweest zijn. Ze staart heel even naar omhoog, naar de hemel, recht in de zon, alsof ze de scherpte ervan taxeert, en een fel licht weerkaatst op het zilverkleurige montuur van haar nieuwe zonnebril. Ze komt het trappetje af, de hond aangelijnd achter haar aan. Daar gaat ze.

Mijn eerste impuls was naar haar toe rennen, maar ik hield me in. Ik volgde haar door de Leidsestraat, richting Leidseplein, langs het Marriott, langs een stuk of wat winkels. Ik kon mezelf voelen ademen, mijn hart voelen kloppen, mijn handen koud worden. Bij de ingang van het Vondelpark maakte ze de hond los. Hij stoof weg tussen de struiken. Met een routineuze beweging hing ze de riem over haar schouder en ging het park in. Na een meter of vijf viel de riem op het grindpad. Ze bukte zich om hem op te rapen en op dat moment zag ze mij achter haar staan. In het volle licht en met de kleding aan die we samen in de P.C. Hooftstraat hadden gekocht.

'O, godverdomme,' zei ze voor ik maar een woord kon uitbrengen of een beweging maken.

Met de riem tussen haar vingers kwam ze overeind. Ze bleef staan, haar armen hingen nu sloom langs haar lichaam. Haar mond leek groot en ik wist dat haar ogen achter de donkere glazen mij opengesperd opnamen. Toen tilde ze haar handen op, met haar handpalmen omhoog, een gebaar dat iets van machteloosheid, van overgave uitdrukte.

Ik zocht naar woorden die in staat waren het vernietigde te herstellen, maar er wilde me niets te binnen schieten. Een paar lange seconden stonden we tegenover elkaar. Fietsers en skaters raasden op het fietspad voorbij. Ik liep naar haar toe. Iets in het licht leek te beven.

'Nieuwe zonnebril?' zei ik.

'Ben je me gevolgd?'

Ik knikte.

'Het spijt me,' zei ze.

'Mij ook.'

Ze begon te lopen en ik volgde haar voorbeeld, onze lichamen op een meter van elkaar in een woordloze conversatie verwikkeld. Overal om ons heen geurde de zomer. Ik herinner me dat in het gras een jongen zat die op een lange houten buis blies, donkere, sterk vibrerende tonen producerend. Volmaakt gelukkig, leek het. Hij had niets en niemand nodig, behalve die buis en een zompig plekje om zijn afgeknipte jeans te doorweken. De hele onbekommerde, nihilistische levenshouding die hij schouderdiep en met gebolde wangen de wereld in blies werd samengevat door de ongesnoeide bos vilt op zijn gelukshoofd, die het resultaat leek van een lukrake omkering van een stofzuigerzak vol pluizige, dode materie. Hij glimlachte toen we langskwamen, die parkaboriginal. Hij stopte een ogenblik met spelen, gooide zijn hoofd achterover en liet zijn *dead*locks van zijn schouders afhangen. Hij had nog lelijker haar dan ik, maar hij glimlachte. Hoe flikten sommige mensen dat toch? Glimlachen om niks? Glimlachen terwijl je voor lul in het natte gras zat?

'Ik probeer je al een poosje te bereiken,' zei ik. 'Hoe gaat het met je?'

'Beter, ik heb de laatste week geen aanval meer gehad. En met jou?'

'Slecht,' zei ik. 'Ik kan er niet meer tegen.'

'Soms moet je dingen opgeven.'

'Soms moet je dingen níet opgeven,' zei ik.

'Je kunt…'

'Zet die bril af.'

'Wat?'

'Zet die bril af, alsjeblieft. Ik wil je ogen zien als je tegen me praat.'

Ze zette haar bril af en onthulde de schuld en de schaamte, die in haar lichtgevende irissen een goed heenkomen zochten.

'Zo goed?'

Ik knikte. Ze zag er slecht uit, vond ik. Droevig en afgepeigerd. Er was iets niet in orde met haar. Ik kon dat zien, ik kon het zien als ze zich niet lekker voelde.

'Je moet soms dingen opgeven om verder te kunnen,' zei ze.

'Komt dat uit de *Viva* of de *Cosmo*?'

'Uit de *Thera*.'

Verderop sprong de hond in het water van de vijver en zwom van de kant weg, in de richting van een paar eenden die hem niet al te serieus leken te nemen.

'Hij is gek op water.'

'Je bent niet echt bruin geworden in Portugal.'

Ze nam me verbaasd op.

'Ik heb de vakantiefoto's gezien.'

'Ik zit tegenwoordig zo min mogelijk in de zon, daar voel ik me beter bij,' zei ze. 'Ik dacht het wel.'

'Wat?'

'Dat jij het was. Luister, ik moet dingen opgeven om verder te kunnen. En jij moet dat ook.'

'Zal ik doen alsof je dood bent, wil je dat?'

'Als dat helpt.'

'En jij?'

'Ik heb geen plannen. Ik weet alleen maar dat ik me een poosje heel stil ga houden. Ik heb nu een makkelijk leventje, veel slapen, lezen, fruitsapjes, een wandelingetje met de hond. Iedere dag hetzelfde, precies wat ik nodig heb. En ik hoef niet samen met mijn moeder tv te kijken. Voor de rest kan het me niet schelen.'

'Waarom niet met mij?'

'Luister, luister nou eens goed verdomme. Vanuit onze hotelkamer in Portugal hadden we uitzicht op de rotsen en de zee. Hoor je me? Een prachtig uitzicht.'

'Doe dit niet. Alsjeblieft.'

Ik pakte haar handen vast. Ze waren gewichtloos, slap, lauw. Ik wist gewoon dat ze mijn handen op dit moment niet voelden en dat maakte me kwaad. De hond klom uit de vijver en ging er, kwispelend, neus langs de grond, vandoor, duizenden kristallen druppels de lucht in zwiepend.

'Thera,' zei ik.

'Haat me,' zei ze.

Ik rook haar adem, haar kleren, haar parfum, ik rook háár. We stonden bij de vijver, onze gezichten dicht bij elkaar.

'Haat me.'

Haar ogen rooddoorlopen. Haar gezicht, omkranst door de bladeren van de bomen, wit, verontrustend wit. Een fontein van springerig haar op haar hoofd. Ze droeg geen make-up en leek niet ouder dan zeventien. Ik bracht mijn hand naar haar gezicht en streelde haar wang. Hij was koud en glad. Ze keek me aan. Ik nam een plukje haar tussen mijn vingers en zocht naar het andere gezicht, het gezicht dat ik wilde kennen.

'Haat me.'

Ik schudde mijn hoofd, langzaam.

Ze hief haar hand en sloeg me hard in mijn gezicht.

'Haat me!'

Ik ben nog met haar teruggelopen naar de Keizersgracht. Keer op keer vroeg ze me weg te gaan, maar ik deed alsof ik haar niet hoorde en kletste aan één stuk door, over die man in het uniform die ons naar de John & Yoko Suite had gebracht, over het geld dat nog resteerde en waarvan ik haar de helft wilde geven, over Tacitus die had geschreven dat vleiers de gevaarlijkste vijanden waren. Ik had haar graag iets willen zeggen als 'ik ben manager van U2 geworden' of 'volgende week wordt mijn linkerbeen geamputeerd' maar dat was allemaal niet aan de orde, dus moest ik me behelpen met onsamenhangende en onbeduidende praatjes tot het moment dat we voor 347 stonden.

'Je moet nu echt gaan,' zei ze.

'Ik wil niet dat het afgelopen is,' zei ik.

Ze hield haar ogen gericht op de deur boven haar, vastbesloten mij niet aan te kijken. Achteraf geloof ik dat ze me al niet meer hoorde. Ze keek naar die deur als een gevangen dier, het was vreselijk. Voorgegaan door de hond trippelde ze de stenen trap op en draaide zich nog één keer om. Ze keek even naar haar handen en stak die in de zakken van haar short, haar schouders wipten omhoog. Nog steeds zonder oogcontact te maken schudde ze langzaam haar hoofd. Toen stak ze de sleutel in het slot en glipte naar binnen.

Ik bleef staan, opgezogen en rondtollend in de centrifuge van mijn gedachten. Met mijn blik op de gesloten deur zag ik haar natte voetsporen in de badkamer van het Hilton. Daarna zag ik haar voor de spiegel staan, maar nu in Bens badkamer, die koele onberispelijk betegelde ruimte met de kuip op leeuwenpootjes en de grote zachte handdoeken in stapels. Ze was omringd door zijn spullen, in rechte rijen naast elkaar: een aftershave, een spuitbus scheercrème, een haarlotion, een leren toilettasje met zijn initialen op de buitenkant, een borstel met zachte grijze haren. Ik zag hoe ze vreemd afwezig naar haar gezicht keek en met haar wijsvinger over haar voortanden streek. Er lag een donkere haar op de rand van de wasbak.

Even overwoog ik haar naam over de gracht te schreeuwen, aan te bellen, de deur in te rammen. Maar toen klonk zijn stem achter me.

'Draven we niet een beetje door?'

Hij had *De Telegraaf* onder zijn arm en droeg een bermuda en weer zo'n papegaaienhemd waar hij blijkbaar een kast vol van had. Zijn zonnebril zat in zijn haar gestoken. Hij bekeek me van top tot teen. Toen kwam hij nog wat dichterbij.

'Jouw tijd zit erop, ze is bij mij en ze blijft bij mij.'

'Ik heb met jou niets te maken,' zei ik. 'Helemaal niets.'

'O nee?'

Toen deed hij iets wat ik nog nooit iemand heb zien doen, iets wat mannen niet bij mannen doen, of het moeten flikkers zijn. Hij zette nog een stap in mijn richting zodat we teen aan teen stonden. Hij keek me recht in mijn ogen en bracht heel langzaam zijn onderlichaam naar voren, zo zelfbewust dat het leek alsof hij gerepeteerd had. Ik voelde hem naderen, ik voelde zijn broek tegen mijn broek, zijn lul tegen mijn lul, echt, ik zweer dat ik het voelde en dat was precies waar hij op aanstuurde. Zo bleef hij staan. Vast van plan me te gronde te richten. Ik herinner me dit nog feilloos, dat gevoel toen hij zijn bermuda steeds dwingender tegen me aan drukte en mij met zijn lul de dood aanzegde, want dat deed hij, niets meer en niets minder. Hij maakte me in minder dan een minuut kapot en ik had geen idee wat ik ertegenin kon brengen. Hij rook naar koffie. Zijn borsthaar schemerde in de vorm van een omgekeerde driehoek door zijn van boven opengeknoopte hemd, de zon tekende poeltjes wit licht op zijn brede schouders, en zijn gezicht was een en al grimmige triomf.

Ik probeerde te bedenken wat ik zou doen, of ik hem een knietje zou geven, of dat ik hem hard zou wegduwen, of dat ik hem zou vragen of hij van de verkeerde kant was, of dat ik plotseling weg zou rennen.

Wat ik deed was achteruitstappen, me bevrijdend van zijn ongewone en vernederende aanraking, van zijn zware ademhaling die opging in het geluid van een brommerkoerier die vlak langs me scheurde. Ik deed een stap achteruit, omdat ik niet anders kon. Omdat hij me ertoe dwong. Het was maar een klein stapje, voor die brommerkoerier zal het er niet hebben uitgezien als een vlucht, als een angstreflex. Het was een stapje van niks, maar voor mij waren het de meest schrijnende, onherstelbare centimeters uit mijn leven. Daarna, nadat hij zonder nog iets te zeggen langs me was gelopen en naar binnen gegaan, bleken alle wegen afgesloten, allemaal op één na, en vanaf dat moment rende ik zo hard ik kon achterstevoren mijn toekomst tegemoet, mijn lot, met mijn blik strak gericht op de plek waar ik vermorzeld was, de plek waar ik huiverend in de felle zon naar achteren was gestapt.

'We need a bigger boat,' zegt Robert Shaw benauwd als hij voor het eerst de gigantische haai in *Jaws* boven water ziet komen. Dat is de pest in dit leven, dat je boot uiteindelijk altijd te klein is. Op een dag steekt een monster zijn kop boven water en terwijl je in zijn enorme, geopende kaken tuurt weet je dat het foute boel is, dat jouw boot te klein is.

30

'Nou?' zei ik.

We stonden tegenover elkaar in de bezoekruimte. Rein had tranen in zijn ogen, maar ik was niet van plan hem van de haak te laten springen. Ik weigerde me nog langer te laten intimideren door zijn leugens en halve waarheden.

'Waarom heeft pa ons bedrogen, Rein? Kom op dan!'

'Hij had een ander,' zei hij, 'een ander…'

En toen zweeg hij. Hij keek even de ruimte rond alsof iets hem afleidde, iets dat hij had gehoord of verwachtte te horen, of alleen maar iets waaraan hij dacht terwijl hij die woorden zei.

'Hij kende haar van zijn werk, ze was gescheiden, ze had een dochtertje van zes. Hij stond op het punt bij haar in te trekken.'

'Wanneer?'

'Gelijk nadat we uit Bretteville terug zouden komen.'

'Je lult, man, je lult en je weet het.'

'Het is waar. Hij had het ma en mij al verteld. En ma had van hem geëist dat hij het ook jou zou vertellen. Zelf. Maar toen ging New Shatterhand dood…'

'Zo was het niet, zo is het niet gegaan!'

'Hij zat niet in de put vanwege een stomme pony, hij zat in de put omdat hij het jou nog moest vertellen. Dáárom. En daarom ook was hij die dag met je op pad. Maar toen jullie 's avonds terugkwamen had hij het je nog niet verteld. Daar was hij gewoon te laf voor, die klootzak.'

'Ik haat je, Rein, en je liegt dat je barst, pa is nooit bij ons weggegaan.'

'Herinner je je nog dat hij nadat we terugkwamen een paar weken weg was?'

'Voor zijn werk. Hij zat in Wenen.'

'Dat dacht jij. Hij was twee weken bij die vrouw, maar toen begon ze te twijfelen of het wel een goed idee was geweest. Ze vond dat haar dochtertje eronder leed... Hij kwam weer terug omdat zij hem niet meer moest.'

Ik greep hem bij zijn overhemd vast en hoorde de stof als papier tussen mijn vingers scheuren. Ik wilde hem een klap geven, midden in zijn gezicht, maar toen zag ik zijn ogen, die geen angst uitdrukten maar iets veel ergers – hij lag al op zijn rug, net als ik, en het had geen enkele zin meer om uit te halen.

De bewaarder was van zijn tafel opgestaan en sjorde me van Rein los.

'Ik hoef je nooit meer te zien,' schreeuwde ik, 'nooit meer in mijn hele leven!'

En Rein zei: 'Ber...'

Zijn stem klonk zo zacht, alsof de lucht uit zijn longen was geslagen, en er gebeurde iets wonderlijks met zijn gezicht: alle lijnen en schaduwplekken vervloeiden plotseling tot een nieuw gezicht, dat van vroeger, toen hij een jaar of twaalf was. Echt, ineens was hij weer helemaal mijn grote broer van vroeger. Waardoor ook ik achterover in de tijd tuimelde, en in zijn kielzog tegen de stroom en de natuur van alles in terugkeerde naar het jongetje dat zijn kleine broer was. En op dat moment wilde ik hem alleen nog maar smeken me vast te houden, om zijn armen om me heen te slaan en me niet alleen in het donker achter te laten.

Een tweede bewaarder was inmiddels binnengekomen en samen met zijn collega greep hij me bij mijn polsen. Ze duwden me de gang op en achter me klonk de stem van mijn broer – 'B-è-è-è-r' – als een kreet om hulp die me tot in mijn cel achtervolgde.

31

Vreemd eigenlijk, in die periode was ik wel drie keer met mijn reistas in de hand en mijn paspoort op zak naar Schiphol gereden, schijnbaar op en top reisvaardig, maar toen het erop aankwam, toen ik echt weg wilde, móést eigenlijk, belandde ik als vanzelf op het Centraal Station en kocht ik een enkele reis eerste klas naar Caen.

Ik kwam die avond niet verder dan Rouen en moest tot de volgende ochtend wachten om mijn reis naar Bretteville-sur-Laize te kunnen voortzetten. Een hotel nemen durfde ik niet, uit angst dat de politie me zou traceren, en daardoor bracht ik een groot deel van de nacht door in een droefgeestige club met visnetten en een spiegelbal boven de dansvloer waar een grote, zware man en een vrouw innig verstrengeld met elkaar dansten. Aan de bar zaten een stuk of wat oudere vrouwen, opgeverfd en onbehaaglijk voorbereid op een toekomst van verdere aftakeling. Ondertussen nipten ze vaardig en met ongeïnteresseerde aandacht drankjes van honderd frank per stuk weg, op mijn rekening. Sommigen wilden met me dansen of deden een halfslachtige poging een gesprekje met me te beginnen, maar lieten het erbij zitten toen ze merkten dat ik geen enkele tegenprestatie voor mijn vrijgevigheid verlangde, dat mijn franken simpelweg als zwijggeld beschouwd moesten worden. Ik vermoed dat ze me een beetje verlegen gevonden hebben, schuchter. Ze hadden geen idee *hoe* schuchter.

Toen de zaak dichtging, trokken ze hun jas aan en gingen naar buiten. In de buurt van het station vond ik een bankje waar ik moe maar klaarwakker de stad tot rust hoorde komen en vervolgens ontwaken. 's Ochtends vroeg nam ik de eerste trein naar Caen en vandaar ging het verder met de bus naar Bretteville. Van het dorp liep ik het hele stuk naar ons oude huis, een groot deel via de paadjes die ik nog kende.

Het was een mooie warme dag en volgens de man die in de bus naast me had gezeten zou het ook onbewolkt blijven. De vraag die me tijdens de rit al had beziggehouden begon nu in al zijn venijnigheid op te spelen: wat zou ik doen als er een auto voor het huis stond? Iets waar ik met iedere stap die ik zette meer rekening mee begon te houden, het was immers eind augustus en de middelbare scholen in Nederland hadden misschien nog vakantie. Maar toen ik de boomgaard uitkwam en het laatste stuk pad naar het huis bereikte, stond er geen auto. Er was niemand, er was niets, behalve het huis en de stilte, de stilte die me meer dan wat ook vertrouwd was.

Ik ging op een wit bankje voor het huis zitten, in de schaduw van een spar die de afgelopen zes jaar opzienbarend was gegroeid. Er fladderden een paar vlinders over het pad en op de warme wind dreef de geur van fruit. Ik keek naar de wei waar New Shatterhand vroeger had gelopen. De omheining was weggehaald. Terwijl ik daar zo zat en een uitgestelde, verlammende vermoeidheid met terugwerkende kracht centimeter voor centimeter mijn lichaam begon te annexeren, zocht ik naar de kraaien in de bomen. Maar ik zag er geen. Ik probeerde na te denken over wat er gebeurd was. Dat lukte niet. Het was alsof de terugkeer naar Bretteville, naar het huis, me had bevrijd van alle gedachten en angsten die me tijdens de tocht erheen voortdurend hadden achtervolgd. Ik dacht niets, ik herinnerde me ook niets, ik was zelfs niet meer bang. Ik zat alleen maar op dat bankje en staarde naar de boomtoppen die hypnotiserend langzaam heen en weer wiegden. In de stille warmte keek ik ernaar tot ik mijn ogen niet meer open kon houden. Toen maakte ik van mijn Corneliani-jasje een kussen en viel als een blok in slaap.

Ik werd wakker van de zon die op mijn gezicht scheen en met ongewone helderheid herinnerde ik me alles waarvoor ik gevlucht was. Onmiddellijk begreep ik dat het veel te gewaagd was er verder aan te denken. Ik kwam snel overeind en begon door de tuin te lopen. De schuur had een nieuw dak en was in een andere kleur geschilderd. Hij zat op slot, dat gold ook voor de ramen en de deuren van het huis. Ik hield mijn handen boven mijn ogen en tuurde naar binnen, maar ik kon nauwelijks iets zien omdat de gordijnen dicht waren. Ik wandelde een tijdje door de boomgaard van de tuinder. Er waren hele rijen jonge, nog vrij schamele boompjes geplant waarvan de takken onder de last van de volle al bijna rijpe peren aandoenlijk ver doorbogen. De oude bomen die waren uitgegraven om plaats te maken, lagen verderop in een greppel, met hun wortels omhoog.

Toen ik weer terug bij het huis kwam, bleef ik in de wei staan op de plek waar New Shatterhand tijdens die laatste zomer op zijn zij had gelegen. Het gras was nu geel en stug, vermoedelijk was het al een paar weken niet gemaaid of besproeid. Ik knielde en wreef er met mijn hand langs, bracht hem naar mijn gezicht en snoof eraan als een jachthond, maar natuurlijk viel er niets meer van die stank van toen te ruiken. Wat ik opsnoof was de geur van droog gras en van aarde, niets meer en niets minder, de geur van een willekeurige zomer. Ik herkende veel van wat ik zag, toch was bijna alles wel iets veranderd, alsof een foto die je goed kende plotseling geretoucheerd bleek. Maar één ding was nog precies hetzelfde, en dat was de stilte, dezelfde zoemende stilte uit de dagen dat New Shatterhand hier had gelegen onder het oranje afdekzeil, onder de hemel, en die pas verbroken werd toen de kraaien kwamen. Hees krijsend scheerden ze één voor één de open plek binnen en na langdurig gecirkel boven het zeil streken ze neer in de bomen. Daar wachtten ze omlaag loerend het moment af dat er niemand van ons in de buurt was. Ik joeg ze weg met pannendeksels die ik tegen elkaar sloeg en mijn vader gooide stukken hout in hun richting; het hielp allemaal maar even, de kraaien vlogen schreeuwend weg over de bomen om na een minuut of wat weer terug te keren. Ze hadden meer geduld, meer uithoudingsvermogen dan wij. Ze verstonden hun vak. Wanneer ze hun kans schoon zagen, vlogen ze omlaag, om met hun scherpe snavels te hakken en te snijden.

Ik ben blij dat ik toen nog niet wist wat Rein me pasgeleden hier in de gevangenis vertelde, over onze vader. Het zou ieder moment van mijn laatste dagen in vrijheid tot een hel gemaakt hebben, iedere herinnering vergiftigd.

Wat er vóór de kraaien kwamen had plaatsgevonden, was me nooit bijgebleven of echt belangrijk voor me geweest. Maar toen, terwijl ze als wolken op mijn pony neerdaalden en zijn ogen uitpikten, ontdekte ik voor het eerst de wereld en mijzelf. In die vier dagen dat het duurde tot de vrachtwagen van het destructiebedrijf kwam, die lange warme dagen van afwachten en toekijken, heb ik geleerd dat hetgeen waar je om geeft voor je ogen kapotgemaakt kan worden zonder dat je er iets tegen kunt doen. Maar ook heb ik geleerd dat je daarna met iemand in een beek kunt springen om de stank en de ellende van je af te spoelen. Sindsdien wist ik hoe het was om samen met je vader in zeiknatte kleren terug naar huis te lopen, nadat alles voorbij was en je opnieuw moest beginnen. Ik was op die dag een ander mens geworden, een heel nieuw, ander mens en ik vroeg me af of ik ooit de wereld weer zou zien zoals ik hem voor die tijd had gezien.

Zo was het. En zo zou het altijd geweest zijn. Tot Rein zijn bek opendeed. Door zijn woorden en alles wat ik mezelf heb aangedaan, lijkt het of ik aan het begin sta van nog zo'n periode, dat ik weer het pad afren met in mijn handen twee pannendeksels, maar nu komt er geen eind aan het pad en sta ik er alleen voor, helemaal alleen. Er is niemand die hetzelfde doormaakt, niemand om na afloop mee in de beek te springen. En de bomen zien zwart van de kraaien.

Toen de zon achter de bomen verdween, werd het koeler en vielen er blauwachtige schaduwen op het gras. Ik trok een van de oude, uitgegraven fruitbomen aan zijn wortels uit de greppel en sleepte hem naar het huis. Ik brak de takken af, wat vrij eenvoudig ging omdat het hout heel droog was. Ik legde ze op een luchtig bedje van stro en schors die ik in stukjes van de stam had gepeuterd en daarna stak ik de boel aan. Toen de takken eenmaal goed vlam hadden gevat, legde ik de stam op de stapel en ging ik op het bankje zitten. Ik stak een sigaret op en keek naar het gretige vuur en de rook die de lucht op de open plek voor het huis heiig maakte. Vonken schoten knetterend omhoog en ver daarboven vlogen zwaluwen, hun ijle geluidjes makend. Ik wist dat het niet lang meer licht zou blijven, dat de honger en dorst die me de laatste uren al plaagden alleen maar erger zouden worden. Ik had een paar onrijpe peren gegeten, het harde vruchtvlees geduldig kauwend, maar die konden de trek in water en echt voedsel maar eventjes verdrijven.

Ik dacht aan wat Thera tegen me had gezegd, dat ik me niet zo vast moest klampen en dat je sommige dingen op moest geven om verder te kunnen. Als jong meisje had ze erop gerekend dat de wereld van haar verlangens zich een weg zou banen naar de drempel van haar huis in Haarlem, maar toen kreeg ze epilepsie en begreep ze dat het anders lag. Het eerste wat ze na haar genezing deed, was in paniek het huis uit vluchten op zoek naar die wereld en daarbij had ze zich aan alles wat maar enigszins houvast bood vastgegrepen. Bedoelde ze dat met 'dingen opgeven'? Dat alles wat je in handen kon krijgen goed genoeg was, zolang het iets nieuws was, iets anders dat het oude kon vervangen?

Zo bekeken was de enige manier om ertegen te kunnen je niets aan te trekken van wat je op moest geven. Maar ik had geen idee hoe dat moest. Ik had het me wél aangetrokken en er níet tegen gekund. Voor straf had zich alles nu tegen me gekeerd. Ik vroeg me af hoe ik een eind kon maken aan mijn vergissingen, aan de dingen die ik had gedaan, verkeerd had gedaan. Maar welke gedachtegang ik ook volgde, aan het eind ervan kwam ik steeds uit bij dezelfde hoge klotemuur, de conclusie dat het allerbelangrijkste niet meer ongedaan gemaakt kon worden.

In mijn hoofd kon ik de film terugdraaien en zo de baan die de steen beschreven had in omgekeerde richting volgen; dat was eenvoudig, maar in werkelijkheid zou de steen nooit meer naar de geopende hand zweven. En de vingers zouden zich nooit meer om de steen sluiten.

In de schemering keek ik naar het pad waar mijn vader en moeder ooit naast elkaar naar het avondrood hadden gekeken. Rein en ik hadden er diefje-met-verlos gespeeld, jeu de boules met plastic ballen. En op een dag waren we dat pad met zijn allen in de oude Mazda afgereden. Zonder dat ik wist dat dat het begin van het eind was, zonder dat ik wist wat mijn moeder en Rein al wisten, zonder dat ik wist dat de dag dat ik met mijn vader in de beek sprong ooit voor een tweede keerpunt in mijn leven zou zorgen.

De waarheid is niet wat er toen was, de waarheid is niet wat ik toen zag, de waarheid is wat ze voor me verzwegen. Het is dezelfde nepwaarheid als van Fatima, de zus van Jamal, die het maagdenvlies van het ziekenfonds achter de hand houdt voor het geval ze gedwongen mocht worden terug te keren naar de wereld van haar familie.

Hoe kan er ook maar iets van wat we zeggen of doen echt zijn, als iedereen fake is? Je moet wel een gaatje in je hoofd hebben om in die hele verdomde fragiele illusie van echtheid te geloven. En toch zijn er nog steeds een paar dingen waaraan ik niet twijfel.

Thera heeft van me gehouden. Dat weet ik. Het was echt zo. Ze heeft het vaak genoeg bewezen. Zij ís gek op me geweest. Daar durf ik in te geloven. Misschien hield ze zelfs helemaal op het laatst nog van me, maar mocht ze het zichzelf niet meer toestaan. In ieder geval had ze naar me verlangd als ze uit die zeepbellenkelder kwam en ik op de brug stond te wachten. Ze had me 's nachts thuis opgebeld om mijn stem te horen en me gesmeekt nog niet op te hangen, ze had gezegd dat ik een bepaalde glimlach had die mijn ogen klein maakte en haar een raar gevoel in haar buik bezorgde. Ze wist zeker, had ze gezegd, dat ik niet zo'n hypocriete lul als haar vader was en dat ik nooit in een trainingspak stiekem naar de hoeren zou rijden. Ze had gehuild en was ontroostbaar geweest omdat ze zeker wist dat ik haar op een dag zou laten vallen.

Het was koud geworden en de maan stond hoog aan de hemel toen ik met een steen het slaapkamerraam aan de achterkant stuksloeg en het huis dat mijn huis niet meer was binnenklom. Het water bleek afgesloten, maar ik wist waar de hoofdkraan zat en nadat ik die had opengedraaid dronk ik staand bij het aanrecht vier, vijf glazen koud water achter elkaar. Daarna maakte ik de inhoud van een blik bonensoep warm.

Ik installeerde me met een deken en een kussen op een geruite sofa die bij het raam stond. De paar tijdschriften die ik had gevonden bladerde ik door op zoek naar haar en mijn horoscoop.

'Dit wordt een maand van knopen doorhakken,' stond er bij mijn sterrenbeeld. En bij dat van haar: 'U ziet nog mogelijkheden waar de anderen zich blindstaren op de onmogelijkheden.'

Horoscopen zijn vaak als ernstig bedoelde films waarom het publiek zich kromlacht. Onbedoeld toepasselijk. Ik bedacht dat het beter was te gaan slapen, want zolang ik wakker was dreigde voortdurend de gedachte aan wat mijn volgende stap zou zijn, wat ik morgen zou gaan doen. Ik kon een paar dagen blijven en dan een bus naar het zuiden nemen, ik kon een poosje liften en zien waar ik uitkwam, het maakte niet uit waar. Bestemmingen waren onbelangrijk geworden, dat was misschien de enige winst van wat er gebeurd was, dat ik overal heen kon gaan en het geen verschil zou maken. Vlak voordat ik in slaap viel, vroeg ik me af of alle vooruitgang in mijn leven nu definitief tot stilstand was gekomen. Ik wist het niet. *'C'est pas ma faute.'* Ik hoorde Otman weer dat liedje zingen, steeds die ene zin herhalend, wel honderd keer. *'C'est pas ma faute.'* Het ging net zolang door tot ik in slaap viel.

Midden in de nacht werd ik wakker, waarvan wist ik niet. Ik keek door een kier in de gordijnen naar buiten en zag op de plek waar New Shatterhand had gelegen iets bewegen, een dier, maar het was te donker om precies te zien wat voor soort. Ik liep naar het dressoir en opende de lade waarin ik eerder een zaklantaarn had ontdekt. Ik knipte hem aan en ging – ermee langs een foto van de nieuwe bewoners met hun blonde dochters zwaaiend – terug naar het raam en keek nog een keer naar buiten. De hemel was bezaaid met sterren en de hoge bomen wierpen op de plek waar dat dier nog steeds stond een zware schaduw. Ik plaatste de lantaarn tegen het glas en scheen in zijn richting. Eerst dacht ik dat het een hond was, maar toen ik nog eens goed keek bleek het een vos, een exemplaar met een dikke staart die hij in het verlengde van zijn lichaam droeg. Hij reageerde niet op het licht, zoals ik had verwacht. Hij ging door met wat hij deed, zijn kop omlaag, hij snuffelde aan het gras. Ik bewoog de zaklantaarn zachtjes heen en weer zodat de lichtbundel over zijn poten en het gras gleed. Ik kon zien dat hij het licht volgde met zijn blik en toen draaide hij zijn kop langzaam in mijn richting waardoor zijn ogen opgloeiden tot twee glinsterende kooltjes in de nacht. Hij kon mij niet zien, hij kon alleen maar een lichtvlek achter een donker raam in een donker huis zien. Een seconde of wat bleef hij zo staan, om daarna weer verder te gaan met snuffelen. Blijkbaar maakte het licht hem niet angstig. Hij liet zich op zijn zij vallen en gleed met een vreemd gestrekte nek over het gras, draaide zich op zijn rug en trapte een paar keer met zijn donkere poten in de lucht. Daarna veerde hij overeind en schudde zich uit. Met zijn ogen op het huis gericht kwam hij een paar meter in mijn richting gelopen en bleef toen plotseling staan. Hij bracht zijn kop langzaam en licht trillend omhoog, hij was zo dichtbij nu dat ik mijn adem inhield. Heel even zag ik hem snuiven en toen draaide hij zich kalm om. Met een lichtvoetig drafje verdween hij in de richting van de bomen en wipte met een sprongetje buiten bereik van de zaklantaarn.

En terwijl ik naar het gras en de bomen staarde waar nu niets opvallends meer te zien was, leek het net alsof het allemaal niet gebeurd was.

De volgende ochtend belde ik naar huis. Ik liet de telefoon eerst twee keer overgaan en hing toen op, daarna belde ik nog een keer. Ik wist dat mijn broer, die in die dagen officieel nog op wereldreis was, alleen maar op zou nemen als ik volgens onze code te werk ging. Zodra ik zijn stem hoorde, wilde ik alweer ophangen. Ik had geen idee wat ik moest zeggen, waarom ik hem had gebeld.

'Berry! Ber! Hoe is het met je?' vroeg hij.

In zijn stem lag de kennis, de mengeling van bezorgdheid en verbijstering, die me sindsdien nog vele malen heeft getroffen, iedere keer dat ik iemand voor het eerst na mijn arrestatie sprak, en ik vraag me af of je er ooit aan went, dat je voorgoed ergens buiten bent geplaatst, dat je van een andere orde bent.

'Goed,' zei ik.

'Jezus,' zei hij. 'Jezus Berry… waar zit je?'

'Rein?'

'Ja.'

'Ik moest vanochtend denken aan hoe jij vroeger altijd Donald Duck nadeed. Weet je nog?'

'Ja. Waar zit je?'

'Rein, niets vragen, oké? Niets vragen. Zou je het een keer kunnen doen?'

'Wat?'

'Praten als Donald Duck.'

'Luister nou, Ber, in godsnaam…'

'Alsjeblieft, Rein.'

Het was even stil op de lijn. Ik hoorde hem zuchten.

'Ik kan het niet.'

'Toe nou, man, doe niet zo lullig.'

'Nee echt, ik kan het niet meer. Sinds mijn verstandskiezen zijn getrokken lukt het niet meer.'

Het duurde even voor zijn woorden tot me doordrongen, toen begon ik te lachen. En even later begon ook hij te lachen. Ik hoorde dat hij er eigenlijk geen trek in had, maar hij kon er niets tegen inbrengen. We lachten een hele tijd door de telefoon. En toen zei hij: 'Je zit vreselijk in de shit, Ber.'

'Ik weet het.'

'Je hebt… Hij is…'

'Nee!' zei ik. 'Nee!'

'Waar bén je nou?'

'Hee, Rein, je gelooft het nooit, maar ik heb vannacht een vos gezien. Hij was zo prachtig.'

32

Op de avond dat Otman met een revolver kwam binnenstormen zaten we bij Jamal thuis. Met afgrijzen volgde ik hoe Jamal nog zo'n halfbevroren geel-roze stuk klei lostrok van het ijsblok dat in een plastic Zeeman-tas tussen zijn benen stond. Hij hield het even omhoog en slingerde het naar de hond van zijn zuster.

'Wat voor merk is het?' vroeg ik.

'Een terriër, een Jack Russel terriër,' zei Jamal.

'Engels?'

'Grootebroek, hij komt uit een nieuwbouwwijk in Grootebroek. Bij Hoorn.'

Otman was naar de keuken gegaan om, voor zover ik me herinnerde, nog iets te drinken te halen en sindsdien niet meer teruggekeerd. Ik zat er maar zo'n beetje bij en dacht aan hoe Thera me in Roberto's met een lange lepel ijs met slagroom had gevoerd. Ik had zin om Jamal alles te vertellen, over hoe ze gezegd had dat ze me als een varkentje zou vetmesten en hoe ik haar miste en hoe Ben met zijn lul tegen me aan had geduwd, echt het hele verhaal, maar ik besefte dat ik daar spijt van zou krijgen, dus hield ik mijn mond en volgde met één oog die video van Chuck Norris op de tv. Rosse Chuck met zijn formidabele onderkaak was in een of ander raar land. Het leek India, maar waarom Chuck helemaal naar India was gevlogen behalve om een paar van die bruine jongens in elkaar te trappen was me nog niet duidelijk.

'Dat beest heeft geen stop, ik zweer het je, dit is zijn vijftiende al,' zei Jamal.

'*Als* hij hem op krijgt. Wat geef je hem eigenlijk?'

'Eendagskuikens. Van Fatima mag hij er zes per dag.'

Jamals ouders waren met de kinderen op vakantie naar Marokko. Hij was alleen achtergebleven en paste op de hond van zijn oudste zuster Fatima, die een goede baan had en het beest altijd na haar werk op kwam halen, de laatste tijd in haar MG'tje. Maar vanavond niet. Ze was woest op Jamal. En Jamal was woest op haar. En die Jack Russel was de lul. Jamal wierp weer zo'n eendagskuiken in zijn richting.

'Ik zeg dat hij de twintig haalt. Een geeltje, oké?'

Hij stak zijn hand schuin omhoog en ik sloeg ertegenaan. We keken naar de hond die nu nummer zestien tussen zijn kaken vermaalde. Er lekte grijs vocht uit zijn bek terwijl hij zijn kop schuin hield om zijn onderkoelde prooi naar binnen te werken.

'Je mag wel uitkijken,' zei ik, 'ik heb weleens gehoord dat honden zich dood kunnen eten.'

Jamal trok het volgende eendagskuiken al los uit het ijsblok.

Waar bleef die Otlul nou met het bier? Zat hij soms naast Chuck in de Indiase taxi die zich nu in dat prozaïsche restaurantje boorde?

Fatima was geen hoer, wat De Laatste Mode ook beweerde. Wel een kapsonestrut, maar pas sinds ze een verhouding met haar baas had, een sportautootje rondscheurde, en paardrijles had. Toen Jamal, Otman en De Laatste Mode een paar dagen terug in een melige bui Luxembourg op het Spui waren binnengestapt, had Fatima daar aan een tafeltje met haar baas gezeten. Ze deed net alsof ze haar broer en zijn vrienden niet zag, wat vreemd was omdat iedereen in die zaak ze wel had opgemerkt. Zonder ze gedag te zeggen was Fatima de deur uit geglipt.

En toen kwam Jamal met dat plan van de manege. 's Middags reden we met zijn allen op scooters naar een straat achter de Overtoom, naar de Hollandse Manege waar Fatima samen met een groepje andere ruiters in de bak ronddraafde. Ze droegen allemaal dezelfde rode blazer, die gasten, zij ook. Er was een verhoging langs die bak waar we op gingen staan en we leunden over de balustrade zodat de ruiters en hun paarden vlak langs ons scheerden. Schouder aan schouder – op Gerrie Grolsch na, die was gaan zitten – boven het draafzand wachtten we Fatima op.

Met ieder volgend rondje werd haar gezicht roder; op het laatst zag je geen verschil meer met die blazer van haar en ik kreeg medelijden met dat paard want het leer van haar zadel moest inmiddels koken. Je zag haar stilletjes sterven terwijl ze met neergeslagen blik en in amazonezit op en neer verend langs ons reed. De Laatste Mode vroeg wat we verder gingen doen, maar Jamal zei: 'Niets, we blijven hier even staan, dat is genoeg.' De Laatste Mode begreep daar natuurlijk niets van. Als Jamal er niet bij was geweest, had hij ongetwijfeld een paar van die blazers van hun paard getrokken. Die gozer zou zichzelf nog in elkaar slaan als hij niemand kon vinden om een pak slaag te geven.

De terriër van Fatima, een cadeautje van haar baas, lag als een gecrashte zeppelin op zijn zij, nummer negentien stak uit zijn bek en het wachten was nu op een wonder waardoor dat halfstijve eendagskuiken op eigen kracht de tocht naar zijn ingewanden zou voortzetten. Hij hijgde zwaar, met een schrapend geluid alsof er iets in zijn keel aanliep. Zijn ogen begonnen te draaien en in zijn buik trok van alles en nog wat samen. Toen klonk er een zacht gejank.

'Bens sletje' hadden ze op Thera's bonnetje geschreven. Sindsdien had ze in dat café-restaurant op de Keizersgracht alles gelijk afgerekend. Ze wilde niet *Bens sletje* genoemd worden. Christus! Waarom was ze naar die klootzak teruggegaan?

'Waar blijft Otman toch?' vroeg ik.

'Dit is een hoogbenige,' zei Jamal.

Nummer twintig bungelde al in zijn hand.

'Een hoogbenige?'

'Jack Russel. Je hebt laag- en hoogbenige Jack Russel terriërs.'

De hond kreunde twee keer en begon in zijn uitgevloerde positie te braken. De hele diepvriesmaaltijd kwam in golven naar buiten.

'Kut!' zei Jamal.

'Ik denk dat ik zelf maar even dat bier ga pakken,' zei ik.

'Onderin links, in de groentela. Neem gelijk een doekje mee.'

Ik probeerde uit mijn stoel te klimmen, maar toen sprong Otman vanuit de donkere gang de kamer in. Met tussen zijn Nike-pet en zijn ontblote ondervoorbeet een zelfgenoegzame grijns, en in zijn rechterhand een zilverkleurige revolver.

'Oké, stelletje kutkevers, kiss and say goodbye.'

'Is-ie geladen?' vroeg Jamal.

'En niet met olijfpitten.'

Otman hield zijn arm gestrekt en de revolver een graad of zestig graden gedraaid, op de nonchalante wijze waarop ze alleen in films je kop eraf schieten.

'Ik beklaag de dokter,' zei ik.

'Welke dokter?' vroeg Otman.

'Die vannacht dienst heeft bij de eerste hulp en die kogel uit je wreef mag peuteren.'

Dit moet de laatste avond geweest zijn, de avond voordat ik naar Bretteville vluchtte, althans, in mijn herinnering kan ik niets terugvinden dat er nog tussen lijkt te passen. Ik vraag me nu af of dat ook de avond is geweest dat ik Tilly heb laten zitten. Ze had nóg een keer gebeld, dit keer was ik thuis, en we hadden afgesproken in een café op de Willemsparkweg, maar dat was ik daarna totaal vergeten. Arme Tilly. Ik vind het vreselijk om aan haar te denken, mooi aangekleed, nog vol verwachting, alleen aan een tafeltje in dat café. Er is niets zo erg als in een café te moeten wachten op iemand die niet komt opdagen, op iemand die je vergeten is omdat hij zelf op iemand anders zit te wachten. En het pijnlijkste van alles is dat sommige mensen hun hele leven op de verkeerde zitten te wachten. De Laatste Mode zegt dat hij nog nooit één minuut op een 'wijf' heeft gewacht. Ik ben niet zo. Echt, ik ben niet zo. Ik ben anders, alleen merk je er weinig van.

Die zak kwam ons met het busje van zijn vader bij Jamal opha-len. Omdat hij eerst moest tanken had hij de nummerborden ver-wisseld en nog voor het eeuwige getouwtrek begon over wie het zou doen, stapte ik al uit om, met mijn gezicht naar de bewakings-camera toe, de tank tot aan zijn nek vol diesel te gooien. Daarna scheurden we zonder te betalen weg. Otman en De Laatste Mode zaten voorin en hadden het over het feest en de opening van het nieuwe buurthuis de volgende dag. Jamal en ik l86 agen voor oud vuil op de achterbank, trippend op dat olifantenspul waarmee De Laatste Mode zijn assortiment geestontruimende tinnef had uitgebreid. Het volgende dat ik me herinner is dat we naast elkaar op de dansvloer van Marcanti Plaza rondsprongen, met koude, schuimende flesjes Mexicaans bier in ons hand. We hadden het helemaal naar ons zin, het was te gek, tot Otman een gozer een stukje limoen in zijn oog spuwde en de handeling onstuitbaar voortsnelde naar een climax waarbij twee gemillimeterde vechtsportkoppen ons vakkundig de straat op rolden.

We reden een poosje verveeld door de stad en ver weg hoorde ik de anderen overleggen wat we gingen doen.

'Ik weet het,' zei De Laatste Mode. 'Het Chateauspook.'

'Te laat,' zei Otman, 'veel te laat, weetjewel.'

'We geven haar gewoon wat extra.'

We reden via de ring de stad uit en kwamen op een lange, kaarsrechte weg die door het industriegebied voerde. Vaag herinnerde ik me de mysterieuze verhalen van Otman en De Laatste Mode over het Chateauspook, maar terwijl in de verte de lichtjes van kranen en vrachtschepen voorbijgleden, wilden me de details niet te binnen schieten. Niet dat ik daarnaar verlangde. Het enige waar ik naar verlangde was dat er geen eind aan die weg zou komen en we met zijn allen voor eeuwig in het busje van De Laatste Modes vader konden blijven zitten.

Ik moet even in slaap gevallen zijn, want het volgende moment hobbelden we over een donker veldje waar een stuk of wat aftandse caravans stonden, ingesloten door twee autosloperijen. Een feloranje licht aan een mast scheen omlaag door de nacht en verlichtte de autowrakken die achter een hoog hek op elkaar gestapeld stonden.

De Laatste Mode en Otman stapten uit. Ik zag ze naar een van de caravans lopen en tegen het raampje kloppen. Het duurde een hele poos voor het raam werd opengeklapt. Ze smoesden even met een onzichtbare figuur, ik kon niet horen waarover. Op de achterkant van de caravan las ik *Chateau*. Daarbinnen kwam een flauw, onregelmatig licht tot leven en op dat moment keerden Otman en De Laatste Mode terug naar het busje. De deur aan mijn kant schoof open. Op de koele lucht stroomde een zoete, stoffige geur van verbranding binnen.

'Oké, Ber, alles geregeld,' zei De Laatste Mode. 'Stap maar uit.'

'Wat is geregeld?'

'Stap nou maar uit, man.'

Ik zag een oude vrouw met een dikke jas over haar schouders uit de caravan komen en in de duisternis wegsjokken. Tussen Otman en De Laatste Mode in wankelde ik in de richting van het Chateau.

De schijnwerper van de autosloperij vormde ongelijkmatige patronen van takken op de lichte wand van de caravan. Ergens schudde een blaffende hond aan zijn ketting.

We stonden nu voor een omgekeerde metalen kooi die bedoeld leek om een dier in te vangen, maar hier dienstdeed als opstapje naar de caravan.

'Waarom ik?' vroeg ik.

'Omdat jij nog nooit geweest bent,' zei De Laatste Mode.

'En omdat jij er het hardst aan toe bent, weetjewel, en geld op zak hebt,' zei Otman. 'Dat ook.'

De Laatste Mode klopte op de deur die op een kier stond. Binnen klonk geschuifel.

'Ik wil niet,' zei ik. 'Ik voel me niet goed.'

'Daarom juist,' zei Otman.

'Klaar voor lancering?' zei De Laatste Mode.

Ik hoorde het geschuifel dichterbij komen en daarna ging de deur langzaam verder open. De Laatste Mode hielp me de omgekeerde kooi op.

'Ontspan je, man, het is voor je plezier,' zei hij en duwde me naar binnen.

De dingen zijn altijd anders dan je verwacht. Als ze je vertellen dat het voor je plezier is en dat je je moet ontspannen weet je eigenlijk al genoeg. En als je denkt dat je heel triest zult worden, als je niet alleen vindt dat je daar recht op hebt, maar er ook je linkerarm voor zou willen geven, dan voel je niets, helemaal niets. Op de ochtend dat we met mijn vader in een kist naar het uitvaartcentrum reden, viel er een fijne motregen omlaag, en ik herinner me dat ik dacht: Dit is precies het weer dat je zou uitkiezen voor een dag als deze. De zwarte auto's, de bloemen, mijn moeder in het zwart, de motregen, het geluid van de ruitenwissers, alles leek te kloppen. Tot het moment dat we door werkzaamheden aan de weg een omleiding moesten volgen en door een paar slingerstraatjes kwamen te rijden. Op een gegeven moment passeerden we een kerk waarvoor een stuk of zes zwarte wagens stonden, net zulke auto's als waar wij in reden, met daarnaast vier kraaien, net zulke kraaien als onze bestuurders. Ze stonden te roken en met elkaar te kletsen, naast een grote container waaruit verrotte balken, deuren en hele stukken muur puilden. Onze kraaien zwaaiden naar hun collega's en die zwaaiden op hun beurt vrolijk terug. Vanaf dat moment was alles verpest, vanaf dat moment wist ik al dat ik, hoe ik ook mijn best zou doen, niets meer zou kunnen voelen.

'Als je moet pissen, doe dat dan eerst even, buiten.'

Ze stond in haar onderjurk bij iets dat op een kraantje leek haar tanden te poetsen. In het flauwe licht van de olielamp die op tafel brandde viel niet uit te maken of ze jong of oud was. Wel dat ze dik was, heel dik. Ik durfde nauwelijks naar haar te kijken.

'Ik moet niet pissen.'

Ze liep met de tandenborstel in haar mond geklemd langs me en deed de deur dicht.

'Honderdvijftig,' zei ze.

'Wat?'

'Dat heb ik met je vriend afgesproken, honderdvijftig gulden. We lagen al te slapen…'

Ze sprak een vreemd soort Nederlands, hoekig, met een Pools accent, dacht ik, of iets nog oostelijkers, Mongools misschien, dat zou dat ronde gezicht en die vreemde ogen verklaren.

Ik gaf haar het geld. Ze nam een slok uit een plastic fles water en spoelde haar mond.

'Je moet tegen die brutale klootzak zeggen dat hij er geen gewoonte van maakt. Voor hetzelfde geld regent het en mama is wél zestig.'

Naast de olielamp op tafel lag een geopende zak Milky Ways en ook stonden er een paar lege blikjes cola. Aan de andere kant bevond zich een bed met een verschoten, lichtblauwe sprei. Ik zag geen andere slaapplaats en even vroeg ik me af waar die oude vrouw vandaan was gekomen.

'Ik kan je niks te drinken aanbieden,' zei ze.

'Dat maakt niet uit,' zei ik.

Het rook er naar de kinderboerderij in het park bij de Sloterplas, waar mijn moeder me vroeger mee naartoe nam, op zaterdagmiddag meestal, als de boodschappen voor het weekeinde in huis waren en ik met mijn Jip en Janneke-rubberlaarsjes aan mijn voeten en met een trillende cavia in mijn aaizuchtige handen op een baal hooi mocht zitten.

Ze probeerde haar donkere, revolutionaire haar met een kam klein te krijgen.

'Ben jij weleens in het Sprookjesbos geweest?' vroeg ze.

Ze hield met haar vrije hand een foldertje omhoog, maar ik kon in dat zwakke licht met geen mogelijkheid zien wat erop stond.

'Ik geloof het niet,' zei ik.

'Daar hebben ze kabouterhuizen. In Inkhuizen. Ed neemt ons daar volgende week mee naartoe.'

'Enkhuizen,' zei ik.

Ik stond naast een piepklein krukje waarop een stapel kerstservetjes lag en in gedachten bladerde ik door een verzamelbundel griezelsprookjes, variërend van 'Psycho Ed Met Zijn Vrolijk Zingende Motorzaag' tot 'Lulletje Berry Aan De Hoogste Boom Van Het Kabouterbos'.

Toen ze klaar met dat haar was, zei ze: 'Zo.' En toen trok ze haar onderjurk over haar hoofd.

'Hoe heet je?' vroeg ze.

'Berry.'

'Ik ken iemand die Spekkie heet.'

Op haar slipje en beha na was ze nu naakt. Ik sloeg mijn ogen neer. Wat zijn dikke vrouwen toch... dik.

Ik herinner me de intense zintuiglijke waarneming van twee komma vijf miljard zweetcellen en een enerverende vorm van cellulitis die het volledige terrein tot aan haar schouders bestreek.

'Kom,' zei ze, 'kleed je uit.'

Ik deed mijn schoenen en mijn broek uit, en ik zei: 'Woon je allang in een caravan?'

'Het bed,' zei ze. 'Ga maar liggen.'

Ik knikte en liep naar het bed en ging op de rand zitten. Op de vloer naast mijn sokken lag een kindertekening van een paddestoel met witte stippen en een ronde zon waarvan de stralen als streepjes waren aangegeven. Ik vroeg me af wie die tekening gemaakt had.

Ze stond nu dichtbij, naakt, zwakzinnig en monumentaal. Ik voelde hoe ze mijn hand vastpakte.

'Kom maar eens hier.'

Ze legde mijn hand op haar dij.

'Glad hè, mama heeft ze vanochtend geschoren.'

'Luister,' zei ik, 'het spijt me, maar ik voel me niet zo lekker.'

Ik stond op, zij deed een stap naar achteren, ik een naar voren. We stonden vast, die verdomde caravan was zo klein, ik wilde me langs haar werken, maar zij lachte haar muizentandjes bloot, drukte haar vingers tegen mijn borstbeen en duwde me vrolijk pesterig achterover, zodat ik languit op de sprei landde.

'Je bent betaald, pom-pom-pom.'

Ze had ineens een piepstem gekregen en sprak als een kind. Ze deed mijn onderbroek uit en kwam boven op me zitten. Ze was jonger dan ik had gedacht, zag ik nu. Ze keek me heel vriendelijk aan, als een meisje dat bereid was haar snoep met je te delen. Voor deze ene keer.

Ze strekte haar arm uit en griste een condoom van een plankje waar ook een wekkerradio op stond. Ze scheurde de verpakking met haar tandjes open en tegelijk met dat geluid drong heel even het nuchtere besef tot me door dat er geen onschuldig sprookjesboskind boven op me zat, maar een halfdebiele vrouw over wie Otman ooit had gezegd: 'Je moet je heel goed inpakken, want alles wat haar kut aanraakt zal doof en blind blijven.' Ze boog zich voorover zodat haar buik en borsten op me drukten. Het leek alsof ik in een badkuip vol Silly Putty werd verdronken. Stil staarde ik naar de wondjes op haar kin en in haar hals, allemaal van het scheren natuurlijk. Toen ik draaierig begon te worden, probeerde ik haar van me af te duwen. Maar dat ging de macht van die armen van mij te boven, en voor de zoveelste keer in mijn leven nam ik me voor zo snel mogelijk met gewichten te gaan trainen.

'Zou je even van me af kunnen gaan?' vroeg ik.

Met een diepe zucht rolde ze op haar zij naast me. Ik voelde haar hand mijn pik vastgrijpen terwijl ik door mijn oogharen naar het glooiende plafond van de caravan staarde en me het lichaam van Thera probeerde voor te stellen. Onbedekt en willig onder mijn aanrakingen. Ze liet me begaan, ze had me altijd laten begaan, ze genoot van mijn blik, van mijn verlangen, en had me geen enkele beperking opgelegd behalve te genieten, geen enkele voorwaarde behalve na afloop het retourtje koelkast om twee koude blikjes goldlabel voor ons te halen.

Ik liet mijn pik geduldig wurgen tot de vastberaden, humorloze HIV-bom eindelijk het licht zag en zei: 'Dat dacht ik al.' Het klonk alsof haar bange vermoedens bevestigd werden.

'Ik heb te veel gedronken,' zei ik.

Ze liet me vrij.

'Draag je Reeboks?' vroeg ze.

'Ik heb ze uitgedaan.'

'Dat is heel gek,' zei ze. 'Maar ik kan het ruiken als iemand Reeboks draagt. Ze hebben een aparte geur, ze ruiken een beetje als vanillepudding.'

We lagen nog een poosje stil naast elkaar en ik herinnerde me hoe mijn moeder tijdens een steenkoude nacht in Bretteville een extra deken op mijn bed legde. Plotseling voelde ik me heel ellendig worden, of gewoon doodziek, dat kon ook nog.

'Zal ik de radio even aandoen?' vroeg ze.

'Van mij hoeft het niet.'

'Je kan niet te lang wachten, ik moet ook aan mama denken, begrijp je?'

Ik zei dat ik dat begreep, maar dat ik alleen nog heel even zo wilde blijven liggen.

'Goed,' zei ze, 'goed.' En toen zei ze: 'Pom-pom-pom.'

Van het Chateauspook reden we naar het strand. Ik drukte mijn gezicht tegen het koude raam en keek naar buiten, me afvragend hoe lang het geleden was dat ik daglicht had gezien, bewust gezien, en hoe het kwam dat ik met deze gasten, die ik tot mijn verbazing en schande mijn vrienden moest noemen, zat opgescheept. Ze waren zo afgrijselijk stom dat ze niet eens wisten wie Jan Wolkers was, laat staan dat ze van Homerus hadden gehoord. En wie The Kinks waren, wisten ze ook niet. Hun hoofd zat vol met het zwartgeblakerde spul dat Fast Eddie met een plamuurmes van zijn roestvrijstalen frituuroven schraapte. De enige reden dat ze nog in leven waren, was dat er geen doodstraf op domheid stond, die geboren losers. Ze konden echt niet verder kijken dan hun eigen straat, die naar hopeloosheid stonk, dan die klotebuurt waar ze nooit meer uit zouden komen en over een jaar of tien in trainingspak onder een of ander roestbrik lagen te sleutelen. Ik had zin om ze dat eens goed te vertellen, maar ik wist dat ikzelf net zo'n domme klootzak was als zij, alleen op een andere manier. We waren allemaal precies dezelfde domme klootzakken op een andere manier. We verschilden alleen maar van elkaar in de wijze waarop we probeerden aan te tonen dat wij anders waren.

Otman gaf twee blikjes Grolsch door. Ik stootte Jamal met de rand van een blikje tegen zijn gevoelige knie, harder dan nodig, waardoor hij een kreet van pijn uitsloeg. Toen hij zijn ogen opende hield ik het blikje omhoog. Hij vloekte en met veel gesteun en inspanning ging hij rechtop zitten om het van me aan te pakken.

'Waar gaan we eigenlijk heen?' vroeg hij met die kop vol alcohol en onvoltooide intenties.

Ik zei niets terug. Ik trok het lipje los en begon te drinken.

Vanaf de parkeerplaats liepen we omlaag, de nevelige schemering boven het strand tegemoet. Otman bewoog op een overdreven, uitgelaten manier, De Laatste Mode en Jamal liepen zwijgend naast elkaar over de plankieren, als geestverschijningen die ieder moment in de mist en het geluid van de zee konden oplossen.

We gingen in het zand zitten en rookten een jointje terwijl we de mogelijkheid van een gezamenlijke vakantie bespraken.

'Lloret de Mar,' zei De Laatste Mode.

'Duur man, het is allemaal veel te duur weetjewel,' zei Otman.

'De bus naar Lloret valt wel mee.'

'En Benidorm?' zei Otman. 'Dat is groter.'

'Lloret de Mar is beter,' zei De Laatste Mode. 'Veel beter.'

Jamal en ik hielden ons mond. Volgens mij had Jamal net zo weinig behoefte als ik om met De Laatste Mode in een bus naar Lloret de Mar af te reizen. Degene die de pech had naast hem te moeten zitten, kon negentien uur lang zijn verhalen voor de miljoenste keer aanhoren, en dat zou gegarandeerd betekenen dat je hartstikke dood de Costa Brava zou bereiken.

Otman plaatste een leeg blikje op een van die grote palen die op het strand staan en toen probeerden we om de beurt met zijn revolver dat blikje eraf te schieten. We begonnen op een meter of vijftien afstand, maar we brachten er niets van terecht, pas toen we naar vier meter waren afgezakt, troffen we af en toe doel.

We bleven aan het strand tot het licht werd en de meeuwen boven ons hoofd tegen de wind in klauwden. De eerste badgasten verschenen boven aan het duin, gewapend met koelboxen en klapstoeltjes, uitkijkend over de nog te koloniseren leegte, het loon van hun matineuze daadkracht. Ik had het koud gekregen en was doodmoe. Op de terugweg in het busje zag ik mijn gezicht in het raam. Het was bleek, met donkere vlekken onder mijn ogen. Aan de andere kant van het glas kwam het ochtendverkeer op gang, automobilisten en fietsers en trimmers die de hele nacht gewoon in hun bed geslapen hadden en vanochtend met hun familie ontbeten. Als je ze het zou vragen, konden ze je ook nog precies vertellen waarheen ze gingen en waarom. Ik vroeg me af of de dingen in hun leven eenzelfde soort patroon hadden als in dat van mij, of de gebeurtenissen die hun bestaan bepaalden uit een zekere orde voortkwamen, een bepaald gedrag, of dat ze zich net zo toevallig en onbeheersbaar voordeden als in het chaotische bestaan van mij. Om de een of andere reden leek het me zinnig mijn leven aan een van die mensen te geven, om het van me over te nemen, omdat zij sterker waren, omdat ze er beter raad mee zouden weten.

'Je moet wel gek zijn,' zei Jamal naast me.

Het klonk alsof hij tegen zichzelf sprak dus schonk ik er verder geen aandacht aan. Maar toen zei hij het nog een keer.

'Je moet wel stapelgek zijn, hè Ber?'

Zijn oogleden waren opgezwollen en zijn haar stond in pieken op zijn hoofd. Hij zat erbij als een opgewarmd lijk, man, hij was er nog belazerder aan toe dan ik. Ik had geen idee wat hij bedoelde, maar ik knikte en het leek alsof die bevestiging hem enigszins geruststelde.

Toen ik nog tenniste, dacht ik altijd dat ik op een dag op Wimbledon zou staan. Niet dat ik me dat nou speciaal had voorgenomen, het was meer iets waar ik van uitging, omdat het zo onvermijdelijk leek, de gewoonste zaak van de wereld. Als ik met mijn buitenmodel Slazenger-tas op mijn rug naar de club fietste, zag ik het voor me. Heel precies. Het gekke alleen is dat ik me niet meer herinner of ik in dat visioen twaalf jaar was of de leeftijd had van een echte Wimbledonspeler. Wat ik nog wel weet is dat ik heel wat aces op mijn fiets sloeg, de ene na de andere onhoudbare kanonskogel. Ik weet nu honderd procent zeker dat ik nooit op Wimbledon zal staan. Maar het geluid van die aces kan ik zo nu en dan nog horen.

33

Die laatste dagen, in de horoscooprubrieken de laatste van de hondsdagen genoemd, gebeurden er allerlei vreemde dingen. Ik hoefde maar een krant op te pakken of de tv aan te zetten of het was raak. Twee meisjes van twaalf hadden hun buurjongetje van acht in een sloot bij de camping verdronken, een man had zijn papegaai met kooi en al op de snelweg uit zijn auto gedonderd, een speerwerper in Ohio had tijdens de training een terreinknecht doorboord. Er waren talloze schietpartijen, steekpartijen, en ook dichtbij gebeurde er het een en ander.

Onze buurman van nummer 5, de presentator van het tv-spelletje met de balletjes, sloeg midden in de nacht met een moker de Rover van zijn vrouw in puin. Ik was jammer genoeg niet thuis, maar Rein en mijn moeder waren er getuige van geweest, tot en met de komst van de politie en de eerste woorden die hij tegen die smerissen sprak: 'Jullie kennen mij toch wel, jongens.' En het grootste wonder: Arnold had zijn tanden laten zien. Toen Otmans vader hem in het park uitliet had Arnold plotseling een herder tegen de grasmat gewerkt. Niet die herder maar Otmans vader was als de grote verliezer uit de strijd gekomen, omdat hij de fout maakte Arnold van dat andere beest af te trekken. Moet je nooit doen. Nooit. In blinde woede stortte Arnold zich toen op hem. Het eindigde in een afgetekende overwinning voor Arnold en de verliezer moest in het ziekenhuis aan elkaar worden genaaid. Arnold bivakkeerde sindsdien in het busje van De Laatste Modes vader, waar hij geborsteld en met het volste vertrouwen in de herkansing de tijd doorkwam met een grondige restyling van het interieur.

'Voor de oude Egyptenaren vielen de hondsdagen samen met de jaarlijks terugkerende overstromingen van de Nijl,' stond in het inleidende stukje van de *Elle*, 'en de Romeinen geloofden dat honden in deze dagen uiterst gevoelig waren voor hondsdolheid, om welke reden ze vaak een hond offerden aan de goden.'

Otman ging helemaal door het lint. Hij danste als Muhammad Ali bij Fast Eddie in het rond en schreeuwde het uit tegen eenieder die het maar horen wilde.

'Zie je nou, het zit er echt in. Het probleem was dat ik nooit heb geweten hoe ik het eruit moest krijgen. Maar het zát erin.'

En er was ook iets met het weer. Dagen achtereen bleef het bloedheet met de zon meedogenloos aan een blauwe hemel. Steeds opnieuw leek het alsof het de laatste mooie dag zou zijn, omdat het al te lang geduurd had, omdat het niet klopte, maar er kwam geen eind aan. Nog niet.

Ook die zaterdag scheen de zon weer even uitbundig toen ik in het begin van de middag met de revolver van Otman onder mijn kussen wakker werd. Ik trok hem eronder vandaan en hield hem een poosje in mijn hand. Het was een San Paolo. Hij had een korte zilveren loop en een zware gepolijste houten greep. Er zaten nog twee patronen in de cilinder, ze waren van een klein kaliber.

'.32, daar leg je nog geen mug mee plat,' had De Laatste Mode gezegd.

'Als het moet een olifant,' zei Otman, 'als je hem maar tussen zijn ogen raakt.'

Hij had hem aan me uitgeleend, op voorwaarde dat ik zijn naam niet zou noemen als ik er iets mee zou flikken. Ik geloof niet dat hij echt dacht dat ik er iets mee zou flikken, dat zei hij alleen maar om het allemaal wat interessanter te maken.

De revolver was zwaarder dan hij eruitzag. Ik hield hem stevig vast en richtte hem op de deur van mijn kamer. Ik stelde me voor hoe ik hem onder mijn jasje vandaan zou trekken, hoe ik mijn arm zou rechten en langzaam de trekker overhalen. Ik had geen idee wanneer ik dat zou doen of wie ik wilde neerschieten. En ik geloof nog steeds dat ik nooit van plan ben geweest iemand twee kogels door het lijf te jagen, ook al kan ik ze met mijn neus aanwijzen die het verdienen.

Na het douchen en scheren haalde ik het zandkleurige Armani-pak uit de kast dat ik met Thera in de P.C. Hooftstraat had gekocht. Ik knipte de kaartjes eraf en trok het aan. Eronder droeg ik het lichtblauwe hemd dat zij erbij had uitgezocht. Ik bekeek mezelf in de spiegel en probeerde mijn mond een gewelddadig maniakale vorm op te leggen, mijn blik te verharden, maar het stelde allemaal niet veel voor, het bleef komedie. Ik bracht mijn gezicht nog dichter bij de spiegel, mijn ogen helder en toegeknepen, en op dat moment ontdekte ik het vlekje op mijn lip, het begin van een blaasje, de koortsuitslag waarvoor ze mij had willen behoeden. Ik wreef er met mijn vinger over. Het begon te branden. Ik beschouwde dat gloeiende plekje als een teken. Een gunstig teken.

Met de revolver achter mijn broeksband ging ik naar buiten. Ik nam lijn 13 naar het station en stond vreemd opgewonden tussen de andere passagiers omdat zij niets van mijn geheim wisten, wat ze in zekere zin heel argeloos en kwetsbaar maakte.

Voor het terras op de Nieuwmarkt speelde een manische vrouw in korte broek accordeon. Iets verderop zat een man ernstig geknield bij een dode duif. Hij liet zijn hand in een draaiende beweging boven de vogel zweven alsof hij hem weer tot leven probeerde te wekken. Ik herinnerde me wat Thera me ooit over haar moeder had verteld, over die ergerlijke gewoonte om altijd naar haren op kleren te loeren, waar ze een scherp oog voor had ontwikkeld, voor haren én pluisjes, die haar gevijlde klauwtjes ongevraagd en met ongewone handigheid van Thera's schouders en rug plukten. En dat ze dan altijd 'ziezo' zei.

Er was een hele lijst met feiten over Thera die me in de vorm van trefwoorden overal en altijd vergezelde. Haar oom die voor de kust van Scheveningen verdronken was; de klap in haar gezicht die haar moeder haar gaf toen Thera vertelde dat haar vaders beste vriend haar op de gang bij haar nog kleine tieten had gegrepen; de horoscoop van de *Beau Monde* die ze de beste vond omdat die volgens haar door een maagden*lover* werd geschreven; de Cadillac Coupe DeVille waar ze liever door doodgereden zou worden dan door een busje van de Riool Ontstoppings Service; de broekrok die ze nooit in haar leven zou dragen; de linkerzij waarop ze het liefst in slaap viel; de mannen in trainingspak waar ze een pesthekel aan had.

Zoals ik me had voorgenomen ging ik bij Nam Kee naar binnen en nam ik plaats aan het tafeltje bij het raam. Ik bestelde een glas bier en een dozijn oesters. Het was tamelijk stil in het restaurant, twee tafeltjes verder zat een man met smalle, lichte ogen, die afwezig, zonder echt te proeven wat hij at, leek het, een bamisoep naar binnen werkte. Af en toe noteerde hij met een zilverkleurige vulpen iets in een blocnootje en dan staarde hij voor zich uit. Hij leek diep na te denken over wat hij neerpende.

Ik nam mijn tijd om de oesters te eten en probeerde de smaak ervan zo precies mogelijk tot me door te laten dringen. De revolver achter mijn broeksband drukte licht in het vlees van mijn rug waardoor ik me voortdurend bewust was dat ik hem bij me droeg. Het bezorgde me een aangenaam gevoel van onkwetsbaarheid, de zekerheid dat ik er was, bestond, en dat niemand om mij heen zou kunnen. Ik vroeg me af hoe het mogelijk was dat ik zo lang zonder San Paolo had kunnen leven.

Ik dronk nog een paar glazen bier en staarde naar buiten, naar de plek waar Thera en ik gestaan hadden toen ik een foto van de lucht had gemaakt. Het leek inmiddels heel lang geleden. Ik glimlachte om haar boosheid van destijds, geprikkeld door mijn weigering de lens op haar te richten. Aan de andere kant van het raam verscheen een insectachtig Chinees gastje met een vetkuif, een knalroze zonnebril en een nek die als een telescoop uitschoof. Zijn leeftijd was moeilijk te schatten, twaalf leek net zo aannemelijk als achtendertig. Hij drukte zijn neus tegen het raam en loerde naar binnen, alsof hij naar iemand zocht. Nadat hij zijn nek weer ingeschoven had, toonde hij een flikkerende gouden tand en verdween uit beeld.

Ik rekende af en passeerde de tafel van de peinzende man met de vulpen, die juist naar de wc was. In zijn blocnootje, zo zag ik, had hij steeds hetzelfde woord neergeschreven, een hele bladzijde vol met dat ene woord: *difficult*. Ik bleef even staan en liet de blaadjes achter mijn duim wegschieten, ze zagen er eender uit. Ik vond het vreemd dat iemand een heel blocnootje volschreef met dat ene woord, maar dacht er niet lang aan.

Een poosje zwierf ik door de straten met een wee gevoel in mijn door de oesters gefolterde maag. Ten slotte belandde ik op de Keizersgracht. De lucht begon inmiddels te betrekken en de wind trok rimpels in het groene water. Ik herinner me dat ik heb staan kijken naar de etalage van een winkel met oude klokken die zich in allerlei soorten en maten binnen het silhouet van mijn spiegelbeeld aftekenden, op mijn buik, mijn borst, mijn schouders, mijn gezicht. Ik leek een samenstelling van al die verschillende uurwerken, die ieder afzonderlijk een andere tijd aangaven, ik leek letterlijk een man van alle tijden. Ik wachtte tot ik voldoende moed had verzameld en stapte de eerste trede van het stenen trapje op. De rest ging vanzelf, alles wat daarna gebeurde was eenvoudig vergeleken met die eerste stap. Het was zíjn stem die zich na mijn aanbellen krakend over de intercom meldde. Ik zei dat ik voor Thera kwam en een minuut of wat bleef het stil, tot de deur opensprong en zij op blote voeten voor me stond.

'Dit kun je niet doen,' zei ze, 'dit kun je mij niet aandoen. En ook jezelf niet.'

Ze kwam met één voet op het stoepje staan en hield met de hiel van haar andere de deur op een kier.

'Ik wilde je zien,' zei ik.

'Godverdomme, Ber, dit is echt een kutstreek.'

Haar blik gleed langs me, van top tot teen en terug, als een zoeklicht. Ik zag dat ze op het punt stond iets op te merken over mijn pak, maar ze hield zich in.

'Ik kom net bij Nam Kee vandaan,' zei ik. 'Oesters.'

Ze knikte.

'Zal ik je eens iets vertellen,' zei ik, 'ik lust ze eigenlijk niet. Ik heb ze nooit lekker gevonden en ik vind ze nog steeds niet lekker.'

'Dan moet je ze niet eten,' zei ze.

'Wel,' zei ik. 'Met jou, ik wil ze iedere dag met jou eten.'

'Hou op met die onzin,' zei ze. 'Hou er godverdomme mee op.'

'Waar koop je dat?' vroeg ik.

'Wat?'

'Zo'n hart van steen.'

'Klootzak,' zei ze.

Een windvlaag rukte aan mijn jasje en blies haar lichte haar voor haar ogen. Ik nam een plukje van dat blonde dons tussen duim en wijsvinger en schoof het achter haar oor. Ze liet het toe, maar keek langs me heen, zoals martelaars op oude schilderijen doen.

'Je moet weggaan, je moet dit niet meer doen,' zei ze zacht.

'Wat ik niet begrijp, is…'

'Nee!'

'Wat ik niet begrijp,' zei ik, 'is dat je me vraagt je op te geven. Maar hoe dan? Ik ben niet veranderd, ik ben nog precies dezelfde en ik voel ook nog hetzelfde. Wat zou jij doen als je in mijn schoenen stond?'

'Hangt ervan af wie je bent,' zei ze. 'Ik ken je niet, niet zoals je nu bent.'

Ik bracht mijn gezicht dichter bij dat van haar, dwong haar naar me te kijken.

'Hou op met dat gelul. Ik ben niet veranderd. En jij bent ook niet veranderd.'

'Niemand kent me.'

'Ik wil niet dat je dat zegt.'

'Nee? Nee? Ik ben alles wat je van me ziet, alles wat je van me denkt, alles wat je over me hoort. Maar ik ben nog veel meer de dingen die je níet weet, het wordt tijd dat je dat gaat begrijpen.'

Achter haar zwaaide de deur open en het volgende moment verscheen Ben. Openstaand grijsblauw hemd van superdun suède, leren instappers zonder sokken, zonnebril in het haar. Hij keek me met een vermoeide minachting aan en kauwde op iets. Ik wist ineens zeker dat hij een jaar of tien geleden, toen dat mode was, op bewerkte cowboylaarzen had rondgelopen. Thera draaide zich met een ruk naar hem om en stond nu met nerveus fladderende handjes tussen ons in.

'Stuur hem weg,' zei hij op vlakke toon, onbuigzaam, al op voorhand verveeld door een weerwoord.

'Laat mij dit nou even afhandelen,' zei ze.

'Ik wil dit gezeik gewoon niet voor mijn deur.'

'Dat probeer ik dus net uit te leggen.'

'Waarom laat je ons niet alleen?' zei ik.

'Wat?'

Hij slikte dat wat hij in zijn mond had door en nam me met een woeste, intense haat op.

Ik voelde zijn adem weer op mijn gezicht, ik voelde de stof van zijn bermuda weer tegen me aan drukken.

'Ik vroeg waarom je niet gewoon even oprot?' zei ik.

'Berry!' riep Thera.

Aan het gefrunnik van haar vingers zag ik dat ze trek in een sigaret had. In een Rothmans.

'Wie denk je dat je voor je hebt?' zei hij.

'Ik zie een man die foute kleren draagt, fout werk doet, en op het foute moment er ontiegelijk fout bij komt staan. Ik zou zo zeggen: een foute klootzak dus.'

Ik voelde de kilte van de revolver op mijn rug, achter me klonk het geluid van een rondvaartboot, een monotoon gebrom dat lang in mijn oren nadreunde. De zon brak plotseling door en Thera knipperde met haar ogen, onbegrijpelijk langzaam, als in slowmotion. Hij stapte uit de schaduw naar voren zodat hij naast haar kwam te staan, de deur viel met een sprongetje achter hem in het slot. Hij keek achterom en toen weer naar mij. Het licht was nu zo helder dat het hartverscheurend was.

'Zorg ervoor dat hij verdwijnt, nu, anders doe ik het.'

Hij keek nog steeds naar mij.

'Alsjeblieft Berry, ga nou, ga nou weg verdomme.'

Ik hield mijn blik op hem gericht, in de wetenschap dat weglopen, een stap achteruit zetten, onmogelijk was. Al zou ze me een miljoen geboden hebben, al zou ik er haar leven mee hebben kunnen redden, een stap achteruit zetten ging boven mijn macht. Ze probeerde me voorzichtig in de richting van de treden te duwen, maar ik gaf geen centimeter mee. Een windvlaag trof me in het gezicht en ik voelde stofdeeltjes in mijn ogen. Ze jeukten en knipperden. Ik wist dat ik er belachelijk uit moest zien. Ze begon aan mijn jasje te trekken, haar bewegingen feller, dwingender, maar ik verzette me en werkte me uit haar greep waarbij de revolver langs mijn broeksband omhoogschoof en op het stoepje kletterde.

Met een mengeling van verbluffing en ongeloof keek hij naar de zilverachtige schittering naast mijn schoenen. Thera staarde met haar armen langs haar lichaam naar dezelfde plek. En ook ik, onderschat en overdressed, was gehypnotiseerd door de aanblik van de revolver, stil en dreigend tegen de achtergrond van het zandsteen dat door miljoenen onschuldige voetstappen uitgesleten was. Het harde licht, die zwarte schaduwen, dat gevoel van stilstand. We waren geen van drieën nog in staat om te bewegen, om iets te zeggen. Met het hoofd omlaag stonden we bij elkaar en in de kracht van onze korte gemeenschappelijke gevangenschap zouden we even makkelijk uit elkaar gedreven zijn als naar elkaar toe. Heet zweet prikte tussen mijn schouderbladen. Ik bukte me en met de gepolijste kolf in mijn hand verbrak ik de trance. Het bloed steeg in een golf naar mijn hoofd toen ik weer rechtop ging staan, zonlicht spatte op de loop en de weerkaatsing ervan sneed door zijn ogen, schoot langs het metselwerk van de gevel weg. Ik vroeg me af wat ik moest doen als alles zou blijven zoals het was, want dat er iets moest veranderen leek onvermijdelijk. De stilte werd strakker en strakker, alsof er iets dichtgeschroefd werd. Mijn hand trilde. Ik moest mijn kalmte bewaren, de kalmte die ik al bijna had verloren toen hij naast haar in het zonlicht was gestapt. Daar stond hij, die lul, met zijn ogen op mijn hand gericht, verstard, zijn gezicht domweg niet meer in staat om zijn mond en kaak in die grimmig mannelijke plooi te trekken. Ik hoefde alleen maar mijn arm te strekken en de trekker over te halen. Twee kogels. Twee knallen. Ik kende het geluid van het strand. Strekken en overhalen. Het was zo eenvoudig. Hij zou in elkaar zakken en zijn bloed zou de stoep rood kleuren. Rood. Even zag ik mezelf eroverheen stappen en weglopen. Alles langzaam rood. Ik voelde dat ik iets moest doen, maar ik kon het niet. De tijd verstreek en ik stond daar maar, zonder besluit te kunnen nemen. En toen deed hij zijn ogen dicht, als een kind in het spookhuis, hij deed ze dicht en verplaatste zijn voet. Naar achteren. Een stap achteruit. Langzaam tastte hij met zijn vingers naar de knop van de deur, maar die was dicht. De weg terug afgesneden. En zo bleef hij staan, met zijn bovenlichaam gedraaid en zijn hand om de knop, in afwachting van wat komen ging, van wat mijn volgende handeling zou zijn.

'Oké, zo is het genoeg,' zei Thera. 'Doe weg dat ding.'

Ze kwam nog iets dichter bij me staan, Ben vrijwel volledig aan mijn gezichtsveld onttrekkend. Ze zag lijkbleek en nam me verwilderd op.

'Doe weg.'

Haar stem bereikte me met een dronken soort helderheid. Mijn ogen begonnen te tranen door de bijtende stofdeeltjes. Ik zag haar in een waas. Ze pulkte onophoudelijk met haar vingers aan haar T-shirt. Ze zei: 'Toe, Ber. Alsjeblieft nou.'

Ik stopte de revolver weg en liet me door haar de trap af leiden. Terwijl we omlaaggingen wreef ik met mijn vingers in mijn ogen.

'Niet huilen,' zei ze.

'Het komt door de wind,' zei ik, 'het is dat verdomde stof.'

'We kunnen elkaar nu niet meer zien,' zei ze. 'Luister je, je mag echt nooit meer terugkomen. Beloof je dat?'

Ik knikte.

Ze liep mee tot aan de hoek van de Leidsestraat. Het was voor ons beiden een onmogelijk moment; we wisten dat alles wat er te zeggen viel gezegd was en we namen elkaar onzeker op, alsof we elkaars bewegingen in de gaten hielden. Ik kuste haar handen en toen rende ze terug naar de gracht. Ik draaide me om en liep over de tramrails weg. Ik leek te zweven, verdwaasd, losgeslagen. De wind blies in mijn rug, de pijpen van mijn broek plakten tegen mijn kuiten. Ik keek niet meer om, ik begreep dat als ik haar op haar blote voeten zou zien wegrennen alles opnieuw zou beginnen, zonder uitzicht op een betere afloop. Hij was dit keer achteruit gestapt en ik, ik was haar kwijt. Zij was voor altijd voor mij verloren. Ik begreep dat een bepaalde periode in mijn leven afgesloten werd, daar en toen. Voorgoed.

De onherroepelijkheid hiervan maakte dat ik met iedere pas waarmee ik me van haar verwijderde me een beetje leger vanbinnen begon te voelen, een leegte die opgevuld werd met pijn die ik niet kende. Ik passeerde de McDonald's waar ik vroeger met Myra Treurniet, mijn vriendinnetje uit de eerste klas van het Barlaeus, in de pauze McNuggets haalde, en ik herinnerde me hoe we samen shag hadden gerookt, zittend met onze rug tegen de glazen pui van het casino, ook op dagen dat het steenkoud was. Ze maakte zich in die tijd zorgen over haar borsten, Myra, omdat ze het verdomden te groeien. Op de dag dat ze van school ging, liet ze een briefje voor me achter, of eigenlijk was het een uit haar agenda gescheurde bladzijde.

'Liefde wordt verbeurd verklaard op het moment dat je er het meest om verlegen zit,' stond erop, 'TRAP ER NIET IN, TRAP HET ERUIT.' Ik had geen idee waarom ze die tekst voor mij had opgeschreven en ook niet hoe ze eraan was gekomen, waarschijnlijk had ze hem in een of ander boek ontdekt. En vlak voor ik het Leidseplein bereikte, zag ik Myra even voor me, bovenlijf ontbloot, kin omlaag, de blik op ernstig, terwijl ze met een centimeter nauwkeurig haar borstomvang mat.

Er ontbreekt een stukje tijd. Het volgende dat ik me herinner is dat ik bij Fast Eddie binnenstapte. Hoe ik daar gekomen ben kan ik niet terughalen. Lopend, vermoed ik. Want ik herinner me niets van een taxi of tram. Op Eddie na was er niemand binnen. Hij zat op een kruk en mompelde bezweringen tegen zijn fruitautomaat. Even draaide hij zijn gezicht naar me toe.

'Nog een die zich heeft opgedoft voor het feest,' zei hij.

'Welk feest?' vroeg ik.

'Het nieuwe buurthuis. Ze zijn er al heen, met zijn allen, uurtje terug. Mooi pak, jongen, zal wat gekost hebben.'

Ik dronk een blikje bier terwijl hij onverschrokken doorging met zijn eigen fruitautomaat vullen, het voorbereidende werk voor een fucker met meer geluk dan hij – Eddie was geen man voor de jackpot. Toen het blikje leeg was, ging ik de deur uit. En ik zie me nog voor de laatste keer Slow Eddies Fast Food Restaurant verlaten. Ik mis die man, wil je dat geloven? Echt, ik mis hem en zijn toupet en zijn smerige hamburgers.

De lucht was vol donkere inktvegen toen ik bij het nieuwe winkelcentrum aankwam. De versterkte rai van de band verwaaide boven het plein. Slingers met gekleurde plastic vlaggetjes waren van boom tot boom gespannen, ze sisten en klapperden in de sterke wind. Albert Heijn, Blokker, C&A, het was een grote manifestatie van gevelreclames en glimmend glas. Voor de nieuwe winkels waren kraampjes opgesteld met eten en ballonnen en er liepen een paar clowns rond die presentjes aan kinderen uitdeelden. Ik bleef een poosje van een afstand naar de band luisteren. De zanger sprong over het podium heen en weer en spoorde het publiek aan om te dansen. In de menigte stond Mirjam, De Laatste Modes vriendin. Ze was niet naar Majorca gegaan en ze had het ook niet met hem uitgemaakt. Het enige wat ze wel had gedaan was mij compleet negeren sinds onze ontuchtsessie; blijkbaar probeerde ze op die manier een glans van onschuld in stand te houden. Ze deed haar best maar. Mijn hoofd was zwaar en ik voelde me geradbraakt. Overal brandde een pijn waarvan ik het bestaan nooit vermoed had, die zich nauwelijks liet lokaliseren. Ik heb weleens gehoord dat je, als je been wordt afgezet, helse pijn in dat been houdt, althans dat het zo voelt, niet in de stomp, maar in het been dat er niet meer is. Ik voelde die middag overal pijn en toch was het niet in mijn lichaam. Misschien was het ook wel geen pijn, maar pure woede, soms valt het niet mee om die twee uit elkaar te houden. Iemand tikte me op mijn schouder. Ik draaide me om. Met een gejaagde, verrukte blik in zijn ogen nam Freek Feek me op.

'Vermaak je je een beetje, Berry? Ze staan helemaal vooraan, de boys,' zei hij. 'Je ziet er waan-zin-nig goed uit. Dat waardeer ik, echt Ber, vin-ik te gek van je. We maken er met zijn allen een topdag van, hè?'

Ik had geen idee waar hij het over had en keek hem verdwaasd na terwijl hij zich door het publiek een weg baande en achter het podium verdween, met de opgewekte haast van iemand die op weg was naar een gratis lijntje coke of een lynchpartij.

Een groepje jonge kinderen draafde met ballonnen voorbij, hinnikend gelach, gepoetste schoentjes. Plotseling stond Jamal voor me. Als een droombeeld, want in het officiële trainingspak van Ajax en met een wedstrijdbal onder zijn arm. Hij schrokte een broodje shoarma naar binnen.

'Wat maak jij nou?' zei ik. 'Ik dacht dat je dat nooit meer aan zou trekken.'

'Ach, voor één keer... Hij heeft het gevraagd.'

'Wie?'

'Freek. Ik doe zo meteen een paar trucs op het podium en dan mag ik de burgemeester het cadeau geven. Na de speech.'

'Maar je speelt helemaal niet meer in Ajax.'

'Er zijn een paar fotografen, een beetje show hoort erbij.'

Hij hield me zijn broodje voor, maar ik schudde mijn hoofd. We baanden ons door de steeds dichter wordende menigte een weg naar het podium. Helemaal vooraan stonden die gastjes van de brommerbrigade. Zonder brommers, zonder blikjes bier, zonder sloopgereedschap, ze dansten met elkaar op de muziek. Aan de zijkant van het podium zag ik Gerrie Grolsch tussen zijn ouders. Blijkbaar had hij een knap uitgebalanceerde mix achter zijn kiezen, want hij keek ongewoon helder uit zijn ogen voor dit uur van de dag.

Jamal en ik gingen bij Otman en De Laatste Mode staan, die ieder een groen vestje zonder mouwen droegen met op de rug het woord *security*. Otman had zijn zusje bij zich, Ella, ze was vier en keek met ogen als van een jonge zeehond naar de zanger van de band. De Laatste Mode nam een slok uit een flesje Spa blauw dat hij daarna in de zak van dat vestje stak. Hij begroette me met een afkeurende blik op mijn kleding. Bij het zien van mijn mond fleurde hij weer wat op.

'Er heeft een vogel op je lip gescheten.'

Hij keek om zich heen, het leek alsof hij en Otman op die gastjes van de brommerbrigade loerden.

'Wat zijn dat voor kutvestjes?' zei ik.

'Waar zat je nou, man?' vroeg Otman, 'met het open huis en zo... het is goed geworden binnen... goe-oe-oed, we hebben verdomme een eigen tap en een hele stoot apparatuur, weetjewel, geen Engelse-drop-speakertjes of zo, maar echt goeie audio, uit het professionele circuit, zeg maar, hè Rachid?'

'Wie er met zijn poten aankomt, gaat als een Lego-pakketje terug naar huis,' zei De Laatste Mode en om te bewijzen dat het hem ernst was schopte hij een jongen met een gebleekt spijkerjack zijn joint uit zijn hand. Als bonus gaf hij hem een paar klappen in zijn nek na.

'Tot vanavond wordt er niet gezopen of geblowd,' snauwde hij tegen die jongen en zijn maatjes van de brommerbrigade.

'Zegt wie?' vroeg ik.

'Ik,' zei De Laatste Mode.

Hij gaf een intimiderende hijs aan zijn ballen.

'Ja wij,' zei Otman. 'Wij houden de boel in de gaten, dat alles goed verloopt, clean, enne... gewoon, weetjewel.'

'Djiezus.'

'Luister, Freek heeft alles voor ons geregeld, man. Ik kan voor jou ook zo'n vestje versieren, mag je overal komen, ook zo meteen bij die gasten van de band en vanavond voor niks whisky zuipen tot je hartstikke dood bent.'

'Hou dat kutvestje maar.'

'Je begrijpt het niet, als we het een beetje handig aanpakken is dat buurthuis van ons. Denk eens aan de mogelijkheden: party's, entreegeld, drank, dope, alles in eigen beheer.'

'Dat is het zakenleven,' zei De Laatste Mode, 'nu minimaal investeren en straks maximaal pakken. We hebben die piepeltjes hier bij het podium alle gestolen brommers in laten leveren op Meer en Vaart, hee.'

'Beetje kreddubillutie opbouwen, als het ware,' zei Otman. 'Nu is het alleen nog een kwestie van de zakelijke risico's zoveel mogelijk beperken. Fuck, daar heb je hem!'

Het nieuws van zijn komst verplaatste zich door de menigte, gesmoes, lichamen die langs elkaar schuurden, armen die omhooggingen onder dat geklapper van de vlaggetjes.

De zwarte Mercedes reed langzaam het plein op, de glimmende carrosserie weerspiegelde de etalages van de nieuwe winkels. Zoals hij uitstapte, soepel en zelfverzekerd, dat was geen uitstappen meer, maar aankomen, arriveren. Zoals filmsterren in Cannes arriveren. Het portier werd opengehouden door zijn chauffeur, maar het duurde nog even voor hij uit de schaduw van de wagen schoof, een paar seconden die de spanning vergrootten. Ik had hem nooit gezien, in het echt, bedoel ik. Ik kende zijn gezicht van foto's in de krant, zijn stem van tv. Zoals iedereen. Hij droeg een lichtgrijs kostuum en een wijnrode stropdas. De ambtsketen om zijn nek glinsterde bij het uitstappen. In één oogopslag zag ik dat hij het middelpunt was, dat alles en iedereen in het teken van hem stond.

Van alle kanten stroomden ze op hem toe, politieagenten, bebrilde mannen met etuitassen onder hun arm, een vrouw in een smaragdgroen mantelpakje. Hij werd ontvangen, begroet, hij schudde handen, ook die van Freek Feek, een persfotograaf maakte foto's. Hij werd linea recta afgevoerd naar de ingang van het buurthuis. Jamal, Otman en De Laatste Mode snelden erheen.

Ik kocht bij Dirck III twee blikjes bier; ze waren lauw omdat de koelkast nog niet aangesloten was, zei de verkoopster. Ik maakte het eerste open en ging buiten op een metalen bankje zitten, aan de rand van die hele heisa, waar nog de laatste hekken van de bouw stonden met erachter spullen als kruiwagens, zand en aarde. Een man in een overall van de plantsoenendienst was er met een schep in de weer. Ik staarde een poosje naar al die nieuwe gebouwen, al dat trotse glas en beton. Het was gemaakt door mensen voor mensen. Toch viel het nog niet mee er iets menselijks in te ontdekken.

'Drinken konijnen bier?' vroeg een kinderstem.

Ik draaide mijn hoofd opzij en zag Otmans zusje naast me zitten. Tot mijn verbazing, want ik zou gezworen hebben dat ik nog steeds alleen op het bankje zat. Ze droeg een lila jurkje en haar donkere haar hing in een lange vlecht omlaag. Haar handjes lagen op haar schoot en speelden met een stuk of wat kaarten die ik de clowns had zien uitdelen.

'Otman zegt dat ze bier drinken. Lusten konijnen bier?'

'Nee,' zei ik.

'Ik wil daar ook naartoe.'

'Waar naartoe?'

Ze hield een van de kaarten omhoog. Er was een konijn op afgebeeld, met menselijke gelaatstrekken en een bloem in zijn poot. Hij stond rechtop en achter hem was een Sergeant Pepper-landschap van roze wolken en zachtblauwe bomen.

'Waarom?' vroeg ik.

'Daar zijn leuke kleuren,' zei ze.

Ik begreep wat ze bedoelde.

Ze liet zich van het bankje glijden en raapte een kwartje op van de grond. Toen begon ze in de richting van het podium te rennen, haar vlecht dansend op haar rug. In een van haar zolen zat een gat. Ik kon mijn ogen er niet van afhouden.

De band was gestopt met spelen en de burgemeester liep naar de microfoon, waar hij een velletje papier uit zijn binnenzak viste. Hij vouwde het open en tikte op de microfoon, beheerst, overtuigd van zijn zaak. De wind rukte aan zijn haar. Bij de kraampjes draaiden de mensen zich naar hem om. Een man en een vrouw in trainingspak haastten zich naar de achterste rij van de menigte voor het podium.

'Ik heb een hand van hem gehad, binnen. Hij gaf me een hand.'

Otman liet zijn zonnebril laconiek aan zijn vingers bengelen.

'Hij zei dat Amsterdam trots kon zijn op jongens als wij. Ik zweer het je, dat zei hij.'

De Laatste Mode kwam er ook bij staan, explosief, ijdel en volledig *out of caracter* in dat merkloze vestje.

'Hee lul, hee,' zei De Laatste Mode, 'geen bier heb ik gezegd, jij dus ook niet.'

'Laat me met rust,' zei ik.

Ik voelde zijn vuist op mijn jukbeen landen, door de kracht van de klap viel ik op mijn zij en een golf bier sloeg over me heen. Door de speakers klonk een piepend geluid dat je tot in je borstbeen voelde steken.

Het blikje rolde over de grond. De Laatste Mode trapte het een meter of wat weg waarna het rondtolde als een gazonsproeier. Met zijn handen in zijn zakken liep hij naar het podium.

De nieuwe Amsterdammers kwamen overal vandaan, ze verlieten eigen land of streek, vanwege armoede of vervolging...

Hij had een mooie heldere stem, een geschoold geluid waar je niet omheen kon.

Ik ging voorzichtig weer rechtop zitten en wreef mijn gezicht met de mouw van mijn jasje droog. Er klonk een vreemd gegons in mijn oor, het geluid van een massa halvegaren die allemaal tegelijk tegen elkaar aan lulden zonder dat er iemand luisterde. De ene helft van mijn gezicht stond in vuur en vlam. Ik bleef zo stil mogelijk zitten en maakte het tweede blikje open. Ik nam een slok, met Otmans afkeurende ogen op me gericht.

Wat dat aangaat, is er niets veranderd. Ook nu zoeken zij gastvrijheid, geborgenheid en geluk, en ook nu blijven zij naar onze stad komen.

Ik trok de revolver achter mijn broeksband vandaan om hem aan Otman te geven.

'Niet nu, idioot,' zei hij. 'Er loopt hier een heel leger smerissen rond, weetjewel.'

Ik stak hem weer weg. Een tros ballonnen zweefde boven het plein. Op het podium schoof de burgemeester een donkere lok van zijn brede glanzende voorhoofd.

'Je stelt niets voor met je vestje, Otman, het stelt allemaal geen flikker voor.'

'Nee jij Ber, jíj stelt wat voor.'

Ik zeg: de grote meerderheid, het geldt niet voor iedereen. Er zijn ook mensen, kleine groepen die het niet redden en voor hen geldt dat we als stad hun de helpende hand toesteken.

'Hij lult maar wat,' zei ik, 'zolang de mensen geloven dat zonder hem het bloed over hun trottoirs zal vloeien, vindt hij het allang best.'

'Wat is er met jou, Ber? Dolle negerin gebeft?'

'Hij meent er niets van, dat hoor je toch zelf ook wel? Zelfs degene die de toespraak voor hem heeft geschreven meent er geen ruk van.'

Vanuit het niets sprong Arnold, met een geknevelde bek en een leren riem achter zich aan slepend, tegen Otman op. Zijn lichaam kronkelde en met zijn gepantserde staart gaf hij een dreunende roffel van blijdschap op het metalen bankje.

Bij het podium steeg een lauw applaus op.

'Shit,' zei Otman, 'heeft die lul hem weer losgelaten. Hoe vind je zijn muilkorf?'

Hij trok met zijn vingers aan de leren band die Arnolds herboren kaken in toom moest houden.

'Listig, hè? Godverdomme, waar... Ik breng hem even terug. Waar zit die gozer nou weer?'

Hij keek om zich heen, kwam overeind en liep met een naast hem stuiterende Arnold weg. Dat *security* op zijn rug was het stomste dat ik in mijn hele leven had gezien. In de verte gebaarde Otman druk tegen zijn broertje waarna hij hem Arnolds riem in zijn hand drukte.

Op het podium werd Jamal door Freek Feek geïntroduceerd als de sterjeugdspeler van Ajax, waarbij Jamal naar het publiek zwaaide op de manier van internationals na het spelen van het volkslied. Eerst liet hij een paar kleine jongetjes in voetbalkleding overschieten en om de beurt de bal koppen. Daarna gleed hij langzaam uit zijn trainingspak, de witte broek en het rood-witte shirt van zijn oude club onthullend. En in dat stralende tenue dat de goden toebehoort, begon hij aan zijn showtje, hij die beter dan wie ook wist dat hij met zijn ontstoken knietjes definitief van de Olympus was verbannen. De bal wipte van zijn voet naar zijn schouder, van zijn schouder naar zijn hoofd, begeleid door de drummer om het een beetje bühne-allure te geven. Hij deed zo vreselijk zijn best, Jamal, dat maakte het alleen maar erger. Ik kreeg er tranen van in mijn ogen en was blij toen hij eindelijk van het podium oprotte om plaats te maken voor de volgende set van de band.

De muziek was nog niet losgebarsten of de burgemeester danste al met een jonge Marokkaanse naast het podium. Ze droeg een hoofddoekje en een traditionele zachtgroene kaftan; het zag er aardig uit, maar het miste overtuiging, je rook gewoon dat ze die meid uit de kaartenbak van een modellenbureau hadden geplukt met het oog op een leuk plaatje voor pagina drie in *Het Parool*. Er begonnen nog wat dixiellendelingen uit het gevolg van de burgemeester mee te dansen. En in het oog van de storm bewoog zich Freek Feek, schouder aan schouder met de burgemeester. De Laatste Mode en Otman hadden zich ook de deinende kring binnengewerkt en ik zag zelfs Gerrie Grolsch met zijn moeder meedoen. De burgemeester lachte zijn kronen bloot en bracht zijn handen boven zijn schouders. De vlaggetjes sisten en ratelden. Een jongetje in korte broek schudde wild zijn hoofd alsof hij vreselijke pijn leed. Onder het bankje lag een steen. Een man in een donker kostuum fluisterde de burgemeester iets in zijn oor. De burgemeester knikte. Onder het bankje lag een steen.

Hij hoorde aan de andere kant van de hekken te liggen, op het laatst overgebleven eilandje wanorde, bij de bergjes aarde en zand en de overige weggemoffelde overschrijders van de opleverdatum. Ik kon hem door de ronde gaatjes in de bank zien. Hij hoorde er niet te liggen, maar hij lag er. Roodbruin, glad en subversief. Een schoonheidsfoutje. Met de punt van mijn schoen trok ik hem onder de bank vandaan.

De burgemeester schudde handen en begon naar zijn zwarte Mercedes te lopen. Hij lachte en zwaaide, met Freek Feek als een politiehond aan zijn zijde. Erachter liepen een man met een boeket bloemen en een vrouw met een ronde hoed die ze met één hand vasthield om te voorkomen dat de wind ermee aan de haal ging. De band speelde 'C'est pas ma faute'.

De steen lag in mijn hand. Koel en zwaar. Ik smeet hem stuk op de grond en pakte het grootste deel weer op. Met mijn vingers wreef ik langs de grove breukrand die in een punt eindigde. Ik liep in de richting van de auto, mijn arm dicht langs mijn lichaam hangend. Ik moest dichterbij komen, ik moest erheen, eruit, bestaan, adem kunnen halen. Mijn handen waren koud en trilden. Rechts een paar kraampjes, aan de andere kant, bij het podium, de grootste meute, een zee van handen en gezichten. Ze waren al bijna bij de Mercedes. Het geluid van de band, vreemde harde kreten op de wind, een reclamebord: *The new taste is coming to you.*

Er hing een wazig licht rond zijn ambtsketen, zijn chauffeur hield de deur voor hem open, de harde wind, de vestjes met *security*, de plastic vlaggetjes, het gat in Ella's zool, ik kwam nog steeds dichterbij, twintig meter, vijftien, *C'est pas ma faute.*

Ik hoorde mezelf vertellen wat er gebeurd was, achteraf. Ik had geen idee aan wie.

Hij stond bij zijn auto, het afscheid als afronding van een routineklusje, zijn ogen half dichtgeknepen voor een laatste glimlach. In gedachten zat hij al op het zachte koele leer van de achterbank. De anderen bleven nu op afstand, het boeket hing als een zwaar dood ding aan de hand van zijn chauffeur en het portier stond nog steeds voor hem open. Een mat schijnsel op de zwarte lak, de zacht wiegende weerspiegeling van wolken in het raampje, de lucht, de drukkende onrustige lucht die me naar adem deed happen. Ik wreef de steen als een honkbal langs mijn broek en zocht in gedachten naar een beeld waar ik honderd procent zeker van was. Ik zag Thera's gesloten ogen, haar hals, het slappe lichaam op bed, nadat het uitgesidderd was en nog buiten bewustzijn bij lag te komen. Dat moment was echt, ongespeeld, het was hetzelfde moment waarop ik er heel even aan had gedacht haar te vermoorden, het enige moment waar ik nu zeker van was, waarin ik kon geloven. 'Bens sletje.' Ik stikte bijna in dat beeld van haar uitgeputte, gedachteloze lichaam op bed.

Het plein met de dansende mensen begon vreemd te vertekenen, zoals bij aanvang van een speelfilm op de televisie, als ze de boel moeten vervormen omdat anders de titels niet binnen het kader passen. De muziek van de band stierf met een bezwijmend geluid weg in de turbulente lucht. Ik wist niet waarom ik die steen in mijn hand had, waarom alle kracht in mijn lichaam zich daar verzamelde.

Ik wierp hem vanuit de heup, met gestrekte arm. Op het moment dat hij licht draaiend loskwam van mijn vingertoppen hoorde ik iets knappen. Hij beschreef een stijgende curve, nog steeds om zijn as wentelend door de lucht. Een roodbruine raket met een onscherp vuurspoor, een komeet, langs het grijs en wit van de hemel, een vloeiend gebogen lijn, traag en volmaakt, zonder twijfel of doel, maar vol mogelijkheden en barstensvol hardheid en gevolgen, barstensvol toekomst.

Heel even kon ik mezelf zien staan, buiten de kring van mensen, met mijn geopende hand boven mijn hoofd en mijn verkrampte linkerschouder iets omlaag, op het plein met de ballonnen, de kinderen, de clowns, en de steen die zijn hoogste punt was gepasseerd en begon te dalen.

De kracht van de klap tegen zijn hoofd smeet hem achteruit, langs het geopende portier en de glimmende schoenen van zijn chauffeur. De beleefd superieure glimlach waarmee hij afscheid nam, lag nog op zijn gezicht toen hij neerviel en alles tijdens een plotselinge stilte een ander, nieuw niveau bereikte. Tussen de benen van omstanders zag ik hem stil op de tegels liggen, zijn ogen dicht en zijn ene arm vreemd naast zijn lichaam gevouwen. Het boeket bloemen daalde als een roofvogel neer op de donkere stroom die uit zijn hoofd vloeide.

Ik liet mijn arm zakken en draaide me om. Terwijl ik begon weg te lopen, griste ik een gele ballon van de grond, ik weet niet precies waarom ik dat deed, maar ik voelde gewoon dat ik iets nodig had om over dat plein weg te kunnen komen.

Een man met een krulsnor en een witte slagersjas aan keek me vanachter zijn kraampje recht in mijn ogen. Ik kneep in het koperen stokje van de ballon en probeerde zo rustig mogelijk te blijven lopen. Er was geschetter van portofoons in de lucht, stemmen die steeds luider werden, snelle voetstappen, gegil, in de verte zag ik een hemelsblauwe scooter staan en ik dacht: Wedden dat het een Aprilia Area 51 is.

Ik passeerde de laatste winkel van het plein, een Halfords-vestiging, waarvan de verkopers in eensgezinde polo's voor de deur stonden te kletsen. Ze leken geen bijzondere aandacht aan me te schenken. Ik stak de straat over en verdween achter de hoge flats aan de Sloterplas; vandaar was het nog maar een klein stukje naar het park. Op de houten brug bij de ingang ontdekte ik dat ik die ballon nog steeds vasthield. Mijn hart bonkte in mijn keel, er hing een dreigend geritsel in de bomen en boven het water. Ik liet de ballon los en even meende ik dat ik rende. In de verte liep een man met een camouflagejas en een stuk of wat hengels over zijn schouder. Ik verliet het pad en ging diagonaal over het kaalgetrapte gazon verder.

Ik heb hem geraakt.

Het was een minuut of vijftien naar mijn huis als ik doorliep. Ik deed mijn jasje uit en rolde de revolver erin, maar toen ik de enorme zweetplekken in mijn hemd zag, deed ik het snel weer aan.

Hoe lang zou het duren voor ze mijn naam en adres hebben?

In gedachten zag ik Otman en De Laatste Mode in hun security-vestjes met een paar opgefokte agenten praten. Gillende sirenes klonken in de verte. Ik moest heel nodig pissen. Ik keek om me heen en sprong de bosjes in waar ik ongelovig naar de trillende straal staarde die eindeloos leek. Ik begreep er niets van, het was alsof ik dagen niet gepist had, alsof mijn angst via mijn nieren een uitweg zocht.

Ik stak een straat over naar huizenblokken met verrotte balkons vol troep en wasgoed, bespikkeld met schotels en stoffige ramen. Nog een straat en nog een straat, tot de volgende groene zone en ik was in hitbullpark, bijna thuis. Als vanzelf volgde ik de gracht in de richting van de brug, tot ik aan de overkant het villastraatje kon zien. De villa's lagen treurig en bedeesd ineengedoken tussen het zomerse groen en de hemel. Voor zover ik kon uitmaken, stonden er geen verdachte auto's voor de deur.

Tegen zijn hoofd, die glimlach nog op zijn gezicht.

Ik ging voorzichtig op het gras zitten, liet me achteroverrollen en bleef plat op mijn rug liggen. De revolver drukte scherp in mijn huid en na een poosje legde ik hem naast me neer met mijn hand erbovenop. Ik keek naar de onrustige donkere wolken die over me heen zeilden. Een meeuw speelde krijsend met de wind. Ik sloot mijn ogen en zag die lange donkere stroom bij zijn hoofd zich over straat uitrekken en uitrekken.

Misschien is hij… Ik wil niet dat hij doodgaat.

Achter me hoorde ik het geluid van spelende kinderen, ik concentreerde me op hun hoge geestdriftige stemmetjes en een poosje lukte het me aan niets anders te denken dan aan hun voetjes die over het gras snelden.

Toen naderde het geluid van een helikopter in de lucht. Ik opende mijn ogen en bleef stil liggen. Het gebonk kwam dichterbij, maar ik kon niet uitmaken van welke kant. Het duurde nog een seconde of wat voor hij mijn gezichtsveld binnenzwenkte, vanuit het westen, een ruime bocht boven het park makend. Het was een politiehelikopter en zijn gebonk leek het geluid van mijn eigen bloed, kloppend in mijn slapen. Ik voelde de grond onder me trillen en moest mijn best doen om stil te blijven liggen in plaats van de benen te nemen. Hij voltooide een halve cirkel en verdween toen zuidwaarts. In de stilte die beetje bij beetje terugkeerde ging ik zitten, me afvragend of die gasten me van bovenaf hadden gezien. Die figuur languit in het gras, roerloos als iemand die sliep of iemand die zich tot het uiterste verzette vooruit te denken. Achter me klonk geschetter. Ik draaide mijn hoofd om. De kinderen waren verdwenen. Over het gras kwam een smeris op een mountainbike aanrijden, met een hobbelig sukkelgangetje. Zo'n meter of twintig achter hem, op het pad, stond zijn vrouwelijke collega, één bil op het zadel, een vrouw met een kind aan haar hand de weg te wijzen. Zijn portofoon schetterde nog een keer. Hij was nu heel dichtbij en stopte met fietsen. Met het frame tussen zijn benen bleef hij staan. Ik maakte mijn hand op de revolver zo groot mogelijk. De klep van zijn pet zette zijn ogen in de schaduw. Scherpe trekken, jong nog, hooguit dertig. Hij nam me nauwlettend op, mijn gezicht, mijn kleren, alles.

'Goeiemiddag,' zei hij.

Ik knikte. Achter hem rende een roodharige jachthond achter een tennisbal aan.

Ze weten wie ik ben, ze weten alles.

'Waar komt u vandaan?' vroeg hij.

Dat *u* verraste me, gaf me hoop.

'Hoe bedoelt u, agent?'

Ik probeerde een gezicht op te zetten dat je in de gangen van het Barlaeus kon tegenkomen, onderweg van Grieks naar biologie.

'Waar woon je?'

Ik vroeg me af wat hem van *u* naar *je* had doen overschakelen.

'Johan Schippersplantsoen 18-3,' zei ik zonder hapering, 'bij de markt.'

Het adres van Otman.

Hij knikte langzaam met zijn hoofd en zijn toegeknepen ogen tuurden en tuurden.

'Is er iets?' vroeg ik.

'Was je net in het nieuwe winkelcentrum?'

'Ik? Nee.'

'Wacht even,' zei hij, 'blijf maar even zitten.'

Hij drukte met zijn duim op een knopje van zijn portofoon en begon zacht te praten. Terwijl hij op antwoord wachtte, zag ik dat zijn zoekende blik bleef haken aan de plek waar ik mijn hand had liggen. Ik keek voorzichtig opzij en ontdekte een stukje van de loop glinsterend in het gras.

Een stem op zijn portofoon zei: 'Beige pak, blauw hemd, sluik haar.'

Hij nam niet eens meer de moeite te antwoorden. Met zijn ogen nu strak gericht op de mijne, zwaaide hij zijn been over het zadel en legde hij zijn fiets tergend langzaam in het gras neer.

'Haal je hand daar weg,' zei hij.

Ik bleef doodstil zitten, ik kon geen kant meer op, ik durfde me niet te verroeren.

'Leg beide handen op je hoofd.'

Hij wachtte nog even en in zijn ogen las ik de angst die ik als een koortsaanval in mijn eigen lichaam voelde gloeien. We kronkelden in de greep van elkaars angst. Ik hoorde hem inademen en toen weer uitademen. Heel even hoopte ik dat hij zijn pistool zou trekken en me neerschieten, zodat alles voorbij zou zijn. Hij slikte en toen bracht hij zijn gespierde hand naar het holster op zijn heup. De jachthond holde met een tennisbal in zijn bek over het gazon. Er klonk zacht geruis in de struiken. Ik had de revolver van Otman al in mijn hand en hoorde hem zeggen: 'Geen gekke dingen.'

Ik richtte op zijn hand, maar raakte hem in zijn been, twee droge knallen. De inslag van de kogels, de schok die door zijn lichaam ging. Hij knipperde met zijn ogen en vloekte. Toen viel hij met open mond zijwaarts in het gras. Twee handen om zijn bovenbeen, opengesperde neusgaten – een gewonde, snuivende cowboy. Zijn pet als een donkere vlek naast zijn gezicht.

Met de revolver nog in mijn hand sprong ik overeind. Een bestelauto reed aan de overkant van het water. Zijn vrouwelijke collega kwam in de lichtste versnelling over het gras aanfietsen. Dat razendsnelle gepeddel op die mountainbike maakte alles in één klap onwezenlijk, belachelijk, het zag er gewoon niet uit. Ik draaide me om en rende zo hard ik kon naar de brug, waar ik zonder vaart te minderen de revolver over de leuning gooide. En lichter dan ooit sprintte ik in één ruk door naar huis.

Mijn broer lag languit op de bank naar de tv te kijken, met zijn witte sportsokken op de leuning. Hij riep naar me dat Tilly weer gebeld had, maar ik liep verder, zoals je in een droom loopt, zonder lichaam. In mijn kamer kleedde ik me om en daarna graaide ik mijn paspoort en het laatste geld uit de lade van mijn bureau. Ik belde een taxi en wachtte boven aan de trap. Ik leunde met mijn schouder tegen de muur en strekte mijn benen. Het zweet op mijn voorhoofd was opgedroogd. Ik hoorde de televisie beneden. Onder mijn kleren voelde het klammig aan. Buiten werd tweemaal getoeterd. Zonder nog iets tegen mijn broer te zeggen, sloop ik de deur uit. Het tuinpad was koel in de groene schaduw, de lucht geurig. Ik ademde diep in en uit. Geen ander geluid dan mijn schoenen op het grind. Langs de bloeiende rozen van mijn moeder liep ik naar de taxi. Ik kon ze ruiken, die rozen. Ik kon ze nog ruiken toen de taxi wegreed.

En terwijl ik die middag de villa's van het straatje één voor één zag passeren, begon alles wat even eerder gebeurd was al in mijn gedachten te vervagen. De zomerlucht was vol gillende sirenes, maar het leek onwaarschijnlijk dat die hysterie iets met mij te maken had. Ik voelde me rustiger en kreeg weer lucht. De taxi sloeg linksaf, de hoek om, en ik wierp nog een laatste blik op onze voortuin. 'Misschien, misschien is het ook wel beter zo,' zei de stem van Thomas O'Malley. Dag Rein, dag ma. Er zijn dingen waar jullie niets van weten, dingen die jullie nooit zullen begrijpen. Dingen die ik zelf ook niet begrijp.

Haat me niet. Alsjeblieft, haat me niet.

Dag.

34

Ik wil haar zien, maar naar sommige dingen kun je beter niet kijken. Het is half zeven en ik weet dat ze er staat, ze is er altijd, iedere avond, maar ik doe het niet. De eerste keer dat ik haar beneden in het gras bij de lantaarn zag staan, droeg ze een zomerrokje en een bloesje zonder mouwen. Ze had bruine armen en benen, maar dat was een paar maanden geleden. Vandaag heeft ze ongetwijfeld een dikke jas en een broek aan, de laatste tijd draagt ze meestal spijkerbroeken.

Die eerste keer was op de dag dat ik naar mijn nieuwe cel in de Demersluistoren verhuisde. Na mijn veroordeling, mijn administratieve en fysieke toetreding tot het rijk der 'afgestraften', zoals ze hier zeggen. Een meter of veertig schuin onder me kwam ze aanlopen over het pad tussen de slotgracht van de gevangenis en het talud van de metrolijn. Ze plaatste haar fiets tegen de lantaarnpaal en keek naar boven. Toen ze begon te glimlachen en haar hand opstak, leek het alsof ze naar mij zwaaide, maar dat was natuurlijk gezichtsbedrog. Net zoals het gezichtsbedrog is wanneer ik soms even, heel even, Thera zie staan naast die fiets met het mandje aan het stuur.

Ze lijkt niet eens op haar. Ik schat dat ze een jaar of tien ouder is dan Thera en ze heeft donker haar. Als je maar lang genoeg omlaagkijkt, komt er een moment dat ze iedereen kan zijn. En ik vraag me af hoeveel gasten met hetzelfde uitzicht als ik tegelijk met mij omlaagstaren en de vrouw zien die ze willen zien. Of juist niet willen zien; niets heeft zoveel aantrekkingskracht als de vrouw naar wie je niet wilt kijken.

Ze staat er meestal een halfuur, ze kijkt naar boven en beweegt nauwelijks, heel soms glimlacht ze even, als reactie op wat er achter het raam waarvoor ze gekomen is gebeurt, vermoed ik. Ze rookt twee sigaretten, altijd twee. Na een halfuur steekt ze haar hand weer op en dan loopt ze met haar fiets weg over het pad.

Momenteel ziet buiten alles er prachtig uit, de kleur van het gras, de koepels van het metrostation, alles glanst. Ik kan zoveel voor mijn raam staan als ik wil, ik kan zo lang kijken als mijn ogen verdragen. Naar de overrazende wolken die steeds opnieuw een episode van hun eindeloze verhaal vertellen, ook al begrijpen wij beneden er niets van, maar dat maakt niet uit, de wolken jagen verder, hun geduld is onovertrefbaar, hun verhaal nooit afgelopen.

Ik ben iedere ochtend in de werkplaats, ik begin de slag te pakken te krijgen met die stopcontacten, ik praat met mijn lotgenoten, ik draai mijn shaggies, hoewel ik sigaretten zou kunnen kopen. Soms houd ik mijn hoofd een poosje onder de kraan in het toilet, dat is beter, ik zit hier, ik kom hier voorlopig (na aftrek van strafvermindering een jaar of vier) niet meer weg, zo staat het ervoor, ik vraag me al niet meer af waarom, en steeds minder mensen willen het weten. Straks wordt het hartje winter en dan zullen ze buiten mutsen dragen en handschoenen, en ze zullen uit hun mond stomen, kleine wolkjes in de koele, nevelige ochtendlucht, en de wind zal stekend koud zijn. Alles zal steeds zichtbaarder worden, dat is iets geks, naarmate de tijd vordert tekent het leven aan de andere zijde van het glas zich scherper af dan toen ik er zelf nog deel van uitmaakte. Het is net alsof ik pas hier voor het eerst begin te kijken naar de alledaagse wereld, de mensen, de kleuren, de auto's, naar dat andere leven, het leven waarvan ik mijn aandeel uit handen heb gegeven, heb moeten geven, aan hen die buiten verdergaan. Ik hoop dat ze er iets van maken, iets beters dan ik.

Een paar weken geleden heb ik Thera een brief geschreven en gevraagd of ze een keer op die plek bij de lantaarnpaal wil komen staan, dan zou ze niet officieel op bezoek hoeven komen, met dat gezeik van aanvraagformulieren en veiligheidspoortjes. Maakt niet uit wanneer je komt, schreef ik, iedere avond is goed, ik kijk toch altijd. Maar ik kon die brief niet meer terugvinden, toch weet ik zeker dat ik hem niet verstuurd heb.

De meeste gevangenen hier denken dat ze, als ze weer buiten-komen, opnieuw beginnen. De bofkont voor wie die vrouw elke dag beneden op het pad staat, zal dat ook wel denken, en zij zelf natuurlijk niet minder – waarom anders zou ze trouw op komen dagen? De gedachte aan 'opnieuw beginnen' is hier net zo van belang als eten en drinken, als ademhalen. Maar volgens mij begint er niets opnieuw, alles wordt gewoon voortgezet als je weer bui-tenkomt. Je kunt in therapie gaan of je neus laten verbouwen of belastinginspecteur worden, maar dat verandert in feite niets. Het gaat gewoon verder, je blijft hopen dat ze ook dit keer met het mandje aan haar stuur op je staat te wachten.

Je zit in het ene leven en verlangt naar het andere. Ik heb altijd naar 'iets anders' verlangd tot ik Thera ontmoette; vóór die tijd keek ik hoopvol vooruit naar dat andere en toen het voorbij was keek ik alleen nog maar terug. De pest is dat je leven tussen het-ene-hebben-maar-niet-willen en het-andere-willen-maar-niet-krijgen zich in het luchtledige begint af te spelen, in de neutrale zone, het Zwitserland van je gevoel.

In een boek dat ik hier in de bibliotheek heb geleend las ik dat je vaak pas achteraf, als het slechter met je gaat, beseft dat je toen en toen gelukkig moet zijn geweest omdat het in die tijd stukken beter ging dan nu. Als dat zo is dan kun je alleen maar hopen dat je zo af en toe iets op precies het juiste moment overkomt, op het moment dat je er klaar voor bent, zodat je weet, absoluut zeker weet: dít is het, nú.

Ik wil haar niet zien, daar beneden op het pad, met haar fiets en haar sigaretten. *Hoog Sammy, kijk omhoog Sammy.* Naar de zend-mast van de KPN op het hoogste gebouw van de stad, die ik nog net kan zien als ik mijn wang tegen het raam druk. Naar het lichtje op de top dat voor ster speelt zodra het donker wordt. Naar de wol-ken. Niets is vormlozer en onsamenhangender dan de wolken. De witte zeilschepen, de grijze op hol geslagen bizons, de zwarte bivakmutsen met een paar miljoen volt in de aanslag, de rossige, bordeelachtige dagsluiters. Vanmiddag was er een egaalblauwe

hemel waarin niets, helemaal niets, te zien viel, behalve de mogelijkheid van verandering, van een front dat ver weg op de oceaan
geduldig de meteorologen aan het lijntje hield.

Otman was verleden week op bezoek en hij vertelde dat Jamal
niet bij de PTT is gaan werken, maar een baantje heeft gekregen bij
Perry Sport op de Overtoom waar hij nu voetbalschoenen, schaat-
sen en trainingspakken aan de man brengt. Ik vraag me af of je ooit
kunt wennen aan het idee iemand anders te zijn dan je zou willen
zijn en dat je geen ander leven hebt dan je eigen leven. Er wacht
nergens iets anders op je, hoe graag je het ook zou willen, echt, er
wacht niets.

Wat ik zo mooi aan wolken vind is dat ze het zonder vaste lijn of
omtrek kunnen stellen. Ze zijn zo veranderlijk en tegelijk zichzelf.
Daar gaat het allemaal om, begrijp je? Veranderlijk én zichzelf.

Ik kijk naar de wolken en niet naar haar, daar beneden. Ga alsjeblieft niet beneden staan, laat me met rust, allemaal, laat me gaan,
blijf van me af, rot op schommelbankjes, scooters, pornofoto's, rot
op, rot op, rot op, ik red me wel, ik houd me nergens aan vast, ik
ben niets, ik ben overal, papa, mama, iemand schreeuwt, ben ik
niet, ik kijk alleen maar omhoog, niet beneden gaan staan, niet
voor me gaan staan, dames in nood, iemand huilt, ben ik niet, laat
me, ik heb niemand nodig, ik red het wel, papa, mama, alsjeblieft,
laat me los, niemand die me vast mag houden, laat me los, ik heb
het koud, ik klamp me niet vast, ik klamp me nergens aan vast, rot
op knipperende horentjes, zilveren strings, gestoomde oesters, rot
op, rot op, rot op, ik red me wel, papa, mama, papa, mama, papamama, papamama, papamama.

Ik. Kijk. Naar. De. Wolken.

David versloeg Goliath met een steen. En Homerus vond dat je
beter een dagloner op aarde kon zijn dan een vorst in de onderwereld. Ik vraag me af hoe de blinde Homerus het aangepakt zou hebben als hij met een steen in zijn slinger in de schaduw van Goliath
was komen te staan. Wees eerlijk, er zijn momenten dat je met een
vers weinig uitricht.

Over een minuut of wat is ze weg en dan, pas dán, loop ik naar het raam. En daarna zal het donker worden en het zal weer licht worden. Alles ordelijk en simpel. Nog eventjes en ze is weg.

Die eerste keer dat ik haar beneden haar hand zag opsteken, zwaaide ik terug. Maar ze zag me niet.

35

'Wat goed is, mag niet te lang duren, Diablo,' zei Thera tijdens een van de nachten dat we van de zeepbellenkelder naar haar huis liepen.

'Waarom niet?' vroeg ik.

'Voor je het weet ga je er nog in geloven. Je moet het net zo aanpakken als bij een feestje: laat komen en op tijd weer weg. Dat is het geheim, begrijp je?'

'Nee,' zei ik.

'Komt wel,' zei ze. 'Geloof me, dat komt nog wel.'